BESTSELLER

Gabriel García Márquez, nacido en Colombia, es una de las figuras más importantes e influyentes de la literatura universal. Ganador del Premio Nobel de Literatura en 1982, es además cuentista, ensayista, crítico cinematográfico, autor de guiones y, sobre todo, intelectual comprometido con los grandes problemas de nuestro tiempo, en primer término con los que afectan a su amada Colombia y a Hispanoamérica en general. Máxima figura del llamado «realismo mágico», en el que historia e imaginación tejen el tapiz de una literatura viva, que respira por todos sus poros, es en definitiva el hacedor de uno de los mundos narrativos más densos de significados que ha dado la lengua española en el siglo XX. Entre sus novelas más importantes figuran *Cien años de soledad, El coronel no tiene quien le escriba*, *Crónica de una muerte anunciada*, *La mala hora*, *El general en su laberinto*, el libro de relatos *Doce cuentos peregrinos*, *El amor en tiempos de cólera* y *Diatriba de amor contra un hombre sentado*. En el año 2002 publicó la primera parte de su autobiografía, *Vivir para contarla*.

Biblioteca

GABRIEL GARCÍA MÁRQUEZ

El amor en los tiempos del cólera

DEBOLSILLO

Diseño de la portada: Departamento de Random House Mondadori
Foto de la portada: © Aurum Producciones, S.A. 2007

Decimocuarta edición con esta portada: diciembre, 2008

Printed in Spain – Impreso en España

ISBN: 978-84-8346-731-2 (vol. 354/12)
Depósito legal: B. 51917 - 2008

Fotocomposición: Zero pre impresión, S. L.

Impreso en Novoprint, S. A.
Energia, 53. Sant Andreu de la Barca (Barcelona)

P 867312

Para Mercedes, por supuesto.

En adelanto van estos lugares:
ya tienen su diosa coronada.

Leandro Díaz

Era inevitable: el olor de las almendras amargas le recordaba siempre el destino de los amores contrariados. El doctor Juvenal Urbino lo percibió desde que entró en la casa todavía en penumbras, adonde había acudido de urgencia a ocuparse de un caso que para él había dejado de ser urgente desde hacía muchos años. El refugiado antillano Jeremiah de Saint-Amour, inválido de guerra, fotógrafo de niños y su adversario de ajedrez más compasivo, se había puesto a salvo de los tormentos de la memoria con un sahumerio de cianuro de oro.

Encontró el cadáver cubierto con una manta en el catre de campaña donde había dormido siempre, cerca de un taburete con la cubeta que había servido para vaporizar el veneno. En el suelo, amarrado de la pata del catre, estaba el cuerpo tendido de un gran danés negro de pecho nevado, y junto a él estaban las muletas. El cuarto sofocante y abigarrado que hacía al mismo tiempo de alcoba y laboratorio, empezaba a iluminarse apenas con el resplandor del amanecer en la ventana abierta, pero era luz bastante para reconocer de inmediato la autoridad de la muerte. Las otras ventanas, así como cualquier resquicio de la habitación, estaban amordazadas con trapos o selladas con cartones negros, y eso aumentaba su densidad opresiva. Había un mesón atiborrado de frascos y pomos sin rótulos, y dos cubetas de peltre descascarado bajo un foco ordinario cubierto de papel rojo. La tercera cubeta, la del líquido fijador, era la que estaba junto al cadáver. Había revistas y periódicos viejos por todas partes, pilas de negativos en placas de vidrio, muebles rotos, pero todo estaba preservado del polvo por una mano diligente. Aunque el aire de la ventana había purificado el ámbito, aún quedaba para quien supiera identificarlo el rescoldo tibio de los amores sin ventura de las almendras amargas. El doctor Juvenal Urbino había pensado más de una vez, sin ánimo premonitorio, que aquel no era un lugar propicio para morir en gracia de Dios. Pero con el tiempo terminó por suponer que su desorden obedecía tal vez a una determinación cifrada de la Divina Providencia.

Un comisario de policía se había adelantado con un estudiante de medicina muy joven que hacía su práctica forense en el dispensario municipal, y eran ellos quienes habían ventilado la habitación y cubierto el cadáver mientras llegaba el doctor Urbino. Ambos lo saludaron con una solemnidad que esa vez tenía más de condolencia que de veneración, pues nadie ignoraba el grado de su amistad con Jeremiah de Saint-Amour. El maestro eminente estrechó la mano de ambos, como lo hacía desde siempre con cada uno de sus alumnos antes de empezar la clase diaria de clínica general, y luego agarró el borde de la manta con las yemas del índice y el pulgar, como si fuera una flor, y descubrió el cadáver palmo a palmo con una parsimonia sacramental. Estaba desnudo por completo, tieso y torcido, con los ojos abiertos y el cuerpo azul, y como cincuenta años más viejo que la noche anterior. Tenía las pupilas diáfanas, la barba y los cabellos amarillentos, y el vientre atravesado por una cicatriz antigua cosida con nudos de enfardelar. Su torso y sus brazos tenían una envergadura de galeote por el trabajo de las muletas, pero sus piernas inermes parecían de huérfano. El doctor Juvenal Urbino lo contempló un instante con el corazón adolorido como muy pocas veces en los largos años de su contienda estéril contra la muerte.

—Pendejo —le dijo—. Ya lo peor había pasado.

Volvió a cubrirlo con la manta y recobró su prestancia académica. En el año anterior había celebrado los ochenta con un jubileo oficial de tres días, y en el discurso de agradecimiento se resistió una vez más a la tentación de retirarse. Había dicho: «Ya me sobrará tiempo para descansar cuando me muera, pero esta eventualidad no está todavía en mis proyectos». Aunque oía cada vez menos con el oído derecho y se apoyaba en un bastón con empuñadura de plata para disimular la incertidumbre de sus pasos, seguía llevando con la compostura de sus años mozos el vestido entero de lino con el chaleco atravesado por la leontina de oro. La barba de Pasteur, color de nácar, y el cabello del mismo color, muy bien aplanchado y con la raya neta en el centro, eran expresiones fieles de su carácter. La erosión de la memoria cada vez más inquietante la compensaba hasta donde le era posible con notas escritas de prisa en papelitos sueltos, que terminaban por confundirse en todos sus bolsillos, al igual que los instrumentos, los frascos de medicinas, y otras tantas cosas revueltas en el maletín atiborrado. No sólo era el médico más antiguo y esclarecido de la ciudad, sino el hombre más atildado. Sin embargo, su sapiencia demasiado ostensible y el modo nada ingenuo de manejar el poder de su nombre le habían valido menos afectos de los que merecía.

Las instrucciones al comisario y al practicante fueron precisas y rápidas. No había que hacer autopsia. El olor de la casa bastaba para determinar que la causa de la muerte habían sido las emanaciones del cianuro activado en la cubeta por algún ácido de fotografía, y Jeremiah de Saint-Amour sabía mucho de eso para no hacerlo por accidente. Ante una reticencia del comisario, lo paró con una estocada típica de su modo de ser: «No se olvide que soy yo el que firma el certificado de defunción». El médico joven quedó desencantado: nunca había tenido la suerte de estudiar los efectos del cianuro de oro en un cadáver. El doctor Juvenal Urbino se había sorprendido de no haberlo visto en la Escuela de Medicina, pero lo entendió de inmediato por su rubor fácil y su dicción andina: tal vez era un recién llegado a la ciudad. Dijo: «No va a faltarle aquí algún loco de amor que le dé la oportunidad un día de estos». Y sólo al decirlo cayó en la cuenta de que entre los incontables suicidios que recordaba, aquel era el primero con cianuro que no había sido causado por un infortunio de amores. Algo cambió entonces en los hábitos de su voz.

—Cuando lo encuentre, fíjese bien —le dijo al practicante—: suelen tener arena en el corazón.

Luego habló con el comisario como lo hubiera hecho con un subalterno. Le ordenó que sortearan todas las instancias para que el entierro se hiciera esa misma tarde y con el mayor sigilo. Dijo: «Yo hablaré después con el alcalde». Sabía que Jeremiah de Saint-

Amour era de una austeridad primitiva, y que ganaba con su arte mucho más de lo que le hacía falta para vivir, de modo que en alguna de las gavetas de la casa debía haber dinero de sobra para los gastos del entierro.

—Pero si no lo encuentran, no importa —dijo—. Yo me hago cargo de todo.

Ordenó decir a los periódicos que el fotógrafo había muerto de muerte natural, aunque pensaba que la noticia no les interesaba de ningún modo. Dijo: «Si es necesario, yo hablaré con el gobernador». El comisario, un empleado serio y humilde, sabía que el rigor cívico del maestro exasperaba hasta a sus amigos más próximos, y estaba sorprendido por la facilidad con que saltaba por encima de los trámites legales para apresurar el entierro. A lo único que no accedió fue a hablar con el arzobispo para que Jeremiah de Saint-Amour fuera sepultado en tierra sagrada. El comisario, disgustado con su propia impertinencia, trató de excusarse.

—Tenía entendido que este hombre era un santo —dijo.

—Algo todavía más raro —dijo el doctor Urbino—: un santo ateo. Pero esos son asuntos de Dios.

Remotas, al otro lado de la ciudad colonial, se escucharon las campanas de la catedral llamando a la misa mayor. El doctor Urbino se puso los lentes de media luna con montura de oro, y consultó el relojito de la leontina, que era cuadrado y fino, y su tapa se abría con un resorte: estaba a punto de perder la misa de Pentecostés.

En la sala había una enorme cámara fotográfica sobre ruedas como las de los parques públicos, y el telón de un crepúsculo marino pintado con pinturas artesanales, y las paredes estaban tapizadas de retratos de niños en sus fechas memorables: la primera comunión, el disfraz de conejo, el cumpleaños feliz. El doctor Urbino había visto el recubrimiento paulatino de los muros, año tras año, durante las cavilaciones absortas de las tardes de ajedrez, y había pensado muchas veces con un pálpito de desolación que en esa galería de retratos casuales estaba el germen de la ciudad futura, gobernada y pervertida por aquellos niños inciertos, y en la cual no quedarían ya ni las cenizas de su gloria.

En el escritorio, junto a un tarro con varias cachimbas de lobo de mar, estaba el tablero de ajedrez con una partida inconclusa. A pesar de su prisa y de su ánimo sombrío, el doctor Urbino no resistió la tentación de estudiarla. Sabía que era la partida de la noche anterior, pues Jeremiah de Saint-Amour jugaba todas las tardes de la semana y por lo menos con tres adversarios distintos, pero llegaba siempre hasta el final y guardaba después el tablero y las fichas en su caja, y guardaba la caja en una gaveta del escritorio. Sabía que jugaba con las piezas blancas, y aquella vez era evidente que iba a ser derrotado sin salvación en cuatro jugadas más. «Si hubiera sido un crimen, aquí habría una buena pista —se dijo—. Sólo conozco un hombre capaz de componer esta emboscada maestra.» No hubiera podido vivir sin averiguar más tarde por qué aquel soldado indómito, acostumbrado a batirse hasta la última sangre, había dejado sin terminar la guerra final de su vida.

A las seis de la mañana, cuando hacía la última ronda, el sereno había visto el letrero clavado en la puerta de la calle: *Entre sin tocar y avise a la policía.* Poco después acudió el comisario con el practicante, y ambos habían hecho un registro de la casa en busca de alguna evidencia contra el aliento inconfundible de las almendras amargas. Pero en los breves minutos que demoró el análisis de la partida inconclusa, el comisario descubrió entre los papeles del escritorio un sobre dirigido al doctor Juvenal Urbino, y protegido con tantos sellos de lacre que fue necesario despedazarlo para sacar la carta. El médico apartó la cortina negra de la ventana para tener mejor luz, echó primero una mirada rápida a los once pliegos escritos por ambos lados con una caligrafía servicial, y desde que leyó el primer párrafo comprendió que había perdido la comunión de Pentecostés. Leyó con el aliento agitado, volviendo atrás en varias páginas para retomar el hilo perdido, y cuando terminó parecía regresar de muy lejos y de mucho tiempo. Su abatimiento era visible a pesar del esfuerzo por impedirlo: tenía en los labios la misma coloración azul del cadáver, y no pudo dominar el temblor de los dedos cuando volvió a doblar la carta y se la guardó en el bolsillo del chaleco. Entonces se acordó del comisario y del médico joven, y les sonrió desde las brumas de la pesadumbre.

—Nada de particular —dijo—. Son sus últimas instrucciones.

Era una verdad a medias, pero ellos la creyeron completa porque él les ordenó levantar una baldosa suelta del piso y allí encontraron una libreta de cuentas muy usada donde estaban las claves para abrir la caja fuerte. No había tanto dinero como pensaban, pero lo había de sobra para los gastos del entierro y para saldar otros compromisos menores. El doctor Urbino era entonces consciente de que no alcanzaría a llegar a la catedral antes del Evangelio.

—Es la tercera vez que pierdo la misa del domingo desde que tengo uso de razón —dijo—. Pero Dios entiende.

Así que prefirió demorarse unos minutos más para dejar todos los pormenores resueltos, aunque apenas si podía soportar la ansiedad de compartir con su esposa las confidencias de la carta. Se comprometió a avisar a los numerosos refugiados del Caribe que vivían en la ciudad, por si querían rendir los últimos honores a quien se había comportado como el más respetable de todos, el más activo y radical, aun después de que fue demasiado evidente que había sucumbido a la rémora del desencanto. También avisaría a sus compinches de ajedrez, entre los cuales había desde profesionales insignes hasta menestrales sin nombre, y a otros amigos menos asiduos, pero que tal vez quisieran asistir al entierro. Antes de conocer la carta póstuma había resuelto ser el primero, pero después de leerla no estaba seguro de nada. De todos modos iba a mandar una corona de gardenias, por si acaso Jeremiah de Saint-Amour había tenido un último minuto de arrepentimiento. El entierro sería a las cinco, que era la hora propicia en los meses de más calor. Si lo necesitaban estaría desde las doce en la casa de campo del doctor Lácides Olivella, su discípulo amado, que aquel día celebraba con un almuerzo de gala las bodas de plata profesionales.

El doctor Juvenal Urbino tenía una rutina fácil de seguir, desde que quedaron atrás los años tormentosos de las primeras armas, y logró una respetabilidad y un prestigio que no tenían igual en la provincia. Se levantaba con los primeros gallos, y a esa hora empezaba a tomar sus medicinas secretas: bromuro de potasio para levantarse el ánimo, salicilatos para los dolores de los huesos en tiempo de lluvia, gotas de cornezuelo de centeno para los vahídos, belladona para el buen dormir. Tomaba algo a cada hora, siempre a escondidas, porque en su larga vida de médico y maestro fue siempre contrario a recetar paliativos para la vejez: le era más fácil soportar los dolores ajenos que los propios. En el bolsillo llevaba siempre una almohadilla de alcanfor que aspiraba a fondo cuando nadie lo estaba viendo, para quitarse el miedo de tantas medicinas revueltas.

Permanecía una hora en su estudio, preparando la clase de clínica general que dictó en la Escuela de Medicina todos los días de lunes a sábado, a las ocho en punto, hasta la víspera de su muerte. Era también un lector atento de las novedades literarias que le mandaba por correo su librero de París, o las que le encargaba de Barcelona su librero local, aunque no seguía la literatura de lengua castellana con tanta atención como la francesa. En todo caso, nunca las leía por la mañana, sino después de la siesta durante una hora, y por la noche antes de dormir. Terminado el estudio, hacía quince minutos de ejercicios respiratorios en el baño, frente a la ventana abierta, respirando siempre hacia el lado por donde cantaban los gallos, que era donde estaba el aire nuevo. Luego se bañaba, se arreglaba la barba y se engomaba el bigote en un ámbito saturado de agua de Colonia de la legítima de Farina Gegenüber, y se vestía de lino blanco, con chaleco y sombrero flexible, y botines de cordobán. A los ochenta y un años conservaba los modales fáciles y el espíritu festivo de cuando volvió de París, poco después de la epidemia grande del cólera morbo, y el cabello bien peinado con la raya en el medio seguía siendo igual al de la juventud, salvo por el color metálico. Desayunaba en familia, pero con un régimen personal: una infusión de flores de ajenjo mayor, para el bienestar del estómago, y una cabeza de ajos cuyos dientes pelaba y se comía uno por uno masticándolos a conciencia con una hogaza de pan, para prevenir los ahogos del corazón. Raras veces no tenía después de la clase un compromiso relacionado con sus iniciativas cívicas, o con sus milicias católicas, o con sus invenciones artísticas y sociales.

Almorzaba casi siempre en su casa, hacía una siesta de diez minutos sentado en la terraza del patio, oyendo en sueños las canciones de las sirvientas bajo la fronda de los mangos, oyendo los pregones de la calle, el fragor de aceites y motores de la bahía, cuyos efluvios aleteaban por el ámbito de la casa en las tardes de calor como un ángel condenado a la podredumbre. Luego leía durante una hora los libros recientes, en especial novelas y estudios históricos, y le daba lecciones de francés y de canto al loro doméstico que desde hacía años era una atracción local. A las cuatro salía a visitar a sus enfermos, después de tomarse un jarro grande de limonada con hielo. A pesar de la edad se resistía a recibir a los pacientes en el consultorio, y seguía atendiéndolos en sus casas, como lo hizo siempre, desde que la ciudad era tan doméstica que podía irse caminando a cualquier parte.

Desde que llegó de Europa por primera vez andaba en el landó familiar con dos alazanes dorados, pero cuando éste se hizo inservible lo cambió por una victoria de un solo caballo, y siguió usándola siempre con un cierto desdén por la moda, cuando ya los coches empezaban a desaparecer del mundo y los únicos que quedaban en la ciudad sólo servían para pasear a los turistas y llevar las coronas en los entierros. Aunque se negaba a retirarse, era consciente de que sólo lo llamaban para atender casos perdidos, pero él consideraba que también eso era una forma de especialización. Era capaz de saber lo que tenía un enfermo sólo por su aspecto, y cada vez desconfiaba más de los medicamentos de patente y veía con alarma la vulgarización de la cirugía. Decía: «El bisturí es la prueba mayor del fracaso de la medicina». Pensaba que con un criterio estricto todo medicamento era veneno, y que el setenta por ciento de los alimentos corrientes apresuraban la muerte. «En todo caso —solía decir en clase—, la poca medicina que se sabe sólo la saben algunos médicos.» De sus entusiasmos juveniles había pasado a una posición que él mismo definía como un humanismo fatalista: «Cada quien es dueño de su propia muerte, y lo único que podemos hacer, llegada la hora, es ayudarlo a morir sin miedo ni dolor». Pero a pesar de estas ideas extremas, que ya formaban parte del folclor médico local, sus antiguos alumnos seguían consultándolo aun cuando ya eran profesionales establecidos, pues le reconocían eso que entonces se llamaba ojo clínico. De todos modos fue siempre un médico caro y excluyente, y su clientela estuvo concentrada en las casas solariegas del barrio de los Virreyes.

Tenía una jornada tan metódica, que su esposa sabía donde mandarle un recado si surgía algo urgente durante el recorrido de la tarde. De joven se demoraba en el Café de la Parroquia antes de volver a casa, y así perfeccionó su ajedrez con los cómplices de su suegro y con algunos refugiados del Caribe. Pero desde los albores del nuevo siglo no volvió al

Café de la Parroquia y trató de organizar torneos nacionales patrocinados por el Club Social. Fue esa la época en que vino Jeremiah de Saint-Amour, ya con sus rodillas muertas y todavía sin el oficio de fotógrafo de niños, y antes de tres meses era conocido de todo el que supiera mover un alfil en un tablero, porque nadie había logrado ganarle una partida. Para el doctor Juvenal Urbino fue un encuentro milagroso, en un momento en que el ajedrez se le había convertido en una pasión indomable y ya no le quedaban muchos adversarios para saciarla.

Gracias a él, Jeremiah de Saint-Amour pudo ser lo que fue entre nosotros. El doctor Urbino se convirtió en su protector incondicional, en su fiador de todo, sin tomarse siquiera el trabajo de averiguar quién era, ni qué hacía, ni de qué guerras sin gloria venía en aquel estado de invalidez y desconcierto. Por último le prestó el dinero para instalar el taller de fotógrafo, que Jeremiah de Saint-Amour le pagó con un rigor de cordonero, hasta el último cuartillo, desde que retrató al primer niño asustado por el relámpago de magnesio.

Todo fue por el ajedrez. Al principio jugaban a las siete de la noche, después de la cena, con justas ventajas para el médico por la superioridad notable del adversario, pero con menos ventajas cada vez, hasta que estuvieron parejos. Más tarde, cuando don Galileo Daconte abrió el primer patio de cine, Jeremiah de Saint-Amour fue uno de sus clientes más puntuales, y las partidas de ajedrez quedaron reducidas a las noches que sobraban de las películas de estreno. Entonces se había hecho tan amigo del médico, que éste lo acompañaba al cine, pero siempre sin la esposa, en parte porque ella no tenía paciencia para seguir el hilo de los argumentos difíciles, y en parte porque siempre le pareció, por puro olfato, que Jeremiah de Saint-Amour no era una buena compañía para nadie.

Su día diferente era el domingo. Asistía a la misa mayor en la catedral, y luego volvía a casa y permanecía allí descansando y leyendo en la terraza del patio. Pocas veces salía a ver un enfermo en un día de guardar, como no fuera de extrema urgencia, y desde hacía muchos años no aceptaba un compromiso social que no fuera muy obligante. Aquel día de Pentecostés, por una coincidencia excepcional, habían concurrido dos acontecimientos raros: la muerte de un amigo y las bodas de plata de un discípulo eminente. Sin embargo, en vez de regresar a casa sin rodeos, como lo tenía previsto después de certificar la muerte de Jeremiah de Saint-Amour, se dejó arrastrar por la curiosidad.

Tan pronto como subió en el coche hizo un repaso urgente de la carta póstuma, y ordenó al cochero que lo llevara a una dirección difícil en el antiguo barrio de los esclavos. Aquella determinación era tan extraña a sus hábitos, que el cochero quiso asegurarse de que no había algún error. No lo había: la dirección era clara, y quien la había escrito tenía motivos de sobra para conocerla muy bien. El doctor Urbino volvió entonces a la primera hoja, y se sumergió otra vez en aquel manantial de revelaciones indeseables que habrían podido cambiarle la vida, aun a su edad, si hubiera logrado convencerse a sí mismo de que no eran los delirios de un desahuciado.

El humor del cielo había empezado a descomponerse desde muy temprano, y estaba nublado y fresco, pero no había riesgos de lluvia antes del mediodía. Tratando de encontrar un camino más corto, el cochero se metió por los vericuetos empedrados de la ciudad colonial, y tuvo que pararse muchas veces para que el caballo no se espantara con el desorden de los colegios y las congregaciones religiosas que regresaban de la liturgia de Pentecostés. Había guirnaldas de papel en las calles, músicas y flores, y muchachas con sombrillas de colores y volantes de muselina que veían pasar la fiesta desde los balcones. En la Plaza de la Catedral, donde apenas se distinguía la estatua de El Libertador entre las palmeras africanas y las nuevas farolas de globos, había un embotellamiento de automóviles por la salida de misa y no quedaba un lugar disponible en el venerable y ruidoso Café de la Parroquia. El único coche de caballos era el del doctor Urbino, y se distinguía de los muy escasos que iban quedando en la ciudad, porque mantuvo siempre el brillo de la capota de charol y tenía los herrajes de bronce para que no se los comiera el salitre, y las ruedas y las varas pintadas de rojo con ribetes dorados, como en las noches de gala de la Ópera de Viena. Además, mientras las familias más remilgadas se conformaban con que sus cocheros tuvieran la camisa limpia, él seguía exigiéndole al suyo la librea de terciopelo mustio y la chistera de domador de circo, que además de ser anacrónicas se tenían como una falta de misericordia en la canícula del Caribe.

A pesar de su amor casi maniático por la ciudad, y de conocerla mejor que nadie, el doctor Juvenal Urbino había tenido muy pocas veces un motivo como el de aquel domingo para aventurarse sin reticencias en el fragor del antiguo barrio de los esclavos. El cochero tuvo que dar muchas vueltas y preguntar varias veces para encontrar la dirección. El doctor Urbino reconoció de cerca la pesadumbre de las ciénagas, su silencio fatídico, sus ventosidades de ahogado que tantas madrugadas de insomnio subían hasta su dormitorio revueltas con la fragancia de los jazmines del patio, y que él sentía pasar como un viento de ayer que nada tenía que ver con su vida. Pero aquella pestilencia tantas veces idealizada por la nostalgia se convirtió en una realidad insoportable cuando el coche empezó a dar saltos por el lodazal de las calles donde los gallinazos se disputaban los desperdicios del matadero arrastrados por el mar de leva. A diferencia de la ciudad virreinal, cuyas casas eran de mampostería, allí estaban hechas de maderas descoloridas y techos de cinc, y la mayoría se asentaban sobre pilotes para que no se metieran las crecientes de los albañales abiertos heredados de los españoles. Todo tenía un aspecto miserable y desamparado, pero de las cantinas sórdidas salía el trueno de música de la parranda sin Dios ni ley del Pentecostés de los pobres. Cuando por fin encontraron la dirección, el coche iba perseguido por pandillas de niños desnudos que se burlaban de los atavíos teatrales del cochero, y éste tenía que espantarlos con la fusta. El doctor Urbino, preparado para una visita confidencial, comprendió demasiado tarde que no había candidez más peligrosa que la de su edad.

El exterior de la casa sin número no tenía nada que la distinguiera de las menos felices, salvo la ventana con cortinas de encajes y un portón desmontado de alguna iglesia antigua. El cochero hizo sonar la aldaba, y sólo cuando comprobó que era la dirección correcta ayudó al médico a descender del coche. El portón se había abierto sin ruido, y en la penumbra interior estaba una mujer madura, vestida de negro absoluto y con una rosa roja en la oreja. A pesar de sus años, que no eran menos de cuarenta, seguía siendo una mulata altiva, con los ojos dorados y crueles, y el cabello ajustado a la forma del cráneo como un casco de algodón de hierro. El doctor Urbino no la reconoció, aunque la había visto varias veces entre las nebulosas de las partidas de ajedrez en la oficina del fotógrafo, y en alguna ocasión le había recetado unas papeletas de quinina para las fiebres tercianas. Le tendió la mano, y ella se la tomó entre las suyas, menos para saludarlo que para ayudarlo a entrar. La sala tenía el clima y el murmullo invisible de una floresta, y estaba atiborrada de muebles y objetos primorosos, cada uno en su sitio natural. El doctor Urbino se acordó sin amargura de la botica de un anticuario de París, un lunes de otoño del siglo anterior, en el número 26 de la calle de Montmartre. La mujer se sentó frente a él y le habló en un castellano difícil.

—Ésta es su casa, doctor —dijo—. No lo esperaba tan pronto.

El doctor Urbino se sintió delatado. Se fijó en ella con el corazón, se fijó en su luto intenso, en la dignidad de su congoja, y entonces comprendió que aquella era una visita inútil, porque ella sabía más que él de todo cuanto estaba dicho y justificado en la carta póstuma de Jeremiah de Saint-Amour. Así era. Ella lo había acompañado hasta muy pocas horas antes de la muerte, como lo había acompañado durante media vida con una devoción y una ternura sumisa que se parecían demasiado al amor, y sin que nadie lo supiera en esta soñolienta capital de provincia donde eran de dominio público hasta los secretos de estado.

Se habían conocido en un hospital de caminantes de Port-au-Prince, donde ella había nacido y donde él había pasado sus primeros tiempos de fugitivo, y lo siguió hasta aquí un año después para una visita breve, aunque ambos sabían sin ponerse de acuerdo que venía a quedarse para siempre. Ella se ocupaba de mantener la limpieza y el orden del laboratorio una vez por semana, pero ni los vecinos peor pensados confundieron las apariencias con la verdad, porque suponían como todo el mundo que la invalidez de Jeremiah de Saint-Amour no era sólo para caminar. El mismo doctor Urbino lo suponía por razones médicas bien fundadas, y nunca habría creído que tuviera una mujer si él mismo no se lo hubiera revelado en la carta. De todos modos le costaba trabajo entender que dos adultos libres y sin pasado, al margen de los prejuicios de una sociedad ensimismada, hubieran elegido el azar de los amores prohibidos. Ella se lo explicó: «Era su gusto». Además, la clandestinidad compartida con un hombre que nunca fue suyo por completo, y en la que más de una vez conocieron la explosión instantánea de la felicidad, no le pareció una condición indeseable. Al contrario: la vida le había demostrado que tal vez fuera ejemplar.

La noche anterior habían ido al cine, cada uno por su cuenta y en asientos separados, como iban por lo menos dos veces al mes desde que el inmigrante italiano don Galileo Daconte instaló un salón a cielo abierto en las ruinas de un convento del siglo XVII. Vieron una película basada en un libro que había estado de moda el año anterior, y que el doctor Urbino había leído con el corazón desolado por la barbarie de la guerra: *Sin novedad en el frente*. Se reunieron luego en el laboratorio, y ella lo encontró disperso y nostálgico, y pensó que era por las escenas brutales de los heridos moribundos en el fango. Tratando de distraerlo lo invitó a jugar al ajedrez, y él había aceptado por complacerla, pero jugaba sin atención, con las piezas blancas, por supuesto, hasta que descubrió antes que ella que iba a ser derrotado en cuatro jugadas más, y se rindió sin honor. El médico comprendió entonces que el contendor de la partida final había sido ella y no el general Jerónimo Argote, como él lo había supuesto. Murmuró asombrado:

—¡Era una partida maestra!

Ella insistió en que el mérito no era suyo, sino que Jeremiah de Saint-Amour, extraviado ya por las brumas de la muerte, movía las piezas sin amor. Cuando interrumpió la partida, como a las once y cuarto, pues ya se había acabado la música de los bailes públicos, él le pidió que lo dejara solo. Quería escribir una carta al doctor Juvenal Urbino, a quien consideraba el hombre más respetable que había conocido, y además un amigo del alma, como le gustaba decir, a pesar de que la única afinidad de ambos era el vicio del ajedrez entendido como un diálogo de la razón y no como una ciencia. Entonces ella supo que Jeremiah de Saint-Amour había llegado al término de la agonía, y que no le quedaba más tiempo de vida que el necesario para escribir la carta. El médico no podía creerlo.

—¡De modo que usted lo sabía! —exclamó.

No sólo lo sabía, confirmó ella, sino que lo había ayudado a sobrellevar la agonía con el mismo amor con que lo había ayudado a descubrir la dicha. Porque eso habían sido sus últimos once meses: una cruel agonía.

—Su deber era denunciarlo —dijo el médico.

—Yo no podía hacerle eso —dijo ella, escandalizada—: lo quería demasiado.

El doctor Urbino, que creía haberlo oído todo, no había oído nunca nada igual, y dicho de un modo tan simple. La miró de frente con los cinco sentidos para fijarla en su memoria como era en aquel instante: parecía un ídolo fluvial, impávida dentro del vestido negro, con los ojos de culebra y la rosa en la oreja. Mucho tiempo atrás, en una playa solitaria de Haití donde ambos yacían desnudos después del amor, Jeremiah de Saint-Amour había suspirado de pronto: «Nunca seré viejo». Ella lo interpretó como un propósito heroico de luchar sin cuartel contra los estragos del tiempo, pero él fue más explícito: tenía la determinación irrevocable de quitarse la vida a los sesenta años.

Los había cumplido, en efecto, el 23 de enero de ese año, y entonces había fijado como plazo último la víspera de Pentecostés, que era la fiesta mayor de la ciudad consagrada al culto del Espíritu Santo. No había ningún detalle de la noche anterior que ella no hubiera conocido de antemano, y hablaban de eso con frecuencia, padeciendo juntos el torrente irreparable de los días que ya ni él ni ella podían detener. Jeremiah de Saint-Amour amaba la vida con una pasión sin sentido, amaba el mar y el amor, amaba a su perro y a ella, y a medida que la fecha se acercaba había ido sucumbiendo a la desesperación, como si su muerte no hubiera sido una resolución propia sino un destino inexorable.

—Anoche, cuando lo dejé solo, ya no era de este mundo —dijo ella.

Había querido llevarse el perro, pero él lo contempló adormilado junto a las muletas y lo acarició con la punta de los dedos. Dijo: «Lo siento, pero Mister Woodrow Wilson se va conmigo». Le pidió a ella que lo amarrara en la pata del catre mientras él escribía, y ella lo hizo con un nudo falso para que pudiera soltarse. Aquel había sido su único acto de deslealtad, y estaba justificado por el deseo de seguir recordando al amo en los ojos invernales de su perro. Pero el doctor Urbino la interrumpió para contarle que el perro no se había soltado. Ella dijo: «Entonces fue porque no quiso». Y se alegró, porque prefería seguir evocando al amante muerto como él se lo había pedido la noche anterior, cuando interrumpió la carta que ya había comenzado y la miro por última vez.

—Recuérdame con una rosa —le dijo.

Había llegado a su casa poco después de la medianoche. Se tendió a fumar en la cama, vestida, encendiendo un cigarrillo con la colilla del otro para dar tiempo a que él terminara la carta que ella sabía larga y difícil, y poco antes de las tres, cuando empezaron a aullar los perros, puso en el fogón el agua para el café, se vistió de luto cerrado y cortó en el patio la primera rosa de la madrugada. El doctor Urbino se había dado cuenta desde hacía rato de cuánto iba a repudiar el recuerdo de aquella mujer irredimible, y creía conocer el motivo: sólo una persona sin principios podía ser tan complaciente con el dolor.

Ella le dio más argumentos hasta el final de la visita. No iría al entierro, pues así se lo había prometido al amante, aunque el doctor Urbino creyó entender lo contrario en un párrafo de la carta. No iba a derramar una lágrima, no iba a malgastar el resto de sus años cocinándose a fuego lento en el caldo de larvas de la memoria, no iba a sepultarse en vida a coser su mortaja dentro de estas cuatro paredes como era tan bien visto que lo hicieran las viudas nativas. Pensaba vender la casa de Jeremiah de Saint-Amour, que desde ahora era suya con todo lo que tenía dentro según estaba dispuesto en la carta, y seguiría viviendo como siempre y sin quejarse de nada en este moridero de pobres donde había sido feliz.

Aquella frase persiguió al doctor Juvenal Urbino en el camino de regreso a su casa: «Este moridero de pobres». No era una calificación gratuita. Pues la ciudad, la suya, seguía siendo igual al margen del tiempo: la misma ciudad ardiente y árida de sus terrores nocturnos y los placeres solitarios de la pubertad, donde se oxidaban las flores y se corrompía la sal, y a la cual no le había ocurrido nada en cuatro siglos, salvo el envejecer despacio entre laureles marchitos y ciénagas podridas. En invierno, unos aguaceros instantáneos y arrasadores desbordaban las letrinas y convertían las calles en lodazales nauseabundos. En verano, un polvo invisible, áspero como de tiza al rojo vivo, se metía hasta por los resquicios más protegidos de la imaginación, alborotado por unos vientos locos que desentechaban casas y se llevaban a los niños por los aires. Los sábados, la pobrería mulata abandonaba en tumulto los ranchos de cartones y latón de las orillas de las ciénagas, con sus animales domésticos y sus trastos de comer y beber, y se tomaban en un asalto de júbilo las playas pedregosas del sector colonial. Algunos, entre los más viejos, llevaban hasta hacía pocos años la marca real de los esclavos, impresa con hierros candentes en el pecho. Durante el fin de semana bailaban sin clemencia, se emborrachaban a muerte con alcoholes de alambiques caseros, hacían amores libres entre los matorrales de icaco, y a la media noche del domingo desbarataban sus propios fandangos con trifulcas sangrientas de todos contra todos. Era la misma muchedumbre impetuosa que el resto de la semana se infiltraba en las plazas y callejuelas de los barrios antiguos, con ventorrillos de cuanto fuera posible comprar y vender, y le infundían a la ciudad muerta un frenesí de feria humana olorosa a pescado frito: una vida nueva.

La independencia del dominio español, y luego la abolición de la esclavitud, precipitaron el estado de decadencia honorable en que nació y creció el doctor Juvenal Urbino. Las grandes familias de antaño se hundían en silencio dentro de sus alcázares desguarnecidos. En los vericuetos de las calles adoquinadas que tan eficaces habían sido en sorpresas de guerras y desembarcos de bucaneros, la maleza se descolgaba por los balcones y abría grietas en los muros de cal y canto aun en las mansiones mejor tenidas, y la única señal viva a las dos de la tarde eran los lánguidos ejercicios de piano en la penumbra de la siesta. Adentro, en los frescos dormitorios saturados de incienso, las mujeres se guardaban del sol como de un contagio indigno, y aun en las misas de madrugada se tapaban la cara con la mantilla. Sus amores eran lentos y difíciles, perturbados a menudo por presagios siniestros, y la vida les parecía interminable. Al anochecer, en el instante opresivo del tránsito, se alzaba de las ciénagas una tormenta de zancudos carniceros, y una tierna vaharada de mierda humana, cálida y triste, revolvía en el fondo del alma la certidumbre de la muerte.

Pues la vida propia de la ciudad colonial, que el joven Juvenal Urbino solía idealizar en sus melancolías de París, era entonces una ilusión de la memoria. Su comercio había sido el más próspero del Caribe en el siglo XVIII, sobre todo por el privilegio ingrato de ser el más grande mercado de esclavos africanos en las Américas. Fue además la residencia habitual de los virreyes del Nuevo Reino de Granada, que preferían gobernar desde aquí, frente al océano del mundo, y no en la capital distante y helada cuya llovizna de siglos les trastornaba el sentido de la realidad. Varias veces al año se concentraban en la bahía las flotas de galeones cargados con los caudales de Potosí, de Quito, de Veracruz, y la ciudad vivía entonces los que fueron sus años de gloria. El viernes 8 de junio de 1708 a las cuatro de la tarde, el galeón *San José*, que acababa de zarpar para Cádiz con un cargamento de piedras y metales preciosos por medio millón de millones de pesos de la época, fue hundido por una escuadra inglesa frente a la entrada del puerto, y dos siglos largos después no había sido aún rescatado. Aquella fortuna yacente en fondos de corales, con el cadáver del comandante flotando de medio lado en el puesto de mando, solía ser evocada por los historiadores como el emblema de la ciudad ahogada en los recuerdos.

Al otro lado de la bahía, en el barrio residencial de La Manga, la casa del doctor Juvenal Urbino estaba en otro tiempo. Era grande y fresca, de una sola planta, y con un pórtico de columnas dóricas en la terraza exterior, desde la cual se dominaba el estanque de miasmas y escombros de naufragios de la bahía. El piso estaba cubierto de baldosas ajedrezadas, blancas y negras, desde la puerta de entrada hasta la cocina, y esto se había atribuido más de una vez a la pasión dominante del doctor Urbino, sin recordar que era una debilidad común de los maestros de obra catalanes que construyeron a principios de este siglo aquel barrio de ricos recientes. La sala era amplia, de cielos muy altos como toda la casa, con seis ventanas de cuerpo entero sobre la calle, y estaba separada del comedor por una puerta vidriera, enorme e historiada, con ramazones de vides y racimos y doncellas seducidas por caramillos de faunos en una floresta de bronce. Los muebles de recibo, hasta el reloj de péndulo de la sala que tenía la presencia de un centinela vivo, eran todos originales ingleses de fines del siglo XIX, y las lámparas colgadas eran de lágrimas de cristal de roca, y había por todas partes jarrones y floreros de Sèvres y estatuillas de idilios paganos en alabastro. Pero aquella coherencia europea se acababa en el resto de la casa, donde las butacas de mimbre se confundían con mecedores vieneses y taburetes de cuero de artesanía local. En los dormitorios, además de las camas, había espléndidas hamacas de San Jacinto con el nombre del dueño bordado en letras góticas con hilos de seda y flecos de colores en las orillas. El espacio concebido en sus orígenes para las cenas de gala, a un lado del comedor, fue aprovechado para una pequeña sala de música donde se daban conciertos íntimos cuando venían intérpretes notables. Las baldosas habían sido cubiertas con las alfombras turcas compradas en la Exposición Universal de París para mejorar el silencio del ámbito, había una ortofónica de modelo reciente junto a un estante con discos bien ordenados, y en un rincón, cubierto con un mantón de Manila, estaba el piano que el doctor Urbino no había vuelto a tocar en muchos años. En toda la casa se notaba el juicio y el recelo de una mujer con los pies bien plantados sobre la tierra.

Sin embargo, ningún otro lugar revelaba la solemnidad meticulosa de la biblioteca, que fue el santuario del doctor Urbino antes que se lo llevara la vejez. Allí, alrededor del escritorio de nogal de su padre, y de las poltronas de cuero capitonado, hizo cubrir los muros y hasta las ventanas con anaqueles vidriados, y colocó en un orden casi demente tres mil libros idénticos empastados en piel de becerro y con sus iniciales doradas en el lomo. Al contrario de las otras estancias, que estaban a merced de los estropicios y los malos alientos del puerto, la biblioteca tuvo siempre el sigilo y el olor de una abadía. Nacidos y criados bajo la superstición caribe de abrir puertas y ventanas para convocar una fresca que no existía en la realidad, el doctor Urbino y su esposa se sintieron al principio con el corazón oprimido por el encierro. Pero terminaron por convencerse de las bondades del método romano contra el calor, que consistía en mantener las casas cerradas en el sopor de agosto para que no se metiera el aire ardiente de la calle, y abrirlas por completo para los vientos de la noche. La suya fue desde entonces la más fresca en el sol bravo de La Manga, y era una dicha hacer la siesta en la penumbra de los dormitorios, y sentarse por la tarde en el pórtico a ver pasar los cargueros de Nueva Orleans, pesados y cenicientos, y los buques fluviales de rueda de madera con las luces encendidas al atardecer, que iban purificando con un reguero de músicas el muladar estancado de la bahía. Era también la mejor protegida de diciembre a marzo, cuando los alisios del norte desbarataban los tejados, y se pasaban la noche dando vueltas como lobos hambrientos alrededor de la casa en busca de un resquicio para meterse. Nadie pensó nunca que el matrimonio afincado sobre aquellos cimientos pudiera tener algún motivo para no ser feliz.

En todo caso, el doctor Urbino no lo era aquella mañana, cuando volvió a su casa antes de las diez, trastornado por las dos visitas que no sólo le habían hecho perder la misa de Pentecostés, sino que amenazaban con volverlo distinto a una edad en que ya todo parecía consumado. Quería dormir una siesta de perro mientras llegaba la hora del almuerzo de gala del doctor Lácides Olivella, pero encontró la servidumbre alborotada, tratando de coger el loro que había volado hasta la rama más alta del palo de mango cuando lo sacaron de la jaula para cortarle las alas. Era un loro desplumado y maniático, que no hablaba cuando se lo pedían sino en las ocasiones menos pensadas, pero entonces lo hacía con una claridad y un uso de razón que no eran muy comunes en los seres humanos. Había sido amaestrado por el doctor Urbino en persona, y eso le había valido privilegios que nadie tuvo nunca en la familia, ni siquiera los hijos cuando eran niños.

Estaba en la casa desde hacía más de veinte años, y nadie supo cuántos había vivido antes. Todas las tardes después de la siesta, el doctor Urbino se sentaba con él en la terraza del patio, que era el lugar más fresco de la casa, y había apelado a los recursos más arduos de su pasión pedagógica, hasta que el loro aprendió a hablar el francés como un académico. Después, por puro vicio de la virtud, le enseñó el acompañamiento de la misa en latín y algunos trozos escogidos del Evangelio según San Mateo, y trató sin fortuna de inculcarle una noción mecánica de las cuatro operaciones aritméticas. En uno de sus últimos viajes a Europa trajo el primer fonógrafo de bocina con muchos discos de moda y de sus compositores clásicos favoritos. Día tras día, una vez y otra vez durante varios meses, le hacía oír al loro las canciones de Yvette Guilbert y Aristide Bruant, que habían hecho las delicias de Francia en el siglo pasado, hasta que las aprendió de memoria. Las cantaba con voz de mujer, si eran las de ella, y con voz de tenor, si eran de él, y terminaba con unas carcajadas libertinas que eran el espejo magistral de las que soltaban las sirvientas cuando lo oían cantar en francés. La fama de sus gracias había llegado tan lejos, que a veces pedían permiso para verlo algunos visitantes distinguidos que venían del interior en los buques fluviales, y en una ocasión trataron de comprarlo a cualquier precio unos turistas ingleses de los muchos que pasaban por aquella época en los barcos bananeros de Nueva Orleans. Sin embargo, el día de su gloria mayor fue cuando el Presidente de la República, don Marco Fidel Suárez, con los ministros de su gabinete en pleno, vinieron a la casa a comprobar la verdad de su fama. Llegaron como a las tres de la tarde, sofocados por las chisteras y las levitas de paño que no se habían quitado en tres días de visita oficial bajo el cielo incandescente de agosto, y tuvieron que irse tan intrigados como vinieron, porque el loro se negó a decir ni este pico es mío durante dos horas de desesperación, a pesar de las súplicas y las amenazas y la vergüenza pública del doctor Urbino, que se había empecinado en aquella invitación temeraria contra las advertencias sabias de su esposa.

El hecho de que el loro hubiera mantenido sus privilegios después de ese desplante histórico había sido la prueba final de su fuero sagrado. Ningún otro animal estaba permitido en la casa, salvo la tortuga de tierra que había vuelto a aparecer en la cocina después de tres o cuatro años en que se la creyó perdida para siempre. Pero ésta no se tenía como un ser vivo, sino más bien como un amuleto mineral para la buena suerte, del que nunca se sabía a ciencia cierta por dónde andaba. El doctor Urbino se resistía a admitir que odiaba a los animales, y lo disimulaba con toda clase de fábulas científicas y pretextos filosóficos que convencían a muchos, pero no a su esposa. Decía que quienes los amaban en exceso eran capaces de las peores crueldades con los seres humanos. Decía que los perros no eran fieles sino serviles, que los gatos eran oportunistas y traidores, que los pavorreales eran heraldos de muerte, que las guacamayas no eran más que estorbos ornamentales, que los conejos fomentaban la codicia, que los micos contagiaban la fiebre de la lujuria, y que los gallos estaban malditos porque se habían prestado para que a Cristo lo negaran tres veces.

En cambio Fermina Daza, su esposa, que entonces tenía setenta y dos años y había perdido ya la andadura de venada de otros tiempos, era una idólatra irracional de las flores ecuatoriales y los animales domésticos, y al principio del matrimonio se había aprovechado de la novedad del amor para tener en la casa muchos más de los que aconsejaba el buen juicio. Los primeros fueron tres dálmatas con nombres de emperadores romanos que se despedazaron entre sí por los favores de una hembra que hizo honor a su nombre de Mesalina, pues más demoraba en parir nueve cachorros que en concebir otros diez. Después fueron los gatos abisinios con perfil de águila y modales faraónicos, los siameses bizcos, los persas palaciegos de ojos anaranjados, que se paseaban por las alcobas como sombras fantasmales y alborotaban las noches con los alaridos de sus aquelarres de amor. Durante algunos años, encadenado por la cintura en el mango del patio, hubo un mico amazónico que suscitaba una cierta compasión porque tenía el semblante atribulado del arzobispo Obdulio y Rey, y el mismo candor de sus ojos y la elocuencia de sus manos, pero no fue por eso que Fermina Daza se deshizo de él, sino por su mala costumbre de complacerse en honor de las señoras.

Había toda clase de pájaros de Guatemala en las jaulas de los corredores, y alcaravanes premonitorios y garzas de ciénaga de largas patas amarillas, y un ciervo juvenil que se asomaba por las ventanas para comerse los anturios de los floreros. Poco antes de la última guerra civil, cuando se habló por primera vez de una posible visita del Papa, habían traído de Guatemala un ave del paraíso que más tardó en venir que en volver a su tierra, cuando se supo que el anuncio del viaje pontificio había sido un infundio del gobierno para asustar a los liberales confabulados. Otra vez compraron en los veleros de los contrabandistas de Curazao una jaula de alambre con seis cuervos perfumados, iguales a los que Fermina Daza había tenido de niña en la casa paterna, y que quería seguir teniendo de casada. Pero nadie pudo soportar los aleteos continuos que saturaban la casa con sus efluvios de coronas de muertos. También llevaron una anaconda de cuatro metros, cuyos suspiros de cazadora insomne perturbaban la oscuridad de los dormitorios, aunque lograron con ella lo que querían, que era espantar con su aliento mortal a los murciélagos y las salamandras, y a las numerosas especies de insectos dañinos que invadían la casa en los meses de lluvia. Al doctor Juvenal Urbino, tan solicitado entonces por sus obligaciones profesionales, y tan absorto en sus promociones cívicas y culturales, le bastaba con suponer que en medio de tantas criaturas abominables, su mujer no era sólo la más hermosa en el ámbito del Caribe, sino también la más feliz. Pero una tarde de lluvias, al término de una jornada agotadora, encontró en la casa un desastre que lo puso en la realidad. Desde la sala de visitas hasta donde alcanzaba la vista, había un reguero de animales muertos flotando en una ciénaga de sangre. Las sirvientas, trepadas en las sillas sin saber qué hacer, no acababan de reponerse del pánico de la matanza.

El caso fue que uno de los mastines alemanes, enloquecido por un ataque súbito de mal de rabia, había despedazado a cuanto animal de cualquier clase encontró en su camino, hasta que el jardinero de la casa vecina tuvo el valor de enfrentarlo y lo despedazó a machetazos. No se sabía a cuántos había mordido, o contaminado con sus espumarajos verdes, así que el doctor Urbino ordenó matar a los sobrevivientes e incinerar los cuerpos en un campo apartado, y pidió a los servicios del Hospital de la Misericordia una desinfección a fondo de la casa. El único que se salvó, porque nadie se acordó de él, fue el morrocoyo macho de la buena suerte.

Fermina Daza le dio la razón a su marido por primera vez en algún asunto doméstico y se cuidó de no hablar más de animales por mucho tiempo. Se consolaba con las láminas de colores de la Historia Natural de Linneo, que hizo enmarcar y colgar en las paredes de la sala, y tal vez hubiera terminado por perder las esperanzas de ver otra vez un animal en la casa, de no haber sido porque una madrugada los ladrones forzaron una ventana del baño y se llevaron el servicio de plata heredado de cinco generaciones. El doctor Urbino puso candados dobles en las argollas de las ventanas, aseguró las puertas por dentro con trancas de hierro, guardó las cosas de más valor en la caja de caudales, y adquirió la tardía costumbre de guerra de dormir con el revólver debajo de la almohada. Pero se opuso a la compra de un perro bravo, vacunado o no, suelto o encadenado, aunque los ladrones los dejaran en cueros.

—En esta casa no entrará nada que no hable —dijo.

Lo dijo para poner término a las argucias de su mujer, empecinada otra vez en comprar un perro, y sin imaginar siquiera que aquella generalización apresurada había de costarle la vida. Fermina Daza, cuyo carácter cerrero se había ido matizando con los años, agarró al vuelo la ligereza de lengua del marido: meses después del robo volvió a los veleros de Curazao y compró un loro real de Paramaribo que sólo sabía decir blasfemias de marineros, pero que las decía con una voz tan humana que bien valía su precio excesivo de doce centavos.

Era de los buenos, más liviano de lo que parecía, y con la cabeza amarilla y la lengua negra, único modo de distinguirlo de los loros mangleros que no aprendían a hablar ni con supositorios de trementina. El doctor Urbino, buen perdedor, se inclinó ante el ingenio de su esposa, y él mismo se sorprendió de la gracia que le hacían los progresos del loro alborotado por las sirvientas. En las tardes de lluvia, cuando se le desataba la lengua por la alegría de las plumas ensopadas, decía frases de otros tiempos que no había podido aprender en la casa, y que permitían pensar que era también más viejo de lo que parecía. La última reticencia del médico se desmoronó una noche en que los ladrones trataron de meterse otra vez por una claraboya de la azotea, y el loro los espantó con unos ladridos de mastín que no habrían sido tan verosímiles si hubieran sido reales, y gritando rateros rateros rateros, dos gracias salvadoras que no había aprendido en la casa. Fue entonces cuando el doctor Urbino se hizo cargo de él, y mandó a construir debajo del mango una percha con un recipiente para el agua y otro para el guineo maduro, y además un trapecio para hacer maromas. De diciembre a marzo, cuando las noches se enfriaban y la intemperie se volvía invivible por las brisas del norte, lo llevaban a dormir en las alcobas dentro de una jaula tapada con una manta, a pesar de que el doctor Urbino sospechaba que su muermo crónico podía ser peligroso para la buena respiración de los humanos. Durante muchos años le cortaban las plumas de las alas y lo dejaban suelto, caminando a gusto con su andar cascorvo de jinete viejo. Pero un día se puso a hacer gracias de acróbata en los travesaños de la cocina y se cayó en la olla del sancocho en medio de su propia algarabía naval de sálvese quien pueda, y con tan buena fortuna que la cocinera alcanzó a sacarlo con el cucharón, escaldado y sin plumas, pero todavía vivo. Desde entonces lo dejaron en la jaula incluso durante el día, contra la creencia vulgar de que los loros enjaulados olvidan lo aprendido, y sólo lo sacaban con la fresca de las cuatro para las clases del doctor Urbino en la terraza del patio. Nadie advirtió a tiempo que tenía las alas demasiado largas, y aquella mañana se disponían a cortárselas cuando escapó hasta el copo del mango.

No habían logrado alcanzarlo en tres horas. Las sirvientas, ayudadas por otras del vecindario, habían recurrido a toda suerte de engaños para hacerlo bajar, pero él continuaba empecinado en su sitio, gritando muerto de risa viva el partido liberal, viva el partido liberal carajo, un grito temerario que les había costado la vida a más de cuatro borrachitos felices. El doctor Urbino apenas alcanzaba a distinguirlo entre las frondas, y trató de convencerlo en español y francés, y aun en latín, y el loro le contestaba en los mismos idiomas y con el mismo énfasis y el mismo timbre de voz, pero no se movió del cogollo. Convencido de que nadie iba a conseguirlo por las buenas, el doctor Urbino ordenó que pidieran ayuda a los bomberos, que eran su juguete cívico más reciente.

Hasta hacía poco, en efecto, los incendios eran apagados por voluntarios con escaleras de albañiles y baldes de agua acarreados de donde se pudiera, y era tal el desorden de sus métodos, que éstos causaban a veces más estragos que los incendios. Pero desde el año anterior, gracias a una colecta promovida por la Sociedad de Mejoras Públicas, de la cual Juvenal Urbino era presidente honorario, había un cuerpo de bomberos profesional y un camión cisterna con sirena y campana, y dos mangueras de alta presión. Estaban de moda, hasta el punto de que en las escuelas se suspendían las clases cuando se oían las campanas de las iglesias tocando a rebato, para que los niños fueran a verlos combatir el fuego. Al principio era lo único que hacían. Pero el doctor Urbino les contó a las autoridades municipales que en Hamburgo había visto a los bomberos resucitar a un niño que encontraron congelado en un sótano después de una nevada de tres días. También los había visto en una callejuela de Nápoles, bajando un muerto dentro del ataúd desde el balcón de un décimo piso, pues las escaleras del edificio eran tan torcidas que la familia no había logrado sacarlo a la calle. Fue así como los bomberos locales aprendieron a prestar otros servicios de emergencia, como forzar cerraduras o matar culebras venenosas, y la Escuela de Medicina les impartió un curso especial de primeros auxilios en accidentes menores. De modo que no era un despropósito pedirles el favor de que bajaran del árbol a un loro distinguido con tantos méritos como un caballero. El doctor Urbino dijo: «Díganles que es de parte mía». Y se fue al dormitorio a vestirse para el almuerzo de gala. La verdad era que en ese momento, abrumado por la carta de Jeremiah de Saint-Amour, la suerte del loro lo tenía sin cuidado.

Fermina Daza se había puesto un camisero de seda, amplio y suelto, con el talle en las caderas, se había puesto un collar de perlas legítimas con seis vueltas largas y desiguales, y unos zapatos de raso con tacones altos que sólo usaba en ocasiones muy solemnes, pues ya los años no le daban para tantos abusos. Aquel atuendo de moda no parecía adecuado para una abuela venerable, pero le iba muy bien a su cuerpo de huesos largos, todavía delgado y recto, a sus manos elásticas sin un solo lunar de vejez, a su cabello de acero azul, cortado en diagonal a la altura de la mejilla. Lo único que le quedaba entonces de su retrato de bodas eran los ojos de almendras diáfanas y la altivez de nación, pero lo que le faltaba por la edad le alcanzaba por el carácter y le sobraba por la diligencia. Se sentía bien: lejos iban quedando los siglos de los corsés de hierro, las cinturas restringidas, las ancas alzadas con artificios de trapo. Los cuerpos liberados, respirando a gusto, se mostraban como eran. Aun a los setenta y dos años.

El doctor Urbino la encontró sentada frente al tocador, bajo las aspas lentas del ventilador eléctrico, poniéndose el sombrero de campana con un adorno de violetas de fieltro. El dormitorio era amplio y radiante, con una cama inglesa protegida por un mosquitero de punto rosado, y dos ventanas abiertas hacia los árboles del patio por donde se metía el estruendo de las chicharras aturdidas por presagios de lluvia. Desde el regreso del viaje de bodas, Fermina Daza escogía la ropa de su marido de acuerdo con el tiempo y la ocasión, y la ponía en orden sobre una silla desde la noche anterior para que la encontrara lista cuando saliera del baño. No recordaba desde cuándo empezó también a ayudarlo a vestirse, y por último a vestirlo, y era consciente de que al principio lo había hecho por amor, pero desde unos cinco años atrás tenía que hacerlo de todas maneras porque él no podía vestirse por sí solo. Acababan de celebrar las bodas de oro matrimoniales, y no sabían vivir ni un instante el uno sin el otro, o sin pensar el uno en el otro, y lo sabían cada vez menos a medida que se recrudecía la vejez. Ni él ni ella podían decir si esa servidumbre recíproca se fundaba en el amor o en la comodidad, pero nunca se lo habían preguntado con la mano en el corazón, porque ambos preferían desde siempre ignorar la respuesta. Ella había ido descubriendo poco a poco la incertidumbre de los pasos de su marido, sus trastornos de humor, las fisuras de su memoria, su costumbre reciente de sollozar dormido pero no los identificó como los signos inequívocos del óxido final, sino como una vuelta feliz a la infancia. Por eso no lo trataba como a un anciano difícil sino como a un niño senil, y aquel engaño fue providencial para ambos porque los puso a salvo de la compasión.

Otra cosa bien distinta habría sido la vida para ambos, de haber sabido a tiempo que era más fácil sortear las grandes catástrofes matrimoniales que las miserias minúsculas de cada día. Pero si algo habían aprendido juntos era que la sabiduría nos llega cuando ya no sirve para nada. Fermina Daza había soportado de mal corazón, durante años, los amaneceres jubilosos del marido. Se aferraba a sus últimos hilos de sueño para no enfrentarse al fatalismo de una nueva mañana de presagios siniestros, mientras él despertaba con la inocencia de un recién nacido: cada nuevo día era un día más que se ganaba. Lo oía despertar con los gallos, y su primera señal de vida era una tos sin son ni ton que parecía a propósito para que también ella despertara. Lo oía rezongar, sólo por inquietarla, mientras buscaba a tientas las pantuflas que debían de estar junto a la cama. Lo oía abrirse paso hasta el baño tantaleando en la oscuridad. Al cabo de una hora en el estudio, cuando ella se había dormido de nuevo, lo oía regresar a vestirse todavía sin encender la luz. Alguna vez, en un juego de salón, le preguntaron cómo se definía a sí mismo, y él había dicho: «Soy un hombre que se viste en las tinieblas». Ella lo oía a sabiendas de que ninguno de aquellos ruidos era indispensable, y que él los hacía a propósito fingiendo lo contrario, así como ella estaba despierta fingiendo no estarlo. Los motivos de él eran ciertos: nunca la necesitaba tanto, viva y lúcida, como en esos minutos de zozobra.

No había nadie más elegante que ella para dormir, con un escorzo de danza y una mano sobre la frente, pero tampoco había nadie más feroz cuando le perturbaban la sensualidad de creerse dormida cuando ya no lo estaba. El doctor Urbino sabía que ella permanecía pendiente del menor ruido que él hiciera, y que inclusive se lo habría agradecido, para tener a quien echarle la culpa de despertarla a las cinco del amanecer. Tanto era así, que en las pocas ocasiones en que tenía que tantear en las tinieblas porque no encontraba las pantuflas en el lugar de siempre, ella decía de pronto con voz de entresueños: «Las dejaste anoche en el baño». Enseguida, con la voz despierta de rabia, maldecía:

—La peor desgracia de esta casa es que no se puede dormir.

Entonces se volteaba en la cama, encendía la luz sin la menor clemencia para consigo misma, feliz con su primera victoria del día. En el fondo era un juego de ambos, mítico y perverso, pero por lo mismo reconfortante: uno de los tantos placeres peligrosos del amor domesticado. Pero fue por uno de esos juegos triviales que los primeros treinta años de vida en común estuvieron a punto de acabarse porque un día cualquiera no hubo jabón en el baño.

Empezó con la simplicidad de rutina. El doctor Juvenal Urbino había regresado al dormitorio, en los tiempos en que todavía se bañaba sin ayuda, y empezó a vestirse sin encender la luz. Ella estaba como siempre a esa hora en su tibio estado fetal, los ojos cerrados, la respiración tenue, y ese brazo de danza sagrada sobre la cabeza. Pero estaba a medio sueño, como siempre, y él lo sabía. Al cabo de un largo rumor de almidones de linos en la oscuridad, el doctor Urbino habló consigo mismo:

—Hace como una semana que me estoy bañando sin jabón —dijo.

Entonces ella acabó de despertar, recordó, y se revolvió de rabia contra el mundo, porque en efecto había olvidado reponer el jabón en el baño. Había notado la falta tres días antes, cuando ya estaba debajo de la regadera y pensó reponerlo después, pero después lo olvidó hasta el día siguiente. Al tercer día le había ocurrido lo mismo. En realidad no había transcurrido una semana, como él decía para agravarle la culpa, pero sí tres días imperdonables, y la furia de sentirse sorprendida en falta acabó de sacarla de quicio. Como siempre, se defendió atacando.

—Pues yo me he bañado todos estos días —gritó fuera de sí— y siempre ha habido jabón.

Aunque él conocía de sobra sus métodos de guerra, esa vez no pudo soportarlos. Se fue a vivir con cualquier pretexto profesional en los cuartos de internos del Hospital de la Misericordia, y sólo aparecía en la casa para cambiarse de ropa al atardecer antes de las consultas a domicilio. Ella se iba para la cocina cuando lo oía llegar, fingiendo hacer cualquier cosa, y allí permanecía hasta sentir en la calle los pasos de los caballos del coche. Cada vez que trataron de resolver la discordia en los tres meses siguientes, lo único que lograron fue atizarla. Él no estaba dispuesto a volver mientras ella no admitiera que no había jabón en el baño, y ella no estaba dispuesta a recibirlo mientras él no reconociera haber mentido a conciencia para atormentarla.

El incidente, por supuesto, les dio oportunidad de evocar otros, muchos otros pleitos minúsculos de otros tantos amaneceres turbios. Unos resentimientos revolvieron los otros, reabrieron cicatrices antiguas, las volvieron heridas nuevas, y ambos se asustaron con la comprobación desoladora de que en tantos años de lidia conyugal no habían hecho mucho más que pastorear rencores. Él llegó a proponer que se sometieran juntos a una confesión abierta, con el señor arzobispo si era preciso, para que fuera Dios quien decidiera como árbitro final si había o no había jabón en la jabonera del baño. Entonces ella, que tan buenos estribos tenía, los perdió con un grito histórico:

—¡A la mierda el señor arzobispo!

El improperio estremeció los cimientos de la ciudad, dio origen a consejas que no fue fácil desmentir, y quedó incorporado al habla popular con aires de zarzuela: «¡A la mierda el señor arzobispo!». Consciente de que había rebasado la línea, ella se anticipó a la reacción que esperaba del esposo, y lo amenazó con mudarse sola a la antigua casa de su padre, que todavía era suya, aunque estaba alquilada para oficinas públicas. No era una bravata: quería irse de veras, sin importarle el escándalo social, y el marido se dio cuenta a tiempo. Él no tuvo valor para desafiar sus prejuicios: cedió. No en el sentido de admitir que había jabón en el baño, pues habría sido un agravio a la verdad, sino en el de seguir viviendo en la misma casa, pero en cuartos separados, y sin dirigirse la palabra. Así comían, sorteando la situación con tanta destreza que se mandaban recados con los hijos de un lado al otro de la mesa, sin que éstos se dieran cuenta de que no se hablaban.

Como en el estudio no había baño, la fórmula resolvió el conflicto de los ruidos matinales, porque él entraba a bañarse después de haber preparado la clase, y tomaba precauciones reales para no despertar a la esposa. Muchas veces coincidían y se turnaban para cepillarse los dientes antes de dormir. Al cabo de cuatro meses, él se acostó a leer en la cama matrimonial mientras ella salía del baño, como ocurría a menudo, y se quedó dormido. Ella se acostó a su lado con bastante descuido para que despertara y se fuera. Él despertó a medias, en efecto, pero en vez de levantarse apagó la veladora y se acomodó en su almohada. Ella lo sacudió por el hombro para recordarle que debía irse al estudio, pero él se sentía tan bien otra vez en la cama de plumas de los bisabuelos, que prefirió capitular.

—Déjame aquí —dijo—. Sí había jabón.

Cuando recordaban este episodio, ya en el recodo de la vejez, ni él ni ella podían creer la verdad asombrosa de que aquel altercado fue el más grave de medio siglo de vida en común, y el único que les inspiró a ambos el deseo de claudicar, y empezar la vida de otro modo. Aun cuando ya eran viejos y apacibles se cuidaban de evocarlo, porque las heridas apenas cicatrizadas volvían a sangrar como si fueran de ayer.

Él fue el primer hombre al que Fermina Daza oyó orinar. Lo oyó la noche de bodas en el camarote del barco que los llevaba a Francia, mientras estaba postrada por el mareo, y el ruido de su manantial de caballo le pareció tan potente e investido de tanta autoridad, que aumentó su terror por los estragos que temía. Aquel recuerdo volvía con frecuencia a su memoria, a medida que los años iban debilitando el manantial, porque nunca pudo resignarse a que él dejara mojado el borde de la taza cada vez que la usaba. El doctor Urbino trataba de convencerla, con argumentos fáciles de entender por quien quisiera entenderlos, de que aquel accidente no se repetía a diario por descuido suyo, como ella insistía, sino por una razón orgánica: su manantial de joven era tan definido y directo, que en el colegio había ganado torneos de puntería para llenar botellas, pero con los usos de la edad no sólo fue decayendo, sino que se hizo oblicuo, se ramificaba, y se volvió por fin una fuente de fantasía imposible de dirigir, a pesar de los muchos esfuerzos que él hacía por enderezarlo. Decía: «El inodoro tuvo que ser inventado por alguien que no sabía nada de hombres». Contribuía a la paz doméstica con un acto cotidiano que era más de humillación que de humildad: secaba con papel higiénico los bordes de la taza cada vez que la usaba. Ella lo sabía, pero nunca decía nada mientras no eran demasiado evidentes los vapores amoniacales dentro del baño, y entonces los proclamaba como el descubrimiento de un crimen: «Esto apesta a criadero de conejos». En vísperas de la vejez, el mismo estorbo del cuerpo le inspiró al doctor Urbino la solución final: orinaba sentado, como ella, lo cual dejaba la taza limpia, y además lo dejaba a él en estado de gracia.

Ya para entonces se bastaba muy mal de sí mismo, y un resbalón en el baño que pudo ser fatal lo puso en guardia contra la ducha. La casa, con ser de las modernas, carecía de la bañera de peltre con patas de león que era de uso ordinario en las mansiones de la ciudad antigua. Él la había hecho quitar con un argumento higiénico: la bañera era una de las tantas porquerías de los europeos, que sólo se bañaban el último viernes de cada mes, y lo hacían además dentro del caldo ensuciado por la misma suciedad que pretendían quitarse del cuerpo. De modo que mandaron a hacer una batea grande sobre medidas, de guayacán macizo, donde Fermina Daza bañaba al esposo con el mismo ritual de los hijos recién nacidos. El baño se prolongaba más de una hora, con aguas terciadas en las que habían hervido hojas de malva y cáscaras de naranjas, y tenía para él un efecto tan sedante que a veces se quedaba dormido dentro de la infusión perfumada. Después de bañarlo, Fermina Daza lo ayudaba a vestirse, le echaba polvos de talco entre las piernas, le untaba manteca de cacao en las escaldaduras, le ponía los calzoncillos con tanto amor como si fueran un pañal, y seguía vistiéndolo pieza por pieza, desde las medias hasta el nudo de la corbata con el prendedor de topacio. Los amaneceres conyugales se apaciguaron, porque él volvió a asumir la niñez que le habían quitado sus hijos. Ella, por su parte, terminó en consonancia con el horario familiar, porque también para ella pasaban los años: dormía cada vez menos, y antes de cumplir los setenta despertaba primero que el esposo.

El domingo de Pentecostés, cuando levantó la manta para ver el cadáver de Jeremiah de Saint-Amour el doctor Urbino tuvo la revelación de algo que le había sido negado hasta entonces en sus navegaciones más lúcidas de médico y de creyente. Fue como si después de tantos años de familiaridad con la muerte, después de tanto combatirla y manosearla por el derecho y el revés, aquella hubiera sido la primera vez en que se atrevió a mirarla a la cara, y también ella lo estaba mirando. No era el miedo de la muerte. No: el miedo estaba dentro de él desde hacía muchos años, convivía con él, era otra sombra sobre su sombra, desde una noche en que despertó turbado por un mal sueño y tomó conciencia de que la muerte no era sólo una probabilidad permanente, como lo había sentido siempre, sino una realidad inmediata.

En cambio, lo que había visto aquel día era la presencia física de algo que hasta entonces no había pasado de ser una certidumbre de la imaginación. Se alegró de que el instrumento de la Divina Providencia para aquella revelación sobrecogedora hubiera sido Jeremiah de Saint-Amour, a quien siempre tuvo como un santo que ignoraba su propio estado de gracia. Pero cuando la carta le reveló su identidad verdadera, su pasado siniestro, su inconcebible poder de artificio, sintió que algo definitivo y sin regreso había ocurrido en su vida.

Sin embargo, Fermina Daza no se dejó contagiar por su humor sombrío. Él lo intentó, desde luego, mientras ella lo ayudaba a meter las piernas en los pantalones y le cerraba la larga botonadura de la camisa. Pero no lo consiguió, porque Fermina Daza no era fácil de impresionar, y menos con la muerte de un hombre que no amaba. Sabía apenas que Jeremiah de Saint-Amour era un inválido de muletas a quien nunca había visto, que había escapado a un pelotón de fusilamiento en alguna de las tantas insurrecciones de alguna de las tantas islas de las Antillas, que se había hecho fotógrafo de niños por necesidad y llegó a ser el más solicitado de la provincia, y que le había ganado una partida de ajedrez a alguien que ella recordaba como Torremolinos pero que en realidad se llamaba Capablanca.

—Pues no era más que un prófugo de Cayena condenado a cadena perpetua por un crimen atroz —dijo el doctor Urbino—. Imagínate que hasta había comido carne humana.

Le dio la carta cuyos secretos quería llevarse a la tumba, pero ella guardó los pliegos doblados en el tocador, sin leerlos, y cerró la gaveta con llave. Estaba acostumbrada a la insondable capacidad de asombro de su esposo, a sus juicios excesivos que se volvían más enrevesados con los años, a una estrechez de criterio que no se compadecía con su imagen pública. Pero aquella vez había rebasado sus propios límites. Ella suponía que su esposo no apreciaba a Jeremiah de Saint-Amour por lo que había sido antes, sino por lo que empezó a ser desde que llegó sin más prendas encima que su mochila de exiliado, y no podía entender por qué lo consternaba de aquel modo la revelación tardía de su identidad. No comprendía por qué le parecía abominable que hubiera tenido una mujer escondida si ese era un hábito atávico de los hombres de su clase, incluido él en un momento ingrato, y además le parecía una desgarradora prueba de amor que ella lo hubiera ayudado a consumar su decisión de morir. Dijo: «Si tú también decidieras hacerlo por razones tan serias como las que él tenía, mi deber sería hacer lo mismo que ella». El doctor Urbino se encontró una vez más en la encrucijada de incomprensión simple que lo había exasperado durante medio siglo.

—No entiendes nada —dijo—. Lo que me indigna no es lo que fue ni lo que hizo, sino el engaño en que nos mantuvo a todos durante tantos años.

Sus ojos empezaron a anegarse de lágrimas fáciles, pero ella fingió ignorarlo.

—Hizo bien —replicó—. Si hubiera dicho la verdad, ni tú ni esa pobre mujer, ni nadie en este pueblo lo hubiera querido tanto como lo quisieron.

Le abrochó el reloj de leontina en el ojal del chaleco. Le remató el nudo de la corbata y le puso el prendedor de topacio. Luego le secó las lágrimas y le limpió la barba llorada con el pañuelo húmedo de

Agua Florida, y se lo puso en el bolsillo del pecho con las puntas abiertas como una magnolia. Las once campanadas del reloj de péndulo resonaron en el estanque de la casa.

—Apúrate —dijo ella, llevándolo del brazo—. Vamos a llegar tarde.

Aminta Dechamps, esposa del doctor Lácides Olivella, y sus siete hijas a cuál más diligente, lo habían previsto todo para que el almuerzo de las bodas de plata fuera el acontecimiento social del año. La residencia familiar en pleno centro histórico era la antigua Casa de la Moneda, desnaturalizada por un arquitecto florentino que pasó por aquí como un mal viento de renovación y convirtió en basílicas de Venecia a más de cuatro reliquias del siglo XVII. Tenía seis dormitorios y dos salones para comer y recibir, amplios y bien ventilados, pero no lo bastante para los invitados de la ciudad, además de los muy selectos que vendrían de fuera. El patio era igual al claustro de una abadía, con una fuente de piedra que cantaba en el centro y canteros de heliotropos que perfumaban la casa al atardecer, pero el espacio de las arcadas no era suficiente para tantos apellidos tan grandes. Así que decidieron hacer el almuerzo en la quinta campestre de la familia, a diez minutos en automóvil por el camino real, que tenía una fanegada de patio y enormes laureles de la India y nenúfares criollos en un río de aguas mansas. Los hombres del Mesón de don Sancho, dirigidos por la señora de Olivella, pusieron toldos de lona de colores en los espacios sin sombra, y armaron bajo los laureles un rectángulo con mesitas para ciento veintidós cubiertos, con manteles de lino para todos y ramos de rosas del día en la mesa de honor. Construyeron también una tarima para una banda de instrumentos de viento con un programa restringido de contradanzas y valses nacionales, y para un cuarteto de cuerda de la escuela de Bellas Artes, que era una sorpresa de la señora Olivella para el maestro venerable de su marido, que había de presidir el almuerzo. Aunque la fecha no correspondía en rigor con el aniversario de la graduación, escogieron el domingo de Pentecostés para magnificar el sentido de la fiesta.

Los preparativos habían empezado tres meses antes, por temor de que algo indispensable se quedara sin hacer por falta de tiempo. Hicieron traer las gallinas vivas de la Ciénaga de Oro, famosas en todo el litoral no sólo por su tamaño y su delicia, sino porque en los tiempos de la Colonia picoteaban en tierras de aluvión, y les encontraban en la molleja piedrecitas de oro puro. La señora de Olivella en persona, acompañada por algunas de sus hijas y de la gente de su servicio, subía a bordo de los transatlánticos de lujo a escoger lo mejor de todas partes para honrar los méritos del esposo. Todo lo había previsto, salvo que la fiesta era un domingo de junio en un año de lluvias tardías. Cayó en la cuenta de semejante riesgo en la mañana del mismo día, cuando salió para la misa mayor y se asustó con la humedad del aire, y vio que el cielo estaba denso y bajo y no se alcanzaba a ver el horizonte del mar. A pesar de esos signos aciagos, el director del observatorio astronómico, con quien se encontró en la misa, le recordó que en la muy azarosa historia de la ciudad, aun en los inviernos más crueles, no había llovido nunca el día de Pentecostés. Sin embargo, al toque de las doce, cuando ya muchos de los invitados tomaban los aperitivos al aire libre, el estampido de un trueno solitario hizo temblar la tierra, y un viento de mala mar desbarató las mesas y se llevó los toldos por el aire, y el cielo se desplomó en un aguacero de desastre.

El doctor Juvenal Urbino alcanzó a llegar a duras penas en el desorden de la tormenta, junto con los últimos invitados que encontró en el camino, y quería ir como ellos desde los coches hasta la casa saltando por las piedras a través del patio enchumbado, pero terminó por aceptar la humillación de que los hombres de don Sancho lo llevaran en brazos bajo un palio de lonas amarillas. Las mesas separadas habían sido dispuestas de nuevo como mejor se pudo en el interior de la casa, hasta en los dormitorios, y los invitados no hacían ningún esfuerzo por disimular su humor de naufragio. Hacía un calor de caldera de barco, pues habían tenido que cerrar las ventanas para impedir que se metiera la lluvia sesgada por el viento. En el patio, cada lugar de la mesa tenía una tarjeta con el nombre del invitado, y estaba previsto un lado para los hombres y otro para las mujeres, como era la costumbre. Pero las tarjetas con los nombres se confundieron dentro de la casa, y cada quien se sentó como pudo, en una promiscuidad de fuerza mayor que al menos por una vez contrarió nuestras supersticiones sociales. En medio del cataclismo, Aminta de Olivella parecía estar en todas partes al mismo tiempo, con el cabello empapado y el vestido espléndido salpicado de fango, pero sobrellevaba la desgracia con la sonrisa invencible que había aprendido de su esposo para no darle gusto a la adversidad. Con la ayuda de las hijas, forjadas en la misma fragua, logró hasta donde fue posible preservar los lugares de la mesa de honor, con el doctor Juvenal Urbino en el centro y el arzobispo Obdulio y

Rey a su derecha. Fermina Daza se sentó junto al esposo, como solía hacerlo, por temor de que se quedara dormido durante el almuerzo o se derramara la sopa en la solapa. El puesto de enfrente lo ocupó el doctor Lácides Olivella, un cincuentón con aires femeninos, muy bien conservado, cuyo espíritu festivo no tenía ninguna relación con sus diagnósticos certeros. El resto de la mesa quedó completo con las autoridades provinciales y municipales, y la reina de la belleza del año anterior, que el gobernador llevó del brazo para sentarla a su lado. Aunque no era costumbre exigir en las invitaciones un atuendo especial, y menos para un almuerzo campestre, las mujeres llevaban traje de noche con aderezos de piedras preciosas, y la mayoría de los hombres estaban vestidos de oscuro con corbata negra, y algunos con levitas de paño. Sólo los de mucho mundo, y entre ellos el doctor Urbino, llevaban sus trajes cotidianos. En cada puesto había una copia del menú, impreso en francés y con viñetas doradas.

La señora de Olivella, asustada por los estragos del calor, recorrió la casa suplicando que se quitaran las chaquetas para almorzar, pero nadie se atrevió a dar el ejemplo. El arzobispo le hizo notar al doctor Urbino que aquel era en cierto modo un almuerzo histórico: allí estaban por primera vez juntos en una misma mesa, cicatrizadas las heridas y disipados los rencores, los dos bandos de las guerras civiles que habían ensangrentado al país desde la independencia. Este pensamiento coincidía con el entusiasmo de los liberales, sobre todo los jóvenes, que habían logrado elegir un presidente de su partido después de cuarenta y cinco años de hegemonía conservadora. El doctor Urbino no estaba de acuerdo un presidente liberal no le parecía ni más ni menos que un presidente conservador, sólo que peor vestido. Sin embargo, no quiso contrariar al arzobispo. Aunque le habría gustado señalarle que nadie estaba en aquel almuerzo por lo que pensaba sino por los méritos de su alcurnia, y ésta había estado siempre por encima de los azares de la política y los horrores de la guerra. Visto así, en efecto, no faltaba nadie.

El aguacero cesó de pronto como había empezado y el sol se encendió de inmediato en el cielo sin nubes, pero la borrasca había sido tan violenta que arrancó de raíz algunos árboles, y el remanso desbordado convirtió el patio en un pantano. El desastre mayor había sido en la cocina. Varios fogones de leña habían sido armados con ladrillos en la parte de atrás de la casa, al aire libre, y apenas si habían tenido tiempo los cocineros de poner los calderos a salvo de la lluvia. Perdieron un tiempo de urgencia achicando la cocina inundada e improvisando nuevos fogones en la galería posterior. Pero a la una de la tarde estaba resuelta la emergencia, y sólo faltaba el postre encomendado a las monjas de Santa Clara, que se habían comprometido a mandarlo antes de las once. Se temía que el arroyo del camino real se hubiera salido de madre, como ocurría en inviernos menos severos, y en ese caso no sería posible contar con el postre antes de dos horas. Tan pronto como escampó abrieron las ventanas, y la casa se refrescó con el aire purificado por el azufre de la tormenta. Luego ordenaron que la banda ejecutara el programa de valses en la terraza del pórtico, pero sólo sirvió para aumentar la ansiedad, porque la resonancia de los cobres dentro de la casa obligaba a conversar a gritos. Cansada de esperar, sonriendo al borde de las lágrimas, Aminta de Olivella dio la orden de servir el almuerzo.

El grupo de la escuela de Bellas Artes inició el concierto, en medio de un silencio formal que alcanzó para los compases iniciales de *La Chasse* de Mozart. A pesar de las voces cada vez más altas y confusas, y del estorbo de los criados negros de Don Sancho que apenas si cabían por entre las mesas con las fuentes humeantes, el doctor Urbino logró mantener un canal abierto para la música hasta el final del programa. Su poder de concentración disminuía año tras año, hasta el punto de que debía anotar en un papel cada jugada de ajedrez para saber por dónde iba. Sin embargo, todavía le era posible ocuparse de una conversación seria sin perder el hilo de un concierto, aunque sin llegar a los extremos magistrales de un director de orquesta alemán, grande amigo suyo en sus tiempos de Austria, que leía la partitura de *Don Giovanni* mientras escuchaba *Tannhäuser*.

La segunda pieza del programa, que fue *La Muerte y la Doncella*, de Schubert, le pareció ejecutada con un dramatismo fácil. Mientras la escuchaba a duras penas a través del ruido nuevo de los cubiertos en los platos, mantenía la vista fija en un muchacho de rostro sonrosado que lo saludó con una inclinación de cabeza. Lo había visto en alguna parte, sin duda, pero no recordaba dónde. Le ocurría con frecuencia, sobre todo con los nombres de las personas, aun de las más conocidas, o con una melodía de otros tiempos, y esto le provocaba una angustia tan espantosa, que una noche hubiera preferido morir que soportarla hasta el amanecer. Estaba a punto de llegar a ese estado cuando un fogonazo caritativo le alumbró la memoria: el muchacho había sido alumno suyo el año anterior. Se sorprendió de verlo allí, en el reino de los elegidos, pero el doctor Olivella le recordó que era el hijo del Ministro de Higiene, que había venido a preparar una tesis de medicina forense. El doctor Juvenal Urbino le hizo un saludo alegre con la mano, y el joven médico se puso de pie y le respondió con una reverencia. Pero ni entonces ni nunca cayó en la cuenta de que era el practicante que había estado con él esa mañana en la casa de Jeremiah de Saint-Amour.

Aliviado por una victoria más sobre la vejez, se abandonó al lirismo diáfano y fluido de la última pieza del programa, que no pudo identificar. Más tarde, el joven chelista del conjunto, que acababa de regresar de Francia, le dijo que era el cuarteto para cuerdas de Gabriel Fauré, a quien el doctor Urbino no había oído nombrar siquiera a pesar de que siempre estuvo muy alerta a las novedades de Europa. Pendiente de él, como siempre, pero sobre todo cuando lo veía ensimismado en público, Fermina Daza dejó de comer y puso su mano terrestre sobre la suya. Le dijo: «Ya no pienses más en eso». El doctor Urbino le sonrió desde la otra orilla del éxtasis, y fue entonces cuando volvió a pensar en lo que ella temía. Se acordó de Jeremiah de Saint-Amour, expuesto a esa hora dentro del ataúd con su falso uniforme de guerrero y sus condecoraciones de utilería, bajo la mirada acusadora de los niños de los retratos. Se volvió hacia el arzobispo para darle la noticia del suicidio, pero ya la conocía. Se había hablado mucho de eso después de la misa mayor, e inclusive había recibido una solicitud del general Jerónimo Argote, en nombre de los refugiados del Caribe, para que fuera sepultado en tierra consagrada. Dijo: «La solicitud misma me pareció una falta de respeto». Luego, en un tono más humano, preguntó si se conocía la causa del suicidio. El doctor Urbino le contestó con una palabra correcta que creyó haber inventado en ese instante: *gerontofobia*. El doctor Olivella, pendiente de sus invitados más próximos, los desatendió un instante para terciar en el diálogo de su maestro. Dijo: «Es una lástima encontrarse todavía con un suicidio que no sea por amor». El doctor Urbino no se sorprendió de reconocer sus propios pensamientos en los del discípulo predilecto.

—Y peor aún —dijo—: fue con cianuro de oro.

Al decirlo sintió que la compasión había vuelto a prevalecer sobre la amargura de la carta, y no se lo agradeció a su mujer sino a un milagro de la música. Entonces le habló al arzobispo del santo laico que él había conocido en sus lentos atardeceres de ajedrez, le habló de la consagración de su arte a la felicidad de los niños, de su rara erudición sobre todas las cosas del mundo, de sus hábitos espartanos, y él mismo se sorprendió de la limpieza de alma con que había logrado separarlo de pronto y por completo de su pasado. Le habló luego al alcalde de la conveniencia de comprar el archivo de placas fotográficas para conservar las imágenes de una generación que acaso no volviera a ser feliz fuera de sus retratos, y en cuyas manos estaba el porvenir de la ciudad. El arzobispo se había escandalizado de que un católico militante y culto se hubiera atrevido a pensar en la santidad de un suicida, pero estuvo de acuerdo con la iniciativa de archivar los negativos. El alcalde quiso saber a quién había que comprárselos. El doctor Urbino se quemó la lengua con la brasa del secreto, pero logró soportarlo sin delatar a la heredera clandestina de los archivos. Dijo: «Yo me encargo de eso». Y se sintió redimido por su propia lealtad con la mujer que había repudiado cinco horas antes. Fermina Daza lo notó, y le hizo prometer en voz baja que asistiría al entierro. Por supuesto que lo haría, dijo él, aliviado, ni más faltaba.

Los discursos fueron breves y fáciles. La banda de vientos inició un aire populachero, no previsto en el programa, y los invitados se paseaban por las terrazas en espera de que los hombres del Mesón de don Sancho acabaran de desaguar el patio, por si alguien se animaba a bailar. Los únicos que permanecían en la sala eran los invitados de la mesa de honor, celebrando que el doctor Urbino se había tomado de un golpe, en el brindis final, una media copita de brandy. Nadie recordaba que lo hubiera hecho antes, salvo con una copa de vino de gran clase para acompañar un plato muy especial, pero el corazón se lo había pedido aquella tarde, y su debilidad estaba bien recompensada: otra vez, al cabo de tantos y tantos años, tenía ganas de cantar. Lo hubiera hecho, sin duda, a instancias del joven chelista que se ofreció para acompañarlo, de no haber sido porque un automóvil de los nuevos atravesó de pronto el lodazal del patio, salpicando a los músicos y alborotando a los patos en los corrales con su corneta de pato, y se detuvo frente al pórtico de la casa. El doctor Marco Aurelio Urbino Daza y su esposa descendieron muertos de risa, llevando en cada mano una bandeja cubierta con paños de encaje. Otras bandejas iguales estaban en los asientos suplementarios, y hasta en el piso junto al chofer. Era el postre tardío. Cuando cesaron los aplausos y las rechiflas de burlas cordiales, el doctor Urbino Daza explicó en serio que las clarisas le habían pedido el favor de llevar el postre desde antes de la tormenta, pero se había devuelto del camino real porque alguien le dijo que se estaba incendiando la casa de sus padres. El doctor Juvenal Urbino alcanzó a asustarse sin esperar a que el hijo terminara el relato. Pero su esposa le recordó a tiempo que él mismo había ordenado llamar a los bomberos para que cogieran el loro. Aminta de Olivella, radiante, decidió servir el postre en las terrazas, aun después del café. Pero el doctor Juvenal Urbino y su esposa se fueron sin probarlo, porque apenas había tiempo para que él hiciera su siesta sagrada antes del entierro.

La hizo, pero breve y mal, porque de regreso a casa encontró que los bomberos habían causado estragos casi tan graves como los del fuego. Tratando de asustar al loro habían desplumado un árbol con las mangueras de presión, y un chorro mal dirigido se metió por las ventanas del dormitorio principal y causó daños irreparables en los muebles y los retratos de abuelos ignotos colgados en las paredes. Los vecinos habían acudido cuando oyeron la campana del camión de bomberos, creyendo que era un incendio, y si no ocurrieron trastornos peores fue porque los colegios estaban cerrados en domingo. Cuando se dieron cuenta de que no alcanzarían al loro ni con las escaleras añadidas, los bomberos habían empezado a destrozar las ramas a machetazos, y sólo la aparición oportuna del doctor Urbino Daza impidió que lo mutilaran hasta el tronco. Habían dejado dicho que volverían después de las cinco por si los autorizaban a podarlo, y de paso embarraron la terraza interior y la sala, y desgarraron una alfombra turca que era la preferida de Fermina Daza. Desastres inútiles, además, porque la impresión general era que el loro había aprovechado el desorden para escapar por los patios vecinos. En efecto, el doctor Urbino estuvo buscándolo entre las frondas, pero no tuvo respuesta en ningún idioma, ni con silbidos y canciones, así que lo dio por perdido y se fue a dormir casi a las tres. Antes disfrutó del placer instantáneo de la fragancia de jardín secreto de su orina purificada por los espárragos tibios.

Lo despertó la tristeza. No la que había sentido en la mañana ante el cadáver del amigo, sino la niebla invisible que le saturaba el alma después de la siesta, y que él interpretaba como una notificación divina de que estaba viviendo sus últimos atardeceres. Hasta los cincuenta años no había sido consciente del tamaño y el peso y el estado de sus vísceras. Poco a poco, mientras yacía con los ojos cerrados después de la siesta diaria, había ido sintiéndolas dentro, una a una, sintiendo hasta la forma de su corazón insomne, su hígado misterioso, su páncreas hermético, y había ido descubriendo que hasta las personas más viejas eran menores que él, y que había terminado por ser el único sobreviviente de los legendarios retratos de grupo de su generación. Cuando se dio cuenta de sus primeros olvidos, apeló a un recurso que le había oído a uno de sus maestros en la Escuela de Medicina: «El que no tiene memoria se hace una de papel». Sin embargo, fue una ilusión efímera, pues había llegado al extremo de olvidar lo que querían decir las notas recordatorias que se metía en los bolsillos, recorría la casa buscando los lentes que tenía puestos, volvía a darle vueltas a la llave después de haber cerrado las puertas, y perdía el hilo de la lectura porque olvidaba las premisas de los argumentos o la filiación de los personajes. Pero lo que más le inquietaba era la desconfianza que tenía en su propia razón: poco a poco, en un naufragio ineluctable, sentía que iba perdiendo el sentido de la justicia.

Por pura experiencia, aunque sin fundamento científico, el doctor Juvenal Urbino sabía que la mayoría de las enfermedades mortales tenían un olor propio, pero ninguno era tan específico como el de la vejez. Lo percibía en los cadáveres abiertos en canal en la mesa de disección, lo reconocía hasta en los pacientes que mejor disimulaban la edad, y en el sudor de su propia ropa y en la respiración inerme de su esposa dormida. De no ser lo que era en esencia, un cristiano a la antigua, tal vez hubiera estado de acuerdo con Jeremiah de Saint-Amour en que la vejez era un estado indecente que debía impedirse a tiempo. El único consuelo, aun para alguien como él que había sido un buen hombre de cama, era la extinción lenta y piadosa del apetito venéreo: la paz sexual. A los ochenta y un años tenía bastante lucidez para darse cuenta de que estaba prendido a este mundo por unas hilachas tenues que podían romperse sin dolor con un simple cambio de posición durante el sueño, y si hacía lo posible para mantenerlas era por el terror de no encontrar a Dios en la oscuridad de la muerte.

Fermina Daza se había ocupado de restablecer el dormitorio destruido por los bomberos, y un poco antes de las cuatro le hizo llevar al esposo el vaso diario de limonada con hielo picado, y le recordó que debía vestirse para ir al entierro. El doctor Urbino tenía esa tarde dos libros al alcance de la mano: *La Incógnita del Hombre*, de Alexis Carrell, y *La Historia de San Michele*, de Axel Munthe. Este último no estaba todavía abierto, y le pidió a Digna Pardo, la cocinera, que le llevara el cortapapeles de marfil que había olvidado en el dormitorio. Pero cuando se lo llevaron ya estaba leyendo *La Incógnita del Hombre* en la página marcada con el sobre de una carta: le faltaban muy pocas para terminarlo. Leyó despacio, abriéndose camino a través de los meandros de una punta de dolor de cabeza que atribuyó a la media copita de brandy del brindis final. En las pausas de la lectura tomaba un sorbo de limonada, o se demoraba ronzando un pedazo de hielo. Tenía las medias puestas, la camisa sin el cuello postizo y los tirantes elásticos de rayas verdes colgando a los lados de la cintura, y le molestaba la sola idea de tener que cambiarse para el entierro. Muy pronto dejó de leer, puso el libro sobre el otro, y empezó a balancearse muy despacio en el mecedor de mimbre, contemplando a través de la pesadumbre las matas de guineo en el pantano del patio, el mango desplumado, las hormigas voladoras de después de la lluvia, el esplendor efímero de otra tarde de menos que se iba para siempre. Había olvidado que una vez tuvo un loro de Paramaribo al que quería como a un ser humano, cuando lo oyó de pronto: «Lorito real». Lo oyó muy cerca, casi a su lado, y enseguida lo vio en la rama más baja del mango.

—Sinvergüenza —le gritó.

El loro replicó con una voz idéntica:

—Más sinvergüenza serás tú, doctor.

Siguió hablando con él sin perderlo de vista, mientras se puso los botines con mucho cuidado para no espantarlo, y metió los brazos en los tirantes, y bajó al patio todavía enlodado tanteando el suelo con el bastón para no tropezar con los tres escalones de la terraza. El loro no se movió. Estaba tan bajo, que le puso el bastón para que se parara en la empuñadura de plata, como era su costumbre, pero el loro lo esquivó. Saltó a una rama contigua, un poco más alta pero de acceso más fácil, donde estaba apoyada la escalera de la casa desde antes que vinieran los bomberos. El doctor Urbino calculó la altura, y pensó que con subir dos travesaños podía cogerlo. Subió el primero, cantando una canción de cómplice para distraer la atención del animal arisco que repetía las palabras sin la música, pero apartándose en la rama con pasos laterales. Subió el segundo travesaño sin dificultad, agarrado de la escalera con ambas manos y el loro empezó a repetir la canción completa sin cambiar de lugar. Subió el tercer travesaño, y el cuarto enseguida, pues había calculado mal la altura de la rama, y entonces se aferró a la escalera con la mano izquierda y trató de coger el loro con la derecha. Digna Pardo, la vieja sirvienta que venía a advertirle que se le estaba haciendo tarde para el entierro, vio de espaldas al hombre subido en la escalera y no podía creer que fuera quien era de no haber sido por las rayas verdes de los tirantes elásticos.

—¡Santísimo Sacramento! —gritó—. ¡Se va a matar!

El doctor Urbino agarró el loro por el cuello con un suspiro de triunfo: *ça y est*. Pero lo soltó de inmediato, porque la escalera resbaló bajo sus pies y él se quedó un instante suspendido en el aire, y entonces alcanzó a darse cuenta de que se había muerto sin comunión, sin tiempo para arrepentirse de nada ni despedirse de nadie, a las cuatro y siete minutos de la tarde del domingo de Pentecostés.

Fermina Daza estaba en la cocina probando la

sopa para la cena, cuando oyó el grito de horror de Digna Pardo y el alboroto de la servidumbre de la casa y enseguida el del vecindario. Tiró la cuchara de probar y trató de correr como pudo con el peso invencible de su edad, gritando como una loca sin saber todavía lo que pasaba bajo las frondas del mango, y el corazón le saltó en astillas cuando vio a su hombre tendido bocarriba en el lodo, ya muerto en vida, pero resistiéndose todavía un último minuto al coletazo final de la muerte para que ella tuviera tiempo de llegar. Alcanzó a reconocerla en el tumulto a través de las lágrimas del dolor irrepetible de morirse sin ella, y la miró por última vez para siempre jamás con los ojos más luminosos, más tristes y más agradecidos que ella no le vio nunca en medio siglo de vida en común, y alcanzó a decirle con el último aliento:

—Sólo Dios sabe cuánto te quise.

Fue una muerte memorable, y no sin razón. Apenas terminados sus estudios de especialización en Francia, el doctor Juvenal Urbino se dio a conocer en el país por haber conjurado a tiempo, con métodos novedosos y drásticos, la última epidemia de cólera morbo que padeció la provincia. La anterior, cuando él estaba todavía en Europa, había causado la muerte a la cuarta parte de la población urbana en menos de tres meses, inclusive a su padre, que fue también un médico muy apreciado. Con el prestigio inmediato y una buena contribución del patrimonio familiar fundó la Sociedad Médica, la primera y la única en las provincias del Caribe durante muchos años, y fue su presidente vitalicio. Logró la construcción del primer acueducto, del primer sistema de alcantarillas, y del mercado público cubierto que permitió sanear el pudridero de la bahía de Las Ánimas. Fue además presidente de la Academia de la Lengua y de la Academia de Historia. El patriarca latino de Jerusalem lo hizo caballero de la Orden del Santo Sepulcro por sus servicios a la Iglesia, y el gobierno de Francia le concedió la Legión de Honor en el grado de comendador. Fue un animador activo de cuantas congregaciones confesionales y cívicas existieron en la ciudad, y en especial de la Junta Patriótica, formada por ciudadanos influyentes sin intereses políticos, que presionaban a los gobiernos y al comercio local con ocurrencias progresistas demasiado audaces para la época. Entre éstas, la más memorable fue el ensayo de un globo aerostático que en el vuelo inaugural llevó una carta hasta San Juan de la Ciénaga, mucho antes de que se pensara en el correo aéreo como una posibilidad racional. También fue suya la idea del Centro Artístico, que fundó la Escuela de Bellas Artes en la misma casa donde todavía existe, y patrocinó durante muchos años los Juegos Florales de abril.

Sólo él logró lo que había parecido imposible durante un siglo: la restauración del Teatro de la Comedia, convertido en gallera y criadero de gallos desde la Colonia. Fue la culminación de una campaña cívica espectacular que comprometió a todos los sectores de la ciudad sin excepción, en una movilización multitudinaria que muchos consideraron digna de mejor causa. Con todo, el nuevo Teatro de la Comedia se inauguró cuando todavía no tenía sillas ni lámparas, y los asistentes tenían que llevar en qué sentarse y con qué alumbrarse en los intermedios. Se impuso la misma etiqueta de los grandes estrenos de Europa, que las damas aprovechaban para lucir sus trajes largos y sus abrigos de pieles en la canícula del Caribe, pero fue necesario autorizar también la entrada de los criados para que llevaran las sillas y las lámparas, y cuantas cosas de comer se creyeran necesarias para resistir los programas interminables, alguno de los cuales se prolongó hasta la hora de la primera misa. La temporada se abrió con una compañía francesa de ópera cuya novedad era un arpa en la orquesta, y cuya gloria inolvidable era la voz inmaculada y el talento dramático de una soprano turca que cantaba descalza y con anillos de pedrerías preciosas en los dedos de los pies. A partir del primer acto apenas si se veía el escenario y los cantantes perdieron la voz por el humo de las tantas lámparas de aceite de corozo, pero los cronistas de la ciudad se cuidaron muy bien de borrar estos obstáculos menudos y de magnificar los memorables. Fue sin duda la iniciativa más contagiosa del doctor Urbino, pues la fiebre de la ópera contaminó hasta los sectores menos pensados de la ciudad, y dio origen a toda una generación de Isoldas y Otelos, y Aidas y Sigfridos. Sin embargo, nunca se llegó a los extremos que el doctor Urbino hubiera deseado, que era ver a italianizantes y wagnerianos enfrentados a bastonazo limpio en los intermedios.

El doctor Juvenal Urbino no aceptó nunca puestos oficiales, que le ofrecieron a menudo y sin condiciones, y fue un crítico encarnizado de los médicos que se valían de su prestigio profesional para escalar posiciones políticas. Aunque siempre se le tuvo por liberal y solía votar en las elecciones por los candidatos de ese partido, lo era más por tradición que por convicción, y fue tal vez el último miembro de las grandes familias que se arrodillaba en la calle cuando pasaba la carroza del arzobispo. Se definía a sí mismo como un pacifista natural, partidario de la reconciliación definitiva entre liberales y conservadores para bien de la patria. Sin embargo, su conducta pública era tan autónoma que nadie lo tenía como suyo: los liberales lo consideraban un godo de las cavernas, los conservadores decían que sólo le faltaba ser masón, y los masones lo repudiaban como un clérigo emboscado al servicio de la Santa Sede. Sus críticos menos sangrientos pensaban que no era más que un aristócrata extasiado en las delicias de los Juegos Florales, mientras la nación se desangraba en una guerra civil inacabable.

Sólo dos actos suyos no parecían acordes con esta imagen. El primero fue la mudanza a una casa nueva en un barrio de ricos recientes, a cambio del antiguo palacio del Marqués de Casalduero, que había sido la mansión familiar durante más de un siglo. El otro fue el matrimonio con una belleza de pueblo, sin nombre ni fortuna, de la cual se burlaban en secreto las señoras de apellidos largos hasta que se convencieron a la fuerza de que les daba siete vueltas a todas por su distinción y su carácter. El doctor Urbino tuvo siempre muy en cuenta esos y muchos otros tropiezos de su imagen pública, y nadie era tan consciente como él mismo de ser el último protagonista de un apellido en extinción. Sus hijos eran dos cabos de raza sin ningún brillo. Marco Aurelio, el varón, médico como él y como todos los primogénitos de cada generación, no había hecho nada notable, ni siquiera un hijo, pasados los cincuenta años. Ofelia, la única hija, casada con un buen empleado de banco de Nueva Orleans, había llegado al climaterio con tres hijas y ningún varón. Sin embargo, a pesar de que le dolía la interrupción de su sangre en el manantial de la historia, lo que más le preocupaba de la muerte al doctor Urbino era la vida solitaria de Fermina Daza sin él.

En todo caso, la tragedia fue una conmoción no sólo entre su gente, sino que afectó por contagio al pueblo raso, que se asomó a las calles con la ilusión de conocer aunque fuera el resplandor de la leyenda. Se proclamaron tres días de duelo, se puso la bandera a media asta en los establecimientos públicos, y las campanas de todas las iglesias doblaron sin pausas hasta que fue sellada la cripta en el mausoleo familiar. Un grupo de la Escuela de Bellas Artes hizo una mascarilla del cadáver que sirviera de molde para un busto de tamaño natural, pero se desistió del proyecto porque a nadie le pareció digna la fidelidad con que quedó plasmado el pavor del último instante. Un artista de renombre que estaba aquí por casualidad de paso para Europa, pintó un lienzo gigantesco de un realismo patético, en el que se veía al doctor Urbino subido en la escalera y en el instante mortal en que extendió la mano para atrapar al loro. Lo único que contrariaba la cruda verdad de su historia era que no llevaba en el cuadro la camisa sin cuello y los tirantes de rayas verdes, sino el sombrero hongo y la levita de paño negro de un grabado de prensa de los años del cólera. Este cuadro se exhibió pocos meses después de la tragedia, para que nadie se quedara sin verlo, en la vasta galería de *El Alambre de Oro*, una tienda de artículos importados por donde desfilaba la ciudad entera. Luego estuvo en las paredes de cuantas instituciones públicas y privadas se creyeron en el deber de rendir tributo a la memoria del patricio insigne, y por último fue colgado con un segundo funeral en la Escuela de Bellas Artes, de donde lo sacaron muchos años después los propios estudiantes de pintura para quemarlo en la Plaza de la Universidad como símbolo de una estética y unos tiempos aborrecidos.

Desde su primer instante de viuda se vio que Fermina Daza no estaba tan desvalida como lo había temido el esposo. Fue inflexible en la determinación de no permitir que se utilizara el cadáver en beneficio de ninguna causa, y lo fue inclusive con el telegrama de honores del Presidente de la República, que ordenaba exponerlo en cámara ardiente en la sala de actos de la gobernación provincial. Con la misma serenidad se opuso a que fuera velado en la catedral, como se lo pidió el arzobispo en persona, y sólo admitió que estuviera allí durante la misa de cuerpo presente de los oficios fúnebres. Aun ante la mediación de su hijo, aturdido por tantas solicitudes diversas, Fermina Daza se mantuvo firme en su noción rural de que los muertos no pertenecen a nadie más que a la familia, y que sería velado en casa con café cerrero y almojábanas, y con la libertad de cada quien para llorarlo como quisiera. No habría el velorio tradicional de nueve noches: las puertas se cerraron después del entierro y no volvieron a abrirse sino para visitas íntimas.

La casa quedó bajo el régimen de la muerte. Todo objeto de valor se había puesto a buen recaudo, y en las paredes desnudas no quedaban sino las huellas de los cuadros descolgados. Las sillas propias y las prestadas por los vecinos estaban puestas contra las paredes desde la sala hasta los dormitorios, y los espacios vacíos parecían inmensos y las voces tenían una resonancia espectral, porque los muebles grandes habían sido apartados, salvo el piano de concierto que yacía en su rincón bajo una sábana blanca. En el centro de la biblioteca, sobre el escritorio de su padre, estaba tendido sin ataúd el que fuera Juvenal Urbino de la Calle, con el último espanto petrificado en el rostro, y con la capa negra y la espada de guerra de los caballeros del Santo Sepulcro. A su lado, de luto íntegro, trémula pero muy dueña de sí, Fermina Daza recibió las condolencias sin dramatismo, sin moverse apenas, hasta las once de la mañana del día siguiente, cuando despidió al esposo desde el pórtico diciéndole adiós con un pañuelo.

No le había sido fácil recobrar ese dominio desde que oyó el grito de Digna Pardo en el patio, y encontró al anciano de su vida agonizando en el lodazal. Su primera reacción fue de esperanza porque tenía los ojos abiertos y un brillo de luz radiante que no le había visto nunca en las pupilas. Le rogó a Dios que le concediera al menos un instante para que él no se fuera sin saber cuánto lo había querido por encima de las dudas de ambos, y sintió un apremio irresistible de empezar la vida con él otra vez desde el principio para decirse todo lo que se les quedó sin decir, y volver a hacer bien cualquier cosa que hubieran hecho mal en el pasado. Pero tuvo que rendirse ante la intransigencia de la muerte. Su dolor se descompuso en una cólera ciega contra el mundo, y aun contra ella misma, y eso le infundió el dominio y el valor para enfrentarse sola a su soledad. Desde entonces no tuvo una tregua, pero se cuidó de cualquier gesto que pareciera un alarde de su dolor. El único momento de un cierto patetismo, por lo demás involuntario, fue a las once de la noche del domingo, cuando llevaron el ataúd episcopal todavía oloroso a sapolín de barco, con manijas de cobre y forros de seda acolchonada. El doctor Urbino Daza ordenó cerrarlo de inmediato, pues la casa estaba enrarecida por el vapor de tantas flores en el calor insoportable, y él creía haber percibido las primeras sombras moradas en el cuello de su padre. Una voz distraída se oyó en el silencio: «A esa edad ya uno está medio podrido en vida». Antes que cerraran el ataúd, Fermina Daza se quitó el anillo matrimonial y se lo puso al marido muerto, y luego le cubrió la mano con la suya, como siempre lo hizo cuando lo sorprendía divagando en público.

—Nos veremos muy pronto —le dijo.

Florentino Ariza, invisible entre la muchedumbre de notables, sintió una lanza en el costado. Fermina Daza no lo había distinguido en el tumulto de los primeros pésames, aunque nadie iba a estar más presente ni había de ser más útil que él en las urgencias de aquella noche. Fue él quien puso orden en las cocinas desbordadas para que no faltara el café. Consiguió sillas suplementarias cuando no fueron suficientes las de los vecinos, y ordenó poner en el patio las coronas sobrantes cuando ya no cabía una más en la casa. Se ocupó de que no faltara el brandy para los invitados del doctor Lácides Olivella, que habían conocido la mala noticia en el apogeo de las bodas de plata, y se vinieron en estampida a continuar la parranda sentados en círculo bajo el palo de mango. Fue el único que supo reaccionar a tiempo cuando el loro fugitivo apareció a media noche en el comedor con la cabeza alzada y las alas extendidas, lo que causó un escalofrío de estupor en la casa, pues parecía una manda de penitencia. Florentino Ariza lo agarró por el cuello sin darle tiempo de gritar alguna de sus consignas insensatas, y lo llevó a la caballeriza en la jaula cubierta. Así hizo todo, con tanta discreción y tal eficacia, que a nadie se le ocurrió pensar que fuera una intromisión en los asuntos ajenos, sino al contrario, una ayuda impagable en la mala hora de la casa.

Era lo que parecía: un anciano servicial y serio. Tenía el cuerpo óseo y derecho, la piel parda y lampiña, los ojos ávidos detrás de los espejuelos redondos con monturas de metal blanco, y un bigote romántico de punteras engomadas, un poco tardío para la época. Tenía los últimos mechones de los aladares peinados hacia arriba y pegados con gomina en el centro del cráneo reluciente como solución final a una calvicie absoluta. Su gentileza natural y sus maneras lánguidas cautivaban de inmediato, pero también se tenían como dos virtudes sospechosas en un soltero empedernido. Había gastado mucho dinero, mucho ingenio y mucha fuerza de voluntad para que no se le notaran los setenta y seis años que había cumplido el último marzo, y estaba convencido en la soledad de su alma de haber amado en silencio mucho más que nadie jamás en este mundo.

La noche de la muerte del doctor Urbino estaba vestido como lo sorprendió la noticia, que era como estaba siempre a pesar de los calores infernales de junio: de paño oscuro con chaleco, un lazo de cinta de seda en el cuello de celuloide, un sombrero de fieltro, y un paraguas de raso negro que además le servía de bastón. Pero cuando empezó a clarear desapareció del velorio por dos horas, y regresó fresco con los primeros soles, bien afeitado y oloroso a lociones de tocador. Se había puesto una levita de paño negro de las que ya no se usaban sino para los entierros y los oficios de Semana Santa, un cuello de pajarita con la cinta de artista en lugar de la corbata, y un sombrero hongo. También llevaba el paraguas, y entonces no sólo por costumbre, pues estaba seguro de que iba a llover antes de las doce, y se lo hizo saber al doctor Urbino Daza por si le era posible anticipar el entierro. Lo intentaron, en efecto, porque Florentino Ariza pertenecía a una familia de navieros y él mismo era presidente de la Compañía Fluvial del Caribe, y esto permitía suponer que entendía de pronósticos atmosféricos. Pero no pudieron concertar a tiempo a las autoridades civiles y militares, las corporaciones públicas y privadas, la banda de guerra y la de Bellas Artes, y las escuelas y congregaciones religiosas que ya estaban de acuerdo para las once, de modo que el entierro previsto como un acontecimiento histórico terminó en desbandada por el aguacero arrasador. Fueron muy pocos los que llegaron chapaleando en el lodo hasta el mausoleo de la familia, protegido por una ceiba colonial cuya fronda continuaba por encima del muro del cementerio. Bajo esa misma fronda, pero en la parcela exterior destinada a los suicidas, los refugiados del Caribe habían sepultado la tarde anterior a Jeremiah de Saint-Amour, y a su perro junto a él, de acuerdo con su voluntad.

Florentino Ariza fue uno de los pocos que llegaron hasta el final del entierro. Quedó ensopado hasta la ropa interior, y llegó despavorido a su casa por el temor de contraer una pulmonía al cabo de tantos años de cuidados minuciosos y precauciones excesivas. Se hizo preparar una limonada caliente con un chorro de brandy, se la tomó en la cama con dos tabletas de fenaspirina y sudó a mares envuelto en una manta de lana hasta que recobró el buen clima del cuerpo. Cuando volvió al velorio se sentía con el ánimo entero. Fermina Daza había asumido de nuevo el mando de la casa, que estaba barrida y en estado de recibir, y había puesto en el altar de la biblioteca un retrato del esposo muerto pintado al pastel, con una banda de luto en el marco. A las ocho había tanta gente y el calor era tan intenso como la noche anterior, pero después del rosario alguien hizo circular la súplica de retirarse temprano para que la viuda descansara por primera vez desde la tarde del domingo.

Fermina Daza despidió a la mayoría junto al altar, pero acompañó al último grupo de amigos íntimos hasta la puerta de la calle, para cerrarla ella misma, como lo había hecho siempre. Se disponía a hacerlo con el último aliento, cuando vio a Florentino Ariza vestido de luto en el centro de la sala desierta. Se alegró, porque hacía muchos años que lo había borrado de su vida, y era la primera vez que lo veía a conciencia depurado por el olvido. Pero antes de que pudiera agradecerle la visita, él se puso el sombrero en el sitio del corazón, trémulo y digno, y reventó el absceso que había sido el sustento de su vida.

—Fermina —le dijo—: he esperado esta ocasión durante más de medio siglo, para repetirle una vez más el juramento de mi fidelidad eterna y mi amor para siempre.

Fermina Daza se habría creído frente a un loco, si no hubiera tenido motivos para pensar que Florentino Ariza estaba en aquel instante inspirado por la gracia del Espíritu Santo. Su impulso inmediato fue maldecirlo por la profanación de la casa cuando aún estaba caliente en la tumba el cadáver de su esposo. Pero se lo impidió la dignidad de la rabia. «Lárgate —le dijo—. Y no te dejes ver nunca más en los años que te queden de vida.» Volvió a abrir por completo la puerta de la calle que había empezado a cerrar, y concluyó:

—Que espero sean muy pocos.

Cuando oyó apagarse los pasos en la calle solitaria, cerró la puerta muy despacio, con la tranca y los cerrojos, y se enfrentó sola a su destino. Nunca, hasta este momento, había tenido una conciencia plena del peso y el tamaño del drama que ella misma había provocado cuando apenas tenía dieciocho años, y que había de perseguirla hasta la muerte. Lloró por primera vez desde la tarde del desastre, sin testigos, que era su único modo de llorar. Lloró por la muerte del marido, por su soledad y su rabia, y cuando entró en el dormitorio vacío lloró por ella misma, porque muy pocas veces había dormido sola en esa cama desde que dejó de ser virgen. Todo lo que fue del esposo le atizaba el llanto: las pantuflas de borlas, la piyama debajo de la almohada, el espacio sin él en la luna del tocador, su olor personal en su propia piel. La estremeció un pensamiento vago: «La gente que uno quiere debería morirse con todas sus cosas». No quiso ayuda de nadie para acostarse, no quiso comer nada antes de dormir. Abrumada por la pesadumbre, le rogó a Dios que le mandara la muerte esta noche durante el sueño, y con esa ilusión se acostó, descalza pero vestida, y se durmió al instante. Durmió sin saberlo, pero sabiendo que continuaba viva en el sueño, que le sobraba la mitad de la cama, y que yacía de costado en la orilla izquierda, como siempre, pero que le hacía falta el contrapeso del otro cuerpo en la otra orilla. Pensando dormida pensó que nunca más podría dormir así, y empezó a sollozar dormida, y durmió sollozando sin cambiar de posición en su orilla, hasta mucho después de que acabaron de cantar los gallos y la despertó el sol indeseable de la mañana sin él. Sólo entonces se dio cuenta de que había dormido mucho sin morir, sollozando en el sueño, y que mientras dormía sollozando pensaba más en Florentino Ariza que en el esposo muerto.

Florentino Ariza, en cambio, no había dejado de pensar en ella un solo instante después de que Fermina Daza lo rechazó sin apelación después de unos amores largos y contrariados, y habían transcurrido desde entonces cincuenta y un años, nueve meses y cuatro días. No había tenido que llevar la cuenta del olvido haciendo una raya diaria en los muros de un calabozo, porque no había pasado un día sin que ocurriera algo que lo hiciera acordarse de ella. En la época de la ruptura él vivía solo con su madre, Tránsito Ariza, en una media casa alquilada de la Calle de las Ventanas, donde ella tuvo desde muy joven un negocio de mercería y donde además deshilachaba camisas y trapos viejos que vendía como algodón para los heridos de guerra. Fue su hijo único, habido de una alianza ocasional con el conocido naviero don Pío Quinto Loayza, uno de los tres hermanos que fundaron la Compañía Fluvial del Caribe, y le dieron con ella un impulso nuevo a la navegación a vapor en el río de la Magdalena.

Don Pío Quinto Loayza murió cuando el hijo tenía diez años. Aunque siempre se había ocupado en secreto de sus gastos, nunca lo reconoció como suyo ante la ley ni le dejó resuelto el porvenir, de modo que Florentino Ariza se quedó con el único apellido de su madre, si bien su verdadera filiación fue siempre de dominio público. Después de la muerte del padre, Florentino Ariza tuvo que renunciar al colegio para emplearse como aprendiz en la Agencia Postal, donde lo encargaron de abrir las sacas y ordenar las cartas, y avisar al público que había llegado el correo izando en la puerta de la oficina la bandera del país de procedencia.

Su buen juicio llamó la atención del telegrafista, el emigrado alemán Lotario Thugut, que además tocaba el órgano en las ceremonias mayores de la catedral y daba clases de música a domicilio. Lotario Thugut le enseñó el código Morse y el manejo del sistema telegráfico, y bastaron las primeras lecciones de violín para que Florentino Ariza siguiera tocándolo de oído como un profesional. Cuando conoció a Fermina Daza era el joven más solicitado de su medio social, el que mejor bailaba la música de moda y recitaba de memoria la poesía sentimental, y estaba siempre a disposición de sus amigos para llevar a sus novias serenatas de violín solo. Era escuálido desde entonces, con un cabello indio sometido con pomada de olor, y los espejuelos de miope que aumentaban su aspecto de desamparo. Aparte del defecto de la vista, sufría de un estreñimiento crónico que lo obligó a aplicarse lavativas purgantes toda la vida. Tenía una muda única de pontifical, heredada del padre muerto, pero Tránsito Ariza se la mantenía tan bien que cada domingo parecía nueva. A pesar de su aire desmirriado, de su retraimiento y de su vestimenta sombría, las muchachas de su grupo hacían rifas secretas para jugar a quedarse con él, y él jugaba a quedarse con ellas, hasta el día en que conoció a Fermina Daza y se le acabó la inocencia.

La había visto por primera vez una tarde en que Lotario Thugut lo encargó de llevar un telegrama a alguien sin domicilio conocido que se llamaba Lorenzo Daza. Lo encontró en el parquecito de los Evangelios, en una de las casas más antiguas, medio arruinada, cuyo patio interior parecía el claustro de una abadía, con malezas en los canteros y una fuente de piedra sin agua. Florentino Ariza no percibió ningún ruido humano cuando siguió a la criada descalza bajo los arcos del corredor, donde había cajones de mudanza todavía sin abrir, y útiles de albañiles entre restos de cal y bultos de cemento arrumados, pues la casa estaba sometida a una restauración radical. Al fondo del patio había una oficina provisional, donde dormía la siesta sentado frente al escritorio un hombre muy gordo de patillas rizadas que se confundían con los bigotes. Se llamaba, en efecto, Lorenzo Daza, y no era muy conocido en la ciudad porque había llegado hacía menos de dos años y no era hombre de muchos amigos.

Recibió el telegrama como si fuera la continuación de un sueño aciago. Florentino Ariza observó los ojos lívidos con una especie de compasión oficial, observó los dedos inciertos tratando de romper la estampilla, el miedo del corazón que había visto tantas veces en tantos destinatarios que todavía no lograban pensar en los telegramas sin relacionarlos con la muerte. Cuando lo leyó recobró el dominio. Suspiró: «Buenas noticias». Y le entregó a Florentino Ariza los cinco reales de rigor, dándole a entender con una sonrisa de alivio que no se los habría dado si las noticias hubieran sido malas. Luego lo despidió con un apretón de manos, que no era de uso con un mensajero del telégrafo, y la criada lo acompañó hasta el portón de la calle, no tanto para conducirlo como para vigilarlo. Hicieron el mismo recorrido en sentido contrario por el corredor de arcadas, pero esta vez supo Florentino Ariza que había alguien más en la casa, porque la claridad del patio estaba ocupada por una voz de mujer que repetía una lección de lectura. Al pasar frente al cuarto de coser vio por la ventana a una mujer mayor y a una niña, sentadas en dos sillas muy juntas, y ambas siguiendo la lectura en el mismo libro que la mujer mantenía abierto en el regazo. Le pareció una visión rara: la hija enseñando a leer a la madre. La apreciación era incorrecta sólo en parte, porque la mujer era la tía y no la madre de la niña, aunque la había criado como si lo fuera. La lección no se interrumpió, pero la niña levantó la vista para ver quién pasaba por la ventana, y esa mirada casual fue el origen de un cataclismo de amor que medio siglo después aún no había terminado.

Lo único que Florentino Ariza pudo averiguar de Lorenzo Daza fue que había venido de San Juan de la Ciénaga con la hija única y la hermana soltera poco después de la peste del cólera, y quienes lo vieron desembarcar no dudaron de que venía para quedarse, pues traía todo lo necesario para una casa bien guarnecida. La esposa había muerto cuando la hija era muy niña. La hermana se llamaba Escolástica, tenía cuarenta años y estaba cumpliendo una manda con el hábito de San Francisco cuando salía a la calle, y sólo el cordón en la cintura cuando estaba en casa. La niña tenía trece años y se llamaba igual que la madre muerta: Fermina.

Se suponía que Lorenzo Daza era hombre de recursos porque vivía bien sin oficio conocido, y había comprado con dinero en rama la casa de Los Evangelios, cuya restauración debió costarle por lo menos el doble de los doscientos pesos oro que pagó por ella. La hija estaba estudiando en el colegio de la Presentación de la Santísima Virgen, donde las señoritas de sociedad aprendían desde hacía dos siglos el arte y el oficio de ser esposas diligentes y sumisas. Durante la Colonia y los primeros años de la República sólo recibían a las herederas de apellidos grandes. Pero las viejas familias arruinadas por la independencia tuvieron que someterse a las realidades de los nuevos tiempos, y el colegio abrió sus puertas a todas las aspirantes que pudieran pagarlo, sin preocuparse de sus pergaminos, pero con la condición esencial de que fueran hijas legítimas de matrimonios católicos. De todos modos era un colegio caro, y el hecho de que Fermina Daza estudiara allí era por sí solo un indicio de la situación económica de la familia, aunque no lo fuera de su condición social. Estas noticias alentaron a Florentino Ariza, pues le indicaban que la bella adolescente de ojos almendrados estaba al alcance de sus sueños. Sin embargo, el régimen estricto de su padre se reveló muy pronto como un inconveniente insalvable. Al contrario de las otras alumnas, que iban al colegio en grupos o acompañadas por una criada mayor, Fermina Daza iba siempre con la tía soltera, y su conducta indicaba que no le estaba permitida ninguna distracción.

Fue de ese modo inocente como Florentino Ariza inició su vida sigilosa de cazador solitario. Desde las siete de la mañana se sentaba solo en el escaño menos visible del parquecito, fingiendo leer un libro de versos a la sombra de los almendros, hasta que veía pasar a la doncella imposible con el uniforme de rayas azules, las medias con ligas hasta las rodillas, los botines masculinos de cordones cruzados, y una sola trenza gruesa con un lazo en el extremo que le colgaba en la espalda hasta la cintura. Caminaba con una altivez natural, la cabeza erguida, la vista inmóvil, el paso rápido, la nariz afilada, con la cartera de los libros apretada con los brazos en cruz contra el pecho, y con un modo de andar de venada que la hacía parecer inmune a la gravedad. A su lado, marcando el paso a duras penas, la tía con el hábito pardo y el cordón de San Francisco no dejaba el menor resquicio para acercarse. Florentino Ariza las veía pasar de ida y regreso cuatro veces al día, y una vez los domingos a la salida de la misa mayor, y con ver a la niña le bastaba. Poco a poco fue idealizándola, atribuyéndole virtudes improbables, sentimientos imaginarios, y al cabo de dos semanas ya no pensaba más que en ella. Así que decidió mandarle una esquela simple escrita por ambos lados con su preciosa letra de escribano. Pero la tuvo varios días en el bolsillo, pensando cómo entregarla, y mientras lo pensaba escribía varios pliegos más antes de acostarse, de modo que la carta original fue convirtiéndose en un diccionario de requiebros, inspirados en los libros que había aprendido de memoria de tanto leerlos en las esperas del parque.

Buscando el modo de entregar la carta trató de conocer a algunas estudiantes de la Presentación, pero estaban demasiado lejos de su mundo. Además, al cabo de muchas vueltas no le pareció prudente que alguien se enterara de sus pretensiones. Sin embargo, logró saber que Fermina Daza había sido invitada a un baile de sábado unos días después de su llegada, y que el padre no le había permitido asistir con una frase terminante: «Cada cosa se hará a su debido tiempo». La carta tenía más de sesenta pliegos escritos por ambos lados cuando Florentino Ariza no pudo resistir más la opresión de su secreto, y se abrió sin reservas a su madre, la única persona con quien se permitía algunas confidencias. Tránsito Ariza se conmovió hasta las lágrimas por el candor del hijo en asuntos de amores, y trató de orientarlo con sus luces. Empezó por convencerlo de que no entregara el mamotreto lírico, con el que sólo lograría asustar a la niña de sus sueños, a quien suponía tan verde como él en los negocios del corazón. El primer paso, le dijo, era lograr que ella se diera cuenta de su interés, para que su declaración no la fuera a tomar por sorpresa y tuviera tiempo de pensar.

—Pero sobre todo —le dijo—, a la primera que tienes que conquistar no es a ella sino a la tía.

Ambos consejos eran sabios, sin duda, pero tardíos. En realidad, el día en que Fermina Daza descuidó un instante la lección de lectura que estaba dándole a la tía, y levantó la vista para ver quién pasaba por el corredor, Florentino Ariza la había impresionado por su aura de desamparo. Por la noche, durante la comida, su padre había hablado del telegrama, y fue así como ella supo qué había ido a hacer Florentino Ariza a la casa, y cuál era su oficio. Estas noticias aumentaron su interés, pues para ella, como para tanta gente de la época, el invento del telégrafo tenía algo que ver con la magia. Así que reconoció a Florentino Ariza desde la primera vez que lo vio leyendo bajo los árboles del parquecito, aunque no le dejó ninguna inquietud mientras la tía no la hizo caer en la cuenta de que había estado allí desde hacía varias semanas. Después, cuando lo vieron también los domingos a la salida de misa, la tía acabó de convencerse de que tantos encuentros no podían ser casuales. Dijo: «No será por mí que se toma semejante molestia». Pues a pesar de su conducta austera y su hábito de penitente, la tía Escolástica Daza tenía un instinto de la vida y una vocación de complicidad que eran sus mejores virtudes, y la sola idea de que un hombre se interesara por la sobrina le causaba una emoción irresistible. Sin embargo, Fermina Daza estaba todavía a salvo hasta de la simple curiosidad del amor, y lo único que le inspiraba Florentino Ariza era un poco de lástima, porque le pareció que estaba enfermo. Pero la tía le dijo que era necesario haber vivido mucho para conocer la índole verdadera de un hombre, y estaba convencida de que aquel que se sentaba en el parque para verlas pasar, sólo podía estar enfermo de amor.

La tía Escolástica era un refugio de comprensión y afecto para la hija solitaria de un matrimonio sin amor. Ella la había criado desde la muerte de la madre, y en relación con Lorenzo Daza se comportaba más como cómplice que como tía. Así que la aparición de Florentino Ariza fue para ellas una más de las muchas diversiones íntimas que solían inventarse para entretener sus horas muertas. Cuatro veces al día, cuando pasaban por el parquecito de los Evangelios, ambas se apresuraban a buscar con una mirada instantánea al centinela escuálido, tímido, poquita cosa, casi siempre vestido de negro a pesar del calor, que fingía leer bajo los árboles. «Ahí está», decía la que lo descubría primero, reprimiendo la risa, antes de que él levantara la vista y viera a las dos mujeres rígidas, distantes de su vida, que atravesaban el parque sin mirarlo.

—Pobrecito —había dicho la tía—. No se atreve a acercarse porque voy contigo, pero un día lo intentará si sus intenciones son serias, y entonces te entregará una carta.

Previendo toda clase de adversidades le enseñó a comunicarse con letras de mano, que era un recurso indispensable de los amores prohibidos. Aquellas travesuras desprevenidas, casi pueriles, le causaban a Fermina Daza una curiosidad novedosa, pero no se le ocurrió durante varios meses que llegara más lejos. Nunca supo en qué momento la diversión se le convirtió en ansiedad, y la sangre se le volvía de espuma por la urgencia de verlo, y una noche despertó despavorida porque lo vio mirándola en la oscuridad a los pies de la cama. Entonces deseó con el alma que se cumplieran los pronósticos de la tía, y rogaba a Dios en sus oraciones que él tuviera valor para entregarle la carta, sólo por saber qué decía.

Pero sus ruegos no fueron atendidos. Al contrario. Esto sucedía por la época en que Florentino Ariza se confesó con su madre y ésta lo disuadió de entregar los setenta folios de requiebros, así que Fermina Daza siguió esperando todo el resto del año. Su ansiedad se convertía en desesperación a medida que se acercaban las vacaciones de diciembre, pues se preguntaba sin sosiego qué iba a hacer para verlo, y para que él la viera, durante los tres meses en que no iría al colegio. Las dudas persistían sin solución la noche de Navidad, cuando la estremeció el presagio de que él estaba mirándola entre la muchedumbre de la misa del gallo, y esa inquietud le desbocó el corazón. No se atrevió a volver la cabeza, porque estaba sentada entre el padre y la tía, y tuvo que sobreponerse para que ellos no advirtieran su turbación. Pero en el desorden de la salida lo sintió tan inminente, tan nítido en el tumulto, que un poder irresistible la obligó a mirar por encima del hombro cuando abandonaba el templo por la nave central, y entonces vio a dos palmos de sus ojos los otros ojos de hielo, el rostro lívido, los labios petrificados por el susto del amor. Trastornada por su propia audacia, se agarró del brazo de la tía Escolástica para no caer, y ésta sintió el sudor glacial de la mano a través del mitón de encaje, y la reconfortó con una señal imperceptible de complicidad sin condiciones. En medio del estruendo de los cohetes y los tambores de nación, de las farolas de colores en los portales y el clamor de las muchedumbres ansiosas de paz, Florentino Ariza vagó como un sonámbulo hasta el amanecer viendo la fiesta a través de las lágrimas, aturdido por la alucinación de que era él y no Dios el que había nacido aquella noche.

El delirio aumentó la semana siguiente, a la hora de la siesta, cuando pasó sin esperanzas por la casa de Fermina Daza, y vio que ella y la tía estaban sentadas bajo los almendros del portal. Era una repetición a la intemperie del cuadro que había visto la primera tarde en la alcoba del costurero: la niña tomándole la lección de lectura a la tía. Pero Fermina Daza estaba cambiada sin el uniforme escolar, pues llevaba una túnica de hilo con muchos pliegues que le caían desde los hombros como un peplo, y tenía en la cabeza una guirnalda de gardenias naturales que le daban la apariencia de una diosa coronada. Florentino Ariza se sentó en el parque, donde estaba seguro de ser visto, y entonces no apeló al recurso de la lectura fingida, sino que permaneció con el libro abierto y con los ojos fijos en la doncella ilusoria, que no le devolvió ni una mirada de caridad.

Al principio pensó que la lección bajo los almendros era un cambio casual, debido tal vez a las reparaciones interminables de la casa, pero en los días siguientes comprendió que Fermina Daza estaría allí, al alcance de su vista, todas las tardes a la misma hora de los tres meses de las vacaciones, y esa certidumbre le infundió un aliento nuevo. No tuvo la impresión de ser visto, no advirtió ningún signo de interés o de repudio, pero en la indiferencia de ella había un resplandor distinto que lo animaba a persistir. De pronto, una tarde de finales de enero, la tía puso la labor en la silla y dejó sola a la sobrina en el portal, entre el reguero de hojas amarillas caídas de los almendros. Animado por la suposición irreflexiva de que aquella había sido una oportunidad concertada, Florentino Ariza atravesó la calle y se plantó frente a Fermina Daza, y tan cerca de ella que percibió las grietas de su respiración y el hálito floral con que había de identificarla por el resto de su vida. Le habló con la cabeza alzada y con una determinación que sólo volvería a tener medio siglo después, y por la misma causa.

—Lo único que le pido es que me reciba una carta —le dijo.

No era la voz que Fermina Daza esperaba de él: era nítida, y con un dominio que no tenía nada que ver con sus maneras lánguidas. Sin apartar la vista del bordado, le contestó: «No puedo recibirla sin el permiso de mi padre». Florentino Ariza se estremeció con el calor de aquella voz, cuyos timbres apagados no iba a olvidar en el resto de su vida. Pero se mantuvo firme, y replicó de inmediato: «Consígalo». Luego dulcificó la orden con una súplica: «Es un asunto de vida o muerte». Fermina Daza no lo miró, no interrumpió el bordado, pero su decisión entreabrió una puerta por donde cabía el mundo entero.

—Vuelva todas las tardes —le dijo— y espere a que yo cambie de silla.

Florentino Ariza no entendió lo que quiso decir, hasta el lunes de la semana siguiente, cuando vio desde el escaño del parquecito la misma escena de siempre con una sola variación: cuando la tía Escolástica entró en la casa, Fermina Daza se levantó y se sentó en la otra silla. Florentino Ariza, con una camelia blanca en el ojal de la levita, atravesó entonces la calle y se paró frente a ella. Dijo: «Ésta es la ocasión más grande de mi vida». Fermina Daza no levantó la vista hacia él, sino que examinó el contorno con una mirada circular y vio las calles desiertas en el sopor de la sequía y un remolino de hojas muertas arrastradas por el viento.

—Démela —dijo.

Florentino Ariza había pensado llevarle los setenta folios que entonces podía recitar de memoria de tanto leerlos, pero luego se decidió por media esquela sobria y explícita en la que sólo prometió lo esencial: su fidelidad a toda prueba y su amor para siempre. La sacó del bolsillo interno de la levita, y la puso frente a los ojos de la bordadora atribulada que aún no se había atrevido a mirarlo. Ella vio el sobre azul temblando en una mano petrificada de terror, y levantó el bastidor para que él pusiera la carta, pues no podía admitir que también a ella se le notara el temblor de los dedos. Entonces ocurrió: un pájaro se sacudió entre el follaje de los almendros, y su cagada cayó justo sobre el bordado. Fermina Daza apartó el bastidor, lo escondió detrás de la silla para que él no se diera cuenta de lo que había pasado, y lo miró por primera vez con la cara en llamas. Florentino Ariza, impasible con la carta en la mano dijo: «Es de buena suerte». Ella se lo agradeció con su primera sonrisa, y casi le arrebató la carta, la dobló y se la escondió en el corpiño. Él le ofreció entonces la camelia que llevaba en el ojal. Ella la rechazó: «Es una flor de compromiso». Enseguida, consciente de que el tiempo se le agotaba, volvió a refugiarse en su compostura.

—Ahora váyase —dijo— y no vuelva más hasta que yo le avise.

Cuando Florentino Ariza la vio por primera vez, su madre lo había descubierto desde antes de que él se lo contara, porque perdió el habla y el apetito y se pasaba las noches en claro dando vueltas en la cama. Pero cuando empezó a esperar la respuesta a su primera carta, la ansiedad se le complicó con cagantinas y vómitos verdes, perdió el sentido de la orientación y sufría desmayos repentinos, y su madre se aterrorizó porque su estado no se parecía a los desórdenes del amor sino a los estragos del cólera. El padrino de Florentino Ariza, un anciano homeópata que había sido el confidente de Tránsito Ariza desde sus tiempos de amante escondida, se alarmó también a primera vista con el estado del enfermo, porque tenía el pulso tenue, la respiración arenosa y los sudores pálidos de los moribundos. Pero el examen le reveló que no tenía fiebre, ni dolor en ninguna parte, y lo único concreto que sentía era una necesidad urgente de morir. Le bastó con un interrogatorio insidioso, primero a él y después a la madre, para comprobar una vez más que los síntomas del amor son los mismos del cólera. Prescribió infusiones de flores de tilo para entretener los nervios y sugirió un cambio de aires para buscar el consuelo en la distancia, pero lo que anhelaba Florentino Ariza era todo lo contrario: gozar de su martirio.

Tránsito Ariza era una cuarterona libre con un instinto de la felicidad malogrado por la pobreza, y se complacía en los sufrimientos del hijo como si fueran suyos. Le hacía beber las infusiones cuando lo sentía delirar y lo arropaba con mantas de lana para engañar a los escalofríos, pero al mismo tiempo le daba ánimos para que se solazara en su postración.

—Aprovecha ahora que eres joven para sufrir todo lo que puedas —le decía—, que estas cosas no duran toda la vida.

En la Agencia Postal, por supuesto, no pensaban lo mismo. Florentino Ariza se había abandonado a la desidia, y andaba tan distraído que confundía las banderas con que anunciaba la llegada del correo, y un miércoles izaba la alemana cuando el barco que había llegado era el de la Compañía Leyland con el correo de Liverpool, y cualquier día izaba la de los Estados Unidos cuando el barco que llegaba era el de la Compagnie Générale Transatlantique con el correo de Saint-Nazaire. Aquellas confusiones del amor ocasionaban tales trastornos en el reparto y provocaban tantas protestas del público, que si Florentino Ariza no se quedó sin empleo fue porque Lotario Thugut lo mantuvo en el telégrafo y lo llevó a tocar el violín en el coro de la catedral. Tenían una alianza difícil de entender por la diferencia de edades, pues podían haber sido abuelo y nieto, pero se llevaban tan bien en el trabajo como en las fondas del puerto, donde iban a parar los trasnochados, sin escrúpulos de clase, desde los borrachitos de caridad hasta los señoritos vestidos de etiqueta que se fugaban de las fiestas de gala del Club Social para comer lebranche frito con arroz de coco. Lotario Thugut solía irse por allí después del último turno del telégrafo, y muchas veces amanecía bebiendo ponche de Jamaica y tocando el acordeón con las tripulaciones de locos de las goletas de las Antillas. Era corpulento, atortugado, con una barba dorada y un gorro frigio que se ponía para salir de noche, y sólo le faltaba una ristra de campánulas para ser idéntico a San Nicolás. Al menos una vez por semana terminaba con una pájara de la noche, como él las llamaba, de las muchas que vendían amores de emergencia en un hotel de paso para marineros. Cuando conoció a Florentino Ariza, lo primero que hizo con un cierto deleite magistral fue iniciarlo en los secretos de su paraíso. Escogía para él las pájaras que le parecían mejores, discutía con ellas el precio y el modo, y le ofrecía pagar con dinero suyo el servicio adelantado. Pero Florentino Ariza no lo aceptaba: era virgen, y se había propuesto no dejar de serlo mientras no fuera por amor.

El hotel era un palacio colonial venido a menos, y los grandes salones y los aposentos de mármol estaban divididos en cubículos de cartón con agujeros de alfileres, que lo mismo se alquilaban para hacer que para ver. Se hablaba de fisgones a quienes les habían vaciado un ojo con agujas de tejer, de otro que reconoció a su propia esposa en la que estaba espiando, y de caballeros de alcurnia que entraban disfrazados de verduleras para desfogarse con los contramaestres de paso, y de tantos otros percances de aguaitadores y aguaitados, que la sola idea de asomarse al cuarto contiguo le resultaba pavorosa a Florentino Ariza. Así que Lotario Thugut no logró persuadirlo de que ver y dejarse ver eran refinamientos de príncipes en Europa.

Al contrario de lo que hacía creer su corpulencia Lotario Thugut tenía una perinola de querubín que parecía un capullo de rosa, pero éste debía ser un defecto afortunado, porque las pájaras más percudidas se disputaban la suerte de dormir con él, y sus alaridos de degolladas remecían los estribos del palacio y hacían temblar de espanto a sus fantasmas. Decían que usaba una pomada de veneno de víbora que enardecía la silla turca de las mujeres, pero él juraba no tener recursos distintos de los que Dios le había dado. Decía muerto de risa: «Es puro amor». Tuvieron que pasar muchos años para que Florentino Ariza entendiera que tal vez lo decía con razón. Acabó de convencerse en un tiempo más avanzado de su educación sentimental, cuando conoció a un hombre que se daba una vida de rey explotando a tres mujeres al mismo tiempo. Las tres le rendían cuentas al amanecer, humilladas a sus pies para hacerse perdonar sus recaudos exiguos, y la única gratificación que anhelaban era que él se acostara con la que le llevara más dinero. Florentino Ariza pensaba que sólo el terror podía inducir a semejante indignidad. Sin embargo, una de las tres muchachas lo sorprendió con la verdad contraria.

—Estas cosas —le dijo— sólo pueden hacerse por amor.

No fue tanto por sus virtudes de fornicador como por su gracia personal, por lo que Lotario Thugut había llegado a ser uno de los clientes más apreciados del hotel. Florentino Ariza, con ser tan callado y escurridizo, se ganó también el aprecio del dueño, y en la época más ardua de sus quebrantos solía encerrarse a leer versos y folletines de lágrimas en los cuartitos sofocantes, y sus ensueños dejaban nidos de oscuras golondrinas en los balcones y rumores de besos y batir de alas en los marasmos de la siesta. Al atardecer, cuando bajaba el calor, era imposible no escuchar las conversaciones de los hombres que venían a desahogarse de la jornada con un amor de prisa. Así se enteraba Florentino Ariza de muchas infidencias y aun de algunos secretos de estado que los clientes importantes y aun las autoridades locales les confiaban a sus amantes efímeras sin cuidarse de que no los oyeran en los cuartos vecinos. Fue también así como se enteró de que a cuatro leguas marinas al norte del archipiélago de Sotavento yacía hundido desde el siglo XVIII un galeón español cargado con más de quinientos mil millones de pesos en oro puro y piedras preciosas. El relato lo asombró, pero no volvió a pensar en él hasta unos meses después, cuando su locura de amor le alborotó las ansias de rescatar la fortuna sumergida para que Fermina Daza se bañara en estanques de oro.

Años más tarde, cuando trataba de recordar cómo era en la realidad la doncella idealizada con la alquimia de la poesía, no lograba distinguirla de los atardeceres desgarrados de aquellos tiempos. Aun cuando la atisbaba sin ser visto, por aquellos días de ansiedad en que esperaba la respuesta a su primera carta, la veía transfigurada en la reverberación de las dos de la tarde bajo la llovizna de azahares de los almendros, donde siempre era abril en cualquier tiempo del año. Por lo único que le interesaba entonces acompañar con el violín a Lotario Thugut en el mirador privilegiado del coro, era por ver cómo ondulaba la túnica de ella con la brisa de los cánticos. Pero su propio desvarío acabó por malograrle el placer, pues la música mística le resultaba tan inocua para su estado de alma, que trataba de enardecerla con valses de amor, y Lotario Thugut se vio obligado a despedirlo del coro. Fue esa la época en que cedió a las ansias de comerse las gardenias que Tránsito Ariza cultivaba en los canteros del patio, y de ese modo conoció el sabor de Fermina Daza. Fue también la época en que encontró por casualidad en un baúl de su madre un frasco de un litro del Agua de Colonia que vendían de contrabando los marineros de la Hamburg American Line y no resistió la tentación de probarla para buscar otros sabores de la mujer amada. Siguió bebiendo del frasco hasta el amanecer, emborrachándose de Fermina Daza con tragos abrasivos, primero en las fondas del puerto y después absorto en el mar desde las escolleras donde hacían amores de consolación los enamorados sin techo, hasta que sucumbió a la inconsciencia. Tránsito Ariza, que lo había esperado hasta las seis de la mañana con el alma en un hilo, lo buscó en los escondites menos pensados, y poco después del mediodía lo encontró revolcándose en un charco de vómitos fragantes en un recodo de la bahía donde iban a recalar los ahogados.

Aprovechó la pausa de la convalecencia para reprenderlo por la pasividad con que esperaba la contestación de la carta. Le recordó que los débiles no entrarían jamás en el reino del amor, que es un reino inclemente y mezquino, y que las mujeres sólo se entregan a los hombres de ánimo resuelto, porque les infunden la seguridad que tanto ansían para enfrentarse a la vida. Florentino Ariza asimiló la lección tal vez más de lo debido. Tránsito Ariza no pudo disimular un sentimiento de orgullo, más concupiscente que maternal cuando lo vio salir de la mercería con el vestido de paño negro, el sombrero duro y el lazo lírico en el cuello de celuloide, y le preguntó en broma si iba para un entierro. Él contestó con las orejas encendidas: «Es casi lo mismo». Ella se dio cuenta de que apenas podía respirar de miedo, pero su determinación era invencible. Le hizo las advertencias finales, le echó la bendición, y le prometió muerta de risa otra botella de Agua de Colonia para celebrar juntos la conquista.

Desde que entregó la carta, un mes antes, él había contrariado muchas veces la promesa de no volver al parquecito, pero había tenido buen cuidado de no dejarse ver. Todo seguía igual. La lección de lectura bajo los árboles terminaba hacia las dos de la tarde, cuando la ciudad despertaba de la siesta, y Fermina Daza seguía bordando con la tía hasta que declinaba el calor. Florentino Ariza no esperó a que la tía entrara en la casa, y entonces atravesó la calle con unos trancos marciales que le permitieron sobreponerse al desaliento de las rodillas. Pero no se dirigió a Fermina Daza sino a la tía.

—Hágame el favor de dejarme solo un momento con la señorita —le dijo—, tengo algo importante que decirle.

—¡Atrevido! —le dijo la tía—. No hay nada de ella que yo no pueda oír.

—Entonces no se lo digo —dijo él—, pero le advierto que usted será la responsable de lo que suceda.

No era ese el modo que Escolástica Daza esperaba del novio ideal, pero se levantó asustada, porque tuvo por primera vez la impresión sobrecogedora de que Florentino Ariza estaba hablando por inspiración del Espíritu Santo. Así que entró en la casa para cambiar de agujas, y dejó solos a los dos jóvenes bajo los almendros del portal.

En realidad, era muy poco lo que sabía Fermina Daza de aquel pretendiente taciturno que había aparecido en su vida como una golondrina de invierno, y del cual no hubiera conocido ni siquiera el nombre de no haber sido por la firma de la carta. Había averiguado desde entonces que era el hijo sin padre de una soltera laboriosa y seria, pero marcada sin remedio por el estigma de fuego de un único extravío juvenil. Se había enterado de que no era mensajero del telégrafo, como ella suponía, sino un asistente bien calificado con un futuro promisorio, y pensó que había llevado el telegrama a su padre sólo como un pretexto para verla a ella. Esa suposición la conmovió. También sabía que era uno de los músicos del coro, y aunque nunca se había atrevido a levantar la vista para comprobarlo durante la misa, un domingo tuvo la revelación de que mientras los otros instrumentos tocaban para todos, el violín tocaba sólo para ella. No era el tipo de hombre que hubiera escogido. Sus espejuelos de expósito, su atuendo clerical, sus recursos misteriosos le habían suscitado una curiosidad difícil de resistir, pero nunca había imaginado que la curiosidad fuera otra de las tantas celadas del amor.

Ella misma no se explicaba por qué había aceptado la carta. No se lo reprochaba, pero el compromiso cada vez más apremiante de dar una respuesta se le había convertido en un estorbo para vivir. Cada palabra de su padre, cada mirada casual, sus gestos más triviales le parecían sembrados de trampas para descubrir su secreto. Era tal su estado de alarma, que evitaba hablar en la mesa por temor de que un descuido pudiera delatarla, y se volvió evasiva hasta con la tía Escolástica, a pesar de que ésta compartía su ansiedad reprimida como si fuera propia. Se encerraba en el baño a cualquier hora, sin necesidad, y volvía a leer la carta tratando de descubrir un código secreto, una fórmula mágica escondida en alguna de las trescientas catorce letras de sus cincuenta y ocho palabras, con la esperanza de que dijeran más de lo que decían. Pero no encontró nada más de lo que había entendido en la primera lectura, cuando corrió a encerrarse en el baño con el corazón enloquecido, y desgarró el sobre con la ilusión de que fuera una carta abundante y febril, y sólo se encontró con un billete perfumado cuya determinación la asustó.

Al principio no había pensado en serio que estuviera obligada a dar una respuesta, pero la carta era tan explícita que no había modo de sortearla. Mientras tanto, en la tormenta de las dudas, se sorprendió pensando en Florentino Ariza con más frecuencia y más interés de los que quería permitirse, y hasta se preguntaba atribulada por qué no estaba en el parquecito a la hora de siempre, sin recordar que era ella quien le había pedido no volver mientras pensaba la respuesta. Así terminó pensando en él como nunca se hubiera imaginado que se podía pensar en alguien, presintiéndolo donde no estaba, deseándolo donde no podía estar, despertando de pronto con la sensación física de que él la contemplaba en la oscuridad mientras ella dormía, de modo que la tarde en que sintió sus pasos resueltos sobre el reguero de hojas amarillas del parquecito, le costó trabajo creer que no fuera otra burla de su fantasía. Pero cuando él le reclamó la respuesta con una autoridad que no tenía nada que ver con su languidez, ella logró sobreponerse al espanto y trató de evadirse por la verdad: no sabía qué contestarle. Sin embargo, Florentino Ariza no había salvado un abismo para amedrentarse con los siguientes.

—Si aceptó la carta —le dijo—, es de mala urbanidad no contestarla.

Ese fue el final del laberinto. Fermina Daza, dueña de sí misma, se excusó por la demora, y le dio su palabra formal de que tendría una respuesta antes del término de las vacaciones. Cumplió. El último viernes de febrero, tres días antes de la reapertura de los colegios, la tía Escolástica fue a la oficina del telégrafo a preguntar cuánto costaba un telegrama para el pueblo de Piedras de Moler, que ni siquiera figuraba en la lista de servicios, y se dejó atender por Florentino Ariza como si nunca se hubieran visto, pero al salir fingió olvidar en el mostrador un breviario empastado en piel de lagartija dentro del cual había un sobre de papel de lino con viñetas doradas. Trastornado por la dicha, Florentino Ariza pasó el resto de la tarde comiendo rosas y leyendo la carta, repasándola letra por letra una y otra vez y comiendo más rosas cuanto más la leía, y a media noche la había leído tanto y había comido tantas rosas que su madre tuvo que barbearlo como a un ternero para que se tragara una pócima de aceite de ricino.

Fue el año del enamoramiento encarnizado. Ni el uno ni el otro tenían vida para nada distinto de pensar en el otro, para soñar con el otro, para esperar las cartas con tanta ansiedad como las contestaban. Nunca en aquella primavera de delirio, ni en el año siguiente, tuvieron ocasión de comunicarse de viva voz. Más aún: desde que se vieron por primera vez hasta que él le reiteró su determinación medio siglo más tarde, no habían tenido nunca una oportunidad de verse a solas ni de hablar de su amor. Pero en los primeros tres meses no pasó un solo día sin que se escribieran, y en cierta época hasta dos veces diarias, hasta que la tía Escolástica se asustó con la voracidad de la hoguera que ella misma había ayudado a encender.

Después de la primera carta, que llevó a la oficina del telégrafo con un rescoldo de venganza contra su propia suerte, había permitido el intercambio de mensajes casi diarios en encuentros callejeros que parecían casuales, pero no tuvo valor para patrocinar una conversación, por banal y momentánea que fuera. Sin embargo, al cabo de tres meses comprendió que la sobrina no estaba a merced de una ventolera juvenil, como le pareció al principio, y que su propia vida estaba amenazada por aquel incendio de amor. En verdad, Escolástica Daza no tenía otro modo de subsistencia que la caridad del hermano, y sabía que su carácter tiránico no le perdonaría jamás semejante burla a su confianza. Pero a la hora de la decisión final no tuvo corazón para causarle a la sobrina el mismo infortunio irreparable que ella había tenido que pastorear desde la juventud, y le permitió servirse de un recurso que le dejaba una ilusión de inocencia. Fue un método simple: Fermina Daza ponía su carta en algún escondite del recorrido diario entre la casa y el colegio, y en esa misma carta le indicaba a Florentino Ariza dónde esperaba encontrar la respuesta. Florentino Ariza hacía lo mismo. De ese modo, los conflictos de conciencia de la tía Escolástica les fueron transferidos por el resto del año a los bautisterios de las iglesias, los huecos de los árboles, las grietas de las fortalezas coloniales en ruinas. A veces encontraban las cartas empapadas de lluvia, sucias de lodo, desgarradas por la adversidad, y algunas se perdieron por motivos diversos, pero siempre encontraron el modo de reanudar el contacto.

Florentino Ariza escribía todas las noches sin piedad para consigo mismo, envenenándose letra por letra con el humo de las lámparas de aceite de corozo en la trastienda de la mercería, y sus cartas iban haciéndose más extensas y lunáticas cuanto más se esforzaba por imitar a sus poetas preferidos de la Biblioteca Popular, que ya para esa época estaba llegando a los ochenta volúmenes. Su madre, que con tanto ardor lo había incitado a solazarse en su tormento, empezó a alarmarse por su salud. «Te vas a gastar el seso —le gritaba desde el dormitorio cuando oía cantar los primeros gallos—. No hay mujer que merezca tanto.» Pues no recordaba haber conocido a nadie en semejante estado de perdición. Pero él no le hacía caso. A veces llegaba a la oficina sin dormir, con los cabellos alborotados de amor, después de haber dejado la carta en el escondite previsto para que Fermina Daza la encontrara de paso hacia el colegio. Ella, en cambio, sometida a la vigilancia del padre y a la acechanza viciosa de las monjas, apenas si lograba completar medio folio del cuaderno escolar encerrada en los baños o fingiendo tomar notas durante la clase. Pero no sólo por las prisas y sobresaltos, sino también por su carácter, las cartas de ella eludían cualquier escollo sentimental y se reducían a contar incidentes de su vida cotidiana con el estilo servicial de un diario de navegación. En realidad eran cartas de distracción, destinadas a mantener las brasas vivas pero sin poner la mano en el fuego, mientras que Florentino Ariza se incineraba en cada línea. Ansioso de contagiarla de su propia locura, le mandaba versos de miniaturista grabados con la punta de un alfiler en los pétalos de las camelias. Fue él y no ella quien tuvo la audacia de poner un mechón de su cabello dentro de una carta, pero no recibió nunca la respuesta anhelada, que era una hebra completa de la trenza de Fermina Daza. Consiguió al menos que diera un paso más, pues desde entonces ella empezó a mandarle nervaduras de hojas disecadas en diccionarios, alas de mariposas, plumas de pájaros mágicos, y le regaló de cumpleaños un centímetro cuadrado del hábito de San Pedro Claver, de los que se vendían a escondidas por aquellos días a un precio inalcanzable para una colegiala de su edad. Una noche, sin ningún anuncio, Fermina Daza despertó asustada por una serenata de violín solo con un valse solo. La estremeció la clarividencia de que cada nota era una acción de gracias por los pétalos de sus herbarios, por los tiempos robados a la aritmética para escribir sus cartas, por el susto de los exámenes pensando más en él que en las Ciencias Naturales, pero no se atrevió a creer que Florentino Ariza fuera capaz de semejante imprudencia.

La mañana siguiente, durante el desayuno, Lorenzo Daza no podía resistir la curiosidad. En primer término, porque no sabía qué significaba una sola pieza en el lenguaje de las serenatas, y en segundo término, porque a pesar de la atención con que la escuchó no había logrado precisar en qué casa había sido. La tía Escolástica, con una sangre fría que le devolvió el aliento a la sobrina, aseguró haber visto a través de los visillos del dormitorio que el violinista solitario estaba del otro lado del parque, y dijo que en todo caso una pieza sola era una notificación de ruptura. En su carta de ese día, Florentino Ariza confirmó que era él quien había llevado la serenata, y que el valse había sido compuesto por él y tenía el nombre con que conocía a Fermina Daza en su corazón: *La Diosa Coronada*. No volvió a tocarlo en el parque, pero solía hacerlo en noches de luna en sitios elegidos a propósito para que ella lo escuchara sin sobresaltos en la alcoba. Uno de sus sitios preferidos era el cementerio de los pobres, expuesto al sol y a la lluvia en una colina indigente donde dormían los gallinazos, y donde la música lograba resonancias sobrenaturales. Más tarde aprendió a conocer la dirección de los vientos, y así estuvo seguro de que su voz llegaba hasta donde debía.

En agosto de ese año, una nueva guerra civil de las tantas que asolaban el país desde hacía más de medio siglo amenazó con generalizarse, y el gobierno impuso la ley marcial y el toque de queda a las seis de la tarde en los estados del litoral caribe. Aunque ya habían ocurrido algunos disturbios y la tropa cometía toda clase de abusos de escarmiento, Florentino Ariza seguía tan perplejo que no se enteraba del estado del mundo, y una patrulla militar lo sorprendió una madrugada perturbando la castidad de los muertos con sus provocaciones de amor. Escapó por milagro de una ejecución sumaria acusado de ser un espía que mandaba mensajes en clave de sol a los buques liberales que merodeaban por las aguas vecinas.

—Qué espía ni qué carajo —dijo Florentino Ariza—, yo no soy más que un pobre enamorado.

Durmió tres noches encadenado por los tobillos en los calabozos de la guarnición local. Pero cuando lo soltaron se sintió defraudado por la brevedad del cautiverio, y aun en los tiempos de su vejez, cuando otras tantas guerras se le confundían en la memoria, seguía pensando que era el único hombre de la ciudad, y tal vez del país, que había arrastrado grillos de cinco libras por una causa de amor.

Iban a cumplirse dos años de correos frenéticos cuando Florentino Ariza, en una carta de un solo párrafo, le hizo a Fermina Daza la propuesta formal de matrimonio. En los seis meses anteriores le había enviado varias veces una camelia blanca, pero ella se la devolvía en la carta siguiente, para que no dudara de que estaba dispuesta a seguirle escribiendo, pero sin la gravedad de un compromiso. La verdad es que siempre había tomado las idas y venidas de la camelia como un retozo de amores, y nunca se le ocurrió planteárselo como una encrucijada de su destino. Pero cuando llegó la propuesta formal se sintió desgarrada por el primer arañazo de la muerte. Presa de pánico se lo contó a la tía Escolástica, y ella asumió la consulta con la valentía y la lucidez que no había tenido a los veinte años cuando se vio forzada a decidir su propia suerte.

—Contéstale que sí —le dijo—. Aunque te estés muriendo de miedo, aunque después te arrepientas, porque de todos modos te vas a arrepentir toda la vida si le contestas que no.

Sin embargo, Fermina Daza estaba tan confundida que pidió un plazo para pensarlo. Pidió primero un mes, luego otro y otro, y cuando se cumplió el cuarto mes sin respuesta volvió a recibir la camelia blanca, pero no sola dentro del sobre como las otras veces, sino con la notificación perentoria de que esta era la última: o ahora o nunca. Entonces fue Florentino Ariza quien le vio la cara a la muerte, esa misma tarde, cuando recibió un sobre con una tira de papel arrancada del margen de un cuaderno de escuela, y con la respuesta escrita a lápiz en una sola línea: *Está bien, me caso con usted si me promete que no me hará comer berenjenas.*

Florentino Ariza no estaba preparado para esa respuesta, pero su madre lo estaba. Desde que él le habló por primera vez de la intención de casarse, seis meses antes, Tránsito Ariza había iniciado las gestiones para tomar en alquiler toda la casa que hasta entonces compartía con dos familias más. Era una construcción civil del siglo XVII, de dos plantas, donde estuvo el Estanco del Tabaco bajo el dominio español, y cuyos propietarios arruinados habían tenido que alquilarla a pedazos por falta de recursos para mantenerla. Tenía una sección que daba a la calle, donde había estado el expendio, otra en el fondo de un patio adoquinado donde había estado la fábrica, y una caballeriza muy grande que los inquilinos actuales usaban en común para lavar la ropa y tenderla a secar. Tránsito Ariza ocupaba la primera parte, que era la más útil y mejor conservada, aunque también la más pequeña. En la antigua sala de expendio estaba la mercería, con un portón hacia la calle, y al lado el antiguo depósito sin más ventilación que una claraboya, donde dormía Tránsito Ariza. La trastienda era la mitad de la sala, dividida con un cancel de madera. Allí había una mesa con cuatro sillas que servía al mismo tiempo para comer y escribir, y era allí donde Florentino Ariza colgaba la hamaca cuando el amanecer no lo sorprendía escribiendo. Era un espacio bueno para los dos, pero insuficiente para una persona más, y menos para una señorita del Colegio de la Presentación de la Santísima Virgen, cuyo padre había restaurado hasta dejarla como nueva una casa en escombros, mientras las familias de siete títulos se acostaban con el terror de que los techos de las mansiones se les desfondaran encima durante el sueño. De modo que Tránsito Ariza había conseguido que el propietario le permitiera ocupar también la galería del patio, a cambio de que mantuviera la casa en buen estado por cinco años.

Tenía recursos para eso. Aparte de los ingresos reales de la mercería y de las hilachas hemostáticas, que le hubieran alcanzado para su vida modesta, había multiplicado los ahorros prestándolos a una clientela de nuevos pobres vergonzantes que aceptaban sus réditos excesivos en gracia de su discreción. Señoras con aires de reinas bajaban de las carrozas en el portón de la mercería, sin nodrizas ni criados incómodos, y fingiendo comprar encajes de Holanda y ribetes de pasamanería empeñaban entre dos sollozos los últimos oropeles de su paraíso perdido. Tránsito Ariza las sacaba de apuros con tanta consideración por su alcurnia, que muchas se iban más agradecidas por el honor que por el favor. En menos de diez años conocía como suyas las joyas tantas veces rescatadas y vueltas a empeñar con lágrimas, y las ganancias convertidas en oro de ley estaban enterradas en una múcura debajo de la cama cuando el hijo tomó la decisión de casarse. Entonces hizo las cuentas, y descubrió que no sólo podía hacer el negocio de mantener en pie la casa ajena durante cinco años, sino que con la misma astucia y un poco más de suerte podía quizás comprarla antes de morir para los doce nietos que deseaba tener. Florentino Ariza, por su parte, había sido nombrado ayudante primero del telégrafo, con carácter interino, y Lotario Thugut quería dejarlo como jefe de la oficina cuando él se fuera a dirigir la Escuela de Telegrafía y Magnetismo, prevista para el año siguiente.

Así que el lado práctico del matrimonio estaba resuelto. Sin embargo, Tránsito Ariza creyó prudentes dos condiciones finales. La primera, averiguar quién era en realidad Lorenzo Daza, cuyo acento no dejaba ninguna duda sobre su origen, pero de cuya identidad y de cuyos medios de vida no tenía nadie una noticia cierta. La segunda, que el noviazgo fuera largo para que los novios se conocieran a fondo por el trato personal, y que se mantuviera la reserva más estricta hasta que ambos se sintieran muy seguros de sus afectos. Sugirió que esperaran hasta el final de la guerra. Florentino Ariza estuvo de acuerdo con el secreto absoluto, tanto por las razones de su madre como por el hermetismo propio de su carácter. Estuvo también de acuerdo con la demora del noviazgo, pero el término le pareció irreal, pues en más de medio siglo de vida independiente no había tenido el país ni un día de paz civil.

—Nos volveremos viejos esperando —dijo.

Su padrino el homeópata, que participaba por casualidad en la conversación, no creyó que las guerras fueran un inconveniente. Pensaba que no eran más que pleitos de pobres arreados como bueyes por los señores de la tierra, contra soldados descalzos arreados por el gobierno.

—La guerra está en el monte —dijo—. Desde que yo soy yo, en las ciudades no nos matan con tiros sino con decretos.

En todo caso, los pormenores del noviazgo fueron resueltos en las cartas de la semana siguiente.

Fermina Daza, aconsejada por la tía Escolástica, aceptó el plazo de dos años y su reserva absoluta, y sugirió que Florentino Ariza pidiera su mano cuando ella terminara la escuela secundaria en las vacaciones de Navidad. En su momento se pondrían de acuerdo sobre el modo de formalizar el compromiso según el grado de aceptación que ella hubiera logrado de su padre. Mientras tanto, siguieron escribiéndose con el mismo ardor y la misma frecuencia, pero sin los sobresaltos de antes, y las cartas fueron derivando hacia un tono familiar que ya parecía de esposos. Nada perturbaba sus ensueños.

La vida de Florentino Ariza había cambiado. El amor correspondido le había dado una seguridad y una fuerza que no había conocido nunca, y fue tan eficaz en el trabajo que Lotario Thugut consiguió sin esfuerzos que lo nombraran segundo suyo en propiedad. Para entonces, el proyecto de la Escuela de Telegrafía y Magnetismo había fracasado, y el alemán consagró su tiempo libre a lo único que en realidad le gustaba, que era irse al puerto a tocar el acordeón y a tomar cerveza con los marineros, y todo terminaba en el hotel de paso. Transcurrió mucho tiempo antes de que Florentino Ariza se diera cuenta de que la influencia de Lotario Thugut en aquel sitio de placer se debía a que había terminado por ser el dueño del establecimiento, y además empresario de las pájaras del puerto. Lo había comprado poco a poco, con sus ahorros de muchos años, pero el que daba la cara por él era un hombrecillo flaco y tuerto, con una cabeza de cepillo, y un corazón tan manso que nadie entendía cómo podía ser tan buen gerente. Pero lo era. Al menos así le parecía a Florentino Ariza, cuando el gerente le dijo, sin que él se lo pidiera, que disponía de un cuarto permanente en el hotel, no sólo para resolver los problemas del bajo vientre, cuando se decidiera a tenerlos, sino para que dispusiera de un lugar más tranquilo para sus lecturas y sus cartas de amor. Así que mientras transcurrían los largos meses que faltaban para la formalización del compromiso estuvo más tiempo allí que en la oficina y en su casa, y hubo épocas en que Tránsito Ariza no lo vio sino cuando iba a cambiarse de ropa.

La lectura se le convirtió en un vicio insaciable. Desde que lo enseñó a leer, su madre le compraba los libros ilustrados de los autores nórdicos, que se vendían como cuentos para niños, pero que en realidad eran los más crueles y perversos que podían leerse a cualquier edad. Florentino Ariza los recitaba de memoria a los cinco años, tanto en las clases como en las veladas de la escuela, pero la familiaridad con ellos no le alivió el terror. Al contrario, lo agudizaba. De allí que el paso a la poesía fue como un remanso. Ya en la pubertad había consumido por orden de aparición todos los volúmenes de la Biblioteca Popular que Tránsito Ariza les compraba a los libreros de lance del Portal de los Escribanos, y en los que había de todo, desde Homero hasta el menos meritorio de los poetas locales. Pero él no hacía distinción: leía el volumen que llegara, como una orden de la fatalidad, y no le alcanzaron todos sus años de lecturas para saber qué era bueno y qué no lo era en lo mucho que había leído. Lo único que tenía claro era que entre la prosa y los versos prefería los versos, y entre éstos prefería los de amor, que aprendía de memoria aun sin proponérselo desde la segunda lectura, con tanta más facilidad cuanto mejor rimados y medidos, y cuanto más desgarradores.

Ésta fue la fuente original de las primeras cartas a Fermina Daza, en las cuales aparecían parrafadas enteras sin cocinar de los románticos españoles, y lo fueron hasta que la vida real lo obligó a ocuparse de asuntos más terrestres que los dolores del corazón. Ya para entonces había dado un paso más hacia los folletines de lágrimas y otras prosas aún más profanas de su tiempo. Había aprendido a llorar con su madre leyendo a los poetas locales que se vendían en plazas y portales en folletos de a dos centavos. Pero al mismo tiempo era capaz de recitar de memoria la poesía castellana más selecta del Siglo de Oro. En general leía todo lo que le cayera en las manos, y en el orden en que le caía, hasta el extremo de que mucho después de aquellos duros años de su primer amor, cuando ya no era joven, había de leer desde la primera página hasta la última los veinte tomos del Tesoro de la Juventud, el catálogo completo de los clásicos Garnier Hnos., traducidos, y las obras más fáciles que publicaba don Vicente Blasco Ibáñez en la colección *Prometeo*.

En todo caso, sus mocedades en el hotel de paso no se redujeron a la lectura y la redacción de cartas febriles, sino que lo iniciaron en los secretos del amor sin amor. La vida de la casa empezaba después del mediodía, cuando sus amigas las pájaras se levantaban como sus madres las parieron, de modo que cuando Florentino Ariza llegaba del empleo se encontraba con un palacio poblado de ninfas en cueros, que comentaban a gritos los secretos de la ciudad, conocidos por las infidencias de los propios protagonistas. Muchas exhibían en sus desnudeces las huellas del pasado: cicatrices de puñaladas en el vientre, estrellas de balazos, surcos de cuchilladas de amor, costuras de cesáreas de carniceros. Algunas se hacían llevar durante el día a sus hijos menores, frutos infortunados de despechos o descuidos juveniles, y les quitaban las ropas tan pronto como entraban para que no se sintieran distintos en el paraíso de la desnudez. Cada una cocinaba lo suyo, y nadie comía mejor que Florentino Ariza cuando lo invitaban, porque escogía lo mejor de cada una. Era una fiesta diaria que duraba hasta el atardecer, cuando las desnudas desfilaban cantando hacia los baños, se pedían prestado el jabón, el cepillo de dientes, las tijeras, se cortaban el pelo unas a otras, se vestían con las ropas cambiadas, se pintorreteaban como payasas lúgubres, y salían a cazar sus primeras presas de la noche. A partir de entonces, la vida de la casa se volvía impersonal, deshumanizada, y era imposible compartirla sin pagar.

No había un lugar donde Florentino Ariza estuviera mejor desde que conoció a Fermina Daza, porque era el único donde no se sentía solo. Más aún: terminó por ser el único donde se sentía con ella. Tal vez era por los mismos motivos que vivía allí una mujer mayor, elegante, de una hermosa cabeza plateada, que no participaba de la vida natural de las desnudas, y a quien éstas profesaban un respeto sacramental. Un novio prematuro la había llevado allí cuando era joven, y después de disfrutarla por un tiempo la abandonó a su suerte. Sin embargo, a pesar de su estigma, logró casarse bien. Ya muy mayor, cuando se quedó sola, dos hijos y tres hijas se disputaron el gusto de llevarla a vivir con ellos, pero a ella no se le ocurrió un lugar más digno para vivir que aquel hotel de perdularias tiernas. Su cuarto permanente era su única casa, y esto la identificó de inmediato con Florentino Ariza, del cual decía que llegaría a ser un sabio conocido en el mundo entero, porque era capaz de enriquecer su alma con la lectura en el paraíso de la salacidad. Florentino Ariza, por su parte, llegó a tenerle tanto afecto que la ayudaba en las compras del mercado, y solía pasar algunas tardes conversando con ella. Pensaba que era una mujer sabia en el amor, pues le dio muchas luces sobre el suyo, sin que él tuviera que revelarle su secreto.

Si antes de conocer el amor de Fermina Daza no había caído en tantas tentaciones al alcance de la mano, mucho menos iba a hacerlo cuando ya era su prometida oficial. Así que Florentino Ariza convivía con las muchachas, compartía sus gozos y sus miserias, pero ni a él ni a ellas se les ocurría ir más lejos. Un hecho imprevisto demostró la severidad de su determinación. Cualquier día a las seis de la tarde, cuando las muchachas se vestían para recibir a los clientes de la noche, entró en su cuarto la encargada de la limpieza en el piso: una mujer joven pero envejecida y macilenta, como una penitente vestida en la gloria de las desnudas. Él la veía a diario sin sentirse visto: andaba por los cuartos con las escobas, con un cubo para la basura y un trapo especial para recoger del suelo los preservativos usados. Entró en el cubículo donde Florentino Ariza leía, como siempre, y como siempre barrió con un cuidado extremo para no perturbarlo. De pronto pasó cerca de la cama, y él sintió la mano tibia y tierna en la cruz de su vientre, la sintió buscándolo, la sintió encontrarlo, la sintió soltándole los botones mientras la respiración de ella iba colmando el cuarto. Él fingió leer hasta que no pudo más, y tuvo que esquivar el cuerpo.

Ella se asustó, pues la primera advertencia que le

hicieron para darle el empleo de barrendera fue que no intentara acostarse con los clientes. No tenían que decírselo, porque era de las que pensaban que la prostitución no era acostarse por dinero, sino acostarse con desconocidos. Tenía dos hijos, cada uno de un marido diferente, y no porque fueran aventuras casuales, sino porque no había conseguido amar a uno que volviera después de la tercera vez. Había sido hasta entonces una mujer sin urgencias, preparada por su naturaleza para esperar sin desesperar, pero la vida de aquella casa era más fuerte que sus virtudes. Entraba a trabajar a las seis de la tarde, y pasaba la noche entera de cuarto en cuarto, barriéndolos con cuatro escobazos, recogiendo los preservativos, cambiando las sábanas. No era fácil imaginar la cantidad de cosas que dejaban los hombres después del amor. Dejaban vómitos y lágrimas, lo cual le parecía comprensible, pero dejaban también muchos enigmas de la intimidad: charcos de sangre, parches de excrementos, ojos de vidrio, relojes de oro, dentaduras postizas, relicarios con rizos dorados, cartas de amor, de negocios, de pésame: cartas de todo. Algunos volvían por sus cosas perdidas, pero la mayoría se quedaban allí, y Lotario Thugut las guardaba bajo llave, pensando que tarde o temprano aquel palacio caído en desgracia, con los miles de objetos personales olvidados, sería un museo del amor.

El trabajo era duro y mal pagado, pero ella lo hacía bien. Lo que no podía soportar eran los sollozos, los lamentos, los crujidos de los resortes de las camas que se le iban sedimentando en la sangre con tanto ardor y tanto dolor, que al amanecer no podía soportar la ansiedad de acostarse con el primer mendigo que encontrara en la calle, o con un borracho desperdigado que le hiciera el favor sin más pretensiones ni preguntas. La aparición de un hombre sin mujer como Florentino Ariza, joven y limpio, fue para ella un regalo del cielo, porque desde el primer momento se dio cuenta de que era igual que ella: un menesteroso de amor. Pero él fue insensible a sus apremios. Se había mantenido virgen para Fermina Daza, y no había fuerza ni razón en este mundo que pudiera torcerle el propósito.

Esa era su vida, cuatro meses antes de la fecha prevista para formalizar el compromiso, cuando Lorenzo Daza apareció a las siete de la mañana en la oficina del telégrafo, y preguntó por él. Como aún no había llegado, lo esperó sentado en la banca hasta las ocho y diez, quitándose de un dedo y poniéndose en otro el pesado anillo de oro coronado por un ópalo noble, y cuando lo vio entrar lo reconoció de inmediato como el empleado del telégrafo, y lo tomó del brazo.

—Venga conmigo, jovencito —le dijo—. Usted y yo tenemos que hablar cinco minutos, de hombre a hombre.

Florentino Ariza, verde como un muerto, se dejó llevar. No estaba preparado para ese encuentro, porque Fermina Daza no había encontrado la ocasión ni el modo de prevenirlo. El caso era que el sábado anterior, la hermana Franca de la Luz, superiora del Colegio de la Presentación de la Santísima Virgen, había entrado en la clase de Nociones de Cosmogonía con el sigilo de una serpiente, y espiando a las alumnas por encima del hombro descubrió que Fermina Daza fingía tomar notas en el cuaderno cuando en realidad estaba escribiendo una carta de amor. La falta, de acuerdo con los reglamentos del colegio, era motivo de expulsión. Citado de urgencia a la rectoría, Lorenzo Daza descubrió la gotera por donde estaba escurriéndose su régimen de hierro. Fermina Daza, con su entereza congénita, admitió la culpa de la carta, pero se negó a revelar la identidad del novio secreto, y volvió a negarse ante el Tribunal de Orden, que por este motivo confirmó el veredicto de expulsión. Sin embargo, el padre hizo una requisa del dormitorio que hasta entonces había sido un santuario inviolable, y en un doble fondo del baúl encontró los paquetes de tres años de cartas, escondidas con tanto amor como habían sido escritas. La firma era inequívoca, pero Lorenzo Daza no pudo creer ni entonces ni nunca que la hija no supiera de su novio escondido nada más que el oficio de telegrafista y su afición por el violín.

Convencido de que una relación tan difícil sólo era comprensible por la complicidad de la hermana, no le concedió a ésta ni la gracia de una disculpa, sino que la embarcó sin apelación en la goleta de San Juan de la Ciénaga. Fermina Daza no se alivió nunca de su último recuerdo, la tarde en que la despidió en el portal ardiendo de fiebre dentro de su hábito pardo, ósea y cenicienta, y la vio desaparecer en la llovizna del parquecito con lo único que le quedaba en la vida: el petate de soltera, y el dinero para sobrevivir un mes; envuelto en un pañuelo dentro del puño. Tan pronto como se liberó de la autoridad de su padre la hizo buscar por las provincias del Caribe, averiguando por ella con todo el que pudiera conocerla, y no encontró noticia alguna de su rastro hasta casi treinta años después, cuando recibió una carta que había pasado por muchas manos durante mucho tiempo, y en la cual le informaron que había muerto en el lazareto de Agua de Dios. Lorenzo Daza no previó la ferocidad con que la hija había de reaccionar por el castigo injusto de que fue víctima la tía Escolástica, a quien había identificado siempre con la madre que apenas recordaba. Se encerró con tranca en el dormitorio, sin comer ni beber, y cuando él logró por fin que le abriera, primero con amenazas y luego con súplicas mal disimuladas, se encontró con una pantera herida que nunca más volvería a tener quince años.

Trató de seducirla con toda clase de halagos. Trató de hacerle entender que el amor a su edad era un espejismo, trató de convencerla por las buenas de que devolviera las cartas y regresara al colegio a pedir perdón de rodillas, y le dio su palabra de honor de que él sería el primero en ayudarla a ser feliz con un pretendiente digno. Pero era como hablarle a un muerto. Derrotado, terminó por perder los estribos en el almuerzo del lunes, y mientras se atragantaba de improperios y blasfemias al borde de la conmoción, ella se puso el cuchillo de la carne en el cuello, sin dramatismo pero con pulso firme, y con unos ojos atónitos que él no se atrevió a desafiar. Fue entonces cuando asumió el riesgo de hablar cinco minutos, de hombre a hombre, con el advenedizo infausto que no recordaba haber visto nunca, y que en tan mala hora se había puesto de través en su vida. Por pura costumbre cogió el revólver antes de salir, pero tuvo el cuidado de llevarlo escondido debajo de la camisa.

Florentino Ariza no había recobrado el aliento cuando Lorenzo Daza lo llevó del brazo por la Plaza de la Catedral hasta la galería de arcos del Café de la Parroquia, y lo invitó a sentarse en la terraza. No había otros clientes a esa hora, y una matrona negra fregaba las baldosas del enorme salón con vitrales astillados y polvorientos, cuyas sillas estaban todavía puestas patas arriba sobre las mesas de mármol. Florentino Ariza había visto allí muchas veces a Lorenzo Daza jugando y tomando vino de barril con los asturianos del mercado público, mientras se peleaban a gritos por otras guerras crónicas que no eran las nuestras. Muchas veces, consciente del fatalismo del amor, se preguntaba cómo sería el encuentro que tarde o temprano iba a tener con él, y que ningún poder humano había de impedir, porque estaba inscrito desde siempre en el destino de ambos. Lo suponía como un altercado desigual, no sólo porque Fermina Daza lo había prevenido en las cartas sobre el carácter tempestuoso de su padre, sino porque él mismo había notado que sus ojos parecían coléricos hasta cuando reía a carcajadas en la mesa de juego. Todo él era un tributo a la ordinariez: la panza innoble, el habla enfática, las patillas de lince, las manos bastas con el anular sofocado por la montura de ópalo. Su único rasgo enternecedor, que Florentino Ariza reconoció desde la primera vez que lo vio caminar, era que tenía el mismo andar de venada de la hija. Sin embargo, cuando le indicó la silla para que se sentara no lo encontró tan áspero como parecía, y recobró el aliento cuando lo invitó a tomarse una copa de anisado. Florentino Ariza no lo había bebido nunca a las ocho de la mañana, pero aceptó agradecido, porque lo estaba necesitando con urgencia.

Lorenzo Daza, en efecto, no tardó más de cinco minutos para dar sus razones, y lo hizo con una sinceridad desarmante que acabó de confundir a Florentino Ariza. A la muerte de su esposa se había impuesto el propósito único de hacer de la hija una gran dama. El camino era largo e incierto para un traficante de mulas que no sabía leer ni escribir, y cuya reputación de cuatrero no estaba tan probada como bien difundida en la provincia de San Juan de la Ciénaga. Encendió un tabaco de arriero, y se lamentó: «Lo único peor que la mala salud es la mala fama». Sin embargo, dijo, el verdadero secreto de su fortuna era que ninguna de sus mulas trabajaba tanto y con tanta determinación como él mismo, aun en los tiempos más agrios de las guerras, cuando los pueblos amanecían en cenizas y los campos devastados. Aunque la hija no estuvo nunca al corriente de la premeditación de su destino, se comportaba como un cómplice entusiasta. Era inteligente y metódica, hasta el punto de que enseñó a leer al padre tan pronto como aprendió ella, y a los doce años tenía un dominio de la realidad que le hubiera bastado para llevar la casa sin necesidad de la tía Escolástica. Suspiró: «Es una mula de oro». Cuando la hija terminó la escuela primaria, con cinco en todo y mención de honor en el acto de clausura, él comprendió que el ámbito de San Juan de la Ciénaga le quedaba estrecho a sus ilusiones. Entonces liquidó tierras y animales, y se trasladó con ímpetus nuevos y setenta mil pesos oro a esta ciudad en ruinas y con sus glorias apolilladas, pero donde una mujer bella y educada a la antigua tenía aún la posibilidad de volver a nacer con un matrimonio de fortuna. La irrupción de Florentino Ariza había sido un tropiezo imprevisto en aquel plan encarnizado. «Así que he venido a hacerle una súplica», dijo Lorenzo Daza. Mojó el cabo del tabaco en el anisado, le dio una chupada sin humo, y concluyó con la voz afligida:

—Apártese de nuestro camino.

Florentino Ariza lo había escuchado bebiendo a sorbos el aguardiente de anís, y tan absorto en la revelación del pasado de Fermina Daza que no se preguntó siquiera qué iba a decir cuando tuviera que hablar. Pero llegado el momento se dio cuenta de que cualquier cosa que dijera comprometía su destino.

—¿Usted habló con ella? —preguntó.

—Eso no le incumbe a usted —dijo Lorenzo Daza.

—Se lo pregunto —dijo Florentino Ariza— porque me parece que la que tiene que decidir es ella.

—Nada de eso —dijo Lorenzo Daza—: esto es un asunto de hombres y se arregla entre hombres.

El tono se había vuelto amenazante, y un cliente de una mesa cercana se volvió a mirarlos. Florentino Ariza habló con la voz más tenue pero con la resolución más imperiosa de que fue capaz:

—De todos modos —dijo— no puedo contestar nada sin saber qué piensa ella. Sería una traición.

Entonces Lorenzo Daza se echó hacia atrás en el asiento con los párpados enrojecidos y húmedos, y el ojo izquierdo giró en su órbita y quedó torcido hacia fuera. También bajó la voz.

—No me fuerce a pegarle un tiro —dijo.

Florentino Ariza sintió que las tripas se le llenaron de una espuma fría. Pero la voz no le tembló, porque también él se sintió iluminado por el Espíritu Santo.

—Péguemelo —dijo, con la mano en el pecho—. No hay mayor gloria que morir por amor.

Lorenzo Daza tuvo que mirarlo de lado, como los loros, para encontrarlo con el ojo torcido. No pronunció las tres palabras sino que pareció escupirlas sílaba por sílaba:

—¡Hi-jo-de-pu-ta!

Aquella misma semana se llevó a la hija al viaje del olvido. No le dio explicación alguna, sino que irrumpió en el dormitorio con los bigotes sucios por la cólera revuelta con el tabaco masticado, y le ordenó que hiciera el equipaje. Ella le preguntó para dónde iban, y él contestó: «Para la muerte». Asustada por aquella respuesta que se parecía demasiado a la verdad, trató de enfrentarlo con el coraje de los días anteriores, pero él se quitó el cinturón con la hebilla de cobre macizo, se la enroscó en el puño, y dio en la mesa un correazo que resonó en la casa como un disparo de rifle. Fermina Daza conocía muy bien el alcance y la ocasión de su propia fuerza, de modo que hizo un petate con dos esteras y una hamaca, y dos baúles grandes con todas sus ropas, segura de que era un viaje sin regreso. Antes de vestirse, se encerró en el baño y alcanzó a escribirle a Florentino Ariza una breve carta de adiós en una hoja arrancada del cuadernillo de papel higiénico. Luego se cortó la trenza completa desde la nuca con las tijeras de podar, la enrolló dentro de un estuche de terciopelo bordado con hilos de oro, y la mandó junto con la carta.

Fue un viaje demente. La sola etapa inicial en una caravana de arrieros andinos duró once jornadas a lomo de mula por las cornisas de la Sierra Nevada, embrutecidos por soles desnudos o ensopados por las lluvias horizontales de octubre, y casi siempre con el aliento petrificado por el vaho adormecedor de los precipicios. Al tercer día de camino, una mula enloquecida por los tábanos se desbarrancó con su jinete y arrastró consigo la cordada entera, y el alarido del hombre y su racimo de siete animales amarrados entre sí continuaba rebotando por cañadas y cantiles varias horas después del desastre, y siguió resonando durante años y años en la memoria de Fermina Daza. Todo su equipaje se despeñó con las mulas, pero en el instante de siglos que duró la caída hasta que se extinguió en el fondo el alarido de pavor, ella no pensó en el pobre mulero muerto ni en la recua despedazada, sino en la desgracia de que su propia mula no estuviera también amarrada a las otras.

Era la primera vez que montaba, pero el terror y las penurias incontables del viaje no le hubieran parecido tan amargas de no haber sido por la certidumbre de que nunca más vería a Florentino Ariza ni tendría el consuelo de sus cartas. Desde el comienzo del viaje no había vuelto a dirigirle la palabra a su padre, y éste estaba tan confundido que apenas le hablaba en casos indispensables, o le mandaba recados con los muleros. Cuando tuvieron mejor suerte encontraron alguna fonda de vereda donde servían comidas de monte que ella se negaba a comer, y les alquilaban camas de lienzo percudidas de sudores y orines rancios. Lo más frecuente, sin embargo, era pasar la noche en rancherías de indios, dormitorios públicos al aire libre construidos a la orilla de los caminos con hileras de horcones y techos de palma amarga, donde todo el que llegaba tenía derecho a quedarse hasta el amanecer. Fermina Daza no logró dormir una noche completa, sudando de miedo, sintiendo en la oscuridad el trajín de los viajeros sigilosos que amarraban sus bestias en los horcones y colgaban las hamacas donde podían.

Al atardecer, cuando llegaban los primeros, el lugar era despejado y tranquilo, pero amanecía transformado en una plaza de feria, con un hacinamiento de hamacas colgadas a distintos niveles, y aruacos de la sierra durmiendo en cuclillas, y el berrinche de los chivos amarrados y el alboroto de los gallos de pelea en sus guacales de faraones, y la mudez acezante de los perros montunos enseñados a no ladrar por los riesgos de la guerra. Aquellas penurias eran familiares a Lorenzo Daza, que había traficado por la región durante media vida, y casi siempre se encontraba con amigos viejos al amanecer. Para la hija era una agonía perpetua. La hedentina de las cargas de bagre salado, sumada a la inapetencia propia de la añoranza, acabaron por estropearle el hábito de comer, y si no enloqueció de desesperación fue porque siempre encontró un alivio en el recuerdo de Florentino Ariza. No dudó de que aquella fuera la tierra del olvido.

Otro terror constante era el de la guerra. Desde el principio del viaje se había hablado del peligro de encontrar patrullas desperdigadas, y los arrieros los habían instruido sobre los diversos modos de saber a qué bando pertenecían para que procedieran en consecuencia. Era frecuente encontrar una partida de soldados de a caballo, al mando de un oficial, que hacía la leva de nuevos reclutas enlazándolos como novillos en plena carrera. Agobiada por tantos horrores, Fermina Daza se había olvidado de aquel que le parecía más legendario que inminente, hasta una noche en que una patrulla sin filiación conocida secuestró a dos viajeros de la caravana y los colgó de un campano a media legua de la ranchería. Lorenzo Daza no tenía nada que ver con ellos, pero los hizo descolgar y les dio cristiana sepultura en acción de gracias por no haber corrido igual suerte. No era para menos. Los asaltantes lo habían despertado con un cañón de escopeta en el vientre, y un comandante en harapos con la cara pintada de negro-humo, iluminándolo con una lámpara, le preguntó si era liberal o conservador.

—Ni lo uno ni lo otro —dijo Lorenzo Daza—. Soy súbdito español.

—¡Qué suerte! —dijo el comandante, y se despidió de él con la mano en alto—: ¡Viva el rey!

Dos días después bajaron a la llanura luminosa donde estaba asentada la alegre población de Valledupar. Había peleas de gallos en los patios, músicas de acordeones en las esquinas, jinetes en caballos de buena sangre, cohetes y campanas. Estaban armando un castillo de pirotecnia. Fermina Daza no se percató siquiera de la parranda. Se hospedaron en la casa del tío Lisímaco Sánchez, hermano de su madre, que había salido a recibirlos en el camino real al frente de una bulliciosa cabalgata de parientes juveniles montados en las bestias de mejor raza de toda la provincia, y los condujeron por las calles del pueblo en medio del fragor de los fuegos artificiales. La casa estaba en el marco de la Plaza Grande, junto a la iglesia colonial varias veces remendada, y parecía más bien una factoría de hacienda por los aposentos amplios y sombríos, y el corredor oloroso a guarapo caliente frente a un huerto de árboles frutales.

Tan pronto como desmontaron en las caballerizas, los salones de visita fueron desbordados por numerosos parientes desconocidos que hostigaban a Fermina Daza con sus efusiones insoportables, pues estaba impedida para querer a nadie más en este mundo, escaldada por la montura, muerta de sueño y con el vientre suelto, y lo único que ansiaba era un sitio solitario y quieto para llorar. Su prima Hildebranda Sánchez, dos años mayor que ella y con su misma altivez imperial, fue la única que comprendió su estado desde que la vio por primera vez, porque también ella se consumía en las brasas de un amor temerario. Al anochecer la llevó al dormitorio que había preparado para compartirlo con ella, y no pudo entender que estuviera viva con las úlceras de fuego de sus asentaderas. Ayudada por su madre, una mujer muy dulce y tan parecida al esposo como si fueran gemelos, le preparó un baño de asiento y le mitigó los ardores con compresas de árnica, mientras los truenos del castillo de pólvora estremecían los fundamentos de la casa.

Hacia la medianoche se fueron las visitas, la fiesta pública se descompuso en varios rescoldos dispersos, y la prima Hildebranda le prestó a Fermina Daza un camisón de madapolán para dormir, y la ayudó a acostarse en una cama de sábanas tersas y almohadas de plumas que le infundieron de pronto el pánico instantáneo de la felicidad. Cuando por fin quedaron solas en el dormitorio, cerró la puerta con tranca y sacó de debajo de la estera de su cama un sobre de manila lacrado con los emblemas del Telégrafo Nacional. A Fermina Daza le bastó con ver la expresión de malicia radiante de la prima para que retoñara en la memoria de su corazón el olor pensativo de las gardenias blancas, antes de triturar el sello de lacre con los dientes y quedarse chapaleando hasta el amanecer en el pantano de lágrimas de los once telegramas desaforados.

Entonces lo supo. Antes de emprender el viaje, Lorenzo Daza había cometido el error de anunciarlo por telégrafo a su cuñado Lisímaco Sánchez, y éste a su vez había mandado la noticia a su vasta e intrincada parentela, diseminada en numerosos pueblos y veredas de la provincia. De modo que Florentino Ariza no sólo pudo averiguar el itinerario completo, sino que había establecido una larga hermandad de telegrafistas para seguir el rastro de Fermina Daza hasta la última ranchería del Cabo de la Vela. Esto le permitió mantener con ella una comunicación intensa desde que llegó a Valledupar, donde permaneció tres meses, hasta el término del viaje en Riohacha, un año y medio después, cuando Lorenzo Daza dio por hecho que la hija había por fin olvidado, y decidió volver a casa. Tal vez él mismo no era consciente de cuánto se había relajado su vigilancia, distraído como estaba con los halagos de los parientes políticos, que al cabo de tantos años habían depuesto sus prejuicios tribales y lo admitieron a corazón abierto como uno de los suyos. La visita fue una reconciliación tardía, aunque no hubiera sido ese el propósito. En efecto, la familia de Fermina Sánchez se había opuesto a toda costa a que ella se casara con un inmigrante sin origen, hablador y bruto, que siempre estaba de paso en todas partes, con un negocio de mulas cerreras que parecía demasiado simple para ser limpio. Lorenzo Daza se jugaba a fondo, porque su pretendida era la más preciada de una familia típica de la región: una cábila intrincada de mujeres bravas y hombres de corazón tierno y gatillo fácil, perturbados hasta la demencia por el sentido del honor. Sin embargo, Fermina Sánchez se sentó en su capricho con la determinación ciega de los amores contrariados, y se casó con él a despecho de la familia, con tanta prisa y tantos misterios, que pareció como si no lo hiciera por amor sino por cubrir con un manto sacramental algún descuido prematuro.

Veinticinco años después, Lorenzo Daza no se

daba cuenta de que su intransigencia con los amoríos de la hija era una repetición viciosa de su propia historia, y se dolía de su desgracia ante los mismos cuñados que se habían opuesto a él, como éstos se habían dolido en su momento ante los suyos. Sin embargo, el tiempo que él perdía en lamentos lo ganaba la hija en sus amores. Así, mientras él andaba castrando novillos y desbravando mulas en las tierras venturosas de sus cuñados, ella se paseaba con la rienda suelta en un tropel de primas comandadas por Hildebranda Sánchez, la más bella y servicial, cuya pasión sin porvenir por un hombre veinte años mayor, casado y con hijos, se conformaba con miradas furtivas.

Después de la prolongada estancia en Valledupar prosiguieron el viaje por las estribaciones de la sierra, a través de praderas floridas y mesetas de ensueño, y en todos los pueblos fueron recibidos como en el primero, con músicas y petardos, y con nuevas primas confabuladas y mensajes puntuales en las telegrafías. Bien pronto se dio cuenta Fermina Daza de que la tarde de su llegada a Valledupar no había sido distinta, sino que en aquella provincia feraz todos los días de la semana se vivían como si fueran de fiesta. Los visitantes dormían donde los sorprendiera la noche y comían donde los encontraba el hambre, pues eran casas de puertas abiertas donde siempre había una hamaca colgada y un sancocho de tres carnes hirviendo en el fogón, por si alguien llegaba antes que su telegrama de aviso, como ocurría casi siempre. Hildebranda Sánchez acompañó a la prima en el resto del viaje, guiándola con pulso alegre a través de las marañas de la sangre hasta sus fuentes de origen. Fermina Daza se reconoció, se sintió dueña de sí misma por primera vez, se sintió acompañada y protegida, con los pulmones colmados por un aire de libertad que le devolvió el sosiego y la voluntad de vivir. Aun en sus últimos años había de evocar aquel viaje, cada vez más reciente en la memoria, con la lucidez perversa de la nostalgia.

Una noche regresó del paseo diario aturdida por la revelación de que no sólo se podía ser feliz sin amor sino también contra el amor. La revelación la alarmó, porque una de sus primas había sorprendido una conversación de sus padres con Lorenzo Daza, en la que éste había sugerido la idea de concertar el matrimonio de su hija con el heredero único de la fortuna fabulosa de Cleofás Moscote. Fermina Daza lo conocía. Lo había visto caracoleando en las plazas sus caballos perfectos, con gualdrapas tan ricas que parecían ornamentos de misa, y era elegante y diestro, y tenía unas pestañas de soñador que hacían suspirar a las piedras, pero ella lo comparó con su recuerdo de Florentino Ariza sentado bajo los almendros del parquecito, pobre y escuálido, con el libro de versos en el regazo, y no encontró en su corazón ni una sombra de duda.

Por aquellos días, Hildebranda Sánchez andaba delirando de ilusiones después de visitar a una pitonisa cuya clarividencia la había asombrado. Asustada por las intenciones de su padre, también Fermina Daza fue a consultarla. Las barajas le anunciaron que no había en su porvenir ningún obstáculo para un matrimonio largo y feliz, y aquel pronóstico le devolvió el aliento, porque no concebía que un destino tan venturoso pudiera ser con un hombre distinto del que amaba. Exaltada por esa certidumbre, asumió entonces el mando de su albedrío. Fue así como la correspondencia telegráfica con Florentino Ariza dejó de ser un concierto de intenciones y promesas ilusorias, y se volvió metódica y práctica, y más intensa que nunca. Fijaron fechas, establecieron modos, empeñaron sus vidas en la determinación común de casarse sin consultarlo con nadie, donde fuera y como fuera, tan pronto como volvieran a encontrarse. Fermina Daza consideraba tan severo este compromiso, que la noche en que su padre le dio permiso para que asistiera a su primer baile de adultos, en la población de Fonseca, a ella no le pareció decente aceptarlo sin el consentimiento de su prometido. Florentino Ariza estaba aquella noche en el hotel de paso, jugando barajas con Lotario Thugut, cuando le avisaron que tenía un llamado telegráfico urgente.

Era el telegrafista de Fonseca, que había enclavijado siete estaciones intermedias para que Fermina Daza pidiera el permiso de asistir al baile. Pero una vez que lo obtuvo, ella no se conformó con la simple respuesta afirmativa, sino que pidió una prueba de que en efecto era Florentino Ariza quien estaba operando el manipulador en el otro extremo de la línea. Más atónito que halagado, él compuso una frase de identificación: *Dígale que se lo juro por la diosa coronada*. Fermina Daza reconoció el santo y seña, y estuvo en su primer baile de adultos hasta las siete de la mañana, cuando debió cambiarse a las volandas para no llegar tarde a la misa. Para entonces tenía en el fondo del baúl más cartas y telegramas de cuantos le había quitado su padre, y había aprendido a comportarse con los modales de una mujer casada. Lorenzo Daza interpretó aquellos cambios de su modo de ser como una evidencia de que la distancia y el tiempo la habían restablecido de sus fantasías juveniles, pero nunca le planteó el proyecto del matrimonio concertado. Sus relaciones se hicieron fluidas, dentro de las reservas formales que ella le había impuesto desde la expulsión de la tía Escolástica, y esto les permitió una convivencia tan cómoda que nadie habría dudado de que estaba fundada en el cariño.

Fue por esa época cuando Florentino Ariza decidió contarle en sus cartas que estaba empeñado en rescatar para ella el tesoro del galeón sumergido. Era cierto, y se le había ocurrido como un soplo de inspiración, una tarde de luz en que el mar parecía empedrado de aluminio por la cantidad de peces sacados a flote por el barbasco. Todas las aves del cielo se habían alborotado con la matanza, y los pescadores tenían que espantarlas con los remos para que no les disputaran los frutos de aquel milagro prohibido. El uso del barbasco, que sólo adormecía a los peces, estaba sancionado por la ley desde los tiempos de la Colonia, pero siguió siendo una practica común a pleno día entre los pescadores del Caribe, hasta que fue sustituido por la dinamita. Una de las diversiones de Florentino Ariza, mientras duraba el viaje de Fermina Daza, era ver desde las escolleras cómo los pescadores cargaban sus cayucos con los enormes chinchorros de peces dormidos. Al mismo tiempo, una pandilla de niños que nadaban como tiburones pedían a los curiosos que les echaran monedas para rescatarlas del fondo del agua. Eran los mismos que salían nadando con igual propósito al encuentro de los transatlánticos, y sobre los cuales se habían escrito tantas crónicas de viaje en Estados Unidos y Europa, por su maestría en el arte de bucear. Florentino Ariza los conocía desde siempre, aun antes que al amor, pero nunca se le había ocurrido que tal vez fueran capaces de sacar a flote la fortuna del galeón. Se le ocurrió esa tarde, y desde el domingo siguiente hasta el regreso de Fermina Daza, casi un año después, tuvo un motivo adicional de delirio.

Euclides, uno de los niños nadadores, se alborotó tanto como él con la idea de una exploración submarina, después de conversar no más de diez minutos. Florentino Ariza no le reveló la verdad de su empresa sino que se informó a fondo sobre sus facultades de buzo y navegante. Le preguntó si podría descender sin aire a veinte metros de profundidad, y Euclides dijo que sí. Le preguntó si estaba en condiciones de llevar él solo un cayuco de pescador por la mar abierta en medio de una borrasca, sin más instrumentos que su instinto, y Euclides dijo que sí. Le preguntó si sería capaz de localizar un lugar exacto a dieciséis millas náuticas al noroeste de la isla mayor del archipiélago de Sotavento, y Euclides dijo que sí. Le preguntó si era capaz de navegar de noche orientándose por las estrellas, y Euclides le dijo que sí. Le preguntó si estaba dispuesto a hacerlo por el mismo jornal que le pagaban los pescadores por ayudarlos a pescar, y Euclides le dijo que sí, pero con un recargo de cinco reales los domingos. Le preguntó si sabía defenderse de los tiburones, y Euclides le dijo que sí, pues tenía artificios mágicos para espantarlos. Le preguntó si era capaz de guardar un secreto aunque lo pusieran en las máquinas de tormentos del palacio de la Inquisición, y Euclides le dijo que sí, pues a nada le decía que no, y sabía decir que sí con tanta propiedad que no había modo de ponerlo en duda. Al final le hizo la cuenta de los gastos: el alquiler del cayuco, el alquiler del canalete, el alquiler de un recado de pescar para que nadie sospechara la verdad de sus incursiones. Había que llevar además la comida, un garrafón de agua dulce, una lámpara de aceite, un mazo de velas de sebo y un cuerno de cazador para pedir auxilio en caso de emergencia.

Tenía unos doce años, y era rápido y astuto, y hablador sin descanso, con un cuerpo de anguila que parecía hecho para pasar reptando por un ojo de buey. La intemperie le había curtido la piel hasta un punto en que era imposible imaginar su color original, y esto hacía parecer más radiantes sus grandes ojos amarillos. Florentino Ariza decidió de inmediato que era el cómplice perfecto para una aventura de semejantes caudales, y la emprendieron sin más trámites el domingo siguiente.

Zarparon del puerto de los pescadores al amanecer, bien provistos y mejor dispuestos. Euclides casi desnudo, apenas con el taparrabos que llevaba siempre, y Florentino Ariza con la levita, el sombrero de tinieblas, los botines charolados y el lazo de poeta en el cuello, y un libro para entretenerse en la travesía hasta las islas. Desde el primer domingo se dio cuenta de que Euclides era un navegante tan diestro como buen buzo, y de que tenía una versación asombrosa sobre la naturaleza del mar y la chatarra de la bahía. Podía referir con sus pormenores menos pensados la historia de cada cascarón de buque carcomido por el óxido, sabía la edad de cada boya, el origen de cualquier escombro, el número de eslabones de la cadena con que los españoles cerraban la entrada de la bahía. Temiendo que supiera también cuál era el propósito de su expedición, Florentino Ariza le hizo algunas preguntas maliciosas, y así se dio cuenta de que Euclides no tenía la menor sospecha del galeón hundido.

Desde que oyó por primera vez el cuento del tesoro en el hotel de paso, Florentino Ariza se había informado de cuanto era posible sobre los hábitos de los galeones. Aprendió que el *San José* no estaba solo en el fondo de corales. En efecto, era la nave insignia de la Flota de Tierra Firme, y había llegado aquí después de mayo de 1708, procedente de la feria legendaria de Portobello, en Panamá, donde había cargado parte de su fortuna: trescientos baúles con plata del Perú y Veracruz, y ciento diez baúles de perlas reunidas y contadas en la isla de Contadora. Durante el mes largo que permaneció aquí, cuyos días y noches habían sido de fiestas populares, cargaron el resto del tesoro destinado a sacar de pobreza al reino de España: ciento dieciséis baúles de esmeraldas de Muzo y Somondoco, y treinta millones de monedas de oro.

La Flota de Tierra Firme estaba integrada por no menos de doce bastimentos de distintos tamaños, y zarpó de este puerto viajando en conserva con una escuadra francesa, muy bien armada, que sin embargo no pudo salvar la expedición frente a los cañonazos certeros de la escuadra inglesa, al mando del comandante Carlos Wager, que la esperó en el archipiélago de Sotavento, a la salida de la bahía. De modo que el *San José* no era la única nave hundida, aunque no había una certeza documental de cuántas habían sucumbido y cuántas lograron escapar al fuego de los ingleses. De lo que no había duda era de que la nave insignia había sido de las primeras en irse a pique, con la tripulación completa y el comandante inmóvil en su alcázar, y que ella sola llevaba el cargamento mayor.

Florentino Ariza había conocido la ruta de los

galeones en las cartas de marear de la época, y creía haber determinado el sitio del naufragio. Salieron de la bahía por entre las dos fortalezas de la Boca Chica, y al cabo de cuatro horas de navegación entraron en el estanque interior del archipiélago, en cuyo fondo de corales podían cogerse con la mano las langostas dormidas. El aire era tan tenue, y el mar era tan sereno y diáfano, que Florentino Ariza se sintió como si fuera su propio reflejo en el agua. Al final del remanso, a dos horas de la isla mayor, estaba el sitio del naufragio.

Congestionado por el sol infernal dentro del atuendo fúnebre, Florentino Ariza le indicó a Euclides que tratara de descender a veinte metros y le trajera cualquier cosa que encontrara en el fondo. El agua era tan clara que lo vio moverse debajo, como un tiburón percudido entre los tiburones azules que se cruzaban con él sin tocarlo. Luego lo vio desaparecer en un matorral de corales, y justo cuando pensaba que no podía tener más aire oyó la voz a sus espaldas. Euclides estaba parado en el fondo, con los brazos levantados y el agua a la cintura. Así que siguieron buscando sitios más profundos, siempre hacia el norte, navegando por encima de las mantarrayas tibias, los calamares tímidos, los rosales de las tinieblas, hasta que Euclides comprendió que estaban perdiendo el tiempo.

—Si no me dice lo que quiere que encuentre, no sé cómo lo voy a encontrar —le dijo.

Pero él no se lo dijo. Entonces Euclides le propuso que se quitara la ropa y bajara con él, aunque sólo fuera para ver ese otro cielo debajo del mundo que eran los fondos de corales. Pero Florentino Ariza solía decir que Dios había hecho el mar sólo para verlo por la ventana, y nunca aprendió a nadar. Poco después se nubló la tarde, el aire se volvió frío y húmedo, y oscureció tan pronto que debieron guiarse por el faro para encontrar el puerto. Antes de entrar en la bahía, vieron pasar muy cerca de ellos el transatlántico de Francia con todas las luces encendidas, enorme y blanco, que iba dejando un rastro de guiso tierno y coliflores hervidas.

Así perdieron tres domingos, y habrían seguido perdiéndolos todos, si Florentino Ariza no hubiera resuelto compartir su secreto con Euclides. Éste modificó entonces todo el plan de la búsqueda, y se fueron a navegar por el antiguo canal de los galeones, que estaba a más de veinte leguas náuticas al oriente del lugar previsto por Florentino Ariza. Antes de dos meses, una tarde de lluvia en el mar, Euclides permaneció mucho tiempo en el fondo, y el cayuco había derivado tanto que tuvo que nadar casi media hora para alcanzarlo, pues Florentino Ariza no consiguió acercarlo con los remos. Cuando por fin logró abordarlo, se sacó de la boca y mostró como un triunfo de la perseverancia dos aderezos de mujer.

Lo que entonces contó era tan fascinante, que Florentino Ariza se prometió aprender a nadar, y a sumergirse hasta donde fuera posible, sólo por comprobarlo con sus ojos. Contó que en aquel sitio, a sólo dieciocho metros de profundidad, había tantos veleros antiguos acostados entre los corales, que era imposible calcular siquiera la cantidad, y estaban diseminados en un espacio tan extenso que se perdían de vista. Contó que lo más sorprendente era que de las tantas carcachas de barcos que se encontraban a flote en la bahía, ninguna estaba en tan buen estado como las naves sumergidas. Contó que había varias carabelas todavía con las velas intactas, y que las naves hundidas eran visibles en el fondo, pues parecía como si se hubieran hundido con su espacio y su tiempo, de modo que allí seguían alumbradas por el mismo sol de las once de la mañana del sábado 9 de junio en que se fueron a pique. Contó, ahogándose por el propio ímpetu de su imaginación, que el más fácil de distinguir era el galeón *San José*, cuyo nombre era visible en la popa con letras de oro, pero que al mismo tiempo era la nave más dañada por la artillería de los ingleses. Contó haber visto adentro un pulpo de más de tres siglos de viejo, cuyos tentáculos salían por los portillos de los cañones, pero había crecido tanto en el comedor que para liberarlo habría que desguazar la nave. Contó que había visto el cuerpo del comandante con su uniforme de guerra flotando de costado dentro del acuario del castillo, y que si no había descendido a las bodegas del tesoro fue porque el aire de los pulmones no le había alcanzado. Ahí estaban las pruebas: un arete con una esmeralda, y una medalla de la Virgen con su cadena carcomida por el salitre.

Esa fue la primera mención del tesoro que Florentino Ariza le hizo a Fermina Daza en una carta que le mandó a Fonseca poco antes de su regreso. La historia del galeón hundido le era familiar, porque ella había oído contarla muchas veces a Lorenzo Daza, quien perdió tiempo y dinero tratando de convencer a una compañía de buzos alemanes que se asociaran con él para rescatar el tesoro sumergido. Habría persistido en la empresa, de no haber sido porque varios miembros de la Academia de la Historia lo convencieron de que la leyenda del galeón náufrago era inventada por algún virrey bandolero, que de ese modo se había alzado con los caudales de la Corona. En todo caso, Fermina Daza sabía que el galeón estaba a una profundidad de doscientos metros, donde ningún ser humano podía alcanzarlo, y no a los veinte metros que decía Florentino Ariza. Pero estaba tan acostumbrada a sus excesos poéticos, que celebró la aventura del galeón como uno de los mejor logrados. Sin embargo, cuando siguió recibiendo otras cartas con pormenores todavía más fantásticos, y escritos con tanta seriedad como sus promesas de amor, tuvo que confesarle a Hildebranda su temor de que el novio alucinado hubiera perdido el juicio.

Por esos días, Euclides había salido a flote con tantas pruebas de su fábula, que ya no era asunto de seguir triscando aretes y anillos desperdigados entre los corales, sino de capitalizar una empresa grande para rescatar el medio centenar de naves con la fortuna babilónica que llevaban dentro. Entonces ocurrió lo que tarde o temprano había de ocurrir, y fue que Florentino Ariza le pidió ayuda a su madre para llevar a buen término su aventura. A ella le bastó morder el metal de las joyas, y mirar a contraluz las piedras de vidrio, para darse cuenta de que alguien estaba medrando con el candor de su hijo. Euclides le juró de rodillas a Florentino Ariza que no había nada turbio en su negocio, pero no volvió a dejarse ver el domingo siguiente en el puerto de los pescadores, ni nunca más en ninguna parte.

Lo único que le quedó de aquel descalabro a Florentino Ariza, fue el refugio de amor del faro. Había llegado hasta allí en el cayuco de Euclides, una noche en que los sorprendió la tormenta en mar abierto, y desde entonces solía ir por las tardes a conversar con el farero sobre las incontables maravillas de la tierra y del agua que el farero sabía. Ese fue el principio de una amistad que sobrevivió a los muchos cambios del mundo. Florentino Ariza aprendió a alimentar la luz, primero con cargas de leña y luego con tinajas de aceite, antes de que nos llegara la energía eléctrica. Aprendió a dirigirla y a aumentarla con los espejos, y en varias ocasiones en que el farero no pudo hacerlo se quedó vigilando las noches del mar desde la torre. Aprendió a conocer los barcos por sus voces, por el tamaño de sus luces en el horizonte, y a percibir que algo de ellos le llegaba de regreso en los relámpagos del faro.

Durante el día el placer era otro, sobre todo los domingos. En el barrio de Los Virreyes, donde vivían los ricos de la ciudad vieja, las playas de las mujeres estaban separadas de las de los hombres por un muro de argamasa: una a la derecha y otra a la izquierda del faro. Así que el farero había instalado un catalejo con el cual podía contemplarse, mediante el pago de un centavo, la playa de las mujeres. Sin saberse observadas, las señoritas de sociedad se mostraban lo mejor que podían dentro de sus trajes de baño de grandes volantes, con zapatillas y sombreros, que ocultaban los cuerpos casi tanto como la ropa de calle, y eran además menos atractivos. Las madres las vigilaban desde la orilla, sentadas a pleno sol en mecedoras de mimbre con los mismos vestidos, los mismos sombreros de plumas, las mismas sombrillas de organza con que habían ido a la misa mayor, por temor de que los hombres de las playas vecinas las sedujeran por debajo del agua. La realidad era que a través del catalejo no podía verse nada más ni más excitante de lo que podía verse en la calle, pero eran muchos los clientes que acudían cada domingo a disputarse el telescopio por el puro deleite de probar los frutos insípidos del cercado ajeno.

Florentino Ariza era uno de ellos, más por aburrimiento que por placer, pero no fue por ese atractivo adicional por lo que se hizo tan buen amigo del farero. El motivo real fue que después del desaire de Fermina Daza, cuando contrajo la fiebre de los amores desperdigados para tratar de reemplazarla, en ningún otro sitio diferente del faro vivió las horas más felices ni encontró un mejor consuelo para sus desdichas. Fue su lugar más amado. Tanto, que durante años estuvo tratando de convencer a su madre, y más tarde al tío León XII, de que lo ayudaran a comprarlo. Pues los faros del Caribe eran entonces de propiedad privada, y sus dueños cobraban el derecho de paso hacia el puerto según el tamaño de los barcos. Florentino Ariza pensaba que esa era la única manera honorable de hacer un buen negocio con la poesía, pero ni la madre ni el tío pensaban lo mismo, y cuando él pudo hacerlo con sus recursos ya los faros habían pasado a ser de propiedad del estado.

Ninguna de esas ilusiones fue vana, sin embargo. La fábula del galeón, y luego la novedad del faro, le fueron aliviando la ausencia de Fermina Daza, y cuando menos lo presentía le llegó la noticia del regreso. En efecto, después de una estancia prolongada en Riohacha, Lorenzo Daza había decidido volver. No era la época más benigna del mar, debido a los alisios de diciembre, y la goleta histórica, la única que se arriesgaba a la travesía, podía amanecer de regreso en el puerto de origen arrastrada por un viento contrario. Así fue. Fermina Daza había pasado una noche de agonía, vomitando bilis, amarrada a la litera de un camarote que parecía un retrete de cantina, no sólo por la estrechez opresiva sino por la pestilencia y el calor. El movimiento era tan fuerte que varias veces tuvo la impresión de que iban a reventarse las correas de la cama, desde la cubierta le llegaban retazos de unos gritos doloridos que parecían de naufragio, y los ronquidos de tigre de su padre en la litera contigua eran un ingrediente más del terror. Por primera vez en casi tres años pasó una noche en claro sin pensar un instante en Florentino Ariza, y en cambio él permanecía insomne en la hamaca de la trastienda contando uno a uno los minutos eternos que faltaban para que ella volviera. Al amanecer, el viento cesó de pronto y el mar se volvió plácido, y Fermina Daza se dio cuenta de que había dormido a pesar de los estragos del mareo, porque la despertó el estrépito de las cadenas del ancla. Entonces se quitó las correas y se asomó por la claraboya con la ilusión de descubrir a Florentino Ariza en el tumulto del puerto, pero lo que vio fueron las bodegas de la aduana entre las palmeras doradas por los primeros soles, y el muelle de tablones podridos de Riohacha, de donde la goleta había zarpado la noche anterior.

El resto del día fue como una alucinación, en la misma casa donde había estado hasta ayer, recibiendo las mismas visitas que la habían despedido, hablando de lo mismo, y aturdida por la impresión de estar viviendo de nuevo un pedazo de vida ya vivido. Era una repetición tan fiel, que Fermina Daza temblaba con la sola idea de que lo fuera también el viaje de la goleta, cuyo solo recuerdo le causaba pavor. Sin embargo, la única posibilidad distinta de regresar a casa eran dos semanas de mula por las cornisas de la sierra, y en condiciones aún más peligrosas que la primera vez, pues una nueva guerra civil iniciada en el estado andino del Cauca estaba ramificándose por las provincias del Caribe. Así que a las ocho de la noche fue acompañada otra vez hasta el puerto por el mismo cortejo de parientes bulliciosos, con las mismas lágrimas de adioses y los mismos bultos de matalotaje de regalos de última hora que no cabían en los camarotes. En el momento de zarpar, los hombres de la familia despidieron la goleta con una salva de disparos al aire, y Lorenzo Daza les correspondió desde la cubierta con los cinco tiros de su revólver. La ansiedad de Fermina Daza se disipó muy pronto, porque el viento fue favorable toda la noche, y el mar tenía un olor de flores que la ayudó a bien dormir sin las correas de seguridad. Soñó que volvía a ver a Florentino Ariza, y que éste se quitó la cara que ella le había visto siempre, porque en realidad era una máscara, pero la cara real era idéntica. Se levantó muy temprano, intrigada por el enigma del sueño, y encontró a su padre bebiendo café cerrero con brandy en la cantina del capitán, con el ojo torcido por el alcohol pero sin el menor indicio de incertidumbre por el regreso.

Estaban entrando en el puerto. La goleta se deslizaba en silencio por el laberinto de veleros anclados en la ensenada del mercado público, cuya pestilencia se percibía desde varias leguas en el mar, y el alba estaba saturada de una llovizna tersa que muy pronto se descompuso en un aguacero de los grandes. Apostado en el balcón de la telegrafía, Florentino Ariza reconoció la goleta cuando atravesaba la bahía de Las Ánimas con las velas desalentadas por la lluvia y ancló frente al embarcadero del mercado. Había esperado el día anterior hasta las once de la mañana, cuando se enteró por un telegrama casual del retraso de la goleta por los vientos contrarios, y había vuelto a esperar aquel día desde las cuatro de la madrugada. Siguió esperando sin apartar la vista de las chalupas que conducían hasta la orilla a los escasos pasajeros que decidían desembarcar a pesar de la tormenta. La mayoría de ellos tenían que abandonar a mitad de camino la chalupa varada, y alcanzaban el embarcadero chapaleando en el lodazal. A las ocho, después de esperar en vano a que escampara, un cargador negro con el agua a la cintura recibió a Fermina Daza en la borda de la goleta y la llevó en brazos hasta la orilla, pero estaba tan ensopada que Florentino Ariza no pudo reconocerla.

Ella misma no fue consciente de cuánto había madurado en el viaje, hasta que entró en la casa cerrada y emprendió de inmediato la tarea heroica de volver a hacerla vivible, con la ayuda de Gala Placidia, la sirvienta negra, que volvió de su antiguo palenque de esclavos tan pronto como le avisaron del regreso. Fermina Daza no era ya la hija única, a la vez consentida y tiranizada por el padre, sino la dueña y señora de un imperio de polvo y telarañas que sólo podía ser rescatado por la fuerza de un amor invencible. No se amilanó, porque se sentía inspirada por un aliento de levitación que le hubiera alcanzado para mover el mundo. La misma noche del regreso, mientras tomaban chocolate con almojábanas en el mesón de la cocina, su padre delegó en ella los poderes para el gobierno de la casa, y lo hizo con el formalismo de un acto sacramental.

—Te entrego las llaves de tu vida —le dijo.

Ella, con diecisiete años cumplidos, la asumió con pulso firme, consciente de que cada palmo de la libertad ganada era para el amor. Al día siguiente, después de una noche de malos sueños, padeció por primera vez la desazón del regreso, cuando abrió la ventana del balcón y volvió a ver la llovizna triste del parquecito, la estatua del héroe decapitado, el escaño de mármol donde Florentino Ariza solía sentarse con el libro de versos. Ya no pensaba en él como el novio imposible, sino como el esposo cierto a quien se debía por entero. Sintió cuánto pesaba el tiempo malversado desde que se fue, cuánto costaba estar viva, cuánto amor le iba a hacer falta para amar a su hombre como Dios mandaba. Se sorprendió de que no estuviera en el parquecito, como lo había hecho tantas veces a pesar de la lluvia y de no haber recibido ninguna señal suya por ningún medio, ni siquiera por un presagio, y de pronto la estremeció la idea de que había muerto. Pero en seguida descartó el mal pensamiento, porque en el frenesí de los telegramas de los últimos días, ante la inminencia del regreso, habían olvidado concertar un modo de seguir comunicándose cuando ella volviera.

La verdad es que Florentino Ariza estaba seguro de que no había regresado, hasta que el telegrafista de Riohacha le confirmó que se había embarcado el viernes en la misma goleta que no llegó el día anterior por los vientos contrarios. Así que el fin de semana estuvo acechando cualquier señal de vida en su casa, y desde el anochecer del lunes vio por las ventanas una luz ambulante que poco después de las nueve se apagó en el dormitorio del balcón. No durmió, presa de las mismas ansiedades de náuseas que perturbaron sus primeras noches de amor. Tránsito Ariza se levantó con los primeros gallos, alarmada de que el hijo hubiera salido al patio y no hubiera vuelto a entrar desde la media noche, y no lo encontró en la casa. Se había ido a errar por las escolleras, y estuvo recitando versos de amor contra el viento, llorando de júbilo, hasta que acabó de amanecer. A las ocho estaba sentado bajo los arcos del Café de la Parroquia, alucinado por la vigilia, tratando de concebir un modo de hacerle llegar su bienvenida a Fermina Daza, cuando se sintió sacudido por un estremecimiento sísmico que le desgarró las entrañas.

Era ella. Atravesaba la Plaza de la Catedral acompañada por Gala Placidia, que llevaba los canastos para las compras, y por primera vez iba vestida sin el uniforme escolar. Estaba más alta que cuando se fue, más perfilada e intensa, y con la belleza depurada por un dominio de persona mayor. La trenza había vuelto a crecerle, pero no la llevaba suelta en la espalda sino terciada sobre el hombro izquierdo, y aquel cambio simple la había despojado de todo rastro infantil. Florentino Ariza se quedó atónito en su sitio, hasta que la criatura de aparición acabó de cruzar la plaza sin apartar la vista de su camino. Pero el mismo poder irresistible que lo paralizaba lo obligó después a precipitarse en pos de ella cuando dobló la esquina de la catedral y se perdió en el tumulto ensordecedor de los vericuetos de comercio.

La siguió sin dejarse ver, descubriendo los gestos cotidianos, la gracia, la madurez prematura del ser que más amaba en el mundo y al que veía por primera vez en su estado natural. Le asombró la fluidez con que se abría paso en la muchedumbre. Mientras Gala Placidia se daba encontronazos, y se le enredaban los canastos y tenía que correr para no perderla, ella navegaba en el desorden de la calle con un ámbito propio y un tiempo distinto, sin tropezar con nadie, como un murciélago en las tinieblas. Había estado muchas veces en el comercio con la tía Escolástica, pero siempre fueron compras menudas, pues su padre en persona se encargaba de abastecer la casa, y no sólo de muebles y comida, sino inclusive de las ropas de mujer. Así que aquella primera salida fue para ella una aventura fascinante idealizada en sus sueños de niña.

No prestó atención a los apremios de los culebreros que le ofrecían el jarabe para el amor eterno, ni a las súplicas de los mendigos tirados en los zaguanes con sus llagas humeantes, ni al indio falso que trataba de venderle un caimán amaestrado. Hizo un recorrido largo y minucioso, sin rumbo pensado, con demoras que no tenían otro motivo que el deleite sin prisa en el espíritu de las cosas. Entró en cada portal donde hubiera algo que vender, y en todas partes encontró algo que aumentaba sus ansias de vivir. Gozó con el hálito de vetiver de los paños en los arcones, se envolvió en sedas estampadas, se rió de su propia risa al verse disfrazada de manola con una peineta y un abanico de flores pintadas frente al espejo de cuerpo entero de *El Alambre de Oro*. En la bodega de ultramarinos destapó un barril de arenques en salmuera que le recordó las noches de nordeste, muy niña, en San Juan de la Ciénaga. Le dieron a probar una morcilla de Alicante que tenía un sabor de regaliz, y compró dos para el desayuno del sábado, y además unas pencas de bacalao y un frasco de grosellas en aguardiente. En la tienda de especias, por el puro placer del olfato, estrujó hojas de salvia y orégano en las palmas de las manos, y compró un puñado de clavos de olor, otro de anís estrellado, y otros dos de jengibre y de enebro, y salió bañada en lágrimas de risa de tanto estornudar por los vapores de la pimienta de Cayena. En la botica francesa, mientras compraba jabones de Reuter y agua de benjuí, le pusieron detrás de la oreja un toque del perfume que estaba de moda en París, y le dieron una tableta desodorante para después de fumar.

Jugaba a comprar, es cierto, pero lo que de veras le hacía falta lo compraba sin más vueltas, con una autoridad que no permitía pensar que lo hiciera por primera vez, pues era consciente de que no compraba sólo para ella sino también para él, doce yardas de lino para los manteles de la mesa de ambos, el percal para las sábanas de bodas con el relente de los humores de ambos al amanecer, lo más exquisito de cada cosa para disfrutarlo juntos en la casa del amor. Pedía rebaja y sabía hacerlo, discutía con gracia y dignidad hasta obtener lo mejor, y pagaba con piezas de oro que los tenderos probaban por el puro gusto de oírlas cantar en el mármol del mostrador.

Florentino Ariza la espiaba maravillado, la perseguía sin aliento, tropezó varias veces con los canastos de la criada que respondió a sus excusas con una sonrisa, y ella le había pasado tan cerca que él alcanzó a percibir la brisa de su olor, y si entonces no lo vio no fue porque no pudiera sino por la altivez de su modo de andar. Le parecía tan bella, tan seductora, tan distinta de la gente común, que no entendía por qué nadie se trastornaba como él con las castañuelas de sus tacones en los adoquines de la calle, ni se le desordenaba el corazón con el aire de los suspiros de sus volantes, ni se volvía loco de amor todo el mundo con los vientos de su trenza, el vuelo de sus manos, el oro de su risa. No había perdido un gesto suyo, ni un indicio de su carácter, pero no se atrevía a acercársele por el temor de malograr el encanto. Sin embargo, cuando ella se metió en la bullaranga del Portal de los Escribanos, él se dio cuenta de que estaba arriesgándose a perder la ocasión anhelada durante años.

Fermina Daza compartía con sus compañeras de colegio la idea peregrina de que el Portal de los Escribanos era un lugar de perdición, vedado, por supuesto, a las señoritas decentes. Era una galería de arcadas frente a una plazoleta donde se estacionaban los coches de alquiler y las carretas de carga tiradas por burros, y donde se volvía más denso y bullicioso el comercio popular. El nombre le venía de la Colonia, porque allí se sentaban desde entonces los calígrafos taciturnos de chalecos de paño y medias mangas postizas, que escribían por encargo toda clase de documentos a precios de pobre: memoriales de agravio o de súplica, alegatos jurídicos, tarjetas de congratulación o de duelo, esquelas de amor en cualquiera de sus edades. No era de ellos, desde luego, de quienes le venía la mala reputación a aquel mercado fragoroso, sino de mercachifles más recientes que ofrecían por debajo del mostrador cuantos artificios equívocos llegaban de contrabando en los barcos de Europa, desde postales obscenas y pomadas alentadoras, hasta los célebres preservativos catalanes con crestas de iguanas que aleteaban cuando era del caso, o con flores en el extremo para que desplegaran sus pétalos a voluntad del usuario. Fermina Daza, poco diestra en el uso de la calle, se metió en el portal sin fijarse por dónde andaba, buscando una sombra de alivio para el sol bravo de las once.

Se sumergió en la algarabía caliente de los limpiabotas y los vendedores de pájaros, de los libreros de lance y los curanderos y las pregoneras de dulces que anunciaban a gritos por encima de la bulla las cocadas de piña para las niñas, las de coco para los locos, las de panela para Micaela. Pero ella fue indiferente al estruendo, cautivada de inmediato por un papelero que estaba haciendo demostraciones de tintas mágicas de escribir, tintas rojas con el clima de la sangre, tintas con visos tristes para recados fúnebres, tintas fosforescentes para leer en la oscuridad, tintas invisibles que se revelaban con el resplandor de la lumbre. Ella las quería todas para jugar con Florentino Ariza, para asustarlo con su ingenio, pero al cabo de varias pruebas se decidió por un frasquito de tinta de oro. Luego fue con las dulceras sentadas detrás de sus grandes redomas, y compró seis dulces de cada clase, señalándolos con el dedo a través del cristal porque no lograba hacerse oír en la gritería: seis cabellitos de ángel, seis conservitas de leche, seis ladrillos de ajonjolí, seis alfajores de yuca, seis diabolines, seis piononos, seis bocaditos de la reina, seis de esto y seis de lo otro, seis de todo, y los iba echando en los canastos de la criada con una gracia irresistible, ajena por completo al tormento de los nubarrones de moscas sobre el almíbar, ajena al estropicio continuo, ajena al vaho de sudores rancios que reverberaban en el calor mortal. La despertó del hechizo una negra feliz con un trapo de colores en la cabeza, redonda y hermosa, que le ofreció un triángulo de piña ensartado en la punta de un cuchillo de carnicero. Ella lo cogió, se lo metió entero en la boca, lo saboreó, y estaba saboreándolo con la vista errante en la muchedumbre, cuando una conmoción la sembró en su sitio. A sus espaldas, tan cerca de su oreja que sólo ella pudo escucharla en el tumulto, había oído la voz:

—Éste no es un buen lugar para una diosa coronada.

Ella volvió la cabeza y vio a dos palmos de sus ojos los otros ojos glaciales, el rostro lívido, los labios petrificados de miedo, tal como los había visto en el tumulto de la misa del gallo la primera vez que él estuvo tan cerca de ella, pero a diferencia de entonces no sintió la conmoción del amor sino el abismo del desencanto. En un instante se le reveló completa la magnitud de su propio engaño, y se preguntó aterrada cómo había podido incubar durante tanto tiempo y con tanta sevicia semejante quimera en el corazón. Apenas alcanzó a pensar: «¡Dios mío, pobre hombre!». Florentino Ariza sonrió, trató de decir algo, trató de seguirla, pero ella lo borró de su vida con un gesto de la mano.

—No, por favor —le dijo—. Olvídelo.

Esa tarde, mientras su padre dormía la siesta, le mandó con Gala Placidia una carta de dos líneas: *Hoy, al verlo, me di cuenta que lo nuestro no es más que una ilusión.* La criada le llevó también sus telegramas, sus versos, sus camelias secas, y le pidió que devolviera las cartas y los regalos que ella le había mandado: el misal de la tía Escolástica, las nervaduras de hojas de sus herbarios, el centímetro cuadrado del hábito de San Pedro Claver, las medallas de santos, la trenza de sus quince años con el lazo de seda del uniforme escolar. En los días siguientes, al borde de la locura, él le escribió numerosas cartas de desesperación, y asedió a la criada para que las llevara, pero ésta cumplió las instrucciones terminantes de no recibir nada más que los regalos devueltos. Insistió con tanto ahínco, que Florentino Ariza los mandó todos, salvo la trenza, que no quería devolver mientras Fermina Daza no la recibiera en persona para conversar aunque fuera un instante. No lo consiguió. Temiendo una determinación fatal de su hijo, Tránsito Ariza se bajó de su orgullo y le pidió a Fermina Daza que le concediera a ella una gracia de cinco minutos, y Fermina Daza la atendió un instante en el zaguán de su casa, de pie, sin invitarla a entrar y sin un átimo de flaqueza. Dos días después, al término de una disputa con su madre, Florentino Ariza descolgó del muro de su dormitorio el nicho de cristal polvoriento donde tenía expuesta la trenza como una reliquia sagrada, y la misma Tránsito Ariza la devolvió en el estuche de terciopelo bordado con hilos de oro. Florentino Ariza no tuvo nunca más una oportunidad de ver a solas a Fermina Daza, ni de hablar a solas con ella en los tantos encuentros de sus muy largas vidas, hasta cincuenta y un años y nueve meses y cuatro días después, cuando le reiteró el juramento de fidelidad eterna y amor para siempre en su primera noche de viuda.

El doctor Juvenal Urbino había sido el soltero más apetecido a los veintiocho años. Regresaba de una larga estancia en París, donde hizo estudios superiores de medicina y cirugía, y desde que pisó tierra firme dio muestras abrumadoras de que no había perdido un minuto de su tiempo. Volvió más atildado que cuando se fue, más dueño de su índole, y ninguno de sus compañeros de generación parecía tan severo y tan sabio como él en su ciencia, pero tampoco había ninguno que bailara mejor la música de moda ni improvisara mejor en el piano. Seducidas por sus gracias personales y por la certidumbre de su fortuna familiar, las muchachas de su medio hacían rifas secretas para jugar a quedarse con él, y él jugaba también a quedarse con ellas, pero logró mantenerse en estado de gracia, intacto y tentador, hasta que sucumbió sin resistencia a los encantos plebeyos de Fermina Daza.

Le gustaba decir que aquel amor había sido el fruto de una equivocación clínica. Él mismo no podía creer que hubiera ocurrido, y menos en aquel momento de su vida, cuando todas sus reservas pasionales estaban concentradas en la suerte de su ciudad, de la cual había dicho con demasiada frecuencia y sin pensarlo dos veces que no había otra igual en el mundo. En París, paseando del brazo de una novia casual en un otoño tardío, le parecía imposible concebir una dicha más pura que la de aquellas tardes doradas, con el olor montuno de las castañas en los braseros, los acordeones lánguidos, los enamorados insaciables que no acababan de besarse nunca en las terrazas abiertas, y sin embargo, él se había dicho con la mano en el corazón que no estaba dispuesto a cambiar por todo eso un solo instante de su Caribe en abril. Era todavía demasiado joven para saber que la memoria del corazón elimina los malos recuerdos y magnifica los buenos, y que gracias a ese artificio logramos sobrellevar el pasado. Pero cuando volvió a ver desde la baranda del barco el promontorio blanco del barrio colonial, los gallinazos inmóviles sobre los tejados, las ropas de pobres tendidas a secar en los balcones, sólo entonces comprendió hasta qué punto había sido una víctima fácil de las trampas caritativas de la nostalgia.

El barco se abrió paso en la bahía a través de una colcha flotante de animales ahogados, y la mayoría de los pasajeros se refugiaron en los camarotes huyendo de la pestilencia. El joven médico bajó por la pasarela vestido de alpaca perfecta, con chaleco y guardapolvos, con una barba de Pasteur juvenil y el cabello dividido por una raya neta y pálida, y con dominio bastante para disimular el nudo de la garganta que no era de tristeza sino de terror. En el muelle casi desierto, custodiado por soldados descalzos sin uniforme, lo esperaban las hermanas y la madre con sus amigos más queridos. Los encontró macilentos y sin porvenir, a pesar de sus aires mundanos, y hablaban de la crisis y de la guerra civil como algo remoto y ajeno, pero todos tenían un temblor evasivo en la voz y una incertidumbre en las pupilas que traicionaban a las palabras. La que más lo conmovió fue la madre, una mujer todavía joven que se había impuesto en la vida con su elegancia y su ímpetu social, y que ahora se marchitaba a fuego lento en el aura de alcanfor de sus crespones de viuda. Ella debió reconocerse en la turbación del hijo, pues se anticipó a preguntarle en defensa propia por qué venía con esa piel traslúcida como de parafina.

—Es la vida, madre —dijo él—. Uno se vuelve verde en París.

Poco después, ahogándose de calor junto a ella en el coche cerrado, no pudo soportar más la inclemencia de la realidad que se metía a borbotones por la ventanilla. El mar parecía de ceniza, los antiguos palacios de marqueses estaban a punto de sucumbir a la proliferación de los mendigos, y era imposible encontrar la fragancia ardiente de los jazmines detrás de los sahumerios de muerte de los albañales abiertos. Todo le pareció más pequeño que cuando se fue, más indigente y lúgubre, y había tantas ratas hambrientas en el muladar de las calles que los caballos del coche trastabillaban asustados. En el largo camino desde el puerto hasta su casa, en el corazón del barrio de Los Virreyes, no encontró nada que le pareciera digno de sus nostalgias. Derrotado, volvió la cabeza para que no lo viera su madre, y se soltó a llorar en silencio.

El antiguo palacio del Marqués de Casalduero, residencia histórica de los Urbino de la Calle, no era el que se mantenía más altivo en medio del naufragio. El doctor Juvenal Urbino lo descubrió con el corazón hecho trizas desde que entró por el zaguán tenebroso y vio la fuente polvorienta del jardín interior, y la maraña de monte sin flores por donde andaban las iguanas, y se dio cuenta de que faltaban muchas losas de mármol, y que otras estaban rotas, en la vasta escalera con barandales de cobre que conducía a las estancias principales. Su padre, un médico más abnegado que eminente, había muerto en la epidemia de cólera asiático que asoló a la población seis años antes, y con él había muerto el espíritu de la casa. Doña Blanca, la madre, sofocada por un luto previsto para ser eterno, había sustituido con novenarios vespertinos las célebres veladas líricas y los conciertos de cámara del marido muerto. Las dos hermanas, contra sus gracias naturales y su vocación festiva, eran carne de convento.

El doctor Juvenal Urbino no durmió ni un instante la noche de su llegada, asustado por la oscuridad y el silencio, y rezó tres rosarios al Espíritu Santo y cuantas oraciones recordaba para conjurar calamidades y naufragios y toda clase de acechanzas de la noche, mientras un alcaraván que se metió por la puerta mal cerrada cantaba cada hora, a la hora en punto, dentro del dormitorio. Lo atormentaron los gritos alucinados de las locas en el vecino manicomio de la Divina Pastora, la gota inclemente del tinajero en el lebrillo cuya resonancia colmaba el ámbito de la casa, los pasos zancudos del alcaraván perdido en el dormitorio, su miedo congénito a la oscuridad, la presencia invisible del padre muerto en la vasta mansión dormida. Cuando el alcaraván cantó las cinco, junto con los gallos del vecindario, el doctor Juvenal Urbino se encomendó en cuerpo y alma a la Divina Providencia, porque no se sentía con ánimos para vivir un día más en su patria de escombros. Sin embargo, el afecto de los suyos, los domingos campestres, los halagos codiciosos de las solteras de su clase terminaron por mitigar las amarguras de la primera impresión. Fue habituándose poco a poco a los bochornos de octubre, a los olores excesivos, a los juicios prematuros de sus amigos, al mañana veremos, doctor, no se preocupe, hasta que terminó por rendirse a los hechizos de la costumbre. No tardó en concebir una justificación fácil para su abandono. Aquel era su mundo, se dijo, el mundo triste y opresivo que Dios le había deparado, y a él se debía.

Lo primero que hizo fue tomar posesión del consultorio de su padre. Conservó en su sitio los muebles ingleses, duros y serios, cuyas maderas suspiraban con los hielos del amanecer, pero mandó para el desván los tratados de la ciencia virreinal y de la medicina romántica, y puso en los anaqueles vidriados los de la nueva escuela de Francia. Descolgó los cromos descoloridos, salvo el del médico disputándole a la muerte una enferma desnuda, y el juramento hipocrático impreso en letras góticas, y colgó en su lugar, junto al diploma único de su padre, los muchos y muy variados que él había obtenido con calificaciones óptimas en distintas escuelas de Europa.

Trató de imponer criterios novedosos en el Hospital de la Misericordia, pero no le fue tan fácil como le había parecido en sus entusiasmos juveniles, pues la rancia casa de salud se empecinaba en sus supersticiones atávicas, como la de poner las patas de las camas en potes con agua para impedir que se subieran las enfermedades, o la de exigir ropa de etiqueta y guantes de gamuza en la sala de cirugía, porque se daba por sentado que la elegancia era una condición esencial de la asepsia. No podían soportar que el joven recién llegado saboreara la orina del enfermo para descubrir la presencia de azúcar, que citara a Charcot y a Trousseau como si fueran sus compañeros de cuarto, que hiciera en clase severas advertencias sobre los riesgos mortales de las vacunas y en cambio tuviera una fe sospechosa en el nuevo invento de los supositorios. Tropezaba con todo: su espíritu renovador, su civismo maniático, su sentido del humor retardado en una tierra de guasones inmortales, todo lo que era en realidad sus virtudes más apreciables suscitaba el recelo de sus colegas mayores y las burlas solapadas de los jóvenes.

Su obsesión era el peligroso estado sanitario de la ciudad. Apeló a las instancias más altas para que cegaran los albañales españoles, que eran un inmenso vivero de ratas, y se construyeran en su lugar alcantarillas cerradas cuyos desechos no desembocaran en la ensenada del mercado, como ocurría desde siempre, sino en algún vertedero distante. Las casas coloniales bien dotadas tenían letrinas con pozas sépticas, pero las dos terceras partes de la población hacinada en barracas a la orilla de las ciénagas hacía sus necesidades al aire libre. Las heces se secaban al sol, se convertían en polvo, y eran respiradas por todos con regocijos de pascua en las frescas y venturosas brisas de diciembre. El doctor Juvenal Urbino trató de imponer en el Cabildo un curso obligatorio de capacitación para que los pobres aprendieran a construir sus propias letrinas. Luchó en vano para que las basuras no se botaran en los manglares, convertidos desde hacía siglos en estanques de putrefacción, y para que se recogieran por lo menos dos veces por semana y se incineraran en despoblado.

Era consciente de la acechanza mortal de las aguas de beber. La sola idea de construir un acueducto parecía fantástica, pues quienes hubieran podido impulsarla disponían de aljibes subterráneos donde se almacenaban bajo una espesa nata de verdín las aguas llovidas durante años. Entre los muebles más preciados de la época estaban los tinajeros de madera labrada cuyos filtros de piedra goteaban día y noche dentro de las tinajas. Para impedir que alguien bebiera en el mismo jarro de aluminio con que se sacaba el agua, éste tenía los bordes dentados como la corona de un rey de burlas. El agua era vidriada y fresca en la penumbra de la arcilla cocida, y dejaba un regusto de floresta. Pero el doctor Juvenal Urbino no incurría en estos engaños de purificación, pues sabía que a despecho de tantas precauciones el fondo de las tinajas era un santuario de gusarapos. Había pasado las lentas horas de su infancia contemplándolos con un asombro casi místico, convencido como tanta gente de entonces de que los gusarapos eran los animes, unas criaturas sobrenaturales que cortejaban a las doncellas desde los sedimentos de las aguas pasmadas, y eran capaces de furiosas venganzas de amor. Había visto de niño los destrozos en la casa de Lázara Conde, una maestra de escuela que se atrevió a desairar a los animes, y había visto el reguero de vidrios en la calle y el montón de piedras que tiraron durante tres días y tres noches contra las ventanas. De modo que pasó mucho tiempo antes de que aprendiera que los gusarapos eran en realidad las larvas de los zancudos, pero lo aprendió para no olvidarlo jamás, porque desde entonces se dio cuenta de que no sólo ellos sino otros muchos animes malignos podían pasar intactos a través de nuestros cándidos filtros de piedra.

Al agua de los aljibes se atribuyó durante mucho tiempo, y a mucha honra, la hernia del escroto que tantos hombres de la ciudad soportaban no sólo sin pudor sino inclusive con una cierta insolencia patriótica. Cuando Juvenal Urbino iba a la escuela primaria no lograba evitar un pálpito de horror al ver a los potrosos sentados a la puerta de sus casas en las tardes de calor, abanicándose el testículo enorme como si fuera un niño dormido entre las piernas. Se decía que la hernia emitía un silbido de pájaro lúgubre en las noches de tormenta y se torcía con un dolor insoportable cuando quemaban cerca una pluma de gallinazo, pero nadie se quejaba de aquellos percances, porque una potra grande y bien llevada se lucía por encima de todo como un honor de hombre. Cuando el doctor Juvenal Urbino regresó de Europa ya conocía muy bien la falacia científica de estas creencias, pero estaban tan arraigadas en la superstición local que muchos se oponían al enriquecimiento mineral del agua de los aljibes por temor de que le quitaran su virtud de causar una potra honorable.

Tanto como las impurezas del agua, al doctor Juvenal Urbino lo mantenía alarmado el estado higiénico del mercado público, una vasta extensión en descampado frente a la bahía de Las Ánimas, donde atracaban los veleros de las Antillas. Un viajero ilustre de la época lo describió como uno de los más variados del mundo. Era rico, en efecto, profuso y bullicioso, pero quizás también el más alarmante. Estaba asentado en su propio muladar, a merced de las veleidades del mar de leva, y era allí donde los eructos de la bahía devolvían a tierra las inmundicias de los albañales. También se arrojaban allí los desperdicios del matadero contiguo, cabezas destazadas, vísceras podridas, basuras de animales que se quedaban flotando a sol y sereno en un pantano de sangre. Los gallinazos se los disputaban con las ratas y los perros en una rebatiña perpetua, entre los venados y los capones sabrosos de Sotavento colgados en los aleros de los barracones, y las legumbres primaverales de Arjona expuestas sobre esteras en el suelo. El doctor Juvenal Urbino quería sanear el lugar, quería que hicieran el matadero en otra parte, que construyeran un mercado cubierto con cúpulas de vitrales como el que había conocido en las antiguas boquerías de Barcelona, donde las provisiones eran tan rozagantes y limpias que daba lastima comérselas. Pero aun los más complacientes de sus amigos notables se compadecían de su pasión ilusoria. Así eran: se pasaban la vida proclamando el orgullo de su origen, los méritos históricos de la ciudad, el precio de sus reliquias, su heroísmo y su belleza, pero eran ciegos a la carcoma de los años. El doctor Juvenal Urbino, en cambio, le tenía bastante amor para verla con los ojos de la verdad.

—Cómo será de noble esta ciudad —decía— que tenemos cuatrocientos años de estar tratando de acabar con ella, y todavía no lo logramos.

Estaban a punto, sin embargo. La epidemia de cólera morbo, cuyas primeras víctimas cayeron fulminadas en los charcos del mercado, había causado en once semanas la más grande mortandad de nuestra historia. Hasta entonces, algunos muertos insignes eran sepultados bajo las losas de las iglesias, en la vecindad esquiva de los arzobispos y los capitulares, y los otros menos ricos eran enterrados en los patios de los conventos. Los pobres iban al cementerio colonial, en una colina de vientos separada de la ciudad por un canal de aguas áridas, cuyo puente de argamasa tenía una marquesina con un letrero esculpido por orden de algún alcalde clarividente: *Lasciate ogni speranza voi ch'entrate*. En las dos primeras semanas del cólera el cementerio fue desbordado, y no quedó un sitio disponible en las iglesias, a pesar de que habían pasado al osario común los restos carcomidos de numerosos próceres sin nombre. El aire de la catedral se enrareció con los vapores de las criptas mal selladas, y sus puertas no volvieron a abrirse hasta tres años después, por la época en que Fermina Daza vio de cerca por primera vez a Florentino Ariza en la misa del gallo. El claustro del convento de Santa Clara quedó colmado hasta sus alamedas en la tercera semana, y fue necesario habilitar como cementerio el huerto de la comunidad, que era dos veces más grande. Allí excavaron sepulturas profundas para enterrar a tres niveles, de prisa y sin ataúdes, pero hubo que desistir de ellas porque el suelo rebosado se volvió como una esponja que rezumaba bajo las pisadas una sanguaza nauseabunda. Entonces se dispuso continuar los enterramientos en La Mano de Dios, una hacienda de ganado de engorde a menos de una legua de la ciudad, que más tarde fue consagrada como Cementerio Universal.

Desde que se proclamó el bando del cólera, en el alcázar de la guarnición local se disparó un cañonazo cada cuarto de hora, de día y de noche, de acuerdo con la superstición cívica de que la pólvora purificaba el ambiente. El cólera fue mucho más encarnizado con la población negra, por ser la más numerosa y pobre, pero en realidad no tuvo miramientos de colores ni linajes. Cesó de pronto como había empezado, y nunca se conoció el número de sus estragos, no porque fuera imposible establecerlo, sino porque una de nuestras virtudes más usuales era el pudor de las desgracias propias.

El doctor Marco Aurelio Urbino, padre de Juvenal, fue un héroe civil de aquellas jornadas infaustas, y también su víctima más notable. Por determinación oficial concibió y dirigió en persona la estrategia sanitaria, pero de su propia iniciativa acabó por intervenir en todos los asuntos del orden social, hasta el punto de que en los instantes más críticos de la peste no parecía existir ninguna autoridad por encima de la suya. Años después, revisando la crónica de aquellos días, el doctor Juvenal Urbino comprobó que el método de su padre había sido más caritativo que científico, y que de muchos modos era contrario a la razón, así que había favorecido en gran medida la voracidad de la peste. Lo comprobó con la compasión de los hijos a quienes la vida ha ido convirtiendo poco a poco en padres de sus padres, y por primera vez se dolió de no haber estado con el suyo en la soledad de sus errores. Pero no le regateó sus méritos: la diligencia y la abnegación, y sobre todo su valentía personal, le merecieron los muchos honores que le fueron rendidos cuando la ciudad se restableció del desastre, y su nombre quedó con justicia entre los de otros tantos próceres de otras guerras menos honorables.

No vivió su gloria. Cuando reconoció en sí mismo los trastornos irreparables que había visto y compadecido en los otros, no intentó siquiera una batalla inútil, sino que se apartó del mundo para no contaminar a nadie. Encerrado solo en un cuarto de servicio del Hospital de la Misericordia, sordo al llamado de sus colegas y a la súplica de los suyos, ajeno al horror de los pestíferos que agonizaban por los suelos de los corredores desbordados, escribió para la esposa y los hijos una carta de amor febril, de gratitud por haber existido, en la cual se revelaba cuánto y con cuánta avidez había amado la vida. Fue un adiós de veinte pliegos desgarrados en los que se notaban los progresos del mal por el deterioro de la escritura, y no era necesario haber conocido a quien los había escrito para saber que la firma fue puesta con el último aliento. De acuerdo con sus disposiciones, el cuerpo ceniciento se confundió en el cementerio común, y no fue visto por nadie que lo amara.

El doctor Juvenal Urbino recibió el telegrama tres días después en París, durante una cena de amigos, e hizo un brindis con champaña por la memoria de su padre. Dijo: «Era un hombre bueno». Más tarde había de reprocharse a sí mismo su falta de madurez: eludía la realidad para no llorar. Pero tres semanas después recibió una copia de la carta póstuma, y entonces se rindió a la verdad. De un golpe se le reveló a fondo la imagen del hombre al que había conocido antes que a otro ninguno, que lo había criado e instruido y había dormido y fornicado treinta y dos años con su madre, y sin embargo, nunca antes de esa carta se le había mostrado tal como era en cuerpo y alma, por pura y simple timidez. Hasta entonces, el doctor Juvenal Urbino y su familia habían concebido la muerte como un percance que les ocurría a los otros, a los padres de los otros, a los hermanos y los cónyuges ajenos, pero no a los suyos. Eran gentes de vidas lentas, a las cuales no se les veía volverse viejas, ni enfermarse ni morir, sino que iban desvaneciéndose poco a poco en su tiempo, volviéndose recuerdos, brumas de otra época, hasta que los asimilaba el olvido. La carta póstuma de su padre, más que el telegrama con la mala noticia, lo mandó de bruces contra la certidumbre de la muerte. Y sin embargo, uno de sus recuerdos más antiguos, quizás a los nueve años, a los once años quizás, era en cierto modo una señal prematura de la muerte a través de su padre. Ambos se habían quedado en la oficina de la casa una tarde de lluvias, él dibujando alondras y girasoles con tizas de colores en las baldosas del piso, y su padre leyendo contra el resplandor de la ventana, con el chaleco desabotonado y ligas de caucho en las mangas de la camisa. De pronto interrumpió la lectura para rascarse la espalda con un rascador de mango largo que tenía una manita de plata en el extremo. Como no pudo, le pidió al hijo que lo rascara con sus uñas, y él lo hizo con la rara sensación de no sentir su propio cuerpo al ser rascado. Al final su padre lo miró por encima del hombro con una sonrisa triste.

—Si yo me muero ahora —le dijo— apenas si te acordaras de mí cuando tengas mi edad.

Lo dijo sin ningún motivo visible, y el ángel de la muerte flotó un instante en la penumbra fresca de la oficina, y volvió a salir por la ventana dejando a su paso un reguero de plumas, pero el niño no las vio. Habían pasado más de veinte años desde entonces, y Juvenal Urbino iba a tener muy pronto la edad que había tenido su padre aquella tarde. Se sabía idéntico a él, y a la conciencia de serlo se había sumado ahora la conciencia sobrecogedora de ser tan mortal como él.

El cólera se le convirtió en una obsesión. No sabía de él mucho más de lo aprendido de rutina en algún curso marginal, y le había parecido inverosímil que sólo treinta años antes hubiera causado en Francia, inclusive en París, más de ciento cuarenta mil muertos. Pero después de la muerte de su padre aprendió todo cuanto se podía aprender sobre las diversas formas del cólera, casi como una penitencia para apaciguar su memoria, y fue alumno del epidemiólogo más destacado de su tiempo y creador de los cordones sanitarios, el profesor Adrien Proust, padre del grande novelista. De modo que cuando volvió a su tierra y sintió desde el mar la pestilencia del mercado, y vio las ratas en los albañales y los niños revolcándose desnudos en los charcos de las calles, no sólo comprendió que la desgracia hubiera ocurrido, sino que tuvo la certeza de que iba a repetirse en cualquier momento.

No pasó mucho tiempo. Antes de un año, sus alumnos del Hospital de la Misericordia le pidieron que los ayudara con un enfermo de caridad que tenía una rara coloración azul en todo el cuerpo. Al doctor Juvenal Urbino le bastó con verlo desde la puerta para reconocer al enemigo. Pero hubo suerte: el enfermo había llegado tres días antes en una goleta de Curazao y había ido a la consulta externa del hospital por sus propios medios, y no parecía probable que hubiera contagiado a nadie. En todo caso, el doctor Juvenal Urbino previno a sus colegas, consiguió que las autoridades dieran la alarma a los puertos vecinos para que se localizara y se pusiera en cuarentena a la goleta contaminada, y tuvo que moderar al jefe militar de la plaza, que quería decretar la ley marcial y aplicar de inmediato la terapéutica del cañonazo cada cuarto de hora.

—Economice esa pólvora para cuando vengan los liberales —le dijo de buen talante—. Ya no estamos en la Edad Media.

El enfermo murió a los cuatro días, ahogado por un vómito blanco y granuloso, pero en las semanas siguientes no fue descubierto ningún otro caso a pesar de la alerta constante. Poco después, el Diario del Comercio publicó la noticia de que dos niños habían muerto de cólera en distintos lugares de la ciudad. Se comprobó que uno de ellos tenía disentería común, pero el otro, una niña de cinco años, parecía haber sido, en efecto, víctima del cólera. Sus padres y tres hermanos fueron separados y puestos en cuarentena individual, y todo el barrio fue sometido a una vigilancia médica estricta. Uno de los niños contrajo el cólera y se recuperó muy pronto, y toda la familia volvió a casa cuando pasó el peligro. Once casos más se registraron en el curso de tres meses, y al quinto hubo un recrudecimiento alarmante, pero al término del año se consideró que los riesgos de una epidemia habían sido conjurados. Nadie puso en duda que el rigor sanitario del doctor Juvenal Urbino, más que la suficiencia de sus pregones, había hecho posible el prodigio. Desde entonces, y hasta muy avanzado este siglo, el cólera fue endémico no sólo en la ciudad sino en casi todo el litoral del Caribe y la cuenca de la Magdalena, pero no volvió a recrudecerse como epidemia. La alarma sirvió para que las advertencias del doctor Juvenal Urbino fueran atendidas con más seriedad por el poder público. Se impuso la cátedra obligatoria del cólera y la fiebre amarilla en la Escuela de Medicina, y se entendió la urgencia de cerrar los albañales y construir un mercado distante del muladar. Sin embargo, el doctor Urbino no se preocupó entonces por reclamar su victoria ni se sintió con ánimos para perseverar en sus misiones sociales, porque él mismo estaba entonces con un ala rota, atolondrado y disperso, y decidido a cambiarlo todo y a olvidarse de todo lo demás en la vida por el relámpago de amor de Fermina Daza.

Fue, en efecto, el fruto de una equivocación clínica. Un médico amigo, que creyó vislumbrar los síntomas premonitorios del cólera en una paciente de dieciocho años, le pidió al doctor Juvenal Urbino que fuera a visitarla. Fue esa misma tarde, alarmado por la posibilidad de que la peste hubiera entrado en el santuario de la ciudad vieja, pues todos los casos hasta entonces habían sido en los barrios marginales, y casi todos entre la población negra. Encontró otras sorpresas menos ingratas. La casa, a la sombra de los almendros del parque de Los Evangelios, parecía desde fuera tan destruida como las otras del recinto colonial, pero adentro había un orden de belleza y una luz atónita que parecía de otra edad del mundo. El zaguán daba directo sobre un patio sevillano, cuadrado y blanco de cal reciente, con naranjos florecidos y el piso empedrado con los mismos azulejos de las paredes. Había un rumor invisible de agua continua, macetas de claveles en las cornisas y jaulas de pájaros raros en las arcadas. Los más raros, en una jaula muy grande, eran tres cuervos que al sacudir las alas saturaban el patio de un perfume equívoco. Varios perros encadenados en algún lugar de la casa empezaron a ladrar de pronto, enloquecidos por el olor del extraño, pero un grito de mujer los hizo callar en seco, y numerosos gatos saltaron de todas partes y se escondieron entre las flores, asustados por la autoridad de la voz. Entonces se hizo un silencio tan diáfano, que a través del desorden de los pájaros y las sílabas del agua en la piedra se percibía el aliento desolado del mar.

Estremecido por la certidumbre de la presencia física de Dios, el doctor Juvenal Urbino pensó que una casa como aquella era inmune a la peste. Siguió a Gala Placidia por el corredor de arcos, pasó frente a la ventana del costurero donde Florentino Ariza vio por primera vez a Fermina Daza cuando el patio estaba todavía en escombros, subió por las escaleras de mármoles nuevos hasta el segundo piso, y esperó a ser anunciado antes de entrar en el dormitorio de la enferma. Pero Gala Placidia volvió a salir con un recado:

—La señorita dice que no puede entrar ahora porque su papá no está en la casa.

Así que volvió a las cinco de la tarde, de acuerdo con la indicación de la criada, y Lorenzo Daza en persona le abrió el portón y lo condujo hasta el dormitorio de la hija. Permaneció sentado en la penumbra del rincón, con los brazos cruzados y haciendo esfuerzos vanos por dominar la respiración farragosa, mientras duró el examen. No era fácil saber quién estaba más cohibido, si el médico con su tacto púdico o la enferma con su recato de virgen dentro del camisón de seda, pero ninguno miró al otro a los ojos, sino que él preguntaba con voz impersonal y ella respondía con voz trémula, ambos pendientes del hombre sentado en la penumbra. Al final, el doctor Juvenal Urbino le pidió a la enferma que se sentara, y le abrió la camisa de dormir hasta la cintura con un cuidado exquisito: el pecho intacto y altivo, de pezones infantiles, resplandeció un instante como un fogonazo en las sombras de la alcoba, antes de que ella se apresurara a ocultarlo con los brazos cruzados. Imperturbable, el médico le apartó los brazos sin mirarla, y le hizo la auscultación directa con la oreja contra la piel, primero el pecho y luego la espalda.

El doctor Juvenal Urbino solía contar que no experimentó ninguna emoción cuando conoció a la mujer con quien había de vivir hasta el día de la muerte. Recordaba el camisón celeste con bordes de encaje, los ojos febriles, el largo cabello suelto sobre los hombros, pero estaba tan obnubilado por la irrupción de la peste en el recinto colonial, que no se fijó en nada de lo mucho que ella tenía de adolescente floral, sino en lo más ínfimo que pudiera tener de apestada. Ella fue más explícita: el joven médico de quien tanto había oído hablar a propósito del cólera le pareció un pedante incapaz de querer a nadie distinto de sí mismo. El diagnóstico fue una infección intestinal de origen alimenticio que cedió con un tratamiento casero de tres días. Aliviado con la comprobación de que la hija no había contraído el cólera, Lorenzo Daza acompañó al doctor Juvenal Urbino hasta el estribo del coche, le pagó el peso oro de la visita que le pareció excesivo aun para un médico de ricos, pero lo despidió con muestras inmoderadas de gratitud. Estaba deslumbrado por el resplandor de sus apellidos, y no sólo no lo disimulaba, sino que hubiera hecho cualquier cosa para verlo otra vez, y en circunstancias menos formales.

El caso debió darse por terminado. Sin embargo, el martes de la semana siguiente, sin ser llamado y sin anuncio alguno, el doctor Juvenal Urbino volvió a la casa a la hora inoportuna de las tres de la tarde. Fermina Daza estaba en el costurero, tomando una lección de pintura al óleo junto con dos amigas, cuando él apareció en la ventana con la levita blanca, intachable, y el sombrero también blanco, de copa alta, y le hizo una seña de que se acercara. Ella puso el bastidor en la silla y se dirigió a la ventana caminando en puntas de pies con la falda de volantes alzada hasta los tobillos para impedir que arrastrara. Llevaba una diadema con un dije que le colgaba en la frente, cuya piedra luminosa tenía el mismo color esquivo de sus ojos, y todo en ella exhalaba un aura de frescura. Al médico le llamó la atención que se vistiera para pintar en casa como si fuera para una fiesta. Le tomó el pulso desde el exterior de la ventana, le hizo sacar la lengua, le examinó la garganta con una espátula de aluminio, le miró por dentro el párpado inferior, y cada vez hizo un gesto aprobatorio. Estaba menos cohibido que en la visita anterior, pero ella lo estaba más porque no entendía la razón de aquel examen imprevisto, si él mismo había dicho que no volvería a menos que lo llamaran por alguna novedad. Más aún: no quería volver a verlo jamás. Cuando terminó el examen, el médico guardó la espátula en el maletín atiborrado de instrumentos y frascos de medicinas, y lo cerró con un golpe seco.

—Está como una rosa recién nacida —dijo él.

—Gracias.

—A Dios —dijo él, y citó mal a Santo Tomás—: Recuerde que todo lo que es bueno, venga de donde viniere, proviene del Espíritu Santo. ¿Le gusta la música?

Lo preguntó con una sonrisa encantadora, de un modo casual, pero ella no le correspondió.

—¿A qué viene la pregunta? —preguntó a su vez.

—La música es importante para la salud —dijo él.

Lo creía de veras, y ella iba a saber muy pronto y por el resto de su vida que el tema de la música era casi una fórmula mágica que él usaba para proponer una amistad, pero en aquel momento lo interpretó como una burla. Además, las dos amigas que habían fingido pintar mientras ellos conversaban en la ventana emitieron unas risitas de ratas y se taparon la cara con los bastidores, y esto acabó de ofuscar a Fermina Daza. Ciega de furia cerró la ventana con un golpe seco. El médico, perplejo frente a los visillos de encaje, trató de encontrar el camino del portón, pero se equivocó de rumbo, y en su turbación tropezó con la jaula de los cuervos perfumados. Éstos lanzaron un chillido sórdido, aletearon asustados, y las ropas del médico quedaron impregnadas de una fragancia de mujer. El trueno de la voz de Lorenzo Daza lo fijó en su sitio:

—Doctor: espéreme ahí.

Lo había visto todo desde el piso alto y bajaba las escaleras abotonándose la camisa, hinchado y cárdeno, y todavía con las patillas alborotadas por un mal sueño de la siesta. El médico intentó sobreponerse al bochorno.

—Le he dicho a su hija que está como una rosa.

—Así es —dijo Lorenzo Daza—, pero con demasiadas espinas.

Pasó junto al doctor Urbino sin saludarlo. Empujó las dos puertas de la ventana del costurero y le ordenó a la hija con un grito cerril:

—Ven a darle excusas al doctor.

El médico trató de terciar para impedirlo, pero Lorenzo Daza no le prestó atención. Insistió: «Apúrate». Ella miró a las amigas con una súplica recóndita de comprensión, y le replicó a su padre que no tenía de qué excusarse, pues sólo había cerrado la ventana para impedir que siguiera entrando el sol. El doctor Urbino trató de dar por buenas sus razones, pero Lorenzo Daza persistió en la orden. Entonces

Fermina Daza volvió a la ventana, pálida de rabia, y adelantando el pie derecho mientras se alzaba la falda con la punta de los dedos, le hizo al médico una reverencia teatral.

—Le doy mis más rendidas excusas, caballero —dijo.

El doctor Juvenal Urbino la imitó de buen humor, haciendo con su sombrero de copa alta una gracia de mosquetero, pero no consiguió la sonrisa de piedad que esperaba. Lorenzo Daza lo invitó luego a tomar en la oficina un café de desagravio, y él aceptó complacido, para que no hubiera duda alguna de que no le quedaba en el alma ni un rescoldo de resentimiento.

La verdad era que el doctor Juvenal Urbino no tomaba café, salvo una taza en ayunas. Tampoco tomaba alcohol, salvo una copa de vino con las comidas en ocasiones solemnes, pero no sólo se bebió el café que le ofreció Lorenzo Daza, sino que aceptó además una copa de anisado. Luego aceptó otro café con otra copa, y después otra y otra, a pesar de que aún tenía algunas visitas pendientes. Al principio escuchó con atención las disculpas que Lorenzo Daza seguía dándole en nombre de su hija, a quien definió como una niña inteligente y seria, digna de un príncipe de aquí o de cualquier parte, y cuyo único defecto, según dijo, era su carácter de mula. Pero después de la segunda copa creyó oír la voz de Fermina Daza en el fondo del patio y su imaginación se fue detrás de ella, la persiguió por la noche reciente de la casa mientras encendía las luces del corredor, fumigaba los dormitorios con la bomba de insecticida, destapaba en el fogón la olla de la sopa que iba a tomarse esa noche con su padre, él y ella solos en la mesa, sin levantar la vista, sin sorber la sopa para no romper el encanto del rencor, hasta que él tuviera que rendirse y pedirle perdón por su rigor de esta tarde.

El doctor Urbino conocía bastante a las mujeres para darse cuenta de que Fermina Daza no pasaría por la oficina mientras él no se fuera, pero se demoraba de todos modos, porque sentía que el orgullo herido no lo dejaría vivir en paz después de las afrentas de esa tarde. Lorenzo Daza, ya casi borracho, no parecía notar su falta de atención, pues se bastaba de sí mismo con su verba indomable. Hablaba a galope tendido, masticando la flor del tabaco apagado, tosiendo a gritos, esgarrando, acomodándose a duras penas en la poltrona giratoria cuyos resortes soltaban lamentos de animal en celo. Se había bebido tres copas por cada una de su invitado, y sólo hizo una pausa cuando se dio cuenta de que ya no se veían el uno al otro y se levantó a encender la lámpara. El doctor Juvenal Urbino lo miró de frente con la nueva luz, vio que tenía un ojo torcido como el de un pescado y que sus palabras no correspondían al movimiento de los labios, y pensó que eran alucinaciones suyas por abusar del alcohol. Entonces se levantó con la sensación fascinante de que estaba dentro de un cuerpo que no era el suyo, sino el de alguien que seguía sentado en el asiento donde él estaba, y tuvo que hacer un grande esfuerzo para no perder la razón.

Eran más de las siete cuando salió de la oficina precedido por Lorenzo Daza. Había luna llena. El patio idealizado por el anís flotaba en el fondo de un acuario, y las jaulas cubiertas con trapos parecían fantasmas dormidos bajo el olor caliente de los azahares nuevos. La ventana del costurero estaba abierta, y había una lámpara encendida en la mesa de labor, y los cuadros sin terminar estaban en los atriles como en una exposición. «Dónde estás que no estás», dijo el doctor Urbino al pasar, pero Fermina Daza no lo oyó, no podía oírlo, porque estaba llorando de rabia en el dormitorio, tirada bocabajo en la cama y esperando a su padre para cobrarle la humillación de esa tarde. El médico no renunciaba a la ilusión de despedirse de ella, pero Lorenzo Daza no lo propuso. Añoró la inocencia de su pulso, su lengua de gata, sus amígdalas tiernas, pero lo desalentó la idea de que ella no quería verlo jamás ni había de permitir que él lo intentara. Cuando Lorenzo Daza entró en el zaguán, los cuervos despiertos bajo las sábanas lanzaron un chillido fúnebre. «Te sacarán los ojos», dijo el médico en voz alta, pensando en ella, y Lorenzo Daza se volvió para preguntarle qué había dicho.

—No fui yo —dijo él—. Fue el anís.

Lorenzo Daza lo acompañó hasta el coche tratando de que recibiera el peso oro de la segunda visita, pero él no lo aceptó. Dio instrucciones correctas al cochero para que lo llevara a casa de los dos enfermos que le faltaba por ver, y subió en el coche sin ayuda. Pero empezó a sentirse mal con los saltos en las calles empedradas, así que le ordenó al cochero cambiar de rumbo. Se miró por un instante en el espejo del coche y vio que también su imagen seguía pensando en Fermina Daza. Se encogió de hombros. Por último soltó un eructo, inclinó la cabeza contra el pecho y se quedó dormido, y en el sueño empezó a oír las campanas del duelo. Oyó primero las de la catedral, y después las de todas las iglesias, una tras otra, hasta los tiestos rotos de San Julián el Hospitalario.

—Mierda —murmuró dormido—, se murieron los muertos.

Su madre y sus hermanas estaban cenando café con leche y almojábanas en la mesa de ceremonias del comedor grande, cuando lo vieron aparecer en la puerta con el rostro transido y todo él deshonrado por el perfume de putas de los cuervos. La campana mayor de la catedral contigua resonaba en el estanque inmenso de la casa. Su madre le preguntó alarmada dónde se había metido, pues lo habían buscado por todas partes para que atendiera al general Ignacio María, último nieto del Marqués de Jaraíz de la Vera, que había sido demolido esa tarde por una congestión cerebral: era por él por quien doblaban las campanas. El doctor Juvenal Urbino escuchó a su madre sin oírla, agarrado del marco de la puerta, y después dio media vuelta tratando de llegar a su dormitorio, pero se fue de bruces en una explosión de vómitos de anís estrellado.

—María Santísima —gritó su madre—. Algo muy raro debe haber sucedido para que te presentes a tu casa en ese estado.

Lo más raro, sin embargo, no había sucedido todavía. Aprovechando la visita del conocido pianista Romeo Lussich, quien tocó un ciclo de sonatas de Mozart tan pronto como la ciudad se repuso del duelo del general Ignacio María, el doctor Juvenal Urbino hizo subir el piano de la Escuela de Música en una carreta de mulas, y le llevó a Fermina Daza una serenata que hizo época. Ella despertó con los primeros compases, y no tuvo que asomarse por los encajes del balcón para saber quién era el promotor de aquel homenaje insólito. Lo único que lamentó fue no tener el coraje de otras doncellas resabiadas que habían vaciado el retrete portátil sobre la cabeza del pretendiente indeseable. Lorenzo Daza, en cambio, se vistió de prisa en el transcurso de la serenata, y al final hizo entrar en la sala de visitas al doctor Juvenal Urbino y al pianista, todavía ataviados con la ropa de etiqueta del concierto, y les agradeció la serenata con una copa de buen brandy.

Fermina Daza se dio cuenta muy pronto de que su padre estaba tratando de ablandarle el corazón. Al día siguiente de la serenata le había dicho de un modo casual: «Imagínate cómo se sentiría tu madre si supiera que eres requerida por un Urbino de la Calle». Ella replicó en seco: «Se volvería a morir dentro del cajón». Las amigas que pintaban con ella le contaron que Lorenzo Daza había sido invitado a almorzar en el Club Social por el doctor Juvenal Urbino, y que éste había sido objeto de una notificación severa por contrariar normas del reglamento. Sólo entonces se enteró también de que su padre había solicitado varias veces su ingreso al Club Social, y en todas había sido rechazado con una cantidad de bolas negras que no hacían posible una nueva tentativa. Pero Lorenzo Daza asimilaba las humillaciones con un hígado de buen cubero, y seguía haciendo suertes de ingenio para encontrarse por casualidad con Juvenal Urbino, sin darse cuenta de que era Juvenal Urbino quien hacía más que lo posible por dejarse encontrar. A veces pasaban horas conversando en la oficina, y la casa permanecía mientras tanto como suspendida al margen del tiempo, porque Fermina Daza no permitía que nada siguiera su curso en la vida mientras él no se fuera. El Café de la Parroquia fue un buen puerto intermedio. Fue allí donde Lorenzo Daza le enseñó a Juvenal Urbino las lecciones primarias del ajedrez, y él fue un alumno tan aplicado que el ajedrez se convirtió en una adicción incurable que lo atormentó hasta el día de su muerte.

Una noche, poco después de la serenata de piano solo, Lorenzo Daza encontró una carta con el sobre lacrado en el zaguán de su casa, dirigido a su hija, y con el monograma de J. U. C. impreso en el lacre. Lo deslizó por debajo de la puerta al pasar frente al dormitorio de Fermina, y ella no pudo entender cómo había llegado hasta allí, pues le parecía inconcebible que su padre hubiera cambiado tanto como para llevarle una carta de un pretendiente. La dejó sobre la mesa de noche, sin saber de veras qué hacer con ella, y allí permaneció cerrada durante varios días, hasta una tarde de lluvias en que Fermina Daza soñó que Juvenal Urbino había vuelto a la casa para regalarle la espátula con que le había examinado la garganta. La espátula del sueño no era de aluminio sino de un metal apetitoso que ella había saboreado con deleite en otros sueños, de modo que la quebró en dos partes desiguales y le dio a él la más pequeña.

Al despertar abrió la carta. Era breve y pulcra, y lo único que Juvenal Urbino le suplicaba era que le permitiera pedirle a su padre el permiso para visitarla. La impresionó su sencillez y su seriedad, y la rabia cultivada con tanto amor durante tantos días se apaciguó de pronto. Guardó la carta en un cofre fuera de servicio en el fondo del baúl, pero recordó que era allí donde había guardado también las cartas perfumadas de Florentino Ariza, y la sacó del cofre para cambiarla de lugar, estremecida por una ráfaga de vergüenza. Entonces le pareció que lo más decente era darla por no recibida, y la quemó en la lámpara, viendo cómo las gotas de lacre reventaban en burbujas azules sobre la llama. Suspiró: «Pobre hombre». De pronto cayó en la cuenta de que era la segunda vez que lo decía en poco más de un año, y por un instante pensó en Florentino Ariza, y ella misma se sorprendió de cuán lejos estaba de su vida: pobre hombre.

En octubre, con las últimas lluvias, llegaron tres cartas más, acompañada la primera por una cajita de pastillas de violetas de la Abadía de Flavigny. Dos las había entregado en el portón de la casa el cochero del doctor Juvenal Urbino, y éste había saludado a Gala Placidia desde la ventana del coche, primero para que no hubiera duda de que las cartas eran suyas, y segundo para que nadie pudiera decirle que no habían sido recibidas. Además, ambas estaban selladas con el monograma de lacre, y escritas con los garabatos crípticos que ya Fermina Daza conocía: letra de médico. Ambas decían en sustancia lo mismo que la primera, y estaban concebidas con el mismo espíritu de sumisión, pero en el fondo de su decencia empezaba a vislumbrarse una ansiedad que nunca fue evidente en las cartas de parsimonia de Florentino Ariza. Fermina Daza las leyó tan pronto como fueron entregadas, con dos semanas de diferencia, y sin explicárselo a sí misma cambió de parecer cuando estaba a punto de echarlas al fuego. Sin embargo, nunca pensó en contestarlas.

La tercera carta de octubre había sido deslizada por debajo del portón, y en todo era distinta de las anteriores. La escritura era tan pueril, que sin duda había sido hecha con la mano izquierda, pero Fermina Daza no cayó en la cuenta de eso sino cuando el texto mismo se reveló como un anónimo infame. Quien lo había escrito daba por hecho que Fermina Daza había encantado con sus filtros al doctor Juvenal Urbino, y de esa suposición sacaba conclusiones siniestras. Terminaba con una amenaza: si Fermina Daza no renunciaba a su pretensión de alzarse con el hombre más codiciado de la ciudad, sería expuesta a la vergüenza pública.

Se sintió víctima de una injusticia grave, pero su reacción no fue vindicativa, sino todo lo contrario: habría querido descubrir al autor del anónimo para disuadirlo de su error con cuantas explicaciones fueran pertinentes, pues se sentía segura de que nunca, por ningún motivo, sería sensible a los requiebros de Juvenal Urbino. En los días siguientes recibió otras dos cartas sin firma, tan pérfidas como la primera, pero ninguna de las tres parecía escrita por la misma persona. O bien era víctima de una conjura, o la falsa versión de sus amores secretos había ido más lejos de lo que podía suponerse. Le inquietaba la idea de que todo aquello fuera consecuencia de una simple indiscreción de Juvenal Urbino. Se le ocurrió que tal vez era un hombre distinto de su apariencia digna, que tal vez se le iba la lengua en las visitas y hacía alarde de conquistas imaginarias, como tantos otros de su clase. Pensó escribirle para reprocharle el ultraje de su honra, pero luego desistió del propósito, porque quizás fuera eso lo que él quisiera. Trató de informarse por las amigas que iban a pintar con ella en el costurero, pero lo único que ellas habían oído eran comentarios benignos sobre la serenata de piano solo. Se sintió furiosa, impotente, humillada. Al contrario del principio, cuando hubiera querido encontrarse con el enemigo invisible para convencerlo de sus errores, ahora sólo quería hacerlo picadillo con las tijeras de podar. Pasaba las noches en claro, analizando detalles y expresiones de las cartas anónimas, con la ilusión de encontrar una pista de consuelo. Fue una ilusión vana: Fermina Daza era ajena por naturaleza al mundo interior de los Urbino de la Calle, y tenía armas para defenderse de sus buenas artes, pero no de las malas.

Esta convicción se hizo aún más amarga después del pavor de la muñeca negra que le llegó por aquellos días sin ninguna carta, pero cuyo origen le pareció fácil de imaginar: sólo el doctor Juvenal Urbino podía haberla mandado. Había sido comprada en la Martinica, de acuerdo con la etiqueta original, y llevaba un vestido primoroso y los cabellos rizados con filamentos de oro, y cerraba los ojos al ser acostada. A Fermina Daza le pareció tan divertida que se sobrepuso a sus escrúpulos, y la acostaba en su almohada durante el día. Se acostumbró a dormir con ella. Al cabo de un tiempo, sin embargo, después de un sueño agotador, descubrió que la muñeca estaba creciendo: la preciosa ropa original que llegó con ella le dejaba los muslos al descubierto, y los zapatos se habían reventado por la presión de los pies. Fermina Daza había oído hablar de maleficios africanos, pero ninguno tan pavoroso como ese. Por otra parte, no podía concebir que un hombre como Juvenal Urbino fuera capaz de semejante atrocidad. Tenía razón: la muñeca no había sido llevada por el cochero sino por un vendedor de camarones ocasional, del cual nadie había podido dar una razón cierta. Tratando de descifrar el enigma, Fermina Daza pensó por un momento en Florentino Ariza, cuya condición sombría la asustaba, pero la vida se encargó de convencerla de su error. Nunca se esclareció el misterio y su simple evocación le causaba un estremecimiento de pavor hasta mucho después de que se casó, y tuvo hijos, y se creyó la elegida del destino: la más feliz.

La última tentativa del doctor Urbino fue la mediación de la hermana Franca de la Luz, superiora del colegio de la Presentación de la Santísima Virgen, quien no podía negarse a la solicitud de una familia que había favorecido a su comunidad desde que se estableció en las Américas. Apareció acompañada por una novicia a las nueve de la mañana, y ambas tuvieron que entretenerse media hora con las jaulas de pájaros mientras Fermina Daza terminaba de bañarse. Era una alemana viril con un acento metálico y una mirada imperativa que no tenían ninguna relación con sus pasiones pueriles. No había nada en este mundo que Fermina Daza odiara más que a ella, y a cuanto tuviera que ver con ella, y el solo recuerdo de su falsa piedad le causaba un reconcomio de alacranes en las entrañas. Le bastó con reconocerla desde la puerta del baño para revivir de un golpe los suplicios del colegio, el sueño insoportable de la misa diaria, el terror de los exámenes, la diligencia servil de las novicias, la vida entera pervertida por el prisma de la pobreza de espíritu. La hermana Franca de la Luz, en cambio, la saludó con un júbilo que parecía sincero. Se sorprendió de cuánto había crecido y madurado, y alabó el juicio con que llevaba la casa, el buen gusto del patio, el brasero de los azahares. Le ordenó a la novicia que la esperara ahí, sin acercarse demasiado a los cuervos, que en un descuido podían sacarle los ojos, y buscó un lugar apartado donde sentarse a conversar a solas con Fermina. Ella la invitó a la sala.

Fue una visita breve y áspera. La hermana Franca

de la Luz, sin perder el tiempo en preámbulos, le ofreció a Fermina Daza una rehabilitación honorable. La causa de la expulsión sería borrada no sólo de las actas sino de la memoria de la comunidad, y esto le permitiría terminar los estudios y obtener el diploma de Bachiller en Letras. Fermina Daza, perpleja, quiso conocer el motivo.

—Es la petición de alguien que lo merece todo, y cuyo único anhelo es hacerte feliz —dijo la monja—. ¿Sabes quién es?

Entonces entendió. Se preguntó con qué autoridad servía como emisaria del amor una mujer que le había torcido la vida por una carta inocente, pero no se atrevió a decirlo. Dijo, en cambio, que sí, que ella conocía a ese hombre, y por lo mismo sabía que no tenía ningún derecho a inmiscuirse en su vida.

—Lo único que te suplica es que le permitas conversar contigo cinco minutos —dijo la monja—. Estoy segura de que tu padre estará de acuerdo.

La rabia de Fermina Daza se hizo más intensa por la idea de que su padre fuera cómplice de aquella visita.

—Nos vimos dos veces cuando estuve enferma —dijo—. Ahora no hay ninguna razón.

—Para cualquier mujer con dos dedos de frente ese hombre es un regalo de la Divina Providencia —dijo la monja.

Siguió hablando de sus virtudes, de su devoción, de su consagración al servicio de los doloridos. Mientras hablaba, se sacó de la manga una camándula de oro con el Cristo tallado en marfil, y la movió frente a los ojos de Fermina Daza. Era una reliquia de familia, antigua de más de cien años, tallada por un orfebre de Siena y bendecida por Clemente IV.

—Es tuya —dijo.

Fermina Daza sintió el torrente de sangre atropellado en sus venas, y entonces se atrevió.

—No me explico cómo es que usted se presta para esto —dijo—, si le parece que el amor es pecado.

La hermana Franca de la Luz fingió pasar por alto la notificación, pero sus párpados se encendieron. Siguió moviendo el rosario frente a sus ojos.

—Es mejor que te entiendas conmigo —dijo—, porque después de mí puede venir el señor arzobispo, y con él las cosas son distintas.

—Que venga —dijo Fermina Daza.

La hermana Franca de la Luz escondió el rosario de oro en la manga. Después sacó de la otra un pañuelo muy usado, hecho una bola, y lo mantuvo apretado en el puño, mirando a Fermina desde muy lejos con una sonrisa de conmiseración.

—Pobre hija mía —suspiró—, todavía sigues pensando en aquel hombre.

Fermina Daza masticó la impertinencia mirando a la monja sin parpadear, la miró fijo a los ojos, sin hablar, masticando en silencio, hasta que vio con una complacencia infinita que sus ojos de hombre se anegaron de lágrimas. La hermana Franca de la Luz se las secó con la bola del pañuelo, y se puso de pie.

—Bien dice tu padre que eres una mula —dijo.

El arzobispo no fue. De modo que el asedio hubiera terminado aquel día, de no haber sido porque Hildebranda Sánchez vino a pasar la Navidad con su prima, y la vida cambió para ambas. La recibieron en la goleta de Riohacha a las cinco de la mañana, en medio de una turba de pasajeros moribundos por el mareo, pero ella desembarcó radiante, muy mujer, y con el espíritu alborotado por la mala noche de mar.

Vino cargada de guacales de pavos vivos y de cuantos frutos se daban en sus prósperas vegas, para que a nadie le faltara de comer durante su visita. Lisímaco Sánchez, su padre, mandaba a preguntar si hacían falta músicos para las fiestas de Pascua, pues él tenía los mejores a su disposición, y prometía mandar más adelante un cargamento de fuegos artificiales. Anunciaba además que no podía venir por la hija antes de marzo, así que había tiempo de sobra para vivir.

Las dos primas empezaron de inmediato. Se bañaron juntas desde la primera tarde, desnudas, haciéndose abluciones recíprocas con el agua de la alberca. Se ayudaban a jabonarse, se sacaban las liendres, comparaban sus nalgas, sus pechos inmóviles, la una mirándose en el espejo de la otra para apreciar con cuánta crueldad las había tratado el tiempo desde la última vez que se vieron desnudas. Hildebranda era grande y maciza, de piel dorada, pero todo el pelo de su cuerpo era de mulata, corto y enroscado como espuma de alambre. Fermina Daza, en cambio, tenía una desnudez pálida, de líneas largas, de piel serena, de vellos lacios. Gala Placidia les había hecho poner dos camas iguales en el dormitorio, pero a veces se acostaban en una y conversaban con las luces apagadas hasta el amanecer. Fumaban unas panetelas de salteadores que Hildebranda había llevado ocultas en los forros del baúl, y después tenían que quemar hojas de papel de Armenia para purificar el aire de tugurio que dejaban en el dormitorio. Fermina Daza lo había hecho por primera vez en Valledupar, y había seguido haciéndolo en Fonseca, en Riohacha, donde se encerraban hasta diez primas en un cuarto a hablar de hombres y a fumar a escondidas.

Aprendió a fumar al revés, con el fuego dentro de la boca, como fumaban los hombres en las noches de las guerras para que no los delatara la brasa del tabaco. Pero nunca había fumado a solas. Con Hildebranda en su casa lo hizo todas las noches antes de dormir, y desde entonces adquirió el hábito de fumar, aunque siempre a escondidas, aun de su marido y de sus hijos, no sólo porque era mal visto que una mujer fumara en público, sino porque tenía el placer asociado a la clandestinidad.

También el viaje de Hildebranda había sido impuesto por sus padres para tratar de alejarla de su amor imposible, aunque le hicieron creer que era para ayudar a Fermina a decidirse por un buen partido. Hildebranda lo había aceptado con la ilusión de burlar el olvido, como lo hizo la prima en su momento, y había quedado de acuerdo con el telegrafista de Fonseca para que mandara sus mensajes con el mayor sigilo. Por eso fue tan amarga su desilusión cuando supo que Fermina Daza había repudiado a Florentino Ariza. Además, Hildebranda tenía una concepción universal del amor, y pensaba que cualquier cosa que le pasara a uno afectaba a todos los amores del mundo entero. Sin embargo, no renunció al proyecto. Con una audacia que le causó a Fermina Daza una crisis de espanto, fue sola a la oficina del telégrafo con la disposición de ganarse el favor de Florentino Ariza.

No lo hubiera reconocido, pues no tenía ni un rasgo que correspondiera a la imagen que ella se había formado a través de Fermina Daza. A primera vista le pareció imposible que su prima hubiera estado a punto de enloquecer por aquel empleado casi invisible, con aires de perro apaleado, cuyo atuendo de rabino en desgracia y cuyas maneras solemnes no podían alterar el corazón de nadie. Pero muy pronto se arrepintió de la primera impresión, pues Florentino Ariza se puso a su servicio incondicional sin saber quién era: no lo supo nunca. Nadie la hubiera entendido como él, así que no le exigió identificarse ni le pidió dirección alguna. Su solución fue muy simple: ella pasaría los miércoles en la tarde por la oficina del telégrafo para que él le entregara las respuestas en su mano, y nada más. Por otra parte, cuando él leyó el mensaje que Hildebranda llevaba escrito le preguntó si aceptaba una sugerencia, y ella estuvo de acuerdo. Florentino Ariza hizo primero unas correcciones entre líneas, las suprimió, las volvió a escribir, se quedó sin espacio, y al final rompió la hoja y escribió completo un mensaje distinto que a ella le pareció enternecedor. Cuando salió de la oficina del telégrafo, Hildebranda iba al borde de las lágrimas.

—Es feo y triste —le dijo a Fermina Daza—, pero es todo amor.

Lo que más llamó la atención de Hildebranda fue la soledad de la prima. Parecía, le dijo, una solterona de veinte años. Acostumbrada a una familia numerosa y dispersa, en casas donde nadie sabía a ciencia cierta cuántos vivían ni quiénes iban a comer cada vez, Hildebranda no podía imaginarse a una muchacha de su edad reducida al claustro de la vida privada. Así era: desde que se levantaba a las seis de la mañana, hasta que apagaba la luz del dormitorio, se consagraba a la pérdida del tiempo. La vida se le imponía desde fuera. Primero, con los últimos gallos, el hombre de la leche la despertaba con la aldaba del portón. Después tocaba la pescadera con el cajón de pargos moribundos en un lecho de algas, las palenqueras suntuosas con las hortalizas de María la Baja y las frutas de San Jacinto. Y después, durante todo el día, tocaban todos: los mendigos, las muchachas de las rifas, las hermanas de la caridad, el afilador con el caramillo, el que compraba botellas, el que compraba oro quebrado, el que compraba papel gaceta, las falsas gitanas que se ofrecían para leer el destino en las barajas, en las líneas de la mano, en el asiento del café, en las aguas de los lebrillos. A Gala Placidia se le iba la semana abriendo y cerrando el portón para decir que no, vuelva otro día, o gritando desde el balcón con el humor revuelto que no molesten más, carajo, que ya compramos todo lo que hacía falta. Había reemplazado a la tía Escolástica con tanto fervor y tanta gracia, que Fermina la confundía con ella hasta para quererla. Tenía obsesiones de esclava. Tan pronto como encontraba un rato libre se iba al cuarto de oficios para planchar la ropa blanca, la dejaba perfecta, la guardaba en los armarios con flores de espliego, y no sólo planchaba y doblaba la que acababa de lavar sino también la que hubiera perdido su esplendor por falta de uso. Con el mismo cuidado seguía manteniendo el vestuario de Fermina Sánchez, la madre de Fermina, muerta catorce años antes. Pero era Fermina Daza la que tomaba las decisiones. Ordenaba lo que había que comer, lo que había que comprar, lo que tenía que hacerse en cada caso, y en esa forma determinaba la vida de una casa que en realidad no tenía nada que determinar. Cuando acababa de lavar las jaulas y poner la comida a los pájaros, y de cuidar que nada les hiciera falta a las flores, se quedaba sin rumbo. Muchas veces, después de que fue expulsada del colegio, se quedó dormida en la siesta y no despertó hasta el día siguiente. Las clases de pintura no fueron más que una manera más entretenida de perder el tiempo.

Las relaciones con su padre carecían de afectos desde el exilio de la tía Escolástica, aunque ambos habían encontrado el modo de vivir juntos sin estorbarse. Cuando ella se levantaba, ya él se había ido a sus negocios. Pocas veces faltaba al rito del almuerzo, aunque casi nunca comía, pues le bastaba con los aperitivos y los entremeses gallegos del Café de la Parroquia. Tampoco cenaba: le dejaban su ración en la mesa, toda en un solo plato y tapada con otro, aunque sabían que él no se la comería hasta el día siguiente recalentada en el desayuno. Una vez por semana le daba a la hija el dinero de los gastos, que él calculaba muy bien y que ella administraba con rigor, pero atendía con gusto cualquier pedido que ella le hiciera para gastos imprevistos. Nunca le regateaba un cuartillo, nunca le pedía cuentas, pero ella se comportaba como si tuviera que rendirlas ante el tribunal del Santo Oficio. Nunca le había hablado de la índole y el estado de sus negocios, ni nunca la había llevado a conocer sus oficinas del puerto, que estaban en un sitio vedado a señoritas decentes aunque fueran acompañadas por sus padres. Lorenzo Daza no llegaba a su casa antes de las diez de la noche, que era la hora de la queda en las épocas menos críticas de las guerras. Permanecía hasta entonces en el Café de la Parroquia, jugando lo que fuera, porque era especialista en todos los juegos de salón, y además buen maestro. Siempre llegó a su casa en su sano juicio, sin despertar a la hija, a pesar de que se tomaba el primer anisado al despertar y seguía masticando el cabo del tabaco apagado y bebiendo copas espaciadas durante el día. Una noche, sin embargo, Fermina lo sintió entrar. Oyó sus pasos de cosaco en las escaleras, su resuello enorme en el corredor del segundo piso, sus golpes con la palma de la mano en la puerta del dormitorio. Ella le abrió, y por primera vez se asustó con su ojo torcido y el entorpecimiento de sus palabras.

—Estamos en la ruina —dijo él—. Ruina total, ya lo sabes.

Fue todo lo que dijo, y nunca más lo volvió a decir ni sucedió nada que indicara si había dicho la verdad, pero después de aquella noche Fermina Daza tomó conciencia de que estaba sola en el mundo. Vivía en un limbo social. Sus antiguas compañeras de colegio estaban en un cielo prohibido para ella, y mucho más después de la deshonra de la expulsión, pero tampoco era vecina de sus vecinos, porque éstos la habían conocido sin pasado y con el uniforme de la Presentación de la Santísima Virgen. El mundo de su padre era de traficantes y estibadores, de refugiados de guerras en la guarida pública del Café de la Parroquia, de hombres solos. En el último año, las clases de pintura la habían aliviado un poco de su reclusión, porque la maestra prefería las clases colectivas y solía llevar a otras alumnas al costurero. Pero eran muchachas de condiciones sociales dispersas y mal definidas, y para Fermina Daza no eran más que amigas prestadas cuyo afecto terminaba con cada clase. Hildebranda quería abrir la casa, ventilarla, traer los músicos y los cohetes y castillos de pólvora de su padre y hacer un baile de carnaval cuyos ventarrones arrasaran con el ánimo apolillado de la prima, pero muy pronto se dio cuenta de que sus propósitos eran inútiles. Por una razón simple: no había con quién.

En todo caso, fue ella quien la puso en la vida. Por las tardes, después de las clases de pintura, se hacía llevar a la calle para conocer la ciudad. Fermina Daza le enseñó el camino que hacía a diario con la tía Escolástica, el escaño del parquecito donde Florentino Ariza fingía leer para esperarla, las callejuelas por donde la seguía, los escondrijos de las cartas, el palacio siniestro donde estuvo la cárcel del Santo Oficio, y que luego había sido restaurado y convertido en el colegio de la Presentación de la Santísima Virgen, que ella odiaba con toda su alma. Subieron a la colina del cementerio de los pobres, donde Florentino Ariza tocaba el violín según el rumbo de los vientos para que ella lo escuchara en la cama, y desde allí vieron entera la ciudad histórica, los tejados rotos y los muros carcomidos, los escombros de las fortalezas entre los matorrales, el reguero de islas de la bahía, las barracas de miseria alrededor de las ciénagas, el Caribe inmenso.

La noche de Navidad fueron a la misa del gallo en la catedral. Fermina ocupó el lugar donde le llegaba mejor la música confidencial de Florentino Ariza, y le mostró a su prima el sitio exacto en que una noche como aquella había visto de cerca por primera vez sus ojos espantados. Se arriesgaron solas hasta el Portal de los Escribanos, compraron dulces, se entretuvieron en la tienda de papeles de fantasía, y Fermina Daza le señaló a la prima el lugar en que descubrió de golpe que su amor no era más que un espejismo. No se daba cuenta ella misma de que cada paso suyo desde la casa hasta el colegio, cada sitio de la ciudad, cada instante de su pasado reciente no parecían existir sino por gracia de Florentino Ariza. Hildebranda se lo hizo notar, pero ella no lo admitió, porque nunca hubiera admitido la realidad de que Florentino Ariza, para bien o para mal, era lo único que le había ocurrido en la vida.

Por esos días vino un fotógrafo belga que instaló su estudio en los altos del Portal de los Escribanos, y todo el que tuvo con qué pagarlo aprovechó la ocasión para hacerse un retrato. Fermina e Hildebranda fueron de las primeras. Vaciaron el ropero de Fermina Sánchez, se repartieron las ropas más vistosas, las sombrillas, los zapatos de fiesta, los sombreros, y se vistieron de damas del medio siglo. Gala Placidia las ayudó a ceñirse los corsés, las enseñó a moverse dentro de los armazones de alambre de los miriñaques, a calzarse los guantes, a abotonarse los botines de tacones altos. Hildebranda prefirió un sombrero de alas grandes con plumas de avestruz que le caían sobre la espalda. Fermina se puso uno más reciente, adornado con frutas de yeso pintado y flores de crinolina. Al final se burlaron de sí mismas cuando se vieron en el espejo tan parecidas a los daguerrotipos de las abuelas, y se fueron felices, muertas de risa, a que les hicieran la foto de sus vidas. Gala Placidia las vio desde el balcón atravesando el parque con las sombrillas abiertas, sosteniéndose como podían sobre los tacones y empujando los miriñaques con todo el cuerpo como andaderas de niños, y les echó la bendición para que Dios las ayudara en sus retratos.

Había un tumulto frente al estudio del belga, porque estaban fotografiando a Beny Centeno, que por aquellos días había ganado el campeonato de boxeo en Panamá. Estaba en pantalones de pelea, con los guantes puestos y la corona en la cabeza, y no fue fácil fotografiarlo porque debía permanecer en posición de asalto durante un minuto y respirando lo menos posible, pero tan pronto como alzaba la guardia sus fanáticos prorrumpían en ovaciones, y él no podía resistir la tentación de complacerlos exhibiendo sus artes. Cuando llegó el turno de las primas el cielo se había nublado y la lluvia parecía inminente, pero ellas se dejaron empolvar las caras con almidón y se apoyaron con tal naturalidad en una columna de alabastro, que lograron permanecer inmóviles por más tiempo del que parecía racional. Fue un retrato eterno. Cuando Hildebranda murió, casi centenaria en su hacienda de Flores de María, encontraron su copia bajo llave en el armario del dormitorio, escondida entre los pliegues de las sábanas perfumadas, junto con el fósil de un pensamiento en una carta borrada por los años. Fermina Daza tuvo siempre la suya muchos años en la primera hoja de un álbum de familia, de donde desapareció sin que se supiera cómo, ni cuándo, y llegó a manos de Florentino Ariza por una serie de casualidades inverosímiles cuando ya ambos pasaban de los sesenta años.

La plaza frente al Portal de los Escribanos estaba colmada hasta los balcones cuando Fermina e Hildebranda salieron del estudio del belga. Habían olvidado que tenían las caras blancas de almidón y los labios pintados de una pomada del color del chocolate, y que sus ropas no eran propias de la hora ni de la época. La calle las recibió con una rechifla de burla. Estaban arrinconadas, tratando de escapar al escarnio público, cuando se abrió paso por entre el tumulto el landó de los alazanes dorados. La rechifla cesó y los grupos hostiles se dispersaron. Hildebranda no había de olvidar jamás la primera visión del hombre que apareció en el estribo, su cubilete de raso, su chaleco de brocados, sus ademanes sabios, la dulzura de sus ojos, la autoridad de su presencia.

Aunque nunca lo había visto, lo reconoció de inmediato. Fermina Daza le había hablado de él, casi por casualidad y sin ningún interés, una tarde del mes anterior en que no quiso pasar por la casa del Marqués de Casalduero porque el landó de los caballos de oro estaba estacionado frente al portal. Le contó quién era el dueño y trató de explicarle las causas de su antipatía, aunque no le dijo una palabra de sus pretensiones. Hildebranda lo olvidó. Pero cuando lo identificó en la puerta del coche como una aparición de fábula, con un pie en tierra y otro en el estribo, no entendió los motivos de la prima.

—Háganme el favor de subir —les dijo el doctor Juvenal Urbino—. Las llevo adonde ordenen.

Fermina Daza inició un gesto de reticencia, pero ya Hildebranda había aceptado. El doctor Juvenal Urbino echó pie a tierra, y con la punta de los dedos, casi sin tocarla, la ayudó a subir en el coche. Fermina, sin más alternativas, subió después de ella, con la cara encendida por el bochorno.

La casa estaba a sólo tres cuadras. Las primas no se dieron cuenta de que el doctor Urbino se hubiera puesto de acuerdo con el cochero, pero debió ser así, porque el coche tardó más de media hora en llegar. Iban sentadas en el asiento principal, y él frente a ellas, de espaldas al sentido de la marcha del coche. Fermina volvió la cara hacia la ventana y se hundió en el vacío. Hildebranda, en cambio, estaba encantada, y el doctor Urbino más encantado aún con su encantamiento. Tan pronto como el coche se echó a andar, ella sintió el olor cálido del cuero natural de los asientos, la intimidad del interior capitonado, y dijo que le parecía un lugar bueno para quedarse a vivir. Muy pronto empezaron a reír, a cruzarse bromas de viejos amigos, y derivaron hacia un juego de ingenio en una jerigonza fácil, que consistía en intercalar entre cada sílaba una sílaba convencional. Fingían creer que Fermina no les entendía, aunque no sólo sabían que entendía sino que estaba pendiente de ellos, y por eso lo hacían. Al cabo de un momento, después de mucho reír, Hildebranda confesó que no podía soportar más el suplicio de los botines.

—Nada más fácil —dijo el doctor Urbino—. Vamos a ver quién termina primero.

Empezó a soltarse los cordones de las botas, e Hildebranda aceptó el reto. No le fue fácil, por el estorbo del corsé de varillas que no le permitía inclinarse, pero el doctor Urbino se demoró a propósito, hasta que ella sacó sus botines de debajo de la falda con una carcajada de triunfo, como si acabara de pescarlos en un estanque. Ambos miraron entonces a Fermina, y vieron su magnífico perfil de oropéndola más afilado que nunca contra el incendio del atardecer. Estaba tres veces furiosa: por la situación inmerecida en que se encontraba, por la conducta libertina de Hildebranda, y por la certeza de que el coche daba vueltas sin sentido para retardar la llegada. Pero Hildebranda estaba suelta de madrina.

—Ahora me doy cuenta —dijo— que lo que me estorbaba no eran los zapatos sino esta jaula de alambre.

El doctor Urbino comprendió que se refería al miriñaque, y atrapó la ocasión al vuelo. «Nada más fácil —dijo—. Quíteselo.» Con un rápido ademán de prestidigitador se sacó el pañuelo del bolsillo y se vendó los ojos.

—Yo no miro —dijo.

La venda hizo resaltar la pureza de sus labios entre la barba redonda y negra y los bigotes de puntas afiladas, y ella se sintió sacudida por un ramalazo de pánico. Miró a Fermina, y esta vez no la vio furiosa, sino aterrorizada de que ella fuera capaz de quitarse la falda. Hildebranda se puso seria y le preguntó en letras de mano: «¿Qué hacemos?». Fermina Daza le contestó en el mismo código que si no iban directo a su casa se arrojaría del coche en marcha.

—Estoy esperando —dijo el médico.

—Ya puede mirar —dijo Hildebranda.

El doctor Juvenal Urbino la encontró distinta al quitarse la venda, y comprendió que el juego había terminado, y había terminado mal. A una señal suya el cochero hizo girar el coche en redondo, y entró en el parque de Los Evangelios en el momento en que el farolero encendía las lámparas públicas. Todas las iglesias dieron el Ángelus. Hildebranda descendió de prisa, un poco turbada por la idea de haber disgustado a la prima y se despidió del médico con un apretón de manos sin ceremonias. Fermina la imitó, pero cuando trató de retirar la mano con el guante de raso, el doctor Urbino le apretó con fuerza el dedo del corazón.

—Estoy esperando su respuesta —le dijo.

Fermina dio entonces un tirón más fuerte, y el guante vacío quedó colgando en la mano del médico, pero no esperó a recuperarlo. Se acostó sin comer. Hildebranda, como si nada hubiera pasado, entró en el dormitorio después de cenar con Gala Placidia en la cocina, y comentó con su gracia natural los incidentes de la tarde. No disimuló su entusiasmo por el doctor Urbino, por su elegancia y su simpatía, y Fermina no le correspondió con ningún comentario, pero estaba repuesta de la contrariedad. A un cierto momento, Hildebranda confesó: cuando el doctor Juvenal Urbino se vendó los ojos y ella vio el resplandor de sus dientes perfectos entre sus labios rosados, había sentido un deseo irresistible de comérselo a besos. Fermina Daza se revolvió contra la pared y puso término a la conversación sin ánimo de ofender, más bien sonriente, pero con todo el corazón.

—¡Qué puta eres! —dijo.

Durmió a saltos, viendo al doctor Juvenal Urbino por todas partes, viéndolo reír, cantar, echando chispas de azufre por los dientes con los ojos vendados, burlándose de ella con una jerigonza sin reglas fijas en un coche distinto que subía hacia el cementerio de los pobres. Despertó mucho antes del amanecer, exhausta, y permaneció despierta con los ojos cerrados pensando en los años innumerables que todavía le faltaban por vivir. Después, mientras Hildebranda se bañaba, escribió una carta a toda prisa, la dobló a toda prisa, la metió a toda prisa en el sobre, y antes de que Hildebranda saliera del baño se la mandó con Gala Placidia al doctor Juvenal Urbino. Era una carta de las suyas, sin una letra de más ni de menos, en la cual sólo decía que sí, doctor, que hablara con su padre.

Cuando Florentino Ariza supo que Fermina Daza iba a casarse con un médico de alcurnia y fortuna, educado en Europa y con una reputación insólita a su edad, no hubo poder capaz de levantarlo de su postración. Tránsito Ariza hizo más que lo posible por consolarlo con recursos de novia cuando se dio cuenta de que había perdido el habla y el apetito y se pasaba las noches en claro llorando sin sosiego, y al cabo de una semana consiguió que comiera otra vez. Habló entonces con don León XII Loayza, el único sobreviviente de los tres hermanos, y sin decirle el motivo le suplicó que le diera al sobrino un empleo para hacer cualquier cosa en la empresa de navegación, siempre que fuera en un puerto perdido en la manigua de La Magdalena, donde no hubiera correo ni telégrafo, ni viera a nadie que le contara nada de esta ciudad de perdición. El tío no le dio el empleo por consideración con la viuda del hermano, que no soportaba ni la existencia simple del bastardo, pero le consiguió el puesto de telegrafista en la Villa de Leyva, una ciudad de ensueño a más de veinte jornadas y a casi tres mil metros de altura sobre el nivel de la Calle de las Ventanas.

Florentino Ariza no fue nunca muy consciente de aquel viaje medicinal. Había de recordarlo siempre, como todo lo que ocurrió en aquella época, a través de los cristales enrarecidos de su desventura. Cuando recibió el telegrama del nombramiento no pensó tomarlo siquiera en consideración, pero Lotario Thugut lo convenció con argumentos alemanes de que le esperaba un porvenir radiante en la administración pública. Le dijo: «El telégrafo es la profesión del futuro». Le regaló un par de guantes forrados por dentro con piel de conejo, un gorro estepario y un sobretodo con cuello de peluche probado en los eneros glaciales de Baviera. El tío León XII le regaló dos vestidos de paño y unas botas impermeables que habían sido del hermano mayor, y le dio un pasaje con camarote para el próximo buque. Tránsito Ariza redujo la ropa a las medidas de su hijo, que era menos corpulento que el padre y mucho más bajo que el alemán, y le compró medias de lana y calzoncillos de cuerpo entero para que no le faltara nada contra los rigores del páramo. Florentino Ariza, endurecido de tanto sufrir, asistía a los preparativos del viaje como hubiera asistido un muerto a los aprestos de sus honras fúnebres. No le dijo a nadie que se iba, no se despidió de nadie, con el hermetismo férreo con que sólo le reveló a la madre el secreto de su pasión reprimida, pero la víspera del viaje cometió a conciencia una locura última del corazón que bien pudo costarle la vida. Se puso a la media noche su traje de domingo, y tocó a solas bajo el balcón de Fermina Daza el valse de amor que había compuesto para ella, que sólo ellos dos conocían, y que fue durante tres años el emblema de su complicidad contrariada. Lo tocó murmurando la letra, con el violín bañado en lágrimas, y con una inspiración tan intensa que a los primeros compases empezaron a ladrar los perros de la calle, y luego los de la ciudad, pero después se fueron callando poco a poco por el hechizo de la música, y el valse terminó con un silencio sobrenatural. El balcón no se abrió, ni nadie se asomó a la calle, ni siquiera el sereno que casi siempre acudía con su candil tratando de medrar con las migajas de las serenatas. El acto fue un conjuro de alivio para Florentino Ariza, pues cuando guardó el violín en el estuche y se alejó por las calles muertas sin mirar hacia atrás, no sentía ya que se iba la mañana siguiente, sino que se había ido desde hacía muchos años con la disposición irrevocable de no volver jamás.

El buque, uno de los tres iguales de la Compañía Fluvial del Caribe, había sido rebautizado en homenaje al fundador: *Pío Quinto Loayza*. Era una casa flotante de dos pisos de madera sobre un casco de hierro, ancho y plano, con un calado máximo de cinco pies que le permitía sortear mejor los fondos variables del río. Los buques más antiguos habían sido fabricados en Cincinnati a mediados del siglo, con el modelo legendario de los que hacían el tráfico del Ohio y el Mississippi, y tenían a cada lado una rueda de propulsión movida por una caldera de leña. Como éstos, los buques de la Compañía Fluvial del Caribe tenían en la cubierta inferior, casi a ras del agua, las máquinas de vapor y las cocinas, y los grandes corrales de gallinero donde las tripulaciones colgaban las hamacas, entrecruzadas a distintos niveles. Tenían en el piso superior la cabina de mando, los camarotes del capitán y sus oficiales, y una sala de recreo y un comedor, donde los pasajeros notables eran invitados por lo menos una vez a cenar y a jugar barajas. En el piso intermedio tenían seis camarotes de primera clase a ambos lados de un pasadizo que servía de comedor común, y en la proa una sala de estar abierta sobre el río con barandales de madera bordada y pilares de hierro, donde colgaban de noche sus hamacas los pasajeros del montón. Pero a diferencia de los más antiguos, estos buques no tenían las paletas de propulsión a los lados, sino una enorme rueda en la popa con paletas horizontales debajo de los excusados sofocantes de la cubierta de pasajeros. Florentino Ariza no se había tomado la molestia de explorar el buque tan pronto como subió a bordo, un domingo de julio a las siete de la mañana, como lo hacían casi por instinto los que viajaban por primera vez. Sólo tomó conciencia de su nueva realidad al atardecer, navegando frente al caserío de Calamar, cuando fue a orinar en la popa y vio por el hueco del excusado la gigantesca rueda de tablones girando bajo sus pies con un estruendo volcánico de espumas y vapores ardientes.

No había viajado nunca. Llevaba un baúl de hojalata con la ropa del páramo, las novelas ilustradas que compraba en folletines mensuales y que él mismo cosía con tapas de cartón, y los libros de versos de amor que recitaba de memoria y estaban a punto de convertirse en polvo de tanto ser releídos. Había dejado el violín, que se identificaba demasiado con su desgracia, pero su madre lo había obligado a llevar el petate, que era un recado de dormir muy popular y práctico: una almohada, una sábana, una bacinilla de peltre y un toldo de punto para los mosquitos, y todo eso envuelto en una estera amarrada con dos cabuyas para colgar una hamaca en caso de urgencia. Florentino Ariza no quería llevarlo, pues pensaba que sería inútil en un camarote donde había servicio de camas tendidas, pero desde la primera noche tuvo que agradecer una vez más el buen sentido de su madre. En efecto, a última hora subió a bordo un pasajero vestido de etiqueta que había llegado en un barco de Europa aquella madrugada, y estaba acompañado por el gobernador de la provincia en persona. Quería proseguir el viaje de inmediato con su esposa y su hija, y con el criado de librea y los siete baúles con ribetes dorados que cupieron a duras penas por las escaleras. El capitán, un gigante de Curazao, logró conmover el sentido patriótico de los criollos para acomodar a los viajeros imprevistos. A Florentino Ariza le explicó en una tortilla de castellano y papiamento que el hombre de etiqueta era el nuevo ministro plenipotenciario de Inglaterra en viaje hacia la capital de la república, le recordó que aquel reino había aportado recursos decisivos para nuestra independencia del dominio español, y en consecuencia cualquier sacrificio era poco para que una familia de tan alta dignidad se sintiera en nuestra casa mejor que en la propia. Florentino Ariza, por supuesto, renunció al camarote.

Al principio no lo lamentó, pues el caudal del río era abundante en aquella época del año, y el buque navegó sin tropiezos las primeras dos noches. Después de la cena, a las cinco de la tarde, la tripulación repartía entre los pasajeros unos catres plegadizos con fondos de lona, y cada quien abría el suyo donde podía, lo arreglaba con los trapos de su petate y armaba encima el mosquitero de punto. Los que tenían hamacas las colgaban en el salón, y los que no tenían nada dormían sobre las mesas del comedor arropados con los manteles que no cambiaban más de dos veces durante el viaje. Florentino Ariza permanecía en vela la mayor parte de la noche, creyendo oír la voz de Fermina Daza en la brisa fresca del río, pastoreando la soledad con su recuerdo, oyéndola cantar en la respiración del buque que avanzaba con pasos de animal grande en las tinieblas, hasta que aparecían las primeras franjas rosadas en el horizonte y el nuevo día reventaba de pronto sobre pastizales desiertos y ciénagas de brumas. El viaje le parecía entonces una prueba más de la sabiduría de su madre, y se sintió con ánimos para sobrevivir al olvido.

Al cabo de tres días de buenas aguas, sin embargo, la navegación fue más difícil entre bancos de arena intempestivos y turbulencias engañosas. El río se volvió turbio y fue haciéndose cada vez más estrecho en una selva enmarañada de árboles colosales, donde sólo se encontraba de vez en cuando una choza de paja junto a las pilas de leña para la caldera de los buques. La algarabía de los loros y el escándalo de los micos invisibles parecían aumentar el bochorno del mediodía. Pero de noche había que amarrar el buque para dormir, y entonces se volvía insoportable hasta el hecho simple de estar vivo. Al calor y los zancudos se agregaba el tufo de las pencas de carne salada puestas a secar en los barandales. La mayoría de los pasajeros, sobre todo los europeos, abandonaban el pudridero de los camarotes y se pasaban la noche caminando por las cubiertas, espantando toda clase de alimañas con la misma toalla con que se secaban el sudor incesante, y amanecían exhaustos e hinchados por las picaduras.

Además, aquel año había estallado un episodio más de la guerra civil intermitente entre liberales y conservadores, y el capitán había tomado precauciones muy severas para el orden interno y la seguridad de los pasajeros. Tratando de evitar equívocos y provocaciones, prohibió la distracción favorita de los viajes de esos tiempos, que era disparar contra los caimanes que se asoleaban en los playones. Más adelante, cuando algunos pasajeros se dividieron en dos bandos enemigos en el curso de una discusión, hizo decomisar las armas de todos con el compromiso bajo palabra de devolverlas al término del viaje. Fue inflexible inclusive con el ministro británico, que desde el día siguiente de la partida amaneció vestido de cazador, con una carabina de precisión y una escopeta de dos cañones para matar tigres. Las restricciones se hicieron aún más drásticas arriba del puerto de Tenerife, donde se cruzaron con un buque que llevaba enarbolada la bandera amarilla de la peste. El capitán no pudo obtener ninguna información sobre aquel signo alarmante, porque el otro buque no respondió a sus señales. Pero ese mismo día encontraron otro que estaba cargando ganado para Jamaica, y éste informó que el buque con la bandera de la peste llevaba dos enfermos de cólera, y que la epidemia estaba haciendo estragos en el trayecto del río que aún les faltaba por navegar. Entonces se prohibió a los pasajeros abandonar el buque no sólo en los puertos siguientes, sino aun en los lugares despoblados donde arrimaba a cargar leña. De modo que el resto del viaje hasta el puerto final, que duró otros seis días, los pasajeros contrajeron hábitos carcelarios. Entre éstos, la contemplación perniciosa de un paquete de postales pornográficas holandesas que circuló de mano en mano sin que nadie supiera de dónde habían salido, aunque ningún veterano del río ignoraba que eran apenas un muestrario de la colección legendaria del capitán. Pero hasta esa distracción sin porvenir terminó por aumentar el hastío.

Florentino Ariza soportó los rigores del viaje con la paciencia mineral que desconsolaba a su madre y exasperaba a sus amigos. No alternó con nadie. Los días se le hacían fáciles sentado frente al barandal, viendo a los caimanes inmóviles asoleándose en los playones con las fauces abiertas para atrapar mariposas, viendo las bandadas de garzas asustadas que se alzaban de pronto en los pantanos, los manatíes que amamantaban sus crías con sus grandes tetas maternales y sorprendían a los pasajeros con sus llantos de mujer. En un mismo día vio pasar flotando tres cuerpos humanos, hinchados y verdes, con varios gallinazos encima. Pasaron primero los cuerpos de dos hombres, uno de ellos sin cabeza, y después el de una niña de pocos años cuyos cabellos de medusa se fueron ondulando en la estela del buque. Nunca supo, porque nunca se sabía, si eran víctimas del cólera o de la guerra, pero la tufarada nauseabunda contaminó en su memoria el recuerdo de Fermina Daza.

Siempre era así: cualquier acontecimiento, bueno o malo, tenía alguna relación con ella. De noche, cuando amarraban el buque y la mayoría de los pasajeros caminaban sin consuelo por las cubiertas, él repasaba casi de memoria los folletines ilustrados bajo la lámpara de carburo del comedor, que era la única encendida hasta el amanecer, y los dramas tantas veces releídos recobraban su magia original cuando él sustituía a los protagonistas imaginarios por conocidos suyos de la vida real, y se reservaba para sí y para Fermina Daza los papeles de amores imposibles. Otras noches le escribía cartas de zozobra, cuyos fragmentos esparcía después en las aguas que corrían sin cesar hacia ella. Así se le iban las horas más duras, encarnado a veces en un príncipe tímido o en un paladín del amor, y otras veces en su propio pellejo escaldado de amante en el olvido, hasta que se alzaban las primeras brisas y se iba a dormitar sentado en las poltronas del barandal.

Una noche que interrumpió la lectura más temprano que de costumbre, se dirigía distraído a los retretes cuando una puerta se abrió a su paso en el comedor desierto, y una mano de halcón lo agarró por la manga de la camisa y lo encerró en un camarote. Apenas si alcanzó a sentir el cuerpo sin edad de una mujer desnuda en las tinieblas, empapada en un sudor caliente y con la respiración desaforada, que lo empujó bocarriba en la litera, le abrió la hebilla del cinturón, le soltó los botones y se descuartizó a sí misma acaballada encima de él, y lo despojó sin gloria de la virginidad. Ambos cayeron agonizando en el vacío de un abismo sin fondo oloroso a marisma de camarones. Ella yació después un instante sobre él, resollando sin aire, y dejó de existir en la oscuridad.

—Ahora, váyase y olvídelo —le dijo—. Esto no sucedió nunca.

El asalto había sido tan rápido y triunfal que no podía entenderse como una locura súbita del tedio, sino como el fruto de un plan elaborado con todo su tiempo y hasta en sus pormenores minuciosos. Esta certidumbre halagadora aumentó la ansiedad de Florentino Ariza, que en la cúspide del gozo había sentido una revelación que no podía creer, que inclusive se negaba a admitir, y era que el amor ilusorio de Fermina Daza podía ser sustituido por una pasión terrenal. Fue así como se empeñó en descubrir la identidad de la violadora maestra en cuyo instinto de pantera encontraría quizás el remedio para su desventura. Pero no lo consiguió. Al contrario, cuanto más profundizaba en el escrutinio más lejos se sentía de la verdad.

El asalto había sido en el último camarote, pero éste estaba comunicado con el penúltimo por una puerta intermedia, de modo que los dos se convertían en un dormitorio familiar con cuatro literas. Allí viajaban dos mujeres jóvenes, otra bastante mayor pero de muy buen ver, y un niño de pocos meses. Se habían embarcado en Barranco de Loba, el puerto donde se recogía la carga y el pasaje de la ciudad de Mompox desde que ésta quedó al margen de los itinerarios de vapores por las veleidades del río, y Florentino Ariza se había fijado en ellas sólo porque llevaban al niño dormido dentro de una gran jaula de pájaros.

Viajaban vestidas como en los transatlánticos de moda, con polisones bajo las faldas de seda, con golas de encaje y sombreros de alas grandes adornadas con flores de crinolina, y las dos menores se cambiaban el atuendo completo varias veces al día, de modo que parecían llevar consigo su propio ámbito primaveral, mientras los otros pasajeros se ahogaban de calor. Las tres eran diestras en el manejo de las sombrillas y los abanicos de plumas, pero con los propósitos indescifrables de las momposinas de la época. Florentino Ariza no logró precisar siquiera la relación entre ellas, aunque sin duda eran de una misma familia. Al principio pensó que la mayor podía ser la madre de las otras, pero luego cayó en la cuenta de que no tenía bastante edad para serlo, y además guardaba un medio luto que las otras no compartían. No concebía que una de ellas se hubiera atrevido a hacer lo que hizo mientras las otras durmieran en las literas contiguas, y la única suposición razonable era que aprovechara un momento casual, o quizás concertado, en que se quedó sola en el camarote. Comprobó que a veces salían dos a tomar el fresco hasta muy tarde mientras la tercera se quedaba cuidando al niño, pero una noche de más calor salieron las tres juntas con el niño dormido en la jaula de mimbre cubierta con un toldo de gasa.

A pesar de aquel embrollo de indicios, Florentino Ariza se apresuró a descartar la posibilidad de que la mayor de las tres fuera la autora del asalto, y en seguida absolvió también a la menor, que era la más bella y atrevida. Lo hizo sin razones válidas, sólo porque la vigilancia ansiosa de las tres lo había inducido a dar por cierto su deseo entrañable de que la amante instantánea fuera la madre del niño enjaulado. Tanto lo sedujo esa suposición, que empezó a pensar en ella con más intensidad que en Fermina Daza, sin importarle la evidencia de que aquella madre reciente sólo vivía para el niño. No tenía más de veinticinco años, y era esbelta y dorada, con unos párpados portugueses que la hacían más distante, y a cualquier hombre le hubiera bastado con sólo las migajas de la ternura que ella le prodigaba al hijo. Desde el desayuno hasta la hora de acostarse se ocupaba de él en el salón, mientras las otras jugaban damas chinas, y cuando lograba dormirlo colgaba del techo la jaula de mimbre en el lado más fresco del barandal. Pero ni aun cuando estaba dormido se desentendía de él, sino que mecía la jaula cantando entre dientes canciones de novia, mientras sus pensamientos volaban por encima de las penurias del viaje. Florentino Ariza se aferró a la ilusión de que tarde o temprano sería delatada aunque fuera por un gesto. Vigilaba hasta los cambios de su respiración en el ritmo del relicario que llevaba colgado sobre la blusa de batista, mirándola sin disimulos por encima del libro que fingía leer, e incurrió en la impertinencia calculada de cambiar de sitio en el comedor para quedar frente a ella. Pero no consiguió ni un indicio ínfimo de que fuera en realidad la depositaria de la otra mitad de su secreto. Lo único que le quedó de ella, porque su compañera menor la llamó, fue el nombre sin apellido: Rosalba.

Al octavo día el buque navegó a duras penas por un estrecho turbulento encajonado entre cantiles de mármol, y después del almuerzo amarró en Puerto Nare. Allí debían quedarse los pasajeros que seguirían el viaje hacia el interior de la provincia de Antioquia, una de las más afectadas por la nueva guerra civil. El puerto estaba formado por media docena de chozas de palma y una bodega de madera con techo de cinc, y estaba protegido por varias patrullas de soldados descalzos y mal armados, porque se tenían noticias de un plan de los insurrectos para saquear los buques. Detrás de las casas se alzaba hasta el cielo un promontorio de montañas agrestes con una cornisa de herradura tallada a la orilla del precipicio. Nadie durmió tranquilo a bordo, pero el ataque no se produjo durante la noche, y el puerto amaneció transformado en una feria dominical, con indios que vendían amuletos de tagua y bebedizos de amor, en medio de las recuas preparadas para emprender el ascenso de seis días hasta las selvas de orquídeas de la cordillera central.

Florentino Ariza se había entretenido viendo el descargue del buque a lomo de negro, había visto bajar los guacales de loza china, los pianos de cola para las solteras de Envigado, y sólo advirtió demasiado tarde que entre los pasajeros que se quedaban estaba el grupo de Rosalba. Las vio cuando ya iban montadas de medio lado, con botas de amazonas y sombrillas de colores ecuatoriales, y entonces dio el paso que no se había atrevido a dar en los días anteriores: le hizo a Rosalba un adiós con la mano, y las tres le contestaron del mismo modo, con una familiaridad que le dolió en las entrañas por su audacia tardía. Las vio dar la vuelta por detrás de la bodega, seguidas por las mulas cargadas con los baúles, las cajas de sombreros y la jaula del niño, y poco después las vio trepando como una fila de hormiguitas arrieras al borde del abismo, y desaparecieron de su vida. Entonces se sintió solo en el mundo, y el recuerdo de Fermina Daza, que había permanecido al acecho en los últimos días, le asestó el zarpazo mortal.

Sabía que iba a casarse en una boda de estruendo y el ser que más la amaba y había de amarla hasta siempre no tendría ni siquiera el derecho de morirse por ella. Los celos, hasta entonces ahogados en llanto, se hicieron dueños de su alma. Rogaba a Dios que la centella de la justicia divina fulminara a Fermina Daza cuando se dispusiera a jurar amor y obediencia a un hombre que sólo la quería para esposa como un adorno social, y se extasiaba en la visión de la novia, suya o de nadie, tendida bocarriba sobre las losas de la catedral con los azahares nevados por el rocío de la muerte, y el torrente de espuma del velo sobre los mármoles funerarios de catorce obispos sepultados frente al altar mayor. Sin embargo, una vez consumada la venganza, se arrepentía de su propia maldad, y entonces veía a Fermina Daza levantándose con el aliento intacto, ajena pero viva, porque no le era posible imaginarse el mundo sin ella. No volvió a dormir, y si a veces se sentaba a picar cualquier cosa era por la ilusión de que Fermina Daza estuviera en la mesa, o al contrario, para negarle el homenaje de ayunar por ella. A veces se consolaba con la certidumbre de que en la embriaguez de la fiesta de bodas, y aun en las noches febriles de la luna de miel, Fermina Daza había de padecer un instante, uno al menos, pero uno de todos modos, en que se alzara en su conciencia el fantasma del novio burlado, humillado, escupido, y le echara a perder la felicidad.

La víspera de la llegada al puerto de Caracolí, que era el término del viaje, el capitán ofreció la fiesta tradicional de despedida, con una orquesta de viento formada por los miembros de la tripulación, y fuegos de artificios de colores desde la cabina de mando. El ministro de la Gran Bretaña había sobrevivido a la odisea con un estoicismo ejemplar, cazando con la cámara fotográfica los animales que no le permitían matar con escopetas, y no hubo una noche en que no se le viera de etiqueta en el comedor. Pero en la fiesta final apareció con el traje escocés del clan MacTavish, y tocó la gaita a placer y enseñó a todo el que quiso a bailar sus danzas nacionales, y antes del amanecer tuvieron que llevarlo casi a rastras al camarote. Florentino Ariza, postrado de dolor, se había ido al rincón más apartado de la cubierta donde no le llegaran ni las noticias de la parranda, y se echó encima el abrigo de Lotario Thugut tratando de resistir el escalofrío de los huesos. Había despertado a las cinco de la mañana, como despierta el condenado a muerte en la madrugada de la ejecución, y en todo el día no había hecho nada más que imaginar minuto a minuto cada una de las instancias de la boda de Fermina Daza. Más tarde, cuando regresó a casa, se dio cuenta de que había equivocado las fechas y de que todo había sido distinto de como él se lo imaginaba, y hasta tuvo el buen sentido de reírse de su fantasía.

Pero en todo caso fue un sábado de pasión que culminó con una nueva crisis de fiebre, cuando le pareció que era el momento en que los recién casados se estaban fugando en secreto por una puerta falsa para entregarse a las delicias de la primera noche. Alguien que lo vio tiritando de calentura le dio el aviso al capitán, y éste abandonó la fiesta con el médico de a bordo temiendo que fuera un caso de cólera, y el médico lo mandó por precaución al camarote de cuarentena con una buena carga de bromuros. Al día siguiente, sin embargo, cuando avistaron los farallones de Caracolí, la fiebre había desaparecido y tenía el ánimo exaltado, porque en el marasmo de los sedantes había resuelto de una vez y sin más trámites que mandaba al carajo el radiante porvenir del telégrafo y regresaba en el mismo buque a su vieja Calle de las Ventanas.

No le fue difícil que lo llevaran de regreso a cambio del camarote que él había cedido al representante de la reina Victoria. El capitán trató de disuadirlo también con el argumento de que el telégrafo era la ciencia del futuro. Tanto era así, le dijo, que ya se estaba inventando un sistema para instalarlo en los buques. Pero él resistió a todo argumento, y el capitán terminó por llevarlo de regreso, no por la deuda del camarote, sino porque conocía sus vínculos reales con la Compañía Fluvial del Caribe.

El viaje de bajada se hizo en menos de seis días, y Florentino Ariza se sintió de nuevo en casa propia desde que entraron de madrugada en la laguna de las Mercedes, y vio el reguero de luces de las canoas pesqueras ondulando en la resaca del buque. Era todavía noche cuando atracaron en la ensenada del Niño Perdido, que era el último puerto de los vapores fluviales, a nueve leguas de la bahía, antes de que dragaran y pusieran en servicio el antiguo paso español. Los pasajeros tendrían que esperar hasta las seis de la mañana para abordar la flotilla de chalupas de alquiler que habían de llevarlos hasta su destino final. Pero Florentino Ariza estaba tan ansioso que se fue desde mucho antes en la chalupa del correo, cuyos empleados lo reconocían como uno de los suyos. Antes de abandonar el buque cedió a la tentación de un acto simbólico: tiró al agua el petate, y lo siguió con la mirada por entre las antorchas de los pescadores invisibles, hasta que salió de la laguna y desapareció en el océano. Estaba seguro de que no iba a necesitarlo en el resto de sus días. Nunca más, porque nunca más había de abandonar la ciudad de Fermina Daza.

La bahía era un remanso al amanecer. Por encima de la bruma flotante, Florentino Ariza vio la cúpula de la catedral dorada por las primeras luces, vio los palomares en las azoteas, y orientándose por ellos localizó el balcón del palacio del Marqués de Casalduero, donde suponía que la mujer de su desventura dormitaba todavía apoyada sobre el hombro del esposo saciado. Esa suposición lo desgarró, pero no hizo nada por reprimirla, sino todo lo contrario: se complació en el dolor. El sol empezaba a calentar cuando la chalupa del correo se abrió paso por entre el laberinto de veleros anclados, donde los olores innumerables del mercado público, revueltos con la podredumbre del fondo, se confundían en una sola pestilencia. La goleta de Riohacha acababa de llegar, y las cuadrillas de estibadores con el agua a la cintura recibían a los pasajeros en la borda y los llevaban cargados hasta la orilla. Florentino Ariza fue el primero en saltar a tierra desde la chalupa del correo, y desde entonces no sintió más la fetidez de la bahía sino el olor personal de Fermina Daza en el ámbito de la ciudad. Todo olía a ella.

No volvió a la oficina del telégrafo. Su preocupación única parecían ser los folletines de amor y los volúmenes de la Biblioteca Popular que su madre seguía comprándole, y que él leía y volvía a leer tumbado en una hamaca hasta aprenderlos de memoria. No preguntó siquiera dónde estaba el violín. Reanudó los contactos con sus amigos más cercanos, y a veces jugaban al billar o conversaban en los cafés al aire libre bajo los arcos de la Plaza de la Catedral, pero no volvió a los bailes de los sábados: no podía concebirlos sin ella.

La misma mañana en que regresó del viaje inconcluso se enteró de que Fermina Daza estaba pasando la luna de miel en Europa, y su corazón aturdido dio por hecho que se quedaría a vivir allá, si no para siempre, sí por muchos años. Esta certidumbre le infundió las primeras esperanzas de olvido. Pensaba en Rosalba cuyo recuerdo se hacía más ardiente a medida que se apaciguaban los otros. Fue por esa época que se dejó crecer el bigote de punteras engomadas que no había de quitarse en el resto de su vida, y le cambió el modo de ser, y la idea de la sustitución del amor lo metió por caminos imprevistos. El olor de Fermina Daza se fue haciendo poco a poco menos frecuente e intenso, y por último sólo quedó en las gardenias blancas.

Andaba al garete, sin saber por dónde continuar la vida, una noche de guerra en que la célebre viuda de Nazaret se refugió aterrada en su casa, porque la suya había sido destruida por un cañonazo, durante el sitio del general rebelde Ricardo Gaitán Obeso. Fue Tránsito Ariza la que agarró la ocasión al vuelo y mandó a la viuda para el dormitorio del hijo, con el pretexto de que en el suyo no había lugar, pero en realidad con la esperanza de que otro amor lo curara del que no lo dejaba vivir. Florentino Ariza no había vuelto a hacer el amor desde que fue desvirginizado por Rosalba en el camarote del buque, y le pareció natural, en una noche de emergencia, que la viuda durmiera en la cama y él en la hamaca. Pero ya ella había decidido por él. Sentada en el borde de la cama donde Florentino Ariza estaba acostado sin saber qué hacer, empezó a hablarle de su dolor inconsolable por el marido muerto tres años antes, y mientras tanto iba quitándose de encima y arrojando por los aires los crespones de la viudez, hasta que no le quedó puesto ni el anillo de bodas. Se quitó la blusa de tafetán con bordados de mostacilla, y la arrojó a través del cuarto en la poltrona del rincón, tiró el corpiño por encima del hombro hasta el otro lado de la cama, se quitó de un solo tirón la falda talar con el pollerín de volantes, la faja de raso del liguero y las fúnebres medias de seda, y lo esparció todo por el piso, hasta que el cuarto quedó tapizado con las últimas piltrafas de su duelo. Lo hizo con tanto alborozo, y con unas pausas tan bien medidas, que cada gesto suyo parecía celebrado por los cañonazos de las tropas de asalto, que estremecían la ciudad hasta los cimientos. Florentino Ariza trató de ayudarla a soltar el broche del ajustador, pero ella se le anticipó con una maniobra diestra, pues en cinco años de devoción matrimonial había aprendido a bastarse de sí misma en todos los trámites del amor, incluso sus preámbulos, sin ayuda de nadie. Por último se quitó los calzones de encaje, haciéndolos resbalar por las piernas con un movimiento rápido de nadadora, y se quedó en carne viva.

Tenía veintiocho años y había parido tres veces, pero su desnudez conservaba intacto el vértigo de soltera. Florentino Ariza no había de entender nunca cómo unas ropas de penitente habían podido disimular los ímpetus de aquella potranca cerrera que lo desnudó sofocada por su propia fiebre, como no podía hacerlo con el esposo para que no la creyera una corrompida, y que trató de saciar en un solo asalto la abstinencia férrea del duelo, con el aturdimiento y la inocencia de cinco años de fidelidad conyugal. Antes de esa noche, y desde la hora de gracia en que su madre la parió, no había estado nunca ni siquiera en la misma cama con un hombre distinto del esposo muerto.

No se permitió el mal gusto de un remordimiento. Al contrario. Desvelada por las bolas de candela que pasaban zumbando sobre los tejados, siguió evocando hasta el amanecer las excelencias del marido, sin reprocharle otra deslealtad que la de haberse muerto sin ella, y redimida por la certidumbre de que nunca había sido tan suyo como lo era entonces, dentro de un cajón clavado con doce clavos de tres pulgadas, y a dos metros debajo de la tierra.

—Soy feliz —dijo— porque sólo ahora sé con seguridad dónde está cuando no está en la casa.

Aquella noche se quitó el luto, de un solo golpe, sin pasar por el intermedio ocioso de las blusas de florecitas grises, y su vida se llenó de canciones de amor y trajes provocativos de guacamayas y mariposas pintadas, y empezó a repartir el cuerpo a todo el que quisiera pedírselo. Derrotadas las tropas del general Gaitán Obeso, al cabo de sesenta y tres días de sitio, ella reconstruyó la casa desfondada por el cañonazo, y le hizo una hermosa terraza de mar sobre las escolleras, donde en tiempos de borrasca se ensañaba la furia del oleaje. Ese fue su nido de amor, como ella lo llamaba sin ironía, donde sólo recibió a quien fue de su gusto, cuando quiso y como quiso, y sin cobrar a nadie ni un cuartillo, porque consideraba que eran los hombres los que le hacían el favor. En casos muy contados aceptaba un regalo, siempre que no fuera de oro, y era de manejos tan hábiles que nadie hubiera podido mostrar una evidencia terminante de su conducta impropia. Sólo en una ocasión estuvo al borde del escándalo público, cuando corrió el rumor de que el arzobispo Dante de Luna no había muerto por accidente con un plato de hongos equivocados, sino que se los comió a conciencia, porque ella lo amenazó con degollarse si él persistía en sus asedios sacrílegos. Nadie le preguntó si era cierto, ni nunca habló de eso, ni cambió nada en su vida. Era, según ella decía muerta de risa, la única mujer libre de la provincia.

La viuda de Nazaret no faltó nunca a las citas ocasionales de Florentino Ariza, ni aun en sus tiempos más atareados, y siempre fue sin pretensiones de amar ni ser amada, aunque siempre con la esperanza de encontrar algo que fuera como el amor, pero sin los problemas del amor. Algunas veces era él quien iba a su casa, y entonces les gustaba quedarse empapados de espuma de salitre en la terraza del mar, contemplando el amanecer del mundo entero en el horizonte. Él puso todo su empeño en enseñarle las trapisondas que había visto hacer a otros por los agujeros del hotel de paso, así como las fórmulas teóricas pregonadas por Lotario Thugut en sus noches de juerga. La incitó a dejarse ver mientras hacían el amor, a cambiar la posición convencional del misionero por la de la bicicleta de mar, o del pollo a la parrilla, o del ángel descuartizado, y estuvieron a punto de romperse la vida al reventarse los hicos cuando trataban de inventar algo distinto en una hamaca. Fueron lecciones estériles. Pues la verdad es que ella era una aprendiza temeraria, pero carecía del talento mínimo para la fornicación dirigida. Nunca entendió los encantos de la serenidad en la cama, ni tuvo un instante de inspiración, y sus orgasmos eran inoportunos y epidérmicos: un polvo triste. Florentino Ariza vivió mucho tiempo en el engaño de ser el único, y ella se complacía en que lo creyera, hasta que tuvo la mala suerte de hablar dormida. Poco a poco, oyéndola dormir, él fue recomponiendo a pedazos la carta de navegación de sus sueños, y se metió por entre las islas numerosas de su vida secreta. Así se enteró de que ella no pretendía casarse con él, pero se sentía ligada a su vida por la gratitud inmensa de que la hubiera pervertido. Muchas veces se lo dijo:

—Te adoro porque me volviste puta.

Dicho de otro modo, no le faltaba razón. Florentino Ariza la había despojado de la virginidad de un matrimonio convencional, que era más perniciosa que la virginidad congénita y la abstinencia de la viudez. Le había enseñado que nada de lo que se haga en la cama es inmoral si contribuye a perpetuar el amor. Y algo que había de ser desde entonces la razón de su vida: la convenció de que uno viene al mundo con sus polvos contados, y los que no se usan por cualquier causa, propia o ajena, voluntaria o forzosa, se pierden para siempre. El mérito de ella fue tomarlo al pie de la letra. Sin embargo, porque creía conocerla mejor que nadie, Florentino Ariza no podía entender por qué era tan solicitada una mujer de recursos tan pueriles, que además no paraba de hablar en la cama de su congoja por el esposo muerto. La única explicación que se le ocurrió, y que nadie pudo desmentir, fue que a la viuda de Nazaret le sobraba en ternura lo que le faltaba en artes marciales. Empezaron a verse con menos frecuencia a medida que ella ensanchaba sus dominios, y a medida que él exploraba los suyos tratando de encontrar alivio a sus viejas dolencias en otros corazones desperdigados, y por fin se olvidaron sin dolor.

Fue el primer amor de cama de Florentino Ariza. Pero en vez de haber hecho con ella una unión estable, como su madre lo soñaba, ambos lo aprovecharon para lanzarse a la vida. Florentino Ariza desarrolló métodos que parecían inverosímiles en un hombre como él, taciturno y escuálido, y además vestido como un anciano de otro tiempo. Sin embargo, tenía dos ventajas a su favor. Una era un ojo certero para conocer de inmediato a la mujer que lo esperaba, así fuera en medio de una muchedumbre, y aun así la cortejaba con cautela, pues sentía que nada causaba más vergüenza ni era más humillante que una negativa. La otra ventaja era que ellas lo identificaban de inmediato como un solitario necesitado de amor, un menesteroso de la calle con una humildad de perro apaleado que las rendía sin condiciones, sin pedir nada, sin esperar nada de él, aparte de la tranquilidad de conciencia de haberle hecho el favor. Eran sus únicas armas, y con ellas libró batallas históricas pero de un secreto absoluto, que fue registrando con un rigor de notario en un cuaderno cifrado, reconocible entre muchos con un título que lo decía todo: *Ellas*. La primera anotación la hizo con la viuda de Nazaret. Cincuenta años más tarde, cuando Fermina Daza quedó libre de su condena sacramental, tenía unos veinticinco cuadernos con seiscientos veintidós registros de amores continuados, aparte de las incontables aventuras fugaces que no merecieron ni una nota de caridad.

El propio Florentino Ariza estaba convencido al

cabo de seis meses de amores desaforados con la viuda de Nazaret, de que había logrado sobrevivir al tormento de Fermina Daza. No sólo lo creyó, sino que lo comentó varias veces con Tránsito Ariza durante los casi dos años que duró el viaje de bodas, y siguió creyéndolo con un sentimiento de liberación sin fronteras, hasta un domingo de su mala estrella en que la vio de pronto sin ningún anuncio del corazón, cuando salía de la misa mayor del brazo de su marido y asediada por la curiosidad y los halagos de su nuevo mundo. Las mismas damas de alcurnia que al principio la menospreciaban y se burlaban de ella por ser una advenediza sin nombre, se desvivían porque se sintiera como una de las suyas, y ella las embriagaba con su encanto. Había asumido con tanta propiedad su condición de esposa mundana, que Florentino Ariza necesitó un instante de reflexión para reconocerla. Era otra: la compostura de persona mayor, los botines altos, el sombrero de velillo con una pluma de colores de algún pájaro oriental, todo en ella era distinto y fácil, como si todo fuera suyo desde su origen. La encontró más bella y juvenil que nunca, pero irrecuperable, como nunca, aunque no comprendió la razón hasta no ver la curva de su vientre bajo la túnica de seda: estaba encinta de seis meses. Sin embargo, lo que más lo impresionó fue que ella y su marido formaban una pareja admirable, y ambos manejaban el mundo con tanta fluidez que parecían flotar por encima de los escollos de la realidad. Florentino Ariza no sintió celos ni rabia, sino un gran desprecio de sí mismo. Se sintió pobre, feo, inferior, y no sólo indigno de ella sino de cualquier otra mujer sobre la tierra.

Así que había vuelto. Regresaba sin ningún motivo para arrepentirse del vuelco que le había dado a su vida. Al contrario: cada vez tuvo menos, sobre todo después de sobrevivir a la cuesta de los primeros años. Más meritorio aún en el caso de ella, que había llegado a la noche de bodas todavía con las brumas de la inocencia. Había empezado a perderla en el curso de su viaje por la provincia de la prima Hildebranda. En Valledupar entendió por fin por qué los gallos correteaban a las gallinas, presenció la ceremonia brutal de los burros, vio nacer los terneros, y oyó hablar a las primas con naturalidad de cuáles parejas de la familia seguían haciendo el amor y cuáles y cuándo y por qué habían dejado de hacerlo aunque siguieran viviendo juntas. Fue entonces cuando se inició en los amores solitarios, con la rara sensación de estar descubriendo algo que sus instintos sabían desde siempre, primero en la cama, con el aliento amordazado para no delatarse en el dormitorio compartido con media docena de primas, y después a dos manos tumbada a la bartola en el piso del baño, con el pelo suelto y fumando sus primeras calillas de arriero. Siempre lo hizo con unas dudas de conciencia que sólo logró superar después de casada, y siempre en un secreto absoluto, mientras que las primas alardeaban entre ellas no sólo de la cantidad de veces en un día, sino incluso de la forma y el tamaño de sus orgasmos. Sin embargo, a pesar del embrujo de aquellos ritos iniciales, siguió arrastrando la creencia de que la pérdida de la virginidad era un sacrificio sangriento.

De modo que su fiesta de bodas, una de las más ruidosas de las postrimerías del siglo pasado, transcurrió para ella en las vísperas del horror. La angustia de la luna de miel la afectó mucho más que el escándalo social por el matrimonio con un galán como no había dos en esos años. Desde que empezaron a correr las amonestaciones en la misa mayor de la catedral, Fermina Daza volvió a recibir esquelas anónimas, algunas con amenazas de muerte, pero apenas si las veía pasar, pues todo el miedo de que era capaz lo tenía ocupado por la inminencia de la violación. Era el modo correcto de tratar los anónimos, aunque ella no lo hiciera a propósito, en una clase acostumbrada por las burlas históricas a bajar la cabeza ante los hechos cumplidos. Así que todo cuanto le era adverso se iba poniendo de parte suya a medida que la boda se sabía irrevocable. Ella lo notaba en los cambios graduales del cortejo de mujeres lívidas, degradadas por la artritis y los resentimientos, que un día se convencían de la vanidad de sus intrigas y aparecían sin anunciarse en el parquecito de Los Evangelios, como si fuera en la propia casa, cargadas de recetas de cocina y de regalos augurales. Tránsito Ariza conocía aquel mundo, aunque sólo esa vez lo sufrió en carne propia, y sabía que sus clientas reaparecían en vísperas de las fiestas grandes a pedirle el favor de que desenterrara sus múcuras y les prestara las joyas empeñadas, por sólo veinticuatro horas, mediante el pago de un interés adicional. Hacía mucho tiempo que no ocurría como esa vez, que las múcuras se quedaron vacías para que las señoras de apellidos largos abandonaran sus santuarios de sombras y aparecieran radiantes, con sus propias joyas prestadas, en una boda como no se vio otra de tanto esplendor en el resto del siglo, y cuya gloria final fue el padrinazgo del doctor Rafael Núñez, tres veces presidente de la república, filósofo, poeta y autor de la letra del Himno Nacional, según podía aprenderse desde entonces en algunos diccionarios recientes. Fermina Daza llegó al altar mayor de la catedral del brazo de su padre, a quien el traje de etiqueta le infundió por un día un aire equívoco de respetabilidad. Se casó para siempre frente al altar mayor de la catedral en una misa concelebrada por tres obispos, a las once de la mañana del día de gloria de la Santísima Trinidad, y sin un pensamiento de caridad para Florentino Ariza, que a esa hora deliraba de fiebre, muriéndose por ella, en la intemperie de un buque que no había de llevarlo al olvido. Durante la ceremonia, y después en la fiesta, mantuvo una sonrisa que parecía fijada con albayalde, un gesto sin alma que algunos interpretaron como la sonrisa de burla de la victoria, pero que en realidad era un pobre recurso para disimular su terror de virgen recién casada.

Por fortuna, las circunstancias imprevistas, junto con la comprensión del marido, resolvieron sus tres primeras noches sin dolor. Fue providencial. El barco de la Compagnie Générale Transatlantique, con el itinerario trastornado por el mal tiempo del Caribe, anunció con sólo tres días de anticipación que adelantaba la salida en veinticuatro horas, de modo que no zarparía para La Rochelle al día siguiente de la boda, como estaba previsto desde hacía seis meses, sino la misma noche. Nadie creyó que aquel cambio no fuera una más de las tantas sorpresas elegantes de la boda, pues la fiesta terminó después de la medianoche a bordo del transatlántico iluminado, con una orquesta de Viena que estrenaba en aquel viaje los valses más recientes de Johann Strauss. De modo que los varios padrinos ensopados en champaña fueron arrastrados a tierra por sus esposas atribuladas, cuando ya andaban preguntando a los camareros si no habría camarotes disponibles para seguir la parranda hasta París. Los últimos que desembarcaron vieron a Lorenzo Daza frente a las cantinas del puerto, sentado en el suelo en plena calle y con el traje de etiqueta en piltrafas. Lloraba a grito pelado, como lloran los árabes a sus muertos, sentado sobre un reguero de aguas podridas que bien pudo haber sido un charco de lágrimas.

Ni en la primera noche de mala mar, ni en las siguientes de navegación apacible, ni nunca en su muy larga vida matrimonial ocurrieron los actos de barbarie que temía Fermina Daza. La primera, a pesar del tamaño del barco y los lujos del camarote, fue una repetición horrible de la goleta de Riohacha, y su marido fue un médico servicial que no durmió un instante para consolarla, que era lo único que un médico demasiado eminente sabía hacer contra el mareo. Pero la borrasca amainó al tercer día, después del puerto de la Guayra, y ya para entonces habían estado juntos tanto tiempo y habían hablado tanto que se sentían amigos antiguos. La cuarta noche, cuando ambos reanudaron sus hábitos ordinarios, el doctor Juvenal Urbino se sorprendió de que su joven esposa no rezara antes de dormir. Ella le fue sincera: la doblez de las monjas le había provocado una resistencia contra los ritos, pero su fe estaba intacta, y había aprendido a mantenerla en silencio. Dijo: «Prefiero entenderme directo con Dios». Él comprendió sus razones, y desde entonces cada cual practicó la misma religión a su manera. Habían tenido un noviazgo breve, pero bastante informal para la época, pues el doctor Urbino la visitaba en su casa, sin vigilancia, todos los días al atardecer. Ella no hubiera permitido que él le tocara ni la yema de los dedos antes de la bendición episcopal, pero tampoco él lo había intentado. Fue en la primera noche de buena mar, ya en la cama pero todavía vestidos, cuando él inició las primeras caricias, y lo hizo con tanto cuidado, que a ella le pareció natural la sugerencia de que se pusiera la camisa de dormir. Fue a cambiarse en el baño, pero antes apagó las luces del camarote, y cuando salió con el camisón embutió trapos en las rendijas de la puerta, para volver a la cama en la oscuridad absoluta. Mientras lo hacía, dijo de buen humor:

—Qué quieres, doctor. Es la primera vez que duermo con un desconocido.

El doctor Juvenal Urbino la sintió deslizarse junto a él como un animalito azorado, tratando de quedar lo más lejos posible en una litera donde era difícil estar dos sin tocarse. Le cogió la mano, fría y crispada de terror, le entrelazó los dedos, y casi con un susurro empezó a contarle sus recuerdos de otros viajes de mar. Ella estaba tensa otra vez, porque al volver a la cama se dio cuenta de que él se había desnudado por completo mientras ella estaba en el baño, y esto le revivió el terror del paso siguiente. Pero el paso siguiente demoró varias horas, pues el doctor Urbino siguió hablando muy despacio, mientras se iba apoderando milímetro a milímetro de la confianza de su cuerpo. Le habló de París, del amor en París, de los enamorados de París que se besaban en la calle, en el ómnibus, en las terrazas floridas de los cafés abiertos al aliento de fuego y los acordeones lánguidos del verano, y hacían el amor de pie en los muelles del Sena sin que nadie los molestara. Mientras hablaba en las sombras, le acarició la curva del cuello con la yema de los dedos, le acarició las pelusas de seda de los brazos, el vientre evasivo, y cuando sintió que la tensión había cedido hizo un primer intento por levantarle el camisón de dormir, pero ella se lo impidió con un impulso típico de su carácter. Dijo: «Yo lo sé hacer sola». Se lo quitó, en efecto, y luego se quedó tan inmóvil, que el doctor Urbino hubiera creído que ya no estaba ahí, de no haber sido por la resolana de su cuerpo en las tinieblas.

Al cabo de un rato volvió a agarrarle la mano, y entonces la sintió tibia y suelta, pero húmeda todavía de un rocío tierno. Permanecieron otro rato callados e inmóviles, él acechando la ocasión para el paso siguiente, y ella esperándolo sin saber por dónde, mientras la oscuridad iba ensanchándose con su respiración cada vez más intensa. Él la soltó de pronto y dio el salto en el vacío: se humedeció en la lengua la yema del cordial y le tocó apenas el pezón desprevenido y ella sintió una descarga de muerte, como si le hubiera tocado un nervio vivo. Se alegró de estar a oscuras para que él no le viera el rubor abrasante que la estremeció hasta las raíces del cráneo. «Calma —le dijo él, muy calmado—. No se te olvide que las conozco.» La sintió sonreír, y su voz fue dulce y nueva en las tinieblas.

—Lo recuerdo muy bien —dijo—, y todavía no se me pasa la rabia.

Entonces él supo que habían doblado el cabo de la buena esperanza, y le volvió a coger la mano grande y mullida, y se la cubrió de besitos huérfanos, primero el metacarpo áspero, los largos dedos clarividentes, las uñas diáfanas, y luego el jeroglífico de su destino en la palma sudada. Ella no supo cómo fue que su mano llegó hasta el pecho de él, y tropezó con algo que no pudo descifrar. Él le dijo: «Es un escapulario». Ella le acarició los vellos del pecho, y luego agarró el matorral completo con los cinco dedos para arrancarlo de raíz. «Más fuerte», dijo él. Ella lo intentó, hasta donde sabía que no lo lastimaba, y después fue su mano la que buscó la mano de él perdida en las tinieblas. Pero él no se dejó entrelazar los dedos sino que la agarró por la muñeca y le fue llevando la mano a lo largo de su cuerpo con una fuerza invisible pero muy bien dirigida, hasta que ella sintió el soplo ardiente de un animal en carne viva, sin forma corporal, pero ansioso y enarbolado. Al contrario de lo que él imaginó, incluso al contrario de lo que ella misma hubiera imaginado, no retiró la mano, ni la dejó inerte donde él la puso, sino que se encomendó en cuerpo y alma a la Santísima Virgen, apretó los dientes por miedo de reírse de su propia locura, y empezó a identificar con el tacto al enemigo encabritado, conociendo su tamaño, la fuerza de su vástago, la extensión de sus alas, asustada de su determinación pero compadecida de su soledad, haciéndolo suyo con una curiosidad minuciosa que alguien menos experto que su esposo hubiera confundido con las caricias. Él apeló a sus últimas fuerzas para resistir el vértigo del escrutinio mortal, hasta que ella lo soltó con una gracia infantil, como si lo hubiera tirado en la basura.

—Nunca he podido entender cómo es ese aparato —dijo.

Entonces él se lo explicó en serio con su método magistral, mientras le llevaba la mano por los sitios que mencionaba, y ella se la dejaba llevar con una obediencia de alumna ejemplar. Él sugirió en un momento propicio que todo aquello era más fácil con la luz encendida. Iba a encenderla, pero ella le detuvo el brazo, diciendo: «Yo veo mejor con las manos». En realidad quería encender la luz, pero quería hacerlo ella y sin que nadie se lo ordenara, y así fue. Él la vio entonces en posición fetal, y además cubierta con la sábana, bajo la claridad repentina. Pero la vio agarrar otra vez sin remilgos el animal de su curiosidad, lo volteó al derecho y al revés, lo observó con un interés que ya empezaba a parecer más que científico, y dijo en conclusión: «Cómo será de feo, que es más feo que lo de las mujeres». Él estuvo de acuerdo, y señaló otros inconvenientes más graves que la fealdad. Dijo: «Es como el hijo mayor, que uno se pasa la vida trabajando para él sacrificándolo todo por él, y a la hora de la verdad termina haciendo lo que le da la gana». Ella siguió examinándolo, preguntando para qué servía esto, y para qué servía aquello, y cuando se consideró bien informada lo sopesó con las dos manos, para probarse que ni siquiera por el peso valía la pena, y lo dejó caer con un esguince de menosprecio.

—Además, creo que le sobran demasiadas cosas —dijo.

Él se quedó perplejo. La propuesta original para su tesis de grado había sido esa: la conveniencia de simplificar el organismo humano. Le parecía anticuado, con muchas funciones inútiles o repetidas que fueron imprescindibles para otras edades del género humano, pero no para la nuestra. Sí: podía ser más simple y por lo mismo menos vulnerable. Concluyó: «Es algo que sólo puede hacer Dios, por supuesto, pero de todos modos sería bueno dejarlo establecido en términos teóricos». Ella se rió divertida, de un modo tan natural, que él aprovechó la ocasión para abrazarla y le dio el primer beso en la boca. Ella le correspondió, y él siguió dándole besos muy suaves en las mejillas, en la nariz, en los párpados, mientras deslizaba la mano por debajo de la sábana, y le acarició el pubis redondo y lacio: un pubis de japonesa. Ella no le apartó la mano, pero mantuvo la suya en estado de alerta, por si él avanzaba un paso más.

—No vamos a seguir con la clase de medicina —dijo.

—No —dijo él—. Ésta va a ser de amor.

Entonces le quitó la sábana de encima, y ella no sólo no se opuso, sino que la mandó lejos de la litera con un golpe rápido de los pies, porque ya no soportaba el calor. Su cuerpo era ondulante y elástico, mucho más serio de lo que parecía vestida, y con un olor propio de animal de monte que permitía distinguirla entre todas las mujeres del mundo. Indefensa a plena luz, un golpe de sangre hirviendo se le subió a la cara, y lo único que se le ocurrió para disimularlo fue colgarse del cuello de su hombre, y besarlo a fondo, muy fuerte, hasta que se gastaron en el beso todo el aire de respirar.

Él era consciente de que no la amaba. Se había casado porque le gustaba su altivez, su seriedad, su fuerza, y también por una pizca de vanidad suya, pero mientras ella lo besaba por primera vez estaba seguro de que no habría ningún obstáculo para inventar un buen amor. No lo hablaron esa primera noche en que hablaron de todo hasta el amanecer, ni habían de hablarlo nunca. Pero a la larga, ninguno de los dos se equivocó.

Al amanecer, cuando se durmieron, ella seguía siendo virgen, pero no habría de serlo por mucho tiempo. La noche siguiente, en efecto, después de que él le enseñó a bailar los valses de Viena bajo el cielo sideral del Caribe, él tuvo que ir al baño después que ella, y cuando regresó al camarote la encontró esperándolo desnuda en la cama. Entonces fue ella quien tomó la iniciativa, y se le entregó sin miedo, sin dolor, con la alegría de una aventura de alta mar, y sin más vestigios de ceremonia sangrienta que la rosa del honor en la sábana. Ambos lo hicieron bien, casi como un milagro, y siguieron haciéndolo bien de noche y de día y cada vez mejor en el resto del viaje, y cuando llegaron a La Rochelle se entendían como amantes antiguos.

Permanecieron en Europa, con base en París, y haciendo viajes cortos por los países vecinos. Durante ese tiempo hicieron el amor todos los días, y más de una vez los domingos de invierno, cuando se quedaban hasta la hora del almuerzo retozando en la cama. Él era un hombre de buenos ímpetus, y además bien entrenado, y ella no estaba hecha para dejarse tomar ventaja de nadie, de modo que tuvieron que conformarse con el poder compartido en la cama. Después de tres meses de amores febriles él comprendió que uno de los dos era estéril, y ambos se sometieron a exámenes severos en el Hospital de la Salpêtrière, donde él había hecho su internado. Fue una diligencia ardua pero infructuosa. Sin embargo, cuando menos lo esperaban, y sin ninguna mediación científica, ocurrió el milagro. Cuando regresaron a casa, Fermina estaba encinta de seis meses, y se creía la mujer más feliz de la tierra. El hijo tan deseado por ambos, que nació sin novedad bajo el signo de Acuario, fue bautizado en honor del abuelo muerto del cólera.

Era imposible saber si fue Europa o el amor lo que los hizo distintos, pues las dos cosas ocurrieron al mismo tiempo. Ambos lo eran, y a fondo, no sólo con ellos mismos sino con todo el mundo, como lo percibió Florentino Ariza cuando los vio a la salida de misa dos semanas después del regreso, aquel domingo de su desgracia. Volvieron con una concepción nueva de la vida, cargados de novedades del mundo, y listos para mandar. Él con las primicias de la literatura, de la música, y sobre todo las de su ciencia. Trajo una suscripción de *Le Figaro*, para no perder el hilo de la realidad, y otra de la *Revue des Deux Mondes* para no perder el hilo de la poesía. Había hecho además un acuerdo con su librero de París para recibir las obras de los escritores más leídos, entre ellos Anatole France y Pierre Loti, y de los que más le gustaban, entre ellos Remy de Gourmont y Paul Bourget, pero en ningún caso Emile Zola, que le parecía insoportable, a pesar de su valiente irrupción en el juicio de Dreyfus. El mismo librero se comprometió a mandarle por correo las partituras más seductoras del catálogo de Ricordi, sobre todo de música de cámara, para mantener el título bien ganado por su padre de primer promotor de conciertos en la ciudad.

Fermina Daza, siempre contraria a los rigores de la moda, trajo seis baúles con ropas de tiempos diversos, pues no la convencieron las grandes marcas. Había estado en las Tullerías, en pleno invierno, para el lanzamiento de la colección de Worth, el ineludible tirano de la alta costura, y lo único que consiguió fue una bronquitis que la tumbó cinco días en la cama. Laferrière le pareció menos pretencioso y voraz, pero su decisión sabia fue arrasar con lo que más le gustaba en las tiendas de saldos, a pesar de que el esposo juraba aterrado que eran ropas de muertos. Así mismo, trajo cantidades de zapatos italianos sin marca, que prefirió a los renombrados y extravagantes de Ferry, y trajo una sombrilla de Dupuy, roja como los fuegos del infierno, que dio mucho de qué escribir a nuestros asustadizos cronistas sociales. Sólo compró un sombrero de Madame Reboux, pero en cambio llenó un baúl de racimos de cerezas artificiales, ramilletes de cuantas flores de fieltro le fue posible encontrar, ramazones de plumas de avestruz, morriones de pavorreales, colas de gallos asiáticos, faisanes enteros, colibríes, y una variedad innumerable de pájaros exóticos disecados en pleno vuelo, en pleno grito, en plena agonía: todo cuanto había servido en los últimos veinte años para que los mismos sombreros parecieran otros. Trajo una colección de abanicos de diversos países del mundo, y uno distinto y apropiado para cada ocasión. Trajo una esencia perturbadora escogida entre muchas en la perfumería del *Bazar de la Charité*, antes de que los vientos de primavera arrasaran con sus cenizas, pero la usó una sola vez, porque se desconoció a sí misma con el perfume cambiado. Trajo también un estuche de cosméticos que era la última novedad en el mercado de la seducción, y fue la primera mujer que lo llevó a las fiestas, cuando el acto simple de retocarse en público se consideraba indecente.

Llevaban, además, tres recuerdos imborrables: el estreno sin precedentes de *Los Cuentos de Hoffmann*, en París, el incendio pavoroso de casi todas las góndolas de Venecia frente a la Plaza de San Marcos, que ellos habían presenciado con el corazón dolorido desde la ventana de su hotel, y la visión fugaz de Oscar Wilde en la primera nevada de enero. Pero en medio de esos y tantos otros recuerdos, el doctor Juvenal Urbino conservaba uno que siempre lamentó no compartir con su esposa, pues venía de sus tiempos de estudiante soltero en París. Era el recuerdo de Víctor Hugo, quien disfrutaba aquí de una celebridad conmovedora al margen de sus libros, porque alguien dijo que había dicho, sin que nadie lo hubiera oído en realidad, que nuestra Constitución no era para un país de hombres sino de ángeles. Desde entonces se le rindió un culto especial, y la mayoría de los numerosos compatriotas que viajaban a Francia se desvivían por verlo. Una media docena de estudiantes, entre ellos Juvenal Urbino, montaron guardia por un tiempo frente a su residencia de la avenida Eylau, y en los cafés donde se decía que iba a llegar sin falta y nunca llegó, y por último habían solicitado por escrito una audiencia privada, en nombre de los ángeles de la Constitución de Rionegro. Nunca recibieron respuesta. Un día cualquiera, Juvenal Urbino pasó por casualidad frente al Jardín del Luxemburgo y lo vio salir del Senado con una mujer joven que lo llevaba del brazo. Lo vio muy viejo, moviéndose a duras penas, con la barba y el cabello menos radiantes que en sus retratos, y dentro de un abrigo que parecía de alguien más corpulento. No quiso estropear el recuerdo con un saludo impertinente: le bastaba con esa visión casi irreal que había de alcanzarle para toda la vida. Cuando volvió casado a París, en condiciones de verlo de un modo más formal, ya Víctor Hugo había muerto.

Como consuelo, Juvenal y Fermina llevaban el recuerdo compartido de una tarde de nieves en que los intrigó un grupo que desafiaba la tormenta frente a una pequeña librería del bulevar de los Capuchinos, y era que Oscar Wilde estaba dentro. Cuando por fin salió, elegante de veras, pero tal vez demasiado consciente de serlo, el grupo lo rodeó para pedirle firmas en sus libros. El doctor Urbino se había detenido sólo para verlo, pero su impulsiva esposa quiso atravesar el bulevar para que le firmara lo único que le pareció apropiado a falta de un libro: su hermoso guante de gacela, largo, liso, suave, y del mismo color de su piel de recién casada. Estaba segura de que un hombre tan refinado iba a apreciar aquel gesto. Pero el marido se opuso con firmeza, y cuando ella trató de hacerlo a pesar de sus razones, él no se sintió capaz de sobrevivir a la vergüenza.

—Si tú atraviesas esa calle —le dijo—, cuando regreses aquí me encontrarás muerto.

Era algo natural en ella. Antes de un año de casada se movía por el mundo con la misma soltura con que lo hacía desde niña en el moridero de San Juan de la Ciénaga, como si hubiera nacido sabiéndolo, y tenía una facilidad de trato con los desconocidos que dejaba perplejo al marido, y un talento misterioso para entenderse en castellano con quien fuera y en cualquier parte. «Los idiomas hay que saberlos cuando uno va a vender algo —decía con risas de burla—. Pero cuando uno va a comprar, todo el mundo le entiende como sea.» Era difícil imaginar a alguien que hubiera asimilado tan rápido y con tanto alborozo la vida cotidiana de París, que aprendió a querer en el recuerdo a pesar de sus lluvias eternas. Sin embargo, cuando regresó a casa abrumada por tantas experiencias juntas, cansada de viajar y medio adormecida por el embarazo, lo primero que le preguntaron en el puerto fue cómo le habían parecido las maravillas de Europa, y ella resolvió muchos meses de dicha con cuatro palabras de su jerga caribe:

—Más es la bulla.

El día que Florentino Ariza vio a Fermina Daza en el atrio de la catedral, encinta de seis meses y con pleno dominio de su nueva condición de mujer de mundo, tomó la determinación feroz de ganar nombre y fortuna para merecerla. Ni siquiera se puso a pensar en el inconveniente de que fuera casada, porque al mismo tiempo decidió, como si dependiera de él, que el doctor Juvenal Urbino tenía que morir. No sabía ni cuándo ni cómo, pero se lo planteó como un acontecimiento ineluctable, que estaba resuelto a esperar sin prisas ni arrebatos, así fuera hasta el fin de los siglos.

Empezó por el principio. Se presentó sin anuncio en la oficina del tío León XII, presidente de la Junta Directiva y Director General de la Compañía Fluvial del Caribe, y le manifestó la disposición de someterse a sus designios. El tío estaba resentido con él por la manera como malbarató el buen empleo de telegrafista en la Villa de Leyva, pero se dejó llevar por su convicción de que los seres humanos no nacen para siempre el día en que sus madres los alumbran, sino que la vida los obliga otra vez y muchas veces a parirse a sí mismos. Además, la viuda del hermano había muerto el año anterior, con los rencores en carne viva pero sin dejar herederos. Así que le dio el empleo al sobrino errante.

Era una decisión típica de don León XII Loayza. Dentro del cascarón de traficante sin alma, llevaba escondido un lunático genial, que lo mismo hacia brotar un manantial de limonada en el desierto de la Guajira, que inundaba de llanto un funeral de cruz alta con su canto desgarrador de *In questa tomba oscura*. Con su cabeza rizada y sus belfos de fauno no le faltaban sino la lira y la corona de laureles para ser idéntico al Nerón incendiario de la mitología cristiana. Las horas que le quedaban libres entre la administración de sus buques decrépitos, todavía a flote por pura distracción de la fatalidad, y los problemas cada día más críticos de la navegación fluvial, las consagraba a enriquecer su repertorio lírico. Nada le gustaba más que cantar en los entierros. Tenía una voz de galeote, sin ningún orden académico, pero capaz de registros impresionantes. Alguien le había contado que Enrico Caruso podía romper un florero en pedazos con el solo poder de su voz, y durante años estuvo tratando de imitarlo hasta con los vidrios de las ventanas. Sus amigos traían los floreros más tenues que encontraban en sus viajes por el mundo, y organizaban fiestas especiales para que él lograra por fin la culminación de su sueño. Nunca lo consiguió. Sin embargo, en el fondo de su trueno había una lucecita de ternura que agrietaba el corazón de sus oyentes como a las ánforas de cristal del gran Caruso, y era esto lo que lo hacía tan venerable en los entierros. Salvo en uno, en el que tuvo la buena idea de cantar *When wake up in Glory*, un canto funerario de la Luisiana, hermoso y estremecedor, y fue hecho callar por el capellán que no pudo entender aquella intromisión luterana dentro de su iglesia.

Así, entre ancores de óperas y serenatas napolitanas, su talento creativo y su invencible espíritu de empresa lo convirtieron en el prócer de la navegación fluvial en su época de mayor esplendor. Había salido de la nada, como los hermanos muertos, y todos llegaron hasta donde quisieron a pesar del estigma de ser hijos naturales, y con el remate de que nunca fueron reconocidos. Eran la flor de lo que entonces se llamaba *la aristocracia de mostrador*, cuyo santuario era el Club del Comercio. Sin embargo, aun cuando dispuso de recursos para vivir como el emperador romano que parecía ser, el tío León XII vivía en la ciudad vieja por comodidad de trabajo, de un modo tan austero y en una casa tan escueta, que nunca se quitó de encima una injusta reputación de avaro. Pero su único lujo era todavía más simple: una casa de mar, a dos leguas de las oficinas, sin más muebles que seis taburetes artesanales, un tinajero, y una hamaca en la terraza para acostarse a pensar los domingos. Nadie lo definió mejor que él cuando alguien lo acusó de ser rico.

—Rico no —dijo—: soy un pobre con plata, que no es lo mismo.

Ese raro modo de ser, que alguien elogió alguna vez en un discurso como una demencia lúcida, le permitió ver al instante lo que nadie veía ni antes ni después en Florentino Ariza. Desde el día en que éste se presentó a solicitar empleo en sus oficinas, con su aspecto lúgubre y sus veintisiete años inútiles, lo puso a prueba con la dureza de un régimen de cuartel capaz de doblegar al más bragado. Pero no logró amedrentarlo. Lo que nunca sospechó el tío

León XII fue que ese temple del sobrino no le venía de la necesidad de subsistir, ni de una cachaza de bruto heredada del padre, sino de una ambición de amor que ninguna contrariedad de este mundo ni del otro lograría quebrantar.

Los peores años fueron los primeros, cuando lo nombraron escribiente de la Dirección General, que parecía un oficio inventado sobre medida para él. Lotario Thugut, antiguo maestro de música del tío León XII, fue el que le aconsejó a éste que nombrara al sobrino en un empleo de escribir, porque era un consumidor incansable de literatura al por mayor, aunque no tanto de la buena como de la peor. El tío León XII no le hizo caso a la precisión sobre la mala clase de las lecturas del sobrino, pues también de él decía Lotario Thugut que había sido su peor alumno de canto, y sin embargo hacía llorar hasta las lápidas de los cementerios. En todo caso, el alemán tuvo razón en lo que menos había pensado, y era que Florentino Ariza escribía cualquier cosa con tanta pasión, que hasta los documentos oficiales parecían de amor. Los manifiestos de embarque le salían rimados por mucho que se esforzara en evitarlo, y las cartas comerciales de rutina tenían un aliento lírico que les restaba autoridad. El tío en persona se le apareció un día en la oficina con un paquete de correspondencia que no había tenido el valor de firmar como suya, y le dio la última oportunidad de salvar el alma.

—Si no eres capaz de escribir una carta comercial te vas a recoger la basura del muelle —le dijo.

Florentino Ariza aceptó el desafío. Hizo un esfuerzo supremo por aprender la simpleza terrestre de la prosa mercantil, imitando modelos de archivos notariales con tanta aplicación como antes lo hacía con los poetas de moda. Era esa la época en que pasaba sus horas libres en el Portal de los Escribanos, ayudando a los enamorados implumes a escribir sus esquelas perfumadas, para descargar el corazón de tantas palabras de amor que se le quedaban sin usar en los informes de aduana. Pero al cabo de seis meses, por muchas vueltas que le daba, no había logrado torcerle el cuello a su cisne empedernido. Así que cuando el tío León XII lo reprendió por segunda vez, él se dio por vencido, pero con una cierta altanería.

—Lo único que me interesa es el amor —dijo.

—Lo malo —le dijo el tío— es que sin navegación fluvial no hay amor.

Cumplió la amenaza de mandarlo a recoger la basura en el muelle, pero le dio su palabra de que lo subiría paso a paso por la escalera del buen servicio hasta que encontrara su lugar. Así fue. Ninguna clase de trabajo logró derrotarlo, por duro o humillante que fuera, ni lo desmoralizó la miseria del sueldo, ni perdió un instante su impavidez esencial ante las insolencias de sus superiores. Pero tampoco fue inocente: todo el que se atravesó en su camino sufrió las consecuencias de una determinación arrasadora, capaz de cualquier cosa, detrás de una apariencia desvalida. Tal como el tío León XII lo había previsto y deseado para que no se le quedara sin conocer ningún secreto de la empresa, pasó por todos los cargos en treinta años de consagración y tenacidad a toda prueba. Los desempeñó todos con una capacidad admirable, estudiando cada hilo de aquella urdimbre misteriosa que tanto tenía que ver con los oficios de la poesía, pero sin lograr la medalla de guerra más anhelada por él, que era escribir una carta comercial aceptable: una sola. Sin proponérselo, sin saberlo siquiera, demostró con su vida la razón de su padre, quien repitió hasta el último aliento que no había nadie con más sentido práctico, ni picapedreros más empecinados ni gerentes más lúcidos y peligrosos que los poetas. Eso, al menos, fue lo que le contó el tío León XII, que solía hablarle de su padre durante los ocios del corazón, y que le dio de él una idea más parecida a la de un soñador que a la de un hombre de empresa.

Le contó que Pío Quinto Loayza le daba a las oficinas un uso más placentero que el de trabajar, y se las arregló siempre para salir de la casa los domingos, con el pretexto de que tenía que recibir o despachar un buque. Más aún: había hecho instalar en el patio de las bodegas una caldera inservible, con una sirena de vapor que alguien hacía sonar con claves de navegación, por si su esposa estaba pendiente. Haciendo cuentas, el tío León XII estaba seguro de que Florentino Ariza había sido concebido sobre el escritorio de alguna oficina mal cerrada en una tarde de bochorno dominical, mientras la esposa de su padre oía en su casa los adioses de un buque que nunca se fue. Cuando ella lo descubrió ya era tarde para cobrarle la infamia, porque el marido había muerto. Le sobrevivió muchos años, destruida por la amargura de no tener un hijo, y pidiéndole a Dios en sus oraciones la maldición eterna para el bastardo.

La imagen del padre conturbaba a Florentino Ariza. Su madre le hablaba de él como de un gran hombre sin vocación comercial, que terminó en los negocios del río porque su hermano mayor había sido un colaborador muy cercano del comodoro alemán Juan B. Elbers, precursor de la navegación fluvial. Eran hijos naturales de una misma madre, cocinera de oficio, que los había tenido con hombres distintos, y todos llevaban el apellido de ella detrás del nombre de un Papa escogido al azar en el santoral, salvo el del tío León XII, que era el nombre del que reinaba cuando él nació. El que se llamaba Florentino era el abuelo materno de todos, así que el nombre había llegado hasta el hijo de Tránsito Ariza saltando por encima de toda una generación de pontífices.

Florentino conservó siempre un cuaderno en el que su padre escribía versos de amor, algunos inspirados por Tránsito Ariza, y los folios estaban adornados con dibujos de corazones heridos. Dos cosas lo sorprendieron. Una era la personalidad de la caligrafía del padre, idéntica a la suya, a pesar de que él la había escogido por ser la que más le gustaba entre muchas de un manual. La otra fue encontrarse con una sentencia que él creía suya, y que su padre había escrito en un cuaderno mucho antes de que él naciera: *Lo único que me duele de morir es que no sea de amor.*

Había visto también los dos únicos retratos de su padre. Uno tomado en Santa Fe, muy joven, a la edad que él tenía cuando lo vio por primera vez, con un abrigo que era como estar metido dentro de un oso, y recostado en un pedestal de cuya estatua sólo quedaban las polainas destroncadas. El pequeño que estaba a su lado era el tío León XII con una gorrita de capitán de buque. En la otra fotografía estaba su padre con un grupo de guerreros, en quién sabe cuál de tantas guerras, y tenía la escopeta más larga y unos bigotes cuyo olor a pólvora trascendía de la imagen. Era liberal y masón, lo mismo que los hermanos, y sin embargo quería que el hijo ingresara en el seminario. Florentino Ariza no sentía el parecido que les atribuían, pero según el decir del tío León XII, también a Pío Quinto le reprochaban el lirismo de sus documentos. En todo caso, ni en los retratos se parecía a él, ni concordaba con sus recuerdos, ni con la imagen que pintaba su madre, transfigurada por el amor, ni con la que despintaba el tío León XII con su graciosa crueldad. Sin embargo, Florentino Ariza descubrió ese parecido muchos años después, mientras se peinaba frente al espejo, y sólo entonces había comprendido que un hombre sabe cuando empieza a envejecer porque empieza a parecerse a su padre.

No lo recordaba en la Calle de las Ventanas. Creía saber que en un tiempo durmió allí, muy al principio de sus amores con Tránsito Ariza, pero que no volvió a visitarla después de su nacimiento. La partida de bautismo fue durante muchos años nuestro único instrumento válido de identificación, y la de Florentino Ariza, asentada en la parroquia de Santo Toribio, sólo decía que era hijo natural de otra hija natural soltera que se llamaba Tránsito Ariza. No aparecía en ella el nombre del padre, que sin embargo atendió en secreto a las necesidades del hijo hasta el último día. Esta condición social le cerró a Florentino Ariza las puertas del seminario, pero también escapó al servicio militar en la época más sangrienta de nuestras guerras, por ser el hijo único de una soltera.

Todos los viernes después de la escuela se sentaba frente a las oficinas de la Compañía Fluvial del Caribe, repasando un libro de láminas de animales tantas veces repasado que se caía a pedazos. El padre entraba sin mirarlo, vestido con las levitas de paño que Tránsito Ariza debía adaptar después para él, y con una cara idéntica a la del San Juan Evangelista de los altares. Cuando salía, después de muchas horas y cuidando de que no lo viera ni su cochero, le daba la plata para los gastos de una semana. No hablaban, no sólo porque el padre no lo intentaba, sino porque él le tenía terror. Un día, después de esperar mucho más que de costumbre, el padre le dio las monedas, diciéndole:

—Tome y no vuelva más.

Fue la última vez que lo vio. Pero con el tiempo había de saber que el tío León XII, que era como diez años menor, siguió llevándole la plata a Tránsito Ariza, y fue quien se ocupó de ella cuando Pío Quinto murió de un cólico mal atendido, sin dejar nada escrito, y sin tiempo para tomar ninguna providencia en favor del hijo único: un hijo de la calle.

El drama de Florentino Ariza mientras fue calígrafo de la Compañía Fluvial del Caribe, era que no podía eludir su lirismo porque no dejaba de pensar en Fermina Daza, y nunca aprendió a escribir sin pensar en ella. Después, cuando lo pasaron a otros cargos, le sobraba tanto amor por dentro que no sabía qué hacer con él, y se lo regalaba a los enamorados implumes escribiendo para ellos cartas de amor gratuitas en el Portal de los Escribanos. Para allá se iba después del trabajo. Se quitaba la levita con sus ademanes parsimoniosos y la colgaba en el espaldar de la silla, se ponía las medias mangas para no ensuciar las de la camisa, se desabotonaba el chaleco para pensar mejor, y a veces hasta muy tarde en la noche reanimaba a los desvalidos con unas cartas enloquecedoras. De vez en cuando encontraba una pobre mujer que tenía un problema con un hijo, un veterano de guerra que insistía en reclamar el pago de su pensión, alguien a quien le habían robado algo y quería quejarse ante el gobierno, pero por más que se esmeraba no podía complacerlos, porque con lo único que lograba convencer a alguien era con cartas de amor. Ni siquiera les hacía preguntas a los clientes nuevos, pues le bastaba con verles el blanco del ojo para hacerse cargo de su estado, y escribía folio tras folio de amores desaforados, mediante la fórmula infalible de escribir pensando siempre en Fermina Daza, y nada más que en ella. Al cabo del primer mes tuvo que establecer un orden de reservaciones anticipadas, para que no lo desbordaran las ansias de los enamorados.

Su recuerdo más grato de aquella época fue el de una muchachita muy tímida, casi una niña, que le pidió temblando escribirle una respuesta para una carta irresistible que acababa de recibir, y que Florentino Ariza reconoció como escrita por él la tarde anterior. La contestó con un estilo distinto, acorde con la emoción y la edad de la niña, y con una letra que también pareciera de ella, pues sabía fingir una escritura para cada ocasión según el carácter de cada quien. La escribió imaginándose lo que Fermina Daza le hubiera contestado a él si lo quisiera tanto como aquella criatura desamparada quería a su pretendiente. Dos días después, desde luego, tuvo que escribir también la réplica del novio con la caligrafía, el estilo y la clase de amor que le había atribuido en la primera carta, y fue así como terminó comprometido en una correspondencia febril consigo mismo. Antes de un mes, ambos fueron por separado a darle las gracias por lo que él mismo había propuesto en la carta del novio y aceptado con devoción en la respuesta de la chica: iban a casarse.

Sólo cuando tuvieron el primer hijo se dieron cuenta, por una conversación casual, de que las cartas de ambos habían sido escritas por el mismo escribano, y por primera vez fueron juntos al portal para nombrarlo padrino del niño. Florentino Ariza se entusiasmó tanto con la evidencia práctica de sus ensueños, que sacó tiempo de donde no lo tenía para escribir un *Secretario de los Enamorados* más poético y amplio que el que hasta entonces se vendía por veinte centavos en los portales, y que media ciudad conocía de memoria. Puso en orden las situaciones imaginables en que pudieran encontrarse Fermina Daza y él, y para todas escribió tantos modelos cuantas alternativas de ida y vuelta le parecieron posibles. Al final tuvo unas mil cartas en tres tomos tan cuadrados como el diccionario de Covarrubias, pero ningún impresor de la ciudad se arriesgó a publicarlos, y terminaron en algún desván de la casa, con otros papeles del pasado, pues Tránsito Ariza se negó de plano a desenterrar las múcuras para malbaratar sus ahorros de toda la vida en una locura editorial. Años después, cuando Florentino Ariza tuvo recursos propios para publicar el libro, le costó trabajo admitir la realidad de que ya las cartas de amor habían pasado de moda.

Mientras él daba los primeros pasos en la Compañía Fluvial del Caribe y escribía cartas gratis en el Portal de los Escribanos, los amigos de juventud de Florentino Ariza tenían la certidumbre de que estaban perdiéndolo poco a poco y sin regreso. Así era. Todavía cuando regresó del viaje por el río veía a algunos de ellos con la esperanza de atenuar los recuerdos de Fermina Daza, jugaba al billar con ellos, fue a sus últimos bailes, se prestaba al azar de ser rifado entre las muchachas, se prestaba a todo lo que le pareciera bueno para volver a ser el que fue. Después, cuando el tío León XII lo acreditó como empleado, jugaba al dominó con sus compañeros de oficina en el Club del Comercio, y éstos empezaron a reconocerlo como uno de los suyos cuando ya no les hablaba sino de la empresa de navegación, que no mencionaba con su nombre completo sino con sus iniciales: la C.F.C. Cambió hasta el modo de comer. De indiferente e irregular que había sido hasta entonces en la mesa, se volvió igual y austero hasta el fin de sus días: una taza grande de café negro al desayuno, una posta de pescado hervido con arroz blanco, al almuerzo, y una taza de café con leche con un pedazo de queso antes de acostarse. Bebía café negro a toda hora, en cualquier parte y en cualquier circunstancia, y hasta treinta tacitas diarias: una infusión igual al petróleo crudo que prefería prepararse él mismo, y que siempre tenía en un termo al alcance de la mano. Era otro, en contra de su propósito firme y sus esfuerzos ansiosos de seguir siendo el mismo que había sido antes del tropezón mortal del amor.

La verdad es que nunca volvería a serlo. La recuperación de Fermina Daza fue el objetivo único de su vida, y estaba tan seguro de lograrla tarde o temprano, que convenció a Tránsito Ariza de proseguir la restauración de la casa para que estuviera en estado de recibirla en cualquier momento en que ocurriera el milagro. A diferencia de su reacción ante la propuesta editorial del *Secretario de los Enamorados*, Tránsito Ariza fue entonces mucho más lejos: compró la casa de contado, y emprendió la renovación completa. Hicieron una sala de recibo en la que había sido la alcoba, construyeron en la planta alta un dormitorio para los esposos y otro para los hijos que iban a tener, ambos muy amplios y bien iluminados, y en el espacio de la antigua factoría de tabaco hicieron un extenso jardín de toda clase de rosas, al que Florentino Ariza en persona consagró sus ocios del amanecer. Lo único que quedó intacto, como un testimonio de gratitud con el pasado, fue el local de la mercería. La trastienda donde dormía Florentino Ariza la dejaron como estuvo siempre, con la hamaca colgada y el mesón de escribir atiborrado de libros en desorden, pero él se fue al cuarto previsto como alcoba matrimonial en la planta alta. Éste era el más amplio y fresco de la casa, y tenía una terraza interior donde era agradable estar de noche por la brisa del mar y el vapor de los rosales, pero era también el que correspondía mejor al rigor trapense de Florentino Ariza. Los muros eran lisos y ásperos, de cal viva, y no tenía más muebles que una cama de presidiario, una mesita de noche con una vela en el pico de una botella, un ropero antiguo y un aguamanil con su platón y su jofaina.

Los trabajos duraron casi tres años, y coincidieron con un restablecimiento momentáneo de la ciudad, debido al auge de la navegación fluvial y el comercio de paso, los mismos factores que habían sustentado su grandeza durante la Colonia y la convirtieron durante más de dos siglos en la puerta de América. Pero también fue esa la época en que Tránsito Ariza manifestó los primeros síntomas de su enfermedad sin remedio. Sus clientas de siempre venían cada vez más viejas a la mercería, más pálidas y escurridizas, y ella no las reconocía después de haberlas tratado durante media vida, o confundía los asuntos de unas con los de otras. Lo cual era muy grave en negocios como el suyo, en los que no se firmaban papeles para proteger la honra, la propia y la ajena, y la palabra de honor se daba y se aceptaba como garantía suficiente. Al principio pareció que se estaba quedando sorda, pero pronto fue evidente que era la memoria la que se le escurría por las goteras. De modo que liquidó el negocio de empeño, y con el tesoro de las múcuras alcanzó para terminar y amueblar la casa, y aún quedaron sobrando muchas de las joyas antiguas más preciadas de la ciudad, cuyos dueños no tuvieron recursos para rescatarlas.

Florentino Ariza tenía que atender entonces a demasiados compromisos al mismo tiempo, pero nunca le flaquearon los ánimos para acrecentar sus negocios de cazador furtivo. Después de la experiencia errática con la viuda de Nazaret, que le abrió el camino de los amores callejeros, siguió cazando las pajaritas huérfanas de la noche durante varios años, todavía con la ilusión de encontrar un alivio para el dolor de Fermina Daza. Pero después ya no pudo decir si su costumbre de fornicar sin esperanzas era una necesidad de la conciencia o un simple vicio del cuerpo. Iba cada vez menos al hotel de paso, no sólo porque sus intereses andaban por otros rumbos, sino porque no le gustaba que lo vieran allí en andanzas distintas de las muy domésticas y castas que ya le conocían. Sin embargo, en tres casos de apuro apeló al recurso fácil de una época que él no había vivido: disfrazaba de hombres a las amigas temerosas de ser reconocidas, y entraban juntos en el hotel con ínfulas de parranderos trasnochados. No faltó quien se diera cuenta por lo menos en dos ocasiones de que él y el acompañante supuesto no iban a la cantina sino al cuarto, y la reputación ya bastante quebrantada de

Florentino Ariza sufrió el golpe de gracia. Por último dejó de ir, y las muy pocas veces en que lo hizo no era para ponerse al día en los retrasos, sino todo lo contrario: buscando un refugio para reponerse de los excesos.

No era para menos. No bien abandonaba la oficina, hacia las cinco de la tarde, y ya andaba en sus volaterías de gavilán pollero. Al principio se conformaba con lo que le deparaba la noche. Levantaba sirvientas en los parques, negras en el mercado, cachacas en las playas, gringas en los barcos de Nueva Orleans. Las llevaba a las escolleras donde media ciudad hacía lo mismo desde la puesta del sol, las llevaba adonde podía, y a veces hasta donde no podía, pues no fueron pocas las ocasiones en que tuvo que meterse de prisa en un zaguán oscuro y hacer lo que se pudiera de cualquier modo detrás del portón.

La torre del faro fue siempre un refugio afortunado que él evocaba con nostalgia cuando ya tenía todo resuelto en los albores de la vejez, porque era un sitio bueno para ser feliz, sobre todo de noche, y pensaba que algo de sus amores de aquella época les llegaba a los navegantes en cada vuelta de los destellos. De modo que siguió yendo allí, más que a cualquier otra parte, mientras su amigo el farero lo recibió encantado, con una cara de bobo que era la mejor prenda de discreción para las pajaritas asustadas. Había una casa abajo, junto al estruendo de las olas desbaratándose contra los cantiles, donde el amor era más intenso porque tenía algo de naufragio. Pero Florentino Ariza prefería la torre de la luz después de la prima noche, porque se divisaba la ciudad entera y el reguero de luces de los pescadores del mar, y aun de las ciénagas distantes.

De esa época venían sus teorías más bien simplistas sobre la relación entre el físico de las mujeres y sus aptitudes para el amor. Desconfiaba del tipo sensual, las que parecían capaces de comerse crudo a un caimán de aguja, y que solían ser las más pasivas en la cama. Su tipo era el contrario: esas ranitas escuálidas por las que nadie se tomaba el trabajo de volverse a mirar en la calle, que parecían quedar en nada cuando se quitaban la ropa, que daban lástima por el crujido de los huesos al primer impacto, y sin embargo podían dejar listo para el cajón de la basura al más hablador de los machucantes. Había tomado notas de esas observaciones prematuras con la intención de escribir un suplemento práctico del *Secretario de los Enamorados*, pero el proyecto sufrió la misma suerte del anterior después de que Ausencia Santander lo volteó al derecho y al revés con su sabiduría de perro viejo, lo paró de cabeza, lo subió y lo bajó, lo volvió a parir como nuevo, le hizo trizas sus virtuosismos teóricos, y le enseñó lo único que tenía que aprender para el amor: que a la vida no la enseña nadie.

Ausencia Santander había tenido un matrimonio convencional durante veinte años, del cual le quedaron tres hijos que a su vez se habían casado y tenido hijos, de modo que ella se preciaba de ser la abuela con mejor cama de la ciudad. Nunca quedó claro si fue ella quien abandonó al esposo, o si fue éste el que la abandonó a ella, o si ambos se habían abandonado al mismo tiempo cuando él se fue a vivir con su amante de siempre, y ella se sintió libre para recibir a pleno día por la puerta principal a Rosendo de la Rosa, capitán de buque fluvial, al que había recibido de noche muchas veces por la puerta trasera. Fue él mismo, sin pensarlo dos veces, quien llevó a Florentino Ariza.

Lo llevó a almorzar. Llevó además una damajuana de aguardiente casero y los ingredientes de la mejor calidad para hacer un sancocho épico, como sólo era posible con las gallinas de patio, la carne de hueso tierno, el cerdo de muladar y las legumbres y hortalizas de los pueblos del río. Sin embargo, Florentino Ariza no se mostró tan entusiasmado desde el primer momento con las excelencias de la cocina, ni con la exuberancia de la dueña, como con la belleza de la casa. Le gustaba por la casa misma, luminosa y fresca, con cuatro ventanas grandes hacia el mar, y al fondo la vista completa de la ciudad antigua. Le gustaba la cantidad y el esplendor de las cosas, que le daban a la sala un aspecto confuso y a la vez riguroso, con toda clase de primores artesanales que el capitán Rosendo de la Rosa había ido trayendo de cada viaje, hasta que ya no hubo lugar para uno más. En la terraza del mar, parada en su aro privado, había una cacatúa de Malasia con un plumaje de una blancura inverosímil y una quietud pensativa que daba mucho que pensar: el animal más hermoso que Florentino Ariza había visto nunca.

El capitán Rosendo de la Rosa se entusiasmó con el entusiasmo del invitado, y le contó en detalle la historia de cada cosa. Mientras lo hacía, bebía aguardiente a sorbos cortos pero sin tregua. Parecía de cemento armado: enorme, peludo de todo el cuerpo menos de la cabeza, con un bigote a brocha gorda y una voz de cabrestante que no podía ser sino suya, y de una gentileza exquisita. Pero no había cuerpo capaz de resistir su modo de beber. Antes de sentarse a la mesa había acabado con la mitad de la damajuana, y se fue de bruces sobre el platón de vasos y botellas con un lento estrépito de demolición. Ausencia Santander debió pedirle ayuda a Florentino Ariza para arrastrar hasta la cama el cuerpo inerte de ballena encallada, y para desvestirlo dormido. Después, en un fogonazo de inspiración que los dos le agradecieron a la conjunción de sus astros, se desvistieron ambos en el cuarto de al lado sin ponerse de acuerdo, sin sugerirlo siquiera, sin proponérselo, y siguieron desvistiéndose siempre que podían durante más de siete años, cuando el capitán estaba de viaje. No había riesgos de sorpresas, porque éste tenía la costumbre de buen navegante de avisar su llegada al puerto con la sirena del buque, aun en la madrugada, primero con tres bramidos largos para la esposa y sus nueve hijos, y después con dos entrecortados y melancólicos para la amante.

Ausencia Santander tenía casi cincuenta años y se le notaban, pero también tenía un instinto tan personal para el amor, que no había teorías artesanales ni científicas capaces de entorpecerlo. Florentino Ariza sabía por los itinerarios de los buques cuándo podía visitarla, y siempre iba sin anunciarse a la hora que quisiera del día o de la noche, y no hubo una sola vez en que ella no estuviera esperándolo. Le abría la puerta como su madre la crió hasta los siete años: desnuda por completo, pero con un lazo de organza en la cabeza. No lo dejaba dar un paso más antes de quitarle la ropa, porque siempre pensó que era de mala suerte tener un hombre vestido dentro de la casa. Esto fue causa de discordia constante con el capitán Rosendo de la Rosa, porque él tenía la superstición de que fumar desnudo era de mal agüero, y a veces prefería demorar el amor que apagar su infalible cigarro cubano. En cambio, Florentino Ariza era muy dado a los encantos de la desnudez, y ella le quitaba la ropa con un deleite cierto tan pronto como cerraba la puerta, sin darle tiempo siquiera de saludarla, ni de quitarse el sombrero ni los lentes, besándolo y dejándose besar con besos desgranados, y soltándole los botones de abajo hacia arriba, primero los de la bragueta, uno por uno después de cada beso, luego la hebilla del cinturón, y por último el chaleco y la camisa, hasta dejarlo como un pescado vivo abierto en canal. Después lo sentaba en la sala y le quitaba las botas, le tiraba de los pantalones por los perniles para quitárselos al mismo tiempo que los calzoncillos largos hasta los tobillos, y por último le desabrochaba las ligas elásticas de las pantorrillas y le quitaba las medias. Florentino Ariza dejaba entonces de besarla y de dejarse besar, para hacer lo único que le correspondía en aquella ceremonia puntual: soltaba el reloj de leontina del ojal del chaleco y se quitaba los lentes, y metía ambas cosas en las botas para estar seguro de no olvidarlas. Siempre tomó esa precaución, siempre sin falta, cuando se desnudaba en casa ajena.

No bien acababa de hacerlo cuando ella lo asaltaba sin darle tiempo de nada, ya fuera en el mismo sofá donde acababa de desnudarlo, y sólo de vez en cuando en la cama. Se le metía debajo, y se apoderaba de todo él para toda ella, encerrada dentro de sí misma, tanteando con los ojos cerrados en su absoluta oscuridad interior, avanzando por aquí, retrocediendo, corrigiendo su rumbo invisible, intentando otra vía más intensa, otra forma de andar sin naufragar en la marisma de mucílago que fluía de su vientre, preguntándose y contestándose a si misma con un zumbido de moscardón en su jerga nativa dónde estaba ese algo en las tinieblas que sólo ella conocía y ansiaba sólo para ella hasta que sucumbía sin esperar a nadie, se desbarrancaba sola en su abismo con una explosión jubilosa de victoria total que hacía temblar el mundo. Florentino Ariza se quedaba exhausto, incompleto, flotando en el charco de sudores de ambos, pero con la impresión de no ser más que un instrumento de gozo. Decía: «Me tratas como si fuera uno más». Ella soltaba una risa de hembra libre, y decía: «Al contrario: como si fueras uno menos». Pues él quedaba con la impresión de que todo se lo llevaba ella con una voracidad mezquina, y se le revolvía el orgullo y salía de la casa con la determinación de no volver. Pero de pronto despertaba sin causa, con la lucidez tremenda de la soledad en medio de la noche, y el recuerdo del amor ensimismado de Ausencia Santander se le revelaba como lo que era: una trampa de la felicidad que él aborrecía y anhelaba al mismo tiempo, pero de la cual era imposible escapar.

Un domingo cualquiera, dos años después de conocerse, lo primero que ella hizo cuando él llegó, en vez de desvestirlo, fue quitarle los lentes para besarlo mejor, y de ese modo supo Florentino Ariza que ella había comenzado a quererlo. A pesar de que se sintió tan bien desde el primer día en aquella casa que ya amaba como suya, no había permanecido nunca más de dos horas cada vez, ni nunca se quedó a dormir, y sólo una vez a comer, porque ella le había hecho una invitación formal. No iba en realidad sino a lo que iba, llevando siempre el regalo único de una rosa solitaria, y desaparecía hasta la siguiente ocasión imprevisible. Pero el domingo en que ella le quitó los lentes para besarlo, en parte por eso, y en parte porque se quedaron dormidos después de un amor reposado, pasaron la tarde desnudos en la enorme cama del capitán. Al despertar de la siesta, Florentino Ariza conservaba todavía el recuerdo de los chillidos de la cacatúa, cuyos cobres estridentes iban en sentido contrario de su belleza. Pero el silencio era diáfano en el calor de las cuatro, y por la ventana del dormitorio se veía el perfil de la ciudad antigua con el sol de la tarde en las espaldas, sus cúpulas doradas, su mar en llamas hasta Jamaica. Ausencia Santander extendió la mano aventurera buscando a tientas el animal yacente, pero Florentino Ariza se la apartó. Dijo: «Ahora no: siento una cosa rara, como si estuvieran viéndonos». Ella volvió a alborotar la cacatúa con su risa feliz. Dijo: «Ese pretexto no se lo traga ni la mujer de Jonás». Tampoco ella, desde luego, pero lo admitió como bueno, y ambos se amaron durante un largo rato en silencio sin repetir el amor. A las cinco, todavía con el sol alto, ella saltó de la cama, desnuda hasta la eternidad y con el lazo de organza en la cabeza, y fue a buscar algo de beber en la cocina. Pero no alcanzó a dar un paso fuera del dormitorio cuando lanzó un grito de espanto.

No podía creerlo. Los únicos objetos que quedaban en la casa eran las lámparas colgadas. Lo demás, los muebles firmados, las alfombras indias, las estatuas y los gobelinos, las chucherías innumerables de pedrerías y metales preciosos, todo cuanto había hecho de su casa una de las más gratas y mejor guarnecidas de la ciudad, todo, hasta la cacatúa sagrada, todo se había evaporado. Se los llevaron por la terraza del mar sin perturbar al amor. Sólo quedaban los salones desiertos con las cuatro ventanas abiertas, y un letrero a brocha gorda en la pared del fondo: *Esto les pasa por andar tirando*. El capitán Rosendo de la

Rosa no pudo entender nunca por qué Ausencia Santander no denunció el despojo, ni intentó contacto alguno con los traficantes de cosas robadas, ni permitió que se volviera a hablar de su desgracia.

Florentino Ariza siguió visitándola en la casa saqueada, cuyo mobiliario se redujo a tres taburetes de cuero que los ladrones olvidaron en la cocina, y el dormitorio donde ellos estaban. Pero la visitó con menos frecuencia que antes, no por la desolación de la casa, como ella suponía y se lo dijo, sino por la novedad del tranvía de mulas a principios del nuevo siglo, que fue para él un nido pródigo y original de pajaritas sueltas. Lo tomaba cuatro veces al día, dos para ir a la oficina y dos para regresar a casa, y a veces mientras leía de veras y la mayoría de las veces fingiendo leer, lograba hacer al menos los primeros contactos para una cita posterior. Más tarde, cuando el tío León XII puso a su disposición un coche tirado por dos mulitas pardas de gualdrapas doradas, iguales a las del presidente Rafael Núñez, había de añorar los tiempos del tranvía como los más fructíferos de sus andanzas de halconero. Tenía razón: no había peor enemigo de los amores secretos que un coche esperando en la puerta. Tanto, que casi siempre lo dejaba escondido en su casa y se iba a pie a sus rondas de altanería, para que no quedaran ni los surcos de las ruedas en el polvo. Por eso evocaba con tanta nostalgia el viejo tranvía con sus mulas macilentas, plagadas de peladuras, dentro del cual bastaba una mirada de sesgo para saber dónde estaba el amor. Sin embargo, en medio de tantos recuerdos enternecedores, no lograba sortear el de una pajarita desamparada cuyo nombre no conoció y con la que apenas alcanzó a vivir media noche frenética, pero que había bastado para amargarle por el resto de la vida los desórdenes inocentes del carnaval.

Le había llamado la atención en el tranvía por la impavidez con que viajaba en medio del escándalo de la parranda pública. No debía tener más de veinte años, y no parecía con ánimos de carnaval, a no ser que estuviera disfrazada de inválida: tenía el cabello muy claro, largo y liso, suelto al natural sobre los hombros, y una túnica de lienzo ordinario sin ningún adorno. Era ajena por completo al revoltijo de músicas de las calles, los puñados de polvos de arroz, los chorros de anilina que les tiraban a los pasajeros al paso del tranvía, cuyas mulas iban blancas de almidón y con sombreros de flores durante aquellos tres días de locura. Aprovechándose de la confusión, Florentino Ariza la invitó a tomar un helado, porque no pensó que diera para más. Ella lo miró sin sorpresa. Dijo: «Acepto con mucho gusto, pero le advierto que estoy loca». Él se rió de la ocurrencia, y la llevó a ver el desfile de carrozas desde el balcón de la heladería. Luego se puso un capuchón alquilado, y ambos se metieron en la ronda de bailes de la Plaza de la Aduana, y gozaron juntos como novios acabados de nacer, pues la indiferencia de ella se fue al extremo contrario con el fragor de la noche: bailaba como una profesional, y era imaginativa y audaz para la parranda, y de un encanto arrasador.

—No sabes la vaina en que te has metido conmigo —gritaba muerta de risa en la fiebre del carnaval—. Soy una loca de manicomio.

Para Florentino Ariza, aquella era una noche de regreso a los desmanes cándidos de la adolescencia, cuando aún no lo había desgraciado el amor. Pero sabía, más por escarmiento que por experiencia, que una felicidad tan fácil no podía durar mucho tiempo. Así que antes de que la noche empezara a decaer, como ocurría siempre después de la repartición de los premios a los mejores disfraces, le propuso a la muchacha que se fueran a contemplar el amanecer desde el faro. Ella aceptó complacida, pero después que acabaran de repartir los premios.

A Florentino Ariza le quedó la certeza de que aquella demora le salvó la vida. En efecto, la muchacha le había hecho una seña de que se fueran para el faro, cuando dos cancerberos y una enfermera del manicomio de la Divina Pastora le cayeron encima. La buscaban desde que se escapó, a las tres de la tarde, no sólo ellos sino toda la fuerza pública. Había decapitado a un guardián y herido mal a otros dos con un machete que le arrebató al jardinero, porque quería salir a bailar en el carnaval. Pero a nadie se le había ocurrido que estuviera bailando en la calle, sino escondida en alguna de las tantas casas que habían registrado hasta en las cisternas.

No fue fácil llevársela. Se defendió con unas tijeras de podar que tenía ocultas en el corpiño, y se necesitaron seis hombres para ponerle la camisa de fuerza, mientras la muchedumbre atascada en la Plaza de la Aduana aplaudía y rechiflaba de júbilo, creyendo que la captura sangrienta era una de las tantas farsas del carnaval. Florentino Ariza quedó desgarrado, y desde el Miércoles de Ceniza pasaba por la calle de la Divina Pastora con una caja de chocolates ingleses para ella. Se quedaba viendo a las reclusas que le gritaban toda clase de improperios y piropos por las ventanas, las alborotaba con la caja de chocolates, por si acaso tenía la suerte de que también se asomara ella por entre las barras de hierro. Pero nunca la vio. Meses después, al bajarse del tranvía de mulas, una niñita que iba con su padre le pidió una bolita de chocolate de la caja que él llevaba en la mano. El padre la regañó y le pidió excusas a Florentino Ariza. Pero él le dio la caja completa a la niña pensando que aquel gesto lo redimía de toda amargura, y calmó al papá con una palmadita en el hombro.

—Eran para un amor que se lo llevó el carajo —le dijo.

Como una compensación del destino, también fue en el tranvía de mulas donde Florentino Ariza conoció a Leona Cassiani, que fue la verdadera mujer de su vida, aunque ni él ni ella lo supieron nunca, ni nunca hicieron el amor. Él la había sentido antes de verla cuando iba de regreso a casa en el tranvía de las cinco: fue una mirada material que lo tocó como si fuera un dedo. Levantó la vista y la vio, en el extremo opuesto, pero muy bien definida entre los otros pasajeros. Ella no apartó la mirada. Al contrario: la sostuvo con tanto descaro que él no podía pensar sino lo que pensó: negra, joven y bonita, pero puta sin lugar a dudas. La descartó de su vida, porque no podía concebir nada más indigno que pagar el amor: no lo hizo nunca.

Florentino Ariza se bajó en la Plaza de los Coches, que era la terminal del tranvía, se escabulló a toda prisa por el laberinto del comercio porque su madre lo esperaba a las seis, y cuando salió al otro lado de la muchedumbre oyó el taconeo de mujer alegre en los adoquines, y se volvió a mirar para convencerse de lo que ya sabía: era ella. Estaba vestida como las esclavas de los grabados, con una pollera de volantes que se levantaba con un ademán de baile para pasar sobre los charcos de las calles, un descote que le dejaba los hombros descubiertos, un mazo de collares de colores y un turbante blanco. Él las conocía en el hotel de paso. Sucedía a menudo que a las seis de la tarde estaban todavía con el desayuno, y entonces no les quedaba más recurso que usar el sexo como un cuchillo de salteador de vereda, y se lo ponían en la garganta al primero que encontraban en la calle: la pinga o la vida. En busca de una prueba final, Florentino Ariza cambió de sentido, se metió por el callejón desierto de El Candilejo, y ella lo siguió cada vez más de cerca. Entonces él se detuvo, se volvió, le cerró el paso en la acera apoyado en el paraguas con las dos manos. Ella se le plantó enfrente.

—Estas equivocada, linda —dijo él—: yo no lo doy.

—Claro que sí —dijo ella—: se te ve en la cara.

Florentino Ariza se acordó de una frase que le oyó de niño al médico de la familia, su padrino, a propósito de su estreñimiento crónico: «El mundo está dividido entre los que cagan bien y los que cagan mal». Sobre ese dogma, el médico había elaborado toda una teoría del carácter, que consideraba más certera que la astrología. Pero con las lecciones de los años, Florentino Ariza la planteó de otro modo: «El mundo está dividido entre los que tiran y los que no tiran». Desconfiaba de estos últimos: cuando se salían del carril, era para ellos algo tan insólito, que alardeaban del amor como si acabaran de inventarlo. Los que lo hacían a menudo, en cambio, vivían sólo para eso. Se sentían tan bien que se portaban como sepulcros sellados, porque sabían que de la discreción dependía su vida. No hablaban jamás de sus proezas, no se confiaban a nadie, se hacían los distraídos hasta el punto de que ganaban fama de impotentes, de frígidos, y sobre todo de maricas tímidos, como era el caso de Florentino Ariza. Pero se complacían con el equívoco, porque también el equívoco los protegía. Eran una logia hermética, cuyos socios se reconocían entre sí en el mundo entero, sin necesidad de un idioma común. De ahí que Florentino Ariza no se sorprendiera de la respuesta de la muchacha: era una de los suyos, y por tanto sabía que él sabía que ella sabía.

Fue el error de su vida, tal como su conciencia iba a recordárselo a cada hora de cada día, hasta el último día. Lo que ella quería suplicarle no era amor, y menos amor pagado, sino un empleo de lo que fuera, como fuera y con el sueldo que fuera, en la Compañía Fluvial del Caribe. Florentino Ariza se sintió tan avergonzado de su propia conducta que la llevó con el jefe de personal, y éste le dio un puesto de ínfima categoría en la sección general, que ella desempeñó con seriedad, modestia y consagración durante tres años.

Las oficinas de la C.F.C. estaban desde su fundación frente al muelle fluvial, sin nada en común con el puerto de los transatlánticos en el lado opuesto de la bahía, ni con el atracadero del mercado en la bahía de Las Ánimas. Era un edificio de madera con techo de cinc de dos aguas, un solo balcón largo con pilares en la fachada, y varias ventanas con mallas de alambre en los cuatro costados, desde las cuales se veían completos los buques en el muelle como cuadros colgados en la pared. Cuando lo construyeron los precursores alemanes, pintaron de rojo el cinc de los techos y de blanco brillante los tabiques de madera, de modo que el mismo edificio tenía algo de buque fluvial. Después lo pintaron todo de azul, y por los tiempos en que Florentino Ariza entró a trabajar en la empresa era un galpón polvoriento sin color definido, y en los techos oxidados había parches de láminas nuevas sobre las láminas originales. Detrás del edificio, en un patio de caliche cercado con alambre de gallinero, había dos bodegas grandes de construcción más reciente, y al fondo había un caño cerrado, sucio y maloliente, donde se pudrían los desechos de medio siglo de navegación fluvial: escombros de buques históricos, desde los primitivos de una sola chimenea, inaugurados por Simón Bolívar, hasta algunos tan recientes que ya tenían ventiladores eléctricos en los camarotes. La mayoría de ellos habían sido desmantelados para utilizar los materiales en otros buques, pero muchos estaban en tan buen estado que parecía posible darles una mano de pintura y echarlos a navegar, sin espantar las iguanas ni desmontar las frondas de grandes flores amarillas que los hacían más nostálgicos.

En la planta alta del edificio estaba la sección administrativa, en oficinas pequeñas pero cómodas y bien dotadas, como los camarotes de los buques, pues no habían sido hechas por arquitectos civiles sino por ingenieros navales. Al final del corredor, como un empleado más, despachaba el tío León XII en una oficina igual a todas, con la única diferencia de que él encontraba por las mañanas en su escritorio un florero de vidrio con cualquier clase de flores de buen olor. En la planta baja estaba la sección de pasajeros, con una sala de espera de bancas rústicas y un mostrador para el expendio de tiquetes y el manejo de los equipajes. Al final de todo estaba la confusa sección general, cuyo solo nombre daba una idea de la vaguedad de sus atributos, y adonde iban a morir de mala muerte los problemas que se quedaban sin resolver en el resto de la empresa. Allí estaba Leona Cassiani, perdida detrás de una mesita escolar entre un montón de bultos de maíz arrumados y papeles sin solución, el día en que el tío León XII en persona fue a ver qué diablos se le ocurría para que la sección general sirviera de algo. Al cabo de tres horas de preguntas, de suposiciones teóricas y de averiguaciones concretas con todos los empleados en sala plena, volvió a su oficina atormentado por la certidumbre de no haber encontrado ninguna solución para tantos problemas, sino todo lo contrario: nuevos y variados problemas para ninguna solución.

Al día siguiente, cuando Florentino Ariza entró en su oficina, encontró un memorando de Leona Cassiani, con la súplica de que lo estudiara y se lo mostrara luego a su tío, si le parecía pertinente. Era la única que no había dicho una palabra durante la inspección de la tarde anterior. Se había mantenido a conciencia en su digna condición de empleada de caridad, pero en el memorando hacía notar que no lo había hecho por negligencia sino por respeto a las jerarquías de la sección. Era de una sencillez alarmante. El tío León XII se había propuesto una reorganización a fondo, pero Leona Cassiani pensaba en sentido contrario, por la lógica simple de que la sección general no existía en la realidad: era el basurero de los problemas engorrosos pero insignificantes que las otras secciones se quitaban de encima. La solución, en consecuencia, era eliminar la sección general, y devolver los problemas para que fueran resueltos en sus secciones de origen.

El tío León XII no tenía la menor idea de quién era Leona Cassiani ni recordaba haber visto a alguien que pudiera serlo en la reunión de la tarde anterior, pero cuando leyó el memorando la llamó a su oficina y conversó con ella a puerta cerrada durante dos horas. Hablaron un poco de todo, de acuerdo con el método que él usaba para conocer a la gente. El memorando era de simple sentido común, y la solución, en efecto, dio el resultado apetecido. Pero al tío León XII no le importaba eso: le importaba ella. Lo que más le llamó la atención fue que sus únicos estudios después de la primaria habían sido en la Escuela de Sombrerería. Además, estaba aprendiendo inglés en su casa con un método rápido sin maestro, y desde hacía tres meses tomaba clases nocturnas de mecanografía, un oficio novedoso de gran porvenir, como antes se decía del telégrafo y se había dicho antes de las máquinas de vapor.

Cuando salió de la entrevista ya el tío León XII había empezado a llamarla como la llamaría siempre: tocaya Leona. Había decidido eliminar de una plumada la sección conflictiva y repartir los problemas para que fueran resueltos por los mismos que los creaban, de acuerdo con la sugerencia de Leona Cassiani, y había inventado para ella un puesto sin nombre y sin funciones específicas, que en la práctica era el de asistente personal suya. Esa tarde, después del entierro sin honores de la sección general, el tío León XII le preguntó a Florentino Ariza de dónde había sacado a Leona Cassiani, y él le contestó la verdad.

—Pues vuelve al tranvía y tráeme a todas las que encuentres como esa —le dijo el tío—. Con dos o tres más así sacamos a flote tu galeón.

Florentino Ariza lo entendió como una broma típica del tío León XII, pero al día siguiente se encontró sin el coche que le habían asignado seis meses antes, y que ahora le quitaban para que siguiera buscando talentos ocultos en los tranvías. A Leona Cassiani, por su parte, se le acabaron muy pronto los escrúpulos iniciales, y se sacó de adentro todo lo que tuvo guardado con tanta astucia los primeros tres años. En tres más había abarcado el control de todo, y en los cuatro siguientes llegó a las puertas de la secretaría general, pero se negó a entrar porque estaba a sólo un escalón por debajo de Florentino Ariza. Hasta entonces había estado a órdenes suyas, y quería seguir estándolo, aunque la realidad era distinta: el mismo Florentino Ariza no se daba cuenta de que era él quien estaba bajo las órdenes de ella. Así era: él no había hecho más que cumplir lo que ella sugería en la Dirección General para ayudarlo a subir contra las trampas de sus enemigos ocultos.

Leona Cassiani tenía un talento diabólico para manejar los secretos, y siempre sabía estar donde debía en el momento justo. Era dinámica, silenciosa, de una dulzura sabia. Pero cuando era indispensable, con el dolor de su alma, le soltaba las riendas a un carácter de hierro macizo. Sin embargo, nunca lo usó para ella. Su único objetivo fue barrer la escalera a cualquier precio, con sangre si no había otro modo, para que Florentino Ariza subiera hasta donde él se lo había propuesto sin calcular muy bien su propia fuerza. Ella lo hubiera hecho de todos modos, desde luego, por una indomable vocación de poder, pero la verdad fue que lo hizo a conciencia por pura gratitud. Era tal su determinación, que el mismo Florentino Ariza se perdió en sus manejos, y en un momento sin fortuna trató de cerrarle el paso a ella creyendo que ella trataba de cerrárselo a él. Leona Cassiani lo puso en su puesto.

—No se equivoque —le dijo—. Yo me aparto de todo esto cuando usted quiera, pero piénselo bien.

Florentino Ariza, que en efecto no lo había pensado, lo pensó entonces tan bien como pudo, y le entregó sus armas. Lo cierto es que en medio de aquella guerra sórdida dentro de una empresa en crisis perpetua, en medio de sus desastres de halconero sin sosiego y la ilusión cada vez más incierta de Fermina Daza, el impasible Florentino Ariza no había tenido un instante de paz interior frente al espectáculo fascinante de aquella negra brava embadurnada de mierda y de amor en la fiebre de la pelea. Tanto, que muchas veces se dolió en secreto de que ella no hubiera sido en realidad lo que él creía que era la tarde en que la conoció, para haberse limpiado el trasero con sus principios y haber hecho el amor con ella aunque fuera pagado con pepas de oro vivo. Pues Leona Cassiani seguía siendo igual que aquella tarde en el tranvía, con sus mismos vestidos de cimarrona alborotada, sus turbantes locos, sus arracadas y pulseras de hueso, su mazo de collares y sus anillos de piedras falsas en todos los dedos: una leona de la calle. Lo muy poco que los años le habían añadido por fuera era para su bien. Navegaba en una madurez espléndida, sus encantos de mujer eran más inquietantes, y su ardoroso cuerpo de africana se iba haciendo más denso. Florentino Ariza no se le había vuelto a insinuar en diez años, pagando así la dura penitencia de su error original, y ella lo había ayudado en todo, salvo en eso.

Una noche en que se quedó trabajando hasta muy tarde, como lo hizo con frecuencia después de la muerte de su madre, Florentino Ariza iba de salida cuando vio que había luz en la oficina de Leona Cassiani. Abrió la puerta sin tocar, y allí estaba: sola en el escritorio, absorta, seria, con unas gafas nuevas que le hacían un semblante académico. Florentino Ariza se dio cuenta con un pavor dichoso de que estaban los dos solos en la casa, estaban los muelles desiertos, la ciudad dormida, la noche eterna en la mar tenebrosa, el bramido triste de un barco que tardaría más de una hora en llegar. Florentino Ariza se apoyó en el paraguas con las dos manos, tal como lo había hecho en el callejón de El Candilejo para cerrarle el paso, sólo que ahora lo hizo para que no se le notara la desarticulación de las rodillas.

—Dime una cosa, leona de mi alma —dijo— ¿cuándo es que vamos a salir de esto?

Ella se quitó los lentes sin sorpresa, con un dominio absoluto, y lo encandiló con su risa solar. Nunca lo había tuteado.

—Ay, Florentino Ariza —le dijo—, llevo diez años sentada aquí esperando que me lo preguntes.

Ya era tarde: la ocasión iba con ella en el tranvía de mulas, había estado siempre con ella en la misma silla en que estaba sentada, pero ahora se había ido para siempre. La verdad era que después de tantas perrerías soterradas que había hecho por él, después de tanta sordidez soportada para él, ella se le había adelantado en la vida y estaba mucho más allá de los veinte años de edad que él le llevaba de ventaja: había envejecido para el. Lo quería tanto, que en vez de engañarlo prefirió seguir amándolo aunque tuviera que hacérselo saber de un modo brutal.

—No —le dijo—. Me sentiría como acostándome con el hijo que nunca tuve.

Florentino Ariza se quedó con la espina de que no hubiera sido suya la última réplica. Pensaba que cuando una mujer dice que no, se queda esperando que le insistan antes de tomar la decisión final, pero con ella era distinto: no podía jugar con el riesgo de equivocarse por segunda vez. Se retiró de buen talante, y hasta con una cierta gracia que no le era fácil. Desde esa noche, cualquier sombra que pudo haber entre ellos se disipó sin amarguras, y Florentino Ariza entendió por fin que se puede ser amigo de una mujer sin acostarse con ella.

Leona Cassiani fue el único ser humano a quien Florentino Ariza estuvo tentado de revelarle el secreto de Fermina Daza. Las pocas personas que lo sabían empezaban a olvidarlo por motivos de fuerza mayor. Tres de ellas se lo habían llevado a la tumba sin ninguna duda: su madre, que desde mucho antes de morir ya lo tenía borrado en la memoria; Gala Placidia, muerta de buena vejez al servicio de la que fue casi una hija, y la inolvidable Escolástica Daza, la que le había llevado dentro de un misal la primera carta de amor que recibió en la vida, y que no podía seguir viva después de tantos años. Lorenzo Daza, de quien entonces no sabía si estaba vivo o muerto, podía habérselo revelado a la hermana Franca de la Luz tratando de evitar la expulsión, pero era poco probable que lo hubieran divulgado. Quedaban por contar once telegrafistas de la provincia lejana de Hildebranda Sánchez, que manejaron telegramas con sus nombres completos y direcciones exactas, y luego Hildebranda Sánchez y su corte de primas indómitas.

Lo que ignoraba Florentino Ariza era que el doctor Juvenal Urbino debía ser incluido en la cuenta. Hildebranda Sánchez le había revelado el secreto en alguna de sus tantas visitas de los primeros años.

Pero lo hizo de un modo tan casual y en un momento tan inoportuno, que al doctor Urbino no le entró por un oído y le salió por el otro, como ella pensó, sino que no le entró por ninguno. Hildebranda, en efecto, había mencionado a Florentino Ariza como uno de los poetas escondidos que según ella tenían posibilidades de ganar los Juegos Florales. Al doctor Urbino le costó trabajo recordar quién era, y ella le dijo sin que fuera indispensable pero sin un ápice de malicia que fue el único novio que Fermina Daza había tenido antes de casarse. Se lo dijo convencida de que había sido algo tan inocente y efímero, que más bien resultaba conmovedor. El doctor Urbino le replicó sin mirarla: «No sabía que ese tipo fuera poeta». Y lo borró de la memoria al instante, entre otras cosas porque su profesión lo tenía acostumbrado a un manejo ético del olvido.

Florentino Ariza observó que los depositarios del secreto, a excepción de su madre, pertenecían al mundo de Fermina Daza. En el suyo estaba sólo él, solo con el peso abrumador de una carga que muchas veces había necesitado compartir, pero nadie hasta entonces le había merecido tanta confianza. Leona Cassiani era la única posible, y sólo le hacían falta el modo y la ocasión. Estaba pensándolo, justo la tarde de bochorno estival en que el doctor Juvenal Urbino subió las escaleras empinadas de la C.F.C., con una pausa en cada peldaño para sobrevivir al calor de las tres, y apareció acezante en la oficina de Florentino Ariza empapado en sudor hasta los pantalones, y dijo con el último aliento: «Creo que se nos viene encima un ciclón». Florentino Ariza lo había visto allí muchas veces, en busca del tío León XII, pero nunca como entonces había tenido la impresión tan nítida de que aquella aparición indeseable tenía algo que ver con su vida.

Era la época en que también el doctor Juvenal Urbino había superado los escollos de la profesión, y andaba casi de puerta en puerta como un pordiosero con el sombrero en la mano, buscando contribuciones para sus promociones artísticas. Uno de sus contribuyentes más asiduos y pródigos lo fue siempre el tío León XII, quien en aquel momento justo había empezado a hacer su siesta diaria de diez minutos, sentado en la poltrona de resortes del escritorio. Florentino Ariza le pidió al doctor Juvenal Urbino el favor de esperar en su oficina, que era contigua a la del tío León XII, y en cierto modo le servía de antesala.

Se habían visto en diversas ocasiones, pero nunca habían estado así, frente a frente, y Florentino Ariza padeció una vez más la náusea de sentirse inferior. Fueron diez minutos eternos, en los cuales se levantó tres veces con la esperanza de que el tío hubiera despertado antes de tiempo, y se tomó un termo entero de café negro. El doctor Urbino no aceptó ni una taza. Dijo: «El café es veneno». Y siguió encadenando un tema con otro sin preocuparse siquiera por ser escuchado. Florentino Ariza no podía soportar su distinción natural, la fluidez y precisión de sus palabras, su hálito recóndito de alcanfor, su encanto personal, la manera tan fácil y elegante como lograba que hasta las frases más frívolas, sólo porque él las decía, parecieran esenciales. De pronto, el médico cambió de tema de un modo abrupto:

—¿Le gusta la música?

Lo tomó por sorpresa. En realidad, Florentino Ariza asistía a cuanto concierto o representación de ópera se daban en la ciudad, pero no se sentía capaz de sostener una conversación crítica o bien informada. Tenía la sangre dulce para la música de moda, sobre todo los valses sentimentales, cuya afinidad con los que él mismo hacía de adolescente, o con sus versos secretos, no era posible negar. Le bastaba con oírlos una vez de pasada, para que luego no hubiera poder de Dios que le sacara de la cabeza el hilo de la melodía durante noches enteras. Pero esa no sería una respuesta seria para una pregunta tan seria de un especialista.

—Me gusta Gardel —dijo.

El doctor Urbino lo entendió. «Ya veo —dijo—. Está de moda.» Y se escabulló por el recuento de sus nuevos y numerosos proyectos, que había de realizar como siempre sin subsidio oficial. Le hizo notar la inferioridad descorazonadora de los espectáculos que era posible traer ahora y los espléndidos del siglo anterior. Así era: tenía un año de estar vendiendo abonos para traer el trío Cortot-Casals-Thibaud al Teatro de la Comedia, y no había nadie en el gobierno que supiera quienes eran, mientras aquel mismo mes estaban agotadas las localidades para la compañía de dramas policiales Ramón Caralt, para la Compañía de Operetas y Zarzuelas de don Manolo de la Presa, para Los Santanelas, inefables transformistas mímico-fantásticos que se cambiaban de ropa en pleno escenario en el instante de un relámpago fosforescente, para Danyse D'Altaine, que se anunciaba como antigua bailarina del Folies Bergère, y hasta para el abominable Ursus, un energúmeno vasco que peleaba cuerpo a cuerpo con un toro de lidia. No era para quejarse, sin embargo, si los mismos europeos estaban dando una vez más el mal ejemplo de una guerra bárbara, cuando nosotros empezábamos a vivir en paz después de nueve guerras civiles en medio siglo, que bien contadas podían ser una sola: siempre la misma. Lo que más le llamó la atención a Florentino Ariza de aquel discurso cautivador, fue la posibilidad de revivir los Juegos Florales, la más resonante y perdurable de las iniciativas que el doctor Juvenal Urbino había concebido en el pasado. Tuvo que morderse la lengua para no contarle que él había sido un participante asiduo de aquel concurso anual que llegó a interesar a poetas de grandes nombres, no sólo en el resto del país sino también en otros del Caribe.

Apenas empezada la conversación, el vapor caliente del aire se enfrió de pronto, y una tormenta de vientos cruzados sacudió puertas y ventanas con fuertes estampidos, y la oficina crujió hasta los cimientos como un velero al garete. El doctor Juvenal Urbino no pareció advertirlo. Hizo alguna referencia casual a los ciclones lunáticos de junio, y de pronto, sin que viniera a cuento, habló de su esposa. No sólo la tenía como su colaboradora más entusiasta, sino como el alma misma de sus iniciativas. Dijo: «Yo no sería nadie sin ella». Florentino Ariza lo escuchó impasible, aprobándolo todo con un movimiento leve de la cabeza, sin atreverse a decir nada por miedo de que lo traicionara la voz. Sin embargo, dos o tres frases más le bastaron para comprender que al doctor Juvenal Urbino, en medio de tantos compromisos absorbentes, todavía le sobraba tiempo para adorar a su esposa casi tanto como él, y esa verdad lo aturdió. Pero no pudo reaccionar como hubiera querido, porque el corazón le hizo entonces una de esas trastadas de putas que sólo se le ocurren al corazón: le reveló que él y aquel hombre que había tenido siempre como el enemigo personal, eran víctimas de un mismo destino y compartían el azar de una pasión común: dos animales de yunta uncidos al mismo yugo. Por primera vez en los veintisiete años interminables que llevaba esperando, Florentino Ariza no pudo resistir la punzada de dolor de que aquel hombre admirable tuviera que morirse para que él fuera feliz.

El ciclón pasó de largo, pero sus galernas desbarataron en quince minutos los barrios de las ciénagas y causaron destrozos en media ciudad. El doctor Juvenal Urbino, satisfecho una vez más con la generosidad del tío León XII, no esperó a que escampara por completo, y se llevó por distracción el paraguas personal que Florentino Ariza le prestó para llegar hasta el coche. Pero a éste no le importó. Al contrario: se alegró de pensar en lo que Fermina Daza iba a pensar cuando supiera quién era el dueño del paraguas. Estaba todavía turbado por la conmoción de la entrevista cuando Leona Cassiani pasó por su oficina, y le pareció una ocasión única para revelarle el secreto sin más vueltas, como reventar un nudo de golondrinos que no lo dejaba vivir: ahora o nunca. Empezó por preguntarle qué pensaba del doctor Juvenal Urbino. Ella le contestó casi sin pensarlo: «Es un hombre que hace muchas cosas, demasiadas quizás, pero creo que nadie sabe lo que piensa». Luego reflexionó, despedazando el borrador del lápiz con sus dientes afilados y grandes, de negra grande, y al final se encogió de hombros para liquidar un asunto que la tenía sin cuidado.

—A lo mejor es por eso que hace tantas cosas —dijo—: para no tener que pensar.

Florentino Ariza intentó retenerla.

—Lo que me duele es que se tiene que morir —dijo.

—Todo el mundo tiene que morirse —dijo ella.

—Sí —dijo él—, pero éste más que todo el mundo.

Ella no entendió nada: volvió a encogerse de hombros sin hablar, y se fue. Entonces supo Florentino Ariza que en alguna noche incierta del futuro, en una cama feliz con Fermina Daza, iba a contarle que no había revelado el secreto de su amor ni siquiera a la única persona que se había ganado el derecho de saberlo. No: no había de revelarlo jamás, ni a la misma Leona Cassiani, no porque no quisiera abrir para ella el cofre donde lo había tenido tan bien guardado a lo largo de media vida, sino porque sólo entonces se dio cuenta de que había perdido la llave.

No era eso, sin embargo, lo más estremecedor de aquella tarde. Le quedaba la nostalgia de sus tiempos jóvenes, el recuerdo vívido de los Juegos Florales, cuyo estruendo resonaba cada 15 de abril en el ámbito de las Antillas. Él fue siempre uno de sus protagonistas, pero siempre, como en casi todo, un protagonista secreto. Había participado varias veces desde el concurso inaugural, y nunca obtuvo ni la última mención. Pero no le importaba, pues no lo hacía por la ambición del premio, sino porque el certamen tenía para él una atracción adicional: Fermina Daza fue la encargada de abrir los sobres lacrados y proclamar los nombres de los ganadores en la primera sesión, y desde entonces quedó establecido que siguiera haciéndolo en los años siguientes.

Escondido en la penumbra de las lunetas, con una camelia viva latiéndole en el ojal de la solapa por la fuerza del anhelo, Florentino Ariza vio a Fermina

Daza abriendo los tres sobres lacrados en el escenario del antiguo Teatro Nacional, la noche del primer concurso. Se preguntó qué iba a suceder en el corazón de ella cuando descubriera que él era el ganador de la Orquídea de Oro. Estaba seguro de que reconocería la letra, y que en aquel instante había de evocar las tardes de bordados bajo los almendros del parquecito, el olor de las gardenias mustias en las cartas, el valse confidencial de la diosa coronada en las madrugadas de viento. No sucedió. Peor aún: la Orquídea de Oro, el galardón más codiciado de la poesía nacional, le fue adjudicada a un inmigrante chino. El escándalo público que provocó aquella decisión insólita puso en duda la seriedad del certamen. Pero el fallo fue justo, y la unanimidad del jurado tenía una justificación en la excelencia del soneto.

Nadie creyó que el autor fuera el chino premiado. Había llegado a fines del siglo anterior huyendo del flagelo de fiebre amarilla que asoló a Panamá durante la construcción del ferrocarril de los dos océanos, junto con muchos otros que aquí se quedaron hasta morir, viviendo en chino, proliferando en chino, y tan parecidos los unos a los otros que nadie podía distinguirlos. Al principio no eran más de diez, algunos de ellos con sus mujeres y sus niños y sus perros de comer, pero en pocos años desbordaron cuatro callejones de los arrabales del puerto con nuevos chinos intempestivos que entraban en el país sin dejar rastro en los registros de aduana. Algunos de los jóvenes se convirtieron en patriarcas venerables con tanta premura, que nadie se explicaba cómo habían tenido tiempo de envejecer. La intuición popular los dividió en dos clases: los chinos malos y los chinos buenos. Los malos eran los de las fondas lúgubres del puerto, donde lo mismo se comía como un rey o se moría de repente en la mesa frente a un plato de rata con girasoles, y de las cuales se sospechaba que no eran sino mamparas de la trata de blancas y el tráfico de todo. Los buenos eran los chinos de las lavanderías, herederos de una ciencia sagrada, que devolvían las camisas más limpias que si fueran nuevas, con los cuellos y los puños como hostias recién aplanchadas. Fue uno de estos chinos buenos el que derrotó en los Juegos Florales a setenta y dos rivales bien apertrechados.

Nadie entendió el nombre cuando Fermina Daza lo leyó ofuscada. No sólo porque era un nombre insólito, sino porque de todos modos nadie sabía a ciencia cierta cómo se llamaban los chinos. Pero no hubo que pensarlo mucho, porque el chino premiado surgió del fondo de la platea con esa sonrisa celestial que tienen los chinos cuando llegan temprano a su casa. Había ido tan seguro de la victoria que llevaba puesta para recibir el premio la camisola de seda amarilla de los ritos de primavera. Recibió la Orquídea de Oro de dieciocho quilates, y la besó de dicha en medio de las burlas atronadoras de los incrédulos. No se inmutó. Esperó en el centro del escenario, imperturbable como el apóstol de una Divina Providencia menos dramática que la nuestra, y en el primer silencio leyó el poema premiado. Nadie lo entendió. Pero cuando pasó la nueva andanada de rechiflas, Fermina Daza volvió a leerlo impasible, con su afónica voz insinuante, y el asombro se impuso desde el primer verso. Era un soneto de la más pura estirpe parnasiana, perfecto, atravesado por una risa de inspiración que delataba la complicidad de una mano maestra. La única explicación posible era que algún poeta de los grandes hubiera concebido aquella broma para burlarse de los Juegos Florales, y que el chino se había prestado a ella con la determinación de guardar el secreto hasta la muerte. El Diario del Comercio, nuestro periódico tradicional, trató de remendar la honra civil con un ensayo erudito y más bien indigesto sobre la antigüedad y la influencia cultural de los chinos en el Caribe, y su derecho merecido a participar en los Juegos Florales. El que escribió el ensayo no dudaba de que el autor del soneto fuera en realidad el que decía serlo, y lo justificaba sin rodeos desde el título: *Todos los chinos son poetas*. Los promotores de la conjura, si la hubo, se pudrieron en sus sepulcros con el secreto. Por su parte, el chino premiado se murió sin confesión a una edad oriental, y fue enterrado con la Orquídea de Oro dentro del ataúd, pero con la amargura de no haber logrado en vida lo único que anhelaba, que era su crédito de poeta. Con motivo de la muerte se evocó en la prensa el incidente olvidado de los Juegos Florales, se reprodujo el soneto con una viñeta modernista de doncellas turgentes con cornucopias de oro, y los dioses custodios de la poesía se valieron de la ocasión para poner las cosas en su puesto: el soneto le pareció tan malo a la nueva generación, que ya nadie puso en duda que en realidad fuera escrito por el chino muerto.

Florentino Ariza tuvo siempre aquel escándalo asociado al recuerdo de una desconocida opulenta que estaba sentada a su lado. Se había fijado en ella al principio del acto, pero después la había olvidado por el susto de la espera. Le llamó la atención por su blancura de nácar, su fragancia de gorda feliz, su inmensa pechuga de soprano coronada por una magnolia artificial. Tenía un vestido de terciopelo negro muy ceñido, tan negro como los ojos ansiosos y cálidos, y tenía el cabello más negro aún, estirado en la nuca con una peineta de gitana. Tenía aretes colgantes, un collar del mismo estilo y anillos iguales en varios dedos, todos de estoperoles brillantes, y un lunar pintado con lápiz en la mejilla derecha. En la confusión de los aplausos finales, miró a Florentino Ariza con una aflicción sincera.

—Créame que lo siento en el alma —le dijo.

Florentino Ariza se impresionó, no por las condolencias que en realidad merecía, sino por el asombro de que alguien conociera su secreto. Ella se lo aclaró: «Me di cuenta por la manera como le temblaba la flor de la solapa mientras abrían los sobres». Le mostró la magnolia de peluche que tenía en la mano, y le abrió el corazón.

—Yo por eso me quité la mía —dijo.

Estaba a punto de llorar por la derrota, pero Florentino Ariza le cambió el ánimo con su instinto de cazador nocturno.

—Vámonos a alguna parte a llorar juntos —le dijo.

La acompañó a su casa. Ya en la puerta, y en vista de que era casi medianoche y no había nadie en la calle, la convenció de que lo invitara a un brandy mientras veían los álbumes de recortes y fotografías de más de diez años de acontecimientos públicos, que ella decía tener. El truco era ya viejo desde entonces, pero por esa vez fue involuntario, porque era ella la que había hablado de sus álbumes mientras iban caminando desde el Teatro Nacional. Entraron. Lo primero que observó Florentino Ariza desde la sala fue que la puerta del dormitorio único estaba abierta, y que la cama era vasta y suntuosa, con una colcha de brocados y cabeceras con frondas de bronce. Esa visión lo turbó. Ella debió darse cuenta, pues se adelantó a través de la sala y cerró la puerta del dormitorio. Luego lo invitó a sentarse en un canapé de cretona florida donde había un gato dormido, y le puso en la mesa de centro su colección de álbumes. Florentino Ariza empezó a hojearlos sin prisa, pensando más en sus pasos siguientes que en lo que estaba viendo, y de pronto alzó la mirada y vio que ella tenía los ojos llenos de lágrimas. Le aconsejó que llorara cuanto quisiera, sin pudor, pues nada aliviaba como el llanto, pero le sugirió que se aflojara el corpiño para llorar. Él se apresuró a ayudarla, porque el corpiño estaba ajustado a la fuerza en la espalda con una larga costura de cordones cruzados. No tuvo que terminar, pues el corpiño acabó de soltarse solo por la presión interna, y la tetamenta astronómica respiró a sus anchas.

Florentino Ariza, que no perdió nunca el susto de la primera vez, aun en las ocasiones más fáciles, se arriesgó a una caricia epidérmica en el cuello con la yema de los dedos, y ella se retorció con un gemido de niña consentida sin dejar de llorar. Entonces él la besó en el mismo sitio, muy suave, como lo había hecho con los dedos, y no pudo hacerlo por segunda vez porque ella se volvió hacia él con todo su cuerpo monumental, ávido y caliente, y ambos rodaron abrazados por el suelo. El gato despertó en el sofá con un chillido, y les saltó encima. Ellos se buscaron a tientas como primerizos apurados y se encontraron de cualquier modo, revolcándose sobre los álbumes descuadernados, vestidos, ensopados de sudor, y más pendientes de esquivar los zarpazos furiosos del gato que del desastre de amor que estaban cometiendo. Pero desde la noche siguiente, con las heridas todavía sangrantes, continuaron haciéndolo por varios años.

Cuando se dio cuenta de que había empezado a amarla, ella estaba ya en la plenitud y él iba a cumplir treinta. Se llamaba Sara Noriega, y había tenido un cuarto de hora de celebridad en su juventud, por ganarse un concurso con un libro de versos sobre el amor de los pobres, que nunca fue publicado. Era maestra de Urbanidad e Instrucción Cívica en escuelas oficiales, y vivía de su sueldo en una casa alquilada del abigarrado Pasaje de los Novios, en el antiguo barrio de Getsemaní. Había tenido varios amantes de ocasión, pero ninguno con ilusiones matrimoniales, porque era difícil que un hombre de su medio y de su tiempo desposara a una mujer con quien se hubiera acostado. Tampoco ella volvió a alimentar esa ilusión después de que su primer novio formal, al que amó con la pasión casi demente de que era capaz a los dieciocho años, escapó a su compromiso una semana antes de la fecha prevista para la boda, y la dejó perdida en un limbo de novia burlada. O de soltera usada, como se decía entonces. Sin embargo, aquella primera experiencia, aunque cruel y efímera, no le dejó ninguna amargura, sino la convicción deslumbrante de que con matrimonio o sin él, sin Dios o sin ley, no valía la pena vivir si no era para tener un hombre en la cama. Lo que más le gustaba de ella a Florentino Ariza era que mientras hacía el amor tenía que succionar un chupón de niño para alcanzar la gloria plena. Llegaron a tener una ristra de cuantos tamaños, formas y colores se encontraban en el mercado, y Sara Noriega los colgaba en la cabecera de la cama para encontrarlos a ciegas en sus momentos de extrema urgencia.

Aunque ella era tan libre como él, y tal vez no se hubiera opuesto a que sus relaciones fueran públicas, Florentino Ariza las planteó desde el principio como una aventura clandestina. Se deslizaba por la puerta de servicio, casi siempre muy tarde en la noche, y escapaba en puntillas poco antes del amanecer. Tanto él como ella sabían que en una casa repartida y populosa como aquella, a fin de cuentas los vecinos debían estar más enterados de lo que fingían. Pero aunque fuera una simple fórmula, Florentino Ariza era así, como lo iba a ser con todas por el resto de su vida. Nunca cometió un error, ni con ella ni con ninguna otra, nunca incurrió en una infidencia. No exageraba: sólo en una ocasión dejó un rastro comprometedor o una evidencia escrita, y habrían podido costarle la vida. En realidad se comportó siempre como si fuera el esposo eterno de Fermina Daza, un esposo infiel pero tenaz, que luchaba sin tregua por liberarse de su servidumbre, pero sin causarle el disgusto de una traición.

Semejante hermetismo no podía prosperar sin equívocos. La propia Tránsito Ariza se murió convencida de que el hijo concebido por amor y criado para el amor estaba inmunizado contra toda forma de amor por su primera adversidad juvenil. Sin embargo, muchas personas menos benévolas que estuvieron muy cerca de él, que conocían su carácter misterioso y su afición por los atuendos místicos y las lociones raras, compartían la sospecha de que no era inmune al amor sino a la mujer. Florentino Ariza lo sabía y nunca hizo nada por desmentirlo. Tampoco le preocupó a Sara Noriega. Al igual que las otras mujeres incontables que él amó, y aun las que lo complacían y se complacían con él sin amarlo, lo aceptó como lo que era en realidad: un hombre de paso.

Terminó por aparecer en su casa a cualquier hora, sobre todo en las mañanas de los domingos, que eran las más apacibles. Ella abandonaba lo que estuviera haciendo, fuera lo que fuera, y se consagraba de cuerpo entero a tratar de hacerlo feliz en la enorme cama historiada que siempre estuvo dispuesta para él, y en la que nunca permitió que se incurriera en formalismos litúrgicos. Florentino Ariza no entendía cómo una soltera sin pasado podía ser tan sabia en asuntos de hombres, ni cómo podía manejar su dulce cuerpo de marsopa con tanta ligereza y tanta ternura como si se moviera por debajo del agua. Ella se defendía diciendo que el amor, antes que nada, era un talento natural. Decía: «O se nace sabiendo o no se sabe nunca». Florentino Ariza se retorcía de celos regresivos pensando que tal vez ella fuera más paseada de lo que fingía, pero tenía que tragárselos enteros, porque también él le decía, como les dijo a todas, que ella había sido su única amante. Entre otras muchas cosas que le gustaban menos, tuvo que resignarse a tener en la cama al gato enfurecido, al que Sara Noriega le embotaba las garras para que no los despedazara a zarpazos mientras hacían el amor.

Sin embargo, casi tanto como retozar en la cama hasta el agotamiento, a ella le gustaba consagrar las fatigas del amor al culto de la poesía. No sólo tenía una memoria asombrosa para los versos sentimentales de su tiempo, cuyas novedades se vendían en folletos callejeros de a dos centavos, sino que clavaba con alfileres en las paredes los poemas que más le gustaban, para leerlos de viva voz a cualquier hora. Había hecho una versión en endecasílabos pares de los textos de Urbanidad e Instrucción Cívica, como los que se usaban para la ortografía, pero no pudo conseguir la aprobación oficial. Era tal su arrebato declamatorio que a veces seguía recitando a gritos mientras hacía el amor, y Florentino Ariza tenía que ponerle el chupón en la boca a viva fuerza, como se hacía con los niños para que dejaran de llorar.

En la plenitud de sus relaciones, Florentino Ariza se había preguntado cuál de los dos estados sería el amor, el de la cama turbulenta o el de las tardes apacibles de los domingos, y Sara Noriega lo tranquilizó con el argumento sencillo de que todo lo que hicieran desnudos era amor. Dijo: «Amor del alma de la cintura para arriba y amor del cuerpo de la cintura para abajo». Esta definición le pareció buena a Sara Noriega para un poema sobre el amor dividido, que escribieron a cuatro manos, y que ella presentó en los quintos Juegos Florales, convencida de que nadie había participado hasta entonces con un poema tan original. Pero volvió a perder.

Estaba furibunda mientras Florentino Ariza la acompañaba a su casa. Por algo que no sabía explicar, tenía la convicción de que la maniobra había sido urdida contra ella por Fermina Daza, para no premiar su poema. Florentino Ariza no le prestó atención. Estaba de un humor sombrío desde la entrega de los premios, pues no había visto a Fermina Daza en mucho tiempo, y aquella noche tuvo la impresión de que había sufrido un cambio profundo: por primera vez se le notaba a simple vista su condición de madre. No era una novedad para él, pues sabía que el hijo ya iba a la escuela. Sin embargo, su edad maternal no le había parecido antes tan evidente como aquella noche, tanto por el diámetro de su cintura y su andar un poco acezante, como por los escollos de la voz cuando leyó la lista de los premios.

Tratando de documentar sus recuerdos, volvió a hojear los álbumes de los Juegos Florales mientras Sara Noriega preparaba algo de comer. Vio cromos de revistas, postales amarillentas de las que se vendían como recuerdo en los portales, y fue como un repaso fantasmal a la falacia de su propia vida. Hasta entonces lo había sostenido la ficción de que el mundo era el que pasaba, pasaban las costumbres, la moda: todo menos ella. Pero aquella noche vio por primera vez de un modo consciente cómo se le estaba pasando la vida a Fermina Daza, y cómo pasaba la suya propia, mientras él no hacía nada más que esperar. Nunca había hablado de ella con nadie, porque se sabía incapaz de decir el nombre sin que se le notara la palidez de los labios. Pero esa noche, mientras hojeaba los álbumes como en otras tantas veladas de tedio dominical, Sara Noriega tuvo uno de esos aciertos casuales que helaban la sangre.

—Es una puta —dijo.

Lo dijo al pasar, viendo un grabado de Fermina Daza disfrazada de pantera negra en un baile de máscaras, y no tuvo que mencionar a nadie para que Florentino Ariza supiera de quién hablaba. Temiendo una revelación que lo perturbara de por vida, éste apresuró una defensa cautelosa. Advirtió que sólo conocía de lejos a Fermina Daza, que nunca habían pasado de los saludos formales y no tenía ninguna noticia de su intimidad, pero daba por cierto que era una mujer admirable, surgida de la nada y enaltecida por sus méritos propios.

—Por obra y gracia de un matrimonio de interés con un hombre que no quiere —lo interrumpió Sara Noriega—. Es la manera más baja de ser puta.

Con menos crudeza, pero con igual rigidez moral su madre le había dicho lo mismo a Florentino Ariza tratando de consolarlo de sus desventuras. Turbado hasta los tuétanos, no encontró una réplica oportuna para la inclemencia de Sara Noriega, y trató de fugarse del tema. Pero Sara Noriega no se lo permitió hasta que no acabó de desahogarse contra Fermina Daza. Por un golpe de intuición que no hubiera podido explicar, estaba convencida de que había sido ella la autora de la conspiración para escamotearle el premio. No había ninguna razón para creerlo: no se conocían, no se habían visto nunca, y Fermina Daza no tenía nada que ver con las decisiones del concurso, si bien estaba al corriente de sus secretos. Sara Noriega dijo de un modo terminante: «Las mujeres somos adivinas». Y le puso término a la discusión.

Desde ese momento, Florentino Ariza la vio con otros ojos. También para ella pasaban los años. Su naturaleza feraz se marchitaba sin gloria, su amor se demoraba en sollozos, y sus párpados empezaban a mostrar la sombra de las viejas amarguras. Era una flor de ayer. Además, en la furia de la derrota había descuidado la cuenta de sus brandis. No estaba en su noche: mientras comían el arroz de coco recalentado, trató de establecer cuál había sido la contribución de cada uno en el poema derrotado, para saber cuántos pétalos de la Orquídea de Oro les habría correspondido a cada quien. No era la primera vez que se entretenían en torneos bizantinos, pero él aprovechó la ocasión para respirar por la herida recién abierta, y se enredaron en una disputa mezquina que les revolvió a ambos los rencores de casi cinco años de amor dividido.

Cuando faltaban diez minutos para las doce, Sara Noriega se subió en una silla para darle cuerda al reloj de péndulo, y lo había puesto de memoria en la hora, tal vez queriendo decir sin decirlo que era hora de irse. Florentino Ariza sintió entonces la urgencia de cortar de raíz aquella relación sin amor, y buscó la ocasión de ser él quien tomara la iniciativa: como lo haría siempre. Rogando a Dios que Sara Noriega le permitiera quedarse en su cama para decirle que no, que todo había terminado entre ellos, le pidió que se sentara a su lado cuando acabó de darle cuerda al reloj. Pero ella prefirió mantenerse a distancia en la poltrona de las visitas. Florentino Ariza le tendió entonces el índice empapado de brandy para que ella lo chupara, como le gustaba hacerlo en los preámbulos del amor de otra época. Ella lo esquivó.

—Ahora no —dijo—. Estoy esperando a alguien.

Desde que fue rechazado por Fermina Daza, Florentino Ariza había aprendido a reservarse siempre la última decisión. En circunstancias menos amargas hubiera persistido en los asedios a Sara Noriega, seguro de terminar la noche revolcándose con ella en la cama, pues estaba convencido de que una mujer que se acuesta con un hombre una vez seguirá acostándose con él cada vez que él lo quiera, siempre que sepa enternecerla cada vez. Lo había soportado todo por esa convicción, había pasado por encima de todo aun en los negocios más sucios del amor, con tal de no concederle a ninguna mujer nacida de mujer la oportunidad de tomar la decisión final. Pero aquella noche se sintió tan humillado, que se tomó el brandy de un golpe, haciendo todo lo que pudo para que se le notara el rencor, y se fue sin despedirse. Nunca más volvieron a verse.

La relación con Sara Noriega fue una de las más largas y estables de Florentino Ariza, aunque no fue la única que él mantuvo en aquellos cinco años. Cuando comprendió que se sentía bien con ella, sobre todo en la cama, pero que nunca lograría sustituir con ella a Fermina Daza, se recrudecieron sus noches de cazador solitario, y se las arreglaba para repartir su tiempo y sus fuerzas hasta donde le alcanzaran. Sin embargo, Sara Noriega logró el milagro de aliviarlo por un tiempo. Al menos pudo vivir sin ver a Fermina Daza, a diferencia de antes, cuando interrumpía a cualquier hora lo que estuviera haciendo para buscarla por los rumbos inciertos de sus presagios, en las calles menos pensadas, en sitios irreales donde era imposible que estuviera, vagando sin sentido con unas ansias del pecho que no le daban tregua mientras no la veía siquiera un instante. La ruptura con Sara Noriega, por el contrario, le alborotó de nuevo las añoranzas dormidas, y se sintió otra vez como en las tardes del parquecito y las lecturas interminables, pero esta vez agravadas por la urgencia de que el doctor Juvenal Urbino tenía que morir.

Sabía desde hacía tiempo que estaba predestinado a hacer feliz a una viuda, y a que ella lo hiciera feliz, y eso no le preocupaba. Al contrario: estaba preparado. De tanto conocerlas en sus incursiones de cazador solitario, Florentino Ariza terminaría por saber que el mundo estaba lleno de viudas felices. Las había visto enloquecer de dolor ante el cadáver del esposo, suplicando que las enterraran vivas dentro del mismo ataúd para no afrontar sin él los azares del porvenir, pero a medida que se iban reconciliando con la realidad de su nuevo estado se las veía surgir de las cenizas con una vitalidad reverdecida. Empezaban viviendo como parásitas de sombras en los caserones desiertos, se volvían confidentes de sus sirvientas, amantes de sus almohadas, sin nada que hacer después de tantos años de cautiverio estéril. Malgastaban las horas sobrantes cosiendo en la ropa del muerto los botones que nunca habían tenido tiempo de reponer, planchaban y volvían a planchar sus camisas de puños y cuellos de parafina para que siempre estuvieran perfectas. Seguían poniendo su jabón en el baño, la funda con sus iniciales en la cama, el plato y los cubiertos en su lugar de la mesa, por si acaso volvían de la muerte sin avisar, como solían hacerlo en vida. Pero en aquellas misas de soledad iban tomando conciencia de que otra vez eran dueñas de su albedrío, después de haber renunciado no sólo a su nombre de familia sino a la propia identidad, y todo eso a cambio de una seguridad que no fue más que una más de sus tantas ilusiones de novias. Sólo ellas sabían cuánto pesaba el hombre que amaban con locura, y que quizás las amaba, pero al que habían tenido que seguir criando hasta el último suspiro, dándole de mamar, cambiándole los pañales embarrados, distrayéndolo con engañifas de madre para aliviarle el terror de salir por las mañanas a verle la cara a la realidad. Y sin embargo, cuando lo veían salir de la casa instigado por ellas mismas a tragarse el mundo, entonces eran ellas las que se quedaban con el terror de que el hombre no volviera nunca. Eso era la vida. El amor, si lo había, era una cosa aparte: otra vida.

En el ocio reparador de la soledad, en cambio, las

viudas descubrían que la forma honrada de vivir era a merced del cuerpo, comiendo sólo por hambre, amando sin mentir, durmiendo sin tener que fingirse dormidas para escapar a la indecencia del amor oficial, dueñas por fin del derecho a una cama entera para ellas solas en la que nadie les disputaba la mitad de su sábana, la mitad de su aire de respirar, la mitad de su noche, hasta que el cuerpo se saciaba de soñar con sus sueños propios, y despertaba solo. En sus amaneceres de cazador furtivo, Florentino Ariza las encontraba a la salida de la misa de cinco, amortajadas de negro y con el cuervo del destino en el hombro. Desde que lo vislumbraban en la claridad del alba atravesaban la calle y cambiaban de acera con pasos menudos y entrecortados, pasos de pajarito, pues el solo pasar cerca de un hombre podía mancillarles la honra. Sin embargo, él estaba convencido de que una viuda desconsolada, más que cualquier otra mujer, podía llevar adentro la semilla de la felicidad.

Tantas viudas de su vida, desde la viuda de Nazaret, habían hecho posible que él vislumbrara cómo eran las casadas felices después de la muerte de sus maridos. Lo que hasta entonces había sido para él una mera ilusión se convirtió gracias a ellas en una posibilidad que se podía coger con las manos. No encontraba razones para que Fermina Daza no fuera una viuda igual, preparada por la vida para aceptarlo a él tal como era, sin fantasías de culpa por el marido muerto, resuelta a descubrir con él la otra felicidad de ser feliz dos veces, con un amor de uso cotidiano que convirtiera cada instante en un milagro de vivir, y con otro amor de ella sola preservado de todo contagio por la inmunidad de la muerte.

Tal vez no habría sido tan entusiasta si hubiera sospechado siquiera qué lejos estaba Fermina Daza de aquellos cálculos ilusorios, cuando apenas empezaba a vislumbrar el horizonte de un mundo en el que todo estaba previsto, menos la adversidad. Ser rico en aquel tiempo tenía muchas ventajas, y también muchas desventajas, por supuesto, pero medio mundo lo anhelaba como la posibilidad más probable de ser eterno. Fermina Daza había rechazado a Florentino Ariza en un destello de madurez que pagó de inmediato con una crisis de lástima, pero nunca dudó de que su decisión había sido certera. En su momento no pudo explicarse qué causas ocultas de la razón le habían dado aquella clarividencia, pero muchos años más tarde, ya en las vísperas de la vejez, las descubrió de pronto y sin saber cómo en una conversación casual sobre Florentino Ariza. Todos los contertulios conocían su condición de delfín de la Compañía Fluvial del Caribe en su época culminante, todos estaban seguros de haberlo visto muchas veces, inclusive de haber estado en tratos con él, pero ninguno lograba identificarlo en la memoria. Fue entonces cuando Fermina Daza tuvo la revelación de los motivos inconscientes que le impidieron amarlo. Dijo: «Es como si no fuera una persona sino una sombra». Así era: la sombra de alguien a quien nadie conoció nunca. Pero mientras resistía los asedios del doctor Juvenal Urbino, que era el hombre contrario, se sentía atormentada por el fantasma de la culpa: el único sentimiento que era incapaz de soportar. Cuando lo sentía venir se apoderaba de ella una especie de pánico que sólo lograba controlar cuando encontraba alguien que le aliviara la conciencia. Desde muy niña, cuando se rompía un plato en la cocina, cuando alguien se caía, cuando ella misma se prensaba un dedo con una puerta se volvía asustada hacia el adulto que estuviera más cerca, y se apresuraba a acusarlo: «Fue culpa tuya». Aunque en realidad no le importaba quien fuera el culpable ni convencerse de su propia inocencia: le bastaba con dejarla establecida.

Era un fantasma tan notorio, que el doctor Urbino se dio cuenta a tiempo de hasta qué punto amenazaba la armonía de su casa, y tan pronto como lo vislumbraba se apresuraba a decirle a la esposa: «No te preocupes, mi amor, fue culpa mía». Pues a nada le temía tanto como a las decisiones súbitas y definitivas de su esposa, y estaba convencido de que siempre tenían origen en un sentimiento de culpa. Sin embargo, la confusión por el rechazo de Florentino Ariza no se resolvió con una frase de consuelo. Fermina Daza siguió abriendo el balcón por las mañanas durante varios meses, y siempre echaba de menos el fantasma solitario que la acechaba en el parquecito desierto, veía el árbol que fue suyo, el banco menos visible donde se sentaba a leer pensando en ella, a sufrir por ella, y tenía que volver a cerrar la ventana, suspirando: «Pobre hombre». Sufrió incluso el desencanto de que él no fuera tan pertinaz como ella lo había supuesto, cuando ya era demasiado tarde para remendar el pasado, y no dejó de sentir alguna vez la ansiedad tardía de una carta que nunca llegó. Pero cuando tuvo que enfrentar la decisión de casarse con Juvenal Urbino sucumbió en una crisis mayor, al darse cuenta de que no tenía razones válidas para preferirlo después de haber rechazado sin razones válidas a Florentino Ariza. En realidad, lo quería tan poco como al otro, pero además lo conocía mucho menos, y sus cartas no tenían la fiebre de las cartas del otro, ni le había dado tantas pruebas conmovedoras de su determinación. La verdad es que las pretensiones de Juvenal Urbino no habían sido nunca planteadas en términos de amor, y era por lo menos curioso que un militante católico como él sólo le ofreciera bienes terrenales: la seguridad, el orden, la felicidad, cifras inmediatas que una vez sumadas podrían tal vez parecerse al amor: casi el amor. Pero no lo eran, y estas dudas aumentaban su confusión, porque tampoco estaba convencida de que el amor fuera en realidad lo que más falta le hacía para vivir.

En todo caso, el factor principal contra el doctor Juvenal Urbino era su parecido más que sospechoso con el hombre ideal que Lorenzo Daza había deseado con tanta ansiedad para su hija. Era imposible no verlo como la criatura de una confabulación paterna, aunque en realidad no lo fuera, y Fermina Daza estaba convencida de que lo era desde que lo vio entrar en su casa por segunda vez para una visita médica no solicitada. Las conversaciones con la prima Hildebranda acabaron de confundirla. Por su propia situación de víctima, ésta tendía a identificarse con Florentino Ariza, olvidándose incluso de que quizás Lorenzo Daza la había hecho venir para que influyera en favor del doctor Urbino. Dios conocía el esfuerzo que hizo Fermina Daza para no acompañarla cuando la prima fue a conocer a Florentino Ariza en la oficina del telégrafo. También ella hubiera querido verlo otra vez para confrontarlo con sus dudas, hablar con él a solas, conocerlo a fondo para estar segura de que su decisión impulsiva no iba a precipitarla a otra más grave, que era capitular en la guerra personal contra su padre. Pero lo hizo, en el minuto crucial de su vida, sin tomar en cuenta para nada la belleza viril del pretendiente, ni su riqueza legendaria, ni su gloria temprana, ni ninguno de sus tantos méritos reales, sino aturdida por el miedo de la oportunidad que se le iba y la inminencia de los veintiún años, que era su límite confidencial para rendirse al destino. Le bastó ese minuto único para asumir la decisión como estaba previsto en las leyes de Dios y de los hombres: hasta la muerte. Entonces se disiparon todas las dudas, y pudo hacer sin remordimientos lo que la razón le indicó como lo más decente: pasó una esponja sin lágrimas por encima del recuerdo de Florentino Ariza, lo borró por completo, y en el espacio que él ocupaba en su memoria dejo que floreciera una pradera de amapolas. Lo único que se permitió fue un suspiro más hondo que de costumbre, el último: «¡Pobre hombre!».

Las dudas más temibles, sin embargo, empezaron tan pronto como regresó del viaje de bodas. No bien acabaron de abrir los baúles, desempacar los muebles y desocupar las once cajas que trajo para tomar posesión de ama y señora del antiguo palacio del Marqués de Casalduero, y ya se había dado cuenta con un vahído mortal que estaba prisionera en la casa equivocada, y peor aún, con el hombre que no era. Necesitó seis años para salir. Los peores de su vida, desesperada por la amargura de doña Blanca, su suegra, y el retraso mental de las cuñadas, que si no habían ido a pudrirse vivas en una celda de clausura era porque ya la llevaban dentro.

El doctor Urbino, resignado a rendir los tributos de la estirpe, se hizo sordo a sus súplicas, confiando en que la sabiduría de Dios y la infinita capacidad de adaptación de la esposa habían de poner las cosas en su puesto. Le dolía el deterioro de su madre, cuya alegría de vivir infundía en otro tiempo el deseo de estar vivos hasta en los más incrédulos. Era cierto: aquella mujer hermosa, inteligente, de una sensibilidad humana nada común en su medio, había sido durante casi cuarenta años el alma y el cuerpo de su paraíso social. La viudez la había amargado hasta el punto de no creerse que fuera la misma, y la había vuelto fofa y agria, y enemiga del mundo. La única explicación posible de su degradación era el rencor de que el esposo se hubiera sacrificado a conciencia por una montonera de negros, como ella decía, cuando el único sacrificio justo hubiera sido el de sobrevivir para ella. En todo caso, el matrimonio feliz de Fermina Daza había durado lo que el viaje de bodas, y el único que podía ayudarla a impedir el naufragio final estaba paralizado de terror ante la potestad de la madre. Era a él, y no a las cuñadas imbéciles y a la suegra medio loca, a quien Fermina Daza atribuía la culpa de la trampa de muerte en que estaba atrapada. Demasiado tarde sospechaba que detrás de su autoridad profesional y su fascinación mundana, el hombre con quien se había casado era un débil sin redención: un pobre diablo envalentonado por el peso social de sus apellidos.

Se refugió en el hijo recién nacido. Ella lo había sentido salir de su cuerpo con el alivio de liberarse de algo que no era suyo, y había sufrido el espanto de sí misma al comprobar que no sentía el menor afecto por aquel ternero de vientre que la comadrona le mostró en carne viva, sucio de sebo y de sangre, y con la tripa umbilical enrollada en el cuello. Pero en la soledad del palacio aprendió a conocerlo, se conocieron, y descubrió con un grande alborozo que los hijos no se quieren por ser hijos sino por la amistad de la crianza. Terminó por no soportar nada ni a nadie distinto de él en la casa de su desventura. La deprimía la soledad, el jardín de cementerio, la desidia del tiempo en los enormes aposentos sin ventanas. Se sentía enloquecer en las noches dilatadas por los gritos de las locas en el manicomio vecino. La avergonzaba la costumbre de poner la mesa de banquetes todos los días, con manteles bordados, servicios de plata y candelabros de funeral, para que cinco fantasmas cenaran con una taza de café con leche y almojábanas. Detestaba el rosario al atardecer, los remilgos en la mesa, las críticas constantes a su manera de coger los cubiertos, de caminar con esos trancos místicos de mujer de la calle, de vestirse como en el circo, y hasta de su método ranchero de tratar al esposo y de darle de mamar al niño sin cubrirse el seno con la mantilla. Cuando hizo las primeras invitaciones para tomar el té a las cinco de la tarde, con galletitas imperiales y confituras de flores, de acuerdo con una moda reciente en Inglaterra, doña Blanca se opuso a que en su casa se bebieran medicinas para sudar la fiebre en vez del chocolate con queso fundido y ruedas de pan de yuca. No se le escaparon ni los sueños. Una mañana en que Fermina Daza contó que había soñado con un desconocido que se paseaba desnudo regando puñados de ceniza por los salones del palacio, doña Blanca la cortó en seco:

—Una mujer decente no puede tener esa clase de sueños.

A la sensación de estar siempre en casa ajena, se sumaron dos desgracias mayores. Una era la dieta casi diaria de berenjenas en todas sus formas, que doña Blanca se negaba a variar por respeto al esposo muerto, y que Fermina Daza se resistía a comer. Detestaba las berenjenas desde niña, antes de haberlas probado, porque siempre le pareció que tenían color de veneno. Sólo que esa vez tuvo que admitir de todos modos que algo había cambiado para bien en su vida, porque a los cinco años había dicho lo mismo en la mesa, y su padre la obligó a comerse completa la cazuela prevista para seis personas. Creyó que iba a morir, primero por los vómitos de la berenjena molida, y después por el tazón de aceite de castor que le hicieron tomar a la fuerza para curarla del castigo. Las dos cosas se le quedaron revueltas en la memoria como un solo purgante, tanto por el sabor como por el terror del veneno, y en los almuerzos abominables del palacio del Marqués de Casalduero tenía que apartar la vista para no devolver las atenciones por la náusea glacial del aceite de castor.

La otra desgracia fue el arpa. Un día, muy consciente de lo que quería decir, doña Blanca había dicho: «No creo en mujeres decentes que no sepan tocar el piano». Fue una orden que hasta su hijo trató de discutir, pues los mejores años de su infancia habían transcurrido en las galeras de las clases de piano, aunque ya de adulto lo hubiera agradecido. No podía concebir a su esposa sometida a la misma condena, a los veinticinco años y con un carácter como el suyo. Pero lo único que obtuvo de su madre fue que cambiara el piano por el arpa, con el argumento pueril de que era el instrumento de los ángeles. Así fue como trajeron de Viena el arpa magnífica, que parecía de oro y que sonaba como si lo fuera, y que fue una de las reliquias más preciadas del Museo de la Ciudad, hasta que lo consumieron las llamas con todo lo que tenía dentro. Fermina Daza se sometió a esa condena de lujo tratando de impedir el naufragio con un sacrificio final. Empezó con un maestro de maestros que trajeron a propósito de la ciudad de Mompox, y que murió de repente a los quince días, y siguió por varios años con el músico mayor del seminario, cuyo aliento de sepulturero distorsionaba los arpegios.

Ella misma estaba sorprendida de su obediencia. Pues aunque no lo admitía en su fuero interno, ni en los pleitos sordos que tenía con su marido en las horas que antes consagraban al amor, se había enredado más pronto de lo que ella creía en la maraña de convenciones y prejuicios de su nuevo mundo. Al principio tenía una frase ritual para afirmar su libertad de criterio: «A la mierda abanico que es tiempo de brisa». Pero después, celosa de sus privilegios bien ganados, temerosa de la vergüenza y el escarnio, se mostraba dispuesta a soportar hasta la humillación, con la esperanza de que Dios se apiadara por fin de doña Blanca, quien no se cansaba de suplicarle en sus oraciones que le mandara la muerte.

El doctor Urbino justificaba su propia debilidad con argumentos de crisis, sin preguntarse siquiera si no estaban en contra de su iglesia. No admitía que los conflictos con la esposa tuvieran origen en el aire enrarecido de la casa, sino en la naturaleza misma del matrimonio: una invención absurda que sólo podía existir por la gracia infinita de Dios. Estaba contra toda razón científica que dos personas apenas conocidas, sin parentesco alguno entre sí, con caracteres distintos, con culturas distintas, y hasta con sexos distintos, se vieran comprometidas de golpe a vivir juntas, a dormir en la misma cama, a compartir dos destinos que tal vez estuvieran determinados en sentidos divergentes. Decía: «El problema del matrimonio es que se acaba todas las noches después de hacer el amor, y hay que volver a reconstruirlo todas las mañanas antes del desayuno». Peor aún el de ellos, decía, surgido de dos clases antagónicas, y en una ciudad que todavía seguía soñando con el regreso de los virreyes. La única argamasa posible era algo tan improbable y voluble como el amor, si lo había, y en el caso de ellos no lo había cuando se casaron, y el destino no había hecho nada más que enfrentarlos a la realidad cuando estaban a punto de inventarlo.

Ese era el estado de sus vidas en la época del arpa. Habían quedado atrás las casualidades deliciosas de que ella entrara mientras él se bañaba, y a pesar de los pleitos, de las berenjenas venenosas, y a pesar de las hermanas dementes y de la madre que las parió, él tenía todavía bastante amor para pedirle que lo jabonara. Ella empezaba a hacerlo con las migajas de amor que todavía le sobraban de Europa, y ambos se iban dejando traicionar por los recuerdos, ablandándose sin quererlo, queriéndose sin decirlo, y terminaban muriéndose de amor por el suelo, embadurnados de espumas fragantes, mientras oían a las criadas hablando de ellos en el lavadero: «Si no tienen más hijos es porque no tiran». De vez en cuando, al regreso de una fiesta loca, la nostalgia agazapada detrás de la puerta los tumbaba de un zarpazo, y entonces ocurría una explosión maravillosa en la que todo era otra vez como antes, y por cinco minutos volvían a ser los amantes desbraguetados de la luna de miel.

Pero aparte de esas ocasiones raras, uno de los dos estaba siempre más cansado que el otro a la hora de acostarse. Ella se demoraba en el baño enrollando sus cigarrillos de papel perfumado, fumando sola, reincidiendo en sus amores de consolación como cuando era joven y libre en su casa, dueña única de su cuerpo. Siempre le dolía la cabeza, o hacía demasiado calor; siempre, o se hacía la dormida, o tenía la regla otra vez, la regla, siempre la regla. Tanto, que el doctor Urbino se había atrevido a decir en clase, sólo por el alivio de un desahogo sin confesión, que después de diez años de casadas las mujeres tenían la regla hasta tres veces por semana.

Desgracias sobre desgracias, Fermina Daza tuvo que afrontar en el peor de sus años lo que había de ocurrir tarde o temprano sin remedio: la verdad de los negocios fabulosos y nunca conocidos de su padre. El gobernador provincial que citó a Juvenal Urbino en su despacho para ponerlo al corriente de los desmanes del suegro, los resumió en una frase: «No hay ley divina ni humana que ese tipo no se haya llevado por delante». Algunas de sus trapisondas más graves las había hecho a la sombra del poder del yerno, y habría sido difícil no pensar que éste y su esposa no estuvieran al corriente. Sabiendo que la única reputación para proteger era la suya, por ser la única que quedaba en pie, el doctor Juvenal Urbino interpuso todo el peso de su poder, y logró cubrir el escándalo con su palabra de honor. Así que Lorenzo Daza salió del país en el primer barco para no regresar jamás. Volvió a su tierra de origen como si fuera uno de esos viajecitos que se hacen de vez en cuando para engañar a la nostalgia, y en el fondo de esa apariencia había algo de verdad: desde hacía un tiempo subía a los barcos de su patria sólo por tomarse un vaso del agua de las cisternas abastecidas en los manantiales de su pueblo natal. Se fue sin dar el brazo a torcer, protestando inocencia, y todavía tratando de convencer al yerno de que había sido víctima de una confabulación política. Se fue llorando por la niña, como llamaba a Fermina Daza desde que se casó, llorando por el nieto, por la tierra en que se hizo rico y libre, y donde logró la proeza de convertir a la hija en una dama exquisita a base de negocios turbios. Se fue envejecido y enfermo, pero todavía vivió mucho más de lo que ninguna de sus víctimas hubiera deseado. Fermina Daza no pudo reprimir un suspiro de alivio cuando le llegó la noticia de la muerte, y no le guardó luto para evitar preguntas, pero durante varios meses lloraba con una rabia sorda sin saber por qué cuando se encerraba a fumar en el baño, y era que lloraba por él.

Lo más absurdo de la situación de ambos era que nunca parecieron tan felices en público como en aquellos años de infortunio. Pues en realidad fueron los años de sus victorias mayores sobre la hostilidad soterrada de un medio que no se resignaba a admitirlos como eran: distintos y novedosos, y por tanto transgresores del orden tradicional. Sin embargo, esa había sido la parte fácil para Fermina Daza. La vida mundana, que tantas incertidumbres le causaba antes de conocerla, no era más que un sistema de pactos atávicos, de ceremonias banales, de palabras previstas, con el cual se entretenían en sociedad unos a otros para no asesinarse. El signo dominante de ese paraíso de la frivolidad provinciana era el miedo a lo desconocido. Ella lo había definido de un modo más simple: «El problema de la vida pública es aprender a dominar el terror, el problema de la vida conyugal es aprender a dominar el tedio». Ella lo había descubierto de pronto con la nitidez de una revelación desde que entró arrastrando la interminable cola de novia en el vasto salón del Club Social, enrarecido por los vapores revueltos de tantas flores, el brillo de los valses, el tumulto de hombres sudorosos y mujeres trémulas que la miraban sin saber todavía cómo iban a conjurar aquella amenaza deslumbrante que les mandaba el mundo exterior. Acababa de cumplir los veintiún años y apenas si había salido de su casa para el colegio, pero le bastó con una mirada circular para comprender que sus adversarios no estaban sobrecogidos de odio sino paralizados por el miedo. En vez de asustarlos más, como lo estaba ella, les hizo la caridad de ayudarlos a conocerla. Nadie fue distinto de como ella quiso que fuera, tal como le ocurría con las ciudades, que no le parecían mejores ni peores, sino como ella las hizo en su corazón. A París, a pesar de su lluvia perpetua, de sus tenderos sórdidos y la grosería homérica de sus cocheros, había de recordarla siempre como la ciudad más hermosa del mundo, no porque en realidad lo fuera o no lo fuera, sino porque se quedó vinculada a la nostalgia de sus años más felices. El doctor Urbino, por su parte, se impuso con armas iguales a las que usaban contra él, sólo que manejadas con más inteligencia, y con una solemnidad calculada. Nada ocurría sin ellos: los paseos cívicos, los Juegos Florales, los acontecimientos artísticos, las tómbolas de caridad, los actos patrióticos, el primer viaje en globo. En todo estaban ellos, y casi siempre en el origen y al frente de todo. Nadie podía imaginarse, en sus años de desgracias, que pudiera haber alguien más feliz que ellos ni un matrimonio tan armónico como el suyo.

La casa abandonada por el padre le dio a Fermina Daza un refugio propio contra la asfixia del palacio familiar. Tan pronto como escapaba a la vista pública, se iba a escondidas al parque de Los Evangelios, y allí recibía las amigas nuevas y algunas antiguas del colegio o de las clases de pintura: un sustituto inocente de la infidelidad. Vivía horas apacibles de madre soltera con lo mucho que aún le quedaba de sus recuerdos de niña. Volvió a comprar los cuervos perfumados, recogió gatos de la calle y los puso al cuidado de Gala Placidia, ya vieja y un poco impedida por el reumatismo, pero todavía con ánimos para resucitar la casa. Volvió a abrir el costurero donde Florentino Ariza la vio por primera vez, donde el doctor Juvenal Urbino le hizo sacar la lengua para tratar de conocerle el corazón, y lo convirtió en un santuario del pasado. Una tarde invernal fue a cerrar el balcón, antes de que se desempedrara la tormenta, y vio a Florentino Ariza en su escaño bajo los almendros del parquecito, con el traje de su padre reducido para él y el libro abierto en el regazo, pero no lo vio como entonces lo había visto por casualidad varias veces, sino a la edad con que se le quedó en la memoria. Tuvo el temor de que aquella visión fuera un aviso de la muerte, y le dolió. Se atrevió a decirse que tal vez hubiera sido feliz con él, sola con él en aquella casa que ella había restaurado para él con tanto amor como él había restaurado la suya para ella, y la simple suposición la asustó, porque le permitió darse cuenta de los extremos de desdicha a que había llegado. Entonces apeló a sus últimas fuerzas y obligó al marido a discutir sin evasivas, a enfrentarse con ella, a pelear con ella, a llorar juntos de rabia por la pérdida del paraíso, hasta que oyeron cantar los últimos gallos, y se hizo la luz por entre los encajes del palacio, y se encendió el sol, y el marido abotagado de tanto hablar, agotado de no dormir, con el corazón fortalecido de tanto llorar, se apretó los cordones de los botines, se apretó el cinturón, se apretó todo lo que todavía le quedaba de hombre, y le dijo que sí, mi amor, que se iban a buscar el amor que se les había perdido en Europa: mañana mismo y para siempre. Fue una decisión tan cierta, que acordó con el Banco del Tesoro, su administrador universal, la liquidación inmediata de la vasta fortuna familiar, desperdigada desde sus orígenes en toda clase de negocios, inversiones y papeles sagrados y lentos, y de la cual sólo sabía él a ciencia cierta que no era tan desmedida como decía la leyenda: apenas lo justo para no tener que pensar en ella. Lo que fuera, convertido en oro sellado, debía ser girado poco a poco a sus bancos del exterior, hasta que no les quedara a él y a su esposa en esta patria inclemente ni un palmo de tierra donde caerse muertos.

Pues Florentino Ariza existía, en efecto, al contrario de lo que ella se había propuesto creer. Estaba en el muelle del transatlántico de Francia cuando ella llegó con el marido y el hijo en el landó de los caballos de oro, y los vio bajar como tantas veces los había visto en los actos públicos: perfectos. Iban con el hijo, educado de un modo que ya permitía saber cómo sería de adulto: tal como fue. Juvenal Urbino saludó a Florentino Ariza con un sombrero alegre: «Nos vamos a la conquista de Flandes». Fermina Daza le hizo una inclinación de cabeza, y Florentino Ariza se descubrió, hizo una reverencia leve, y ella se fijó en él sin un gesto de compasión por los estragos prematuros de su calvicie. Era él, tal como ella lo veía: la sombra de alguien a quien nunca conoció.

Tampoco Florentino Ariza estaba en su mejor

momento. Al trabajo cada día más intenso, a sus hastíos de cazador furtivo, a la calma chicha de los años, se había agregado la crisis final de Tránsito Ariza, cuya memoria había terminado sin recuerdos: casi en blanco. Hasta el punto de que a veces se volvía hacia él, lo veía leyendo en el sillón de siempre, y le preguntaba sorprendida: «¿Y tú eres hijo de quién?». Él le contestaba siempre la verdad, pero ella volvía a interrumpirlo en seguida.

—Y dime una cosa, hijo —le preguntaba—: ¿yo quién soy?

Había engordado tanto que no podía moverse, y se pasaba el día en la mercería donde ya no quedaba nada que vender, acicalándose desde que se levantaba con los primeros gallos hasta la madrugada del día siguiente, pues dormía muy pocas horas. Se ponía guirnaldas de flores en la cabeza, se pintaba los labios, se empolvaba la cara y los brazos, y al final le preguntaba a quien estuviera con ella cómo había quedado. Los vecinos sabían que esperaba siempre la misma respuesta: «Eres la Cucarachita Martínez». Esta identidad, usurpada al personaje de un cuento para niños, era la única que la dejaba conforme. Seguía meciéndose, abanicándose con el ramillete de grandes plumas rosadas, hasta que volvía a empezar de nuevo: la corona de flores de papel, el almizcle en los párpados, el carmín en los labios, la costra de albayalde en la cara. Y otra vez la pregunta a quien estuviera cerca: «¿Cómo quedé?». Cuando se convirtió en la reina de burlas del vecindario, Florentino Ariza hizo desmontar en una noche el mostrador y los armarios de gavetas de la antigua mercería, clausuró la puerta de la calle, arregló el local como le había oído a ella describir el dormitorio de Cucarachita Martínez, y nunca más volvió a preguntar quién era.

Por sugerencia del tío León XII había buscado una mujer mayor que se ocupara de ella, pero la pobre andaba siempre más dormida que despierta, y a veces daba la impresión de que también ella se olvidaba de quién era. De modo que Florentino Ariza se quedaba en casa desde que salía de la oficina hasta que lograba dormir a la madre. No volvió a jugar dominó en el Club del Comercio, ni volvió a ver en mucho tiempo las pocas amigas antiguas que había seguido frecuentando, pues algo muy profundo había cambiado en su corazón después de su encuentro de horror con Olimpia Zuleta.

Había sido fulminante. Florentino Ariza acababa de llevar al tío León XII hasta su casa, en medio de una de aquellas tormentas de octubre que nos dejaban en convalecencia, cuando vio desde el coche una muchacha menuda, muy ágil, con un traje lleno de volantes de organza que más bien parecía un vestido de novia. La vio corriendo azorada de un lado para otro, porque el viento le había arrebatado la sombrilla y se la había llevado volando por el mar. Él la rescató en el coche y se desvió de su camino para llevarla hasta su casa, una antigua ermita adaptada para vivir frente al mar abierto, cuyo patio lleno de casitas de palomas se veía desde la calle. Ella le contó en el camino que se había casado hacía menos de un año con un cacharrero del mercado que Florentino Ariza había visto muchas veces en los buques de su empresa, desembarcando cajones con toda clase de cherembecos para vender, y con un mundo de palomas en una jaula de mimbre como la que usaban las madres en los buques fluviales para llevar a los niños recién nacidos. Olimpia Zuleta parecía ser de la familia de las avispas, no sólo por las ancas alzadas y el busto exiguo, sino por toda ella: el cabello de alambre de cobre, las pecas de sol, los ojos redondos y vivos más separados de lo normal, y una voz afinada que sólo usaba para decir cosas inteligentes y divertidas. A Florentino Ariza le pareció más graciosa que atractiva y la olvidó tan pronto como la dejó en su casa, donde vivía con el marido, y con el padre de éste y otros miembros de la familia.

Unos días después, volvió a ver al marido en el puerto, embarcando mercancía en vez de desembarcarla, y cuando el buque zarpó, Florentino Ariza oyó muy clara en el oído la voz del diablo. Esa tarde, después de acompañar al tío León XII, pasó como por casualidad por la casa de Olimpia Zuleta, y la vio por encima de la cerca dándoles de comer a las palomas alborotadas. Le gritó desde el coche por encima de la cerca: «¿Cuánto cuesta una paloma?». Ella lo reconoció y le contestó con voz alegre: «No se venden». Él le preguntó: «¿Entonces cómo se hace para tener una?». Sin dejar de echarles comida a las palomas, ella le contestó: «Se lleva en coche a la palomera cuando se la encuentra perdida en el aguacero». Así que Florentino Ariza llegó a su casa aquella noche con un regalo de gratitud de Olimpia Zuleta: una paloma mensajera con un anillo de metal en la canilla.

La tarde siguiente, a la misma hora de la comida, la bella palomera vio la paloma regalada de regreso en el palomar, y pensó que se había escapado. Pero cuando la cogió para examinarla se dio cuenta de que tenía un papelito enrollado en el anillo: una declaración de amor. Era la primera vez que Florentino Ariza dejaba una huella escrita, y no sería la última, aunque en esta ocasión había tenido la prudencia de no firmar. Iba entrando en su casa la tarde siguiente, miércoles, cuando un niño de la calle le entregó la misma paloma dentro de una jaula, con el recado de memoria de que aquí le manda esto la señora de las palomas, y le manda a decir que por favor la guarde bien en la jaula cerrada porque si no se le vuelve a volar y ésta es la última vez que se la devuelve. No supo cómo interpretarlo: o bien la paloma había perdido la carta en el camino, o la palomera había resuelto hacerse la tonta, o mandaba la paloma para que él volviera a mandarla. En este último caso, sin embargo, lo natural hubiera sido que ella devolviera la paloma con una respuesta.

El sábado por la mañana, después de mucho pensarlo, Florentino Ariza volvió a mandar la paloma con otra carta sin firma. Esa vez no tuvo que esperar al día siguiente. Por la tarde, el mismo niño volvió a llevársela en otra jaula, con el recado de que aquí le manda otra vez la paloma que se le volvió a volar, que antier se la devolvió por buena educación y que ésta se la devuelve por lástima, pero que ahora sí es verdad que no se la manda más si se le vuelve a volar. Tránsito Ariza se entretuvo hasta muy tarde con la paloma, la sacó de la jaula, la arrulló en los brazos, trató de dormirla con canciones de niños, y de pronto se dio cuenta de que tenía en el anillo de la pata un papelito con una sola línea: *No acepto anónimos.* Florentino Ariza lo leyó con el corazón enloquecido, como si fuera la culminación de su primera aventura, y apenas si pudo dormir esa noche dando saltos de impaciencia. Al día siguiente muy temprano, antes de irse a la oficina, soltó otra vez la paloma con un papel de amor firmado con su nombre muy claro, y le puso además en el anillo la rosa más fresca, más encendida y fragante de su jardín.

No fue tan fácil. Al cabo de tres meses de asedios, la bella palomera seguía contestando lo mismo: «Yo no soy de esas». Pero nunca dejó de recibir los mensajes o de acudir a las citas que Florentino Ariza arreglaba de manera que parecieran encuentros casuales. Estaba desconocido: el amante que nunca dio la cara, el más ávido de amor pero también el más mezquino, el que no daba nada y todo lo quería, el que no permitió que nadie le dejara en el corazón una huella de su paso, el cazador agazapado se echó por la calle de en medio en un arrebato de cartas firmadas, de regalos galantes, de rondas imprudentes a la casa de la palomera, aun en dos ocasiones en que el marido no andaba de viaje ni estaba en el mercado. Fue la única vez, desde sus primeros tiempos, en que se sintió atravesado por una lanza de amor.

Seis meses después del primer encuentro, se vieron por fin en el camarote de un buque fluvial que estaba en reparación de pintura en los muelles fluviales. Fue una tarde maravillosa. Olimpia Zuleta tenía un amor alegre, de palomera alborotada, y le gustaba permanecer desnuda por varias horas, en un reposo lento que tenía para ella tanto amor como el amor. El camarote estaba desmantelado, pintado a medias, y el olor de la trementina era bueno para llevárselo en el recuerdo de una tarde feliz. De pronto, a instancias de una inspiración insólita, Florentino Ariza destapó un tarro de pintura roja que estaba al alcance de la litera, se mojó el índice, y pintó en el pubis de la bella palomera una flecha de sangre dirigida hacia el sur, y le escribió un letrero en el vientre: *Esta cuca es mía*. Esa misma noche, Olimpia Zuleta se desnudó delante del marido sin acordarse del letrero, y él no dijo una palabra, ni siquiera le cambió el aliento, nada, sino que fue al baño por la navaja barbera mientras ella se ponía la camisa de dormir, y la degolló de un tajo.

Florentino Ariza no lo supo hasta muchos días después, cuando el esposo fugitivo fue capturado y relató a los periódicos las razones y la forma del crimen. Durante muchos años pensó con temor en las cartas firmadas, llevó la cuenta de los años de cárcel del asesino que lo conocía muy bien por sus negocios en los buques, pero no le temía tanto al navajazo en el cuello, ni al escándalo público, como a la mala suerte de que Fermina Daza se enterara de su deslealtad. En los años de espera, la mujer que cuidaba a Tránsito Ariza tuvo que demorarse en el mercado más de lo previsto por causa de un aguacero fuera de estación, y cuando volvió a la casa la encontró muerta. Estaba sentada en el mecedor, pintorreteada y floral, como siempre, y con los ojos tan vivos y una sonrisa tan maliciosa que su guardiana no se dio cuenta de que estaba muerta sino al cabo de dos horas. Poco antes había repartido entre los niños del vecindario la fortuna en oros y pedrerías de las múcuras enterradas debajo de la cama, diciéndoles que se podían comer como caramelos, y no fue posible recuperar algunas de las más valiosas. Florentino Ariza la enterró en la antigua hacienda de La Mano de Dios, que todavía era conocida como el Cementerio del Cólera, y le sembró sobre la tumba una mata de rosas.

Desde las primeras visitas al cementerio, Florentino Ariza descubrió que muy cerca de allí estaba enterrada Olimpia Zuleta, sin lápida, pero con el nombre y la fecha escritos con el dedo en el cemento fresco de la cripta, y pensó horrorizado que era una burla sangrienta del esposo. Cuando el rosal floreció le dejaba una rosa en la tumba, si no había nadie a la vista, y más tarde le plantó una cepa cortada del rosal de la madre. Ambos rosales proliferaban con tanto alborozo, que Florentino Ariza tenía que llevar las cizallas y otros hierros de jardín para mantenerlos en orden. Pero fue superior a sus fuerzas: a la vuelta de unos años los dos rosales se habían extendido como maleza por entre las tumbas, y el buen cementerio de la peste se llamó desde entonces el Cementerio de las Rosas, hasta que algún alcalde menos realista que la sabiduría popular arrasó en una noche con los rosales y le colgó un letrero republicano en el arco de la entrada: Cementerio Universal.

La muerte de la madre dejó a Florentino Ariza condenado otra vez a sus compromisos maniáticos: la oficina, los encuentros por turnos estrictos con las amantes crónicas, las partidas de dominó en el Club del Comercio, los mismos libros de amor, las visitas dominicales al cementerio. Era el óxido de la rutina, tan denigrado y tan temido, pero que a él lo había protegido de la conciencia de la edad. Sin embargo, un domingo de diciembre, cuando ya los rosales de las tumbas les habían ganado a las cizallas, vio las golondrinas en los cables de la luz eléctrica recién instalada, y se dio cuenta de golpe de cuánto tiempo había pasado desde la muerte de su madre, y cuánto desde el asesinato de Olimpia Zuleta, y tantos cuántos desde aquella otra tarde del diciembre lejano en que Fermina Daza le mandó una carta diciéndole que sí, que lo amaría para siempre. Hasta entonces se había comportado como si el tiempo no pasara para él sino para los otros. Apenas la semana anterior se había encontrado en la calle con una de las tantas parejas que se casaron gracias a las cartas escritas por él, y no reconoció al hijo mayor, que era su ahijado. Resolvió el bochorno con el aspaviento convencional: «¡Carajo, si ya es un hombre!». Seguía siendo así, aun después de que el cuerpo empezó a mandarle las primeras señales de alarma, porque siempre había tenido la salud de piedra de los enfermizos. Tránsito Ariza solía decir: «De lo único que mi hijo ha estado enfermo es del cólera». Confundía el cólera con el amor, por supuesto, desde mucho antes de que se le embrollara la memoria. Pero de todos modos se equivocaba, porque el hijo había tenido en secreto seis blenorragias, si bien el médico decía que no eran seis sino la misma y única que volvía a aparecer después de cada batalla perdida. Había tenido además un incordio, cuatro crestas y seis empeines, pero ni a él ni a ningún hombre se le hubiera ocurrido contarlos como enfermedades sino como trofeos de guerra.

Apenas cumplidos los cuarenta años había tenido que acudir al médico con dolores indefinidos en distintas partes del cuerpo. Después de muchos exámenes, el médico le había dicho: «Son cosas de la edad». Él volvía siempre a casa sin preguntarse siquiera si todo eso tenía algo que ver con él. Pues el único punto de referencia de su pasado eran sus amores efímeros con Fermina Daza, y sólo lo que tuviera algo que ver con ella tenía algo que ver con las cuentas de su vida. De modo que la tarde en que vio las golondrinas en los cables de luz repasó su pasado desde el recuerdo más antiguo, repasó sus amores de ocasión, los incontables escollos que había tenido que sortear para alcanzar un puesto de mando, los incidentes sin cuento que le había causado su determinación encarnizada de que Fermina Daza fuera suya, y él de ella por encima de todo y contra todo, y sólo entonces descubrió que se le estaba pasando la vida. Lo estremeció un escalofrío de las vísceras que lo dejó sin luz, y tuvo que soltar las herramientas de jardín y apoyarse en el muro del cementerio para que no lo derribara el primer zarpazo de la vejez.

—¡Carajo —se dijo aterrado—, todo hace treinta años!

Así era. Treinta años que habían pasado también para Fermina Daza, desde luego, pero que habían sido para ella los más gratos y reparadores de su vida. Los días de horror del palacio de Casalduero estaban relegados en el basurero de la memoria. Vivía en su nueva casa de La Manga, dueña absoluta de su destino, con un marido que volvería a preferir entre todos los hombres del mundo si hubiera tenido que escoger otra vez, con un hijo que prolongaba la tradición de la estirpe en la Escuela de Medicina, y una hija tan parecida a ella cuando tenía su edad, que a veces la perturbaba la impresión de sentirse repetida. Había vuelto tres veces a Europa después del viaje desgraciado que había previsto para no volver jamás por no vivir en el espanto perpetuo.

Dios debió escuchar por fin las oraciones de alguien: a los dos años de estancia en París, cuando Fermina Daza y Juvenal Urbino empezaban apenas a buscar lo que quedara del amor entre los escombros, un telegrama de media noche los despertó con la noticia de que doña Blanca de Urbino estaba enferma de gravedad, y fue casi alcanzado por otro con la noticia de la muerte. Regresaron de inmediato. Fermina Daza desembarcó con una túnica de luto cuya amplitud no alcanzaba a disimular su estado. Estaba encinta otra vez, en efecto, y la noticia dio origen a una canción popular más maliciosa que maligna, cuyo estribillo estuvo de moda el resto del año: *Qué será lo que tiene la bella en París, que siempre que va regresa a parir*. A pesar de la ordinariez de la letra, el doctor Juvenal Urbino la ordenaba hasta muchos años después en las fiestas del Club Social como una prueba de su buen talante.

El noble palacio del Marqués de Casalduero, de cuya existencia y blasones no se encontró nunca una noticia cierta, fue vendido primero a la Tesorería Municipal por un precio adecuado, y más tarde revendido por una fortuna al gobierno central, cuando un investigador holandés estuvo haciendo excavaciones para probar que allí estaba la tumba verdadera de Cristóbal Colón: la quinta. Las hermanas del doctor Urbino se fueron a vivir en el convento de las salesianas, en reclusión sin votos, y Fermina Daza permaneció en la antigua casa de su padre hasta que estuvo terminada la quinta de La Manga. Entró en ella pisando firme, entró a mandar, con los muebles ingleses traídos desde el viaje de bodas y los complementarios que hizo venir después del viaje de reconciliación, y desde el primer día empezó a llenarla de toda clase de animales exóticos que ella misma iba a comprar en las goletas de las Antillas. Entró con el esposo recuperado, con el hijo bien criado, con la hija que nació a los cuatro meses del regreso y a la cual bautizaron con el nombre de Ofelia. El doctor Urbino, por su parte, entendió que era imposible recuperar a la esposa de un modo tan completo como la tuvo en el viaje de bodas, porque la parte de amor que él quería era la que ella le había dado a los hijos con lo mejor de su tiempo, pero aprendió a vivir y a ser feliz con los residuos. La armonía tan anhelada culminó por donde menos lo esperaban en una cena de gala en que sirvieron un plato delicioso que Fermina Daza no logró identificar. Empezó con una buena ración, pero le gustó tanto que repitió con otra igual, y estaba lamentando no servirse la tercera por remilgos de urbanidad, cuando se enteró de que acababa de comerse con un placer insospechado dos platos rebosantes de puré de berenjena. Perdió con galanura: a partir de entonces, en la quinta de La Manga se sirvieron berenjenas en todas sus formas casi con tanta frecuencia como en el palacio de Casalduero, y eran tan apetecidas por todos, que el doctor Juvenal Urbino alegraba los ratos libres de la vejez repitiendo que quería tener otra hija para ponerle el nombre bien amado en la casa: Berenjena Urbino.

Fermina Daza sabía entonces que la vida privada, al contrario de la vida pública, era tornadiza e imprevisible. No le era fácil establecer diferencias reales entre los niños y los adultos, pero en último análisis prefería a los niños, porque tenían criterios más ciertos. Apenas doblado el cabo de la madurez, desprovista por fin de cualquier espejismo, empezó a vislumbrar el desencanto de no haber sido nunca lo que soñaba ser cuando era joven, en el parque de Los Evangelios, sino algo que nunca se atrevió a decirse ni siquiera a sí misma: una sirvienta de lujo. En sociedad terminó por ser la más amada, la más complacida, y por lo mismo la más temida, pero en nada se le exigía con más rigor ni se le perdonaba menos que en el gobierno de la casa. Siempre se sintió viviendo una vida prestada por el esposo: soberana absoluta de un vasto imperio de felicidad edificado por él y sólo para él. Sabía que él la amaba más allá de todo, más que a nadie en el mundo, pero sólo para él: a su santo servicio.

Si algo la mortificaba era la cadena perpetua de las comidas diarias. Pues no sólo tenían que estar a tiempo: tenían que ser perfectas, y tenían que ser justo lo que él quería comer sin preguntárselo. Si ella lo hacía alguna vez, como una de las tantas ceremonias inútiles del ritual doméstico, él ni siquiera levantaba la vista del periódico para contestar: «Cualquier cosa». Lo decía de verdad, con su modo amable, porque no podía concebirse un marido menos despótico. Pero a la hora de comer no podía ser cualquier cosa, sino justo lo que él quería, y sin la mínima falla: que la carne no supiera a carne, que el pescado no supiera a pescado, que el cerdo no supiera a sarna, que el pollo no supiera a plumas. Aun cuando no era tiempo de espárragos había que encontrarlos a cualquier precio, para que él pudiera solazarse en el vapor de su propia orina fragante. No lo culpaba a él: culpaba a la vida. Pero él era un protagonista implacable de la vida. Bastaba el tropiezo de una duda para que apartara el plato en la mesa, diciendo: «Esta comida está hecha sin amor». En ese sentido lograba estados fantásticos de inspiración. Alguna vez probó apenas una tisana de manzanilla, y la devolvió con una sola frase: «Esta vaina sabe a ventana». Tanto ella como las criadas se sorprendieron, porque nadie sabía de alguien que se hubiera bebido una ventana hervida, pero cuando probaron la tisana tratando de entender, entendieron: sabía a ventana.

Era un marido perfecto: nunca recogía nada del suelo, ni apagaba la luz, ni cerraba una puerta. En la oscuridad de la mañana, cuando faltaba un botón en la ropa, ella le oía decir: «Uno necesitaría dos esposas, una para quererla, y otra para que le pegue los botones». Todos los días, al primer trago de café, y a la primera cucharada de sopa humeante, lanzaba un aullido desgarrador que ya no asustaba a nadie, y en seguida un desahogo: «El día que me largue de esta casa, ya sabrán que ha sido porque me aburrí de andar siempre con la boca quemada». Decía que nunca se hacían almuerzos tan apetitosos y distintos como los días en que él no podía comerlos por haberse tomado un purgante, y estaba tan convencido de que era una perfidia de la esposa, que terminó por no purgarse si ella no se purgaba con él.

Hastiada de su incomprensión, ella le pidió un regalo insólito en su cumpleaños: que hiciera él por un día los oficios domésticos. Él aceptó divertido, y en efecto tomó posesión de la casa desde el amanecer. Sirvió un desayuno espléndido, pero olvidó que a ella le caían mal los huevos fritos y no tomaba café con leche. Luego impartió las instrucciones para el almuerzo de cumpleaños con ocho invitados y dispuso el arreglo de la casa, y tanto se esforzó por hacer un gobierno mejor que el de ella, que antes del mediodía tuvo que capitular sin un gesto de vergüenza. Desde el primer momento se dio cuenta de no tener la menor idea de dónde estaba nada, sobre todo en la cocina, y las sirvientas le dejaron revolverlo todo para buscar cada cosa, pues también ellas jugaron el juego. A las diez no se habían tomado decisiones para el almuerzo porque todavía no estaba terminada la limpieza de la casa ni el arreglo del dormitorio, el baño se quedó sin lavar, olvidó poner el papel higiénico, cambiar las sábanas, y mandar al cochero a buscar los hijos, y confundió los oficios de las criadas: ordenó a la cocinera que arreglara las camas y puso a cocinar a las camareras. A las once, cuando ya estaban a punto de llegar los invitados, era tal el caos en la casa, que Fermina Daza reasumió el mando, muerta de risa, pero no con la actitud triunfal que hubiera querido, sino estremecida de compasión por la inutilidad doméstica del esposo. Él respiró por la herida con el argumento de siempre: «Al menos no me fue tan mal como te iría a ti tratando de curar enfermos». Pero la lección fue útil, y no sólo para él. En el curso de los años ambos llegaron por distintos caminos a la conclusión sabia de que no era posible vivir juntos de otro modo, ni amarse de otro modo: nada en este mundo era más difícil que el amor.

En la plenitud de su nueva vida, Fermina Daza veía a Florentino Ariza en diversas ocasiones públicas, y con tanta más frecuencia cuanto más ascendía él en su trabajo, pero aprendió a verlo con tanta naturalidad que más de una vez se olvidó de saludarlo por distracción. Oía hablar de él a menudo, porque en el mundo de los negocios era un tema constante su escalada cautelosa pero incontenible en la C.F.C. Lo veía mejorar sus modales, su timidez se decantaba como una cierta lejanía enigmática, le sentaba bien un ligero aumento de peso, le convenía la lentitud de la edad, y había sabido resolver con dignidad la calvicie arrasadora. Lo único que siguió desafiando hasta siempre al tiempo y a la moda fueron sus atuendos sombríos, las levitas anacrónicas, el sombrero único, las corbatas de cintas de poeta de la mercería de su madre, el paraguas siniestro. Fermina Daza se fue acostumbrando a verlo de otro modo, y terminó por no relacionarlo con el adolescente lánguido que se sentaba a suspirar por ella bajo los ventarrones de hojas amarillas del parque de Los Evangelios. En todo caso, nunca lo vio con indiferencia, y siempre se alegró con las buenas noticias que le daban sobre él, porque poco a poco la iban aliviando de su culpa.

Sin embargo, cuando ya lo creía borrado por completo de la memoria, reapareció por donde menos lo esperaba convertido en un fantasma de sus nostalgias. Fueron las primeras auras de la vejez, cuando empezó a sentir que algo irreparable había ocurrido en su vida siempre que oía tronar antes de la lluvia. Era la herida incurable del trueno solitario, pedregoso y puntual, que retumbaba todos los días de octubre a las tres de la tarde en la sierra de Villanueva, y cuyo recuerdo se iba haciendo más reciente con los años. Mientras que los recuerdos nuevos se confundían en la memoria a los pocos días, los del viaje legendario por la provincia de la prima Hildebranda se iban volviendo tan vívidos que parecían de ayer, con la nitidez perversa de la nostalgia. Se acordaba de Manaure, el de la sierra, su calle única, recta y verde, sus pájaros de buen agüero, la casa de los espantos donde despertaba con la camisa empapada por las lágrimas inagotables de Petra Morales, muerta de amor muchos años antes en la misma cama en que ella dormía. Se acordaba del sabor de las guayabas de entonces que nunca más había vuelto a ser el mismo, de los presagios tan intensos que su rumor se confundía con el de la lluvia, de las tardes de topacio de San Juan del Cesar, cuando salía a pasear con su corte de primas alborotadas y llevaba los dientes apretados para que no se le saliera el corazón por la boca a medida que se acercaban a la telegrafía. Vendió de cualquier modo la casa de su padre porque no podía soportar el dolor de la adolescencia, la visión del parquecito desolado desde el balcón, la fragancia sibilina de las gardenias en las noches de calor, el susto del retrato de dama antigua la tarde de febrero en que se decidió su destino, y hacia dondequiera que se revolvía su memoria de aquellos tiempos tropezaba con el recuerdo de Florentino Ariza. Sin embargo, siempre tuvo bastante serenidad para darse cuenta de que no eran recuerdos de amor, ni de arrepentimiento, sino la imagen de un sinsabor que le dejaba un rastro de lágrimas. Sin saberlo, estaba amenazada por la misma trampa de compasión que había perdido a tantas víctimas desprevenidas de Florentino Ariza.

Se aferró al esposo. Y justo por la época en que él la necesitaba más, porque iba delante de ella con diez años de desventaja tantaleando solo entre las nieblas de la vejez, y con las desventajas peores de ser hombre y más débil. Terminaron por conocerse tanto, que antes de los treinta años de casados eran como un mismo ser dividido, y se sentían incómodos por la frecuencia con que se adivinaban el pensamiento sin proponérselo, o por el accidente ridículo de que el uno se anticipara en público a lo que el otro iba a decir. Habían sorteado juntos las incomprensiones cotidianas, los odios instantáneos, las porquerías recíprocas y los fabulosos relámpagos de gloria de la complicidad conyugal. Fue la época en que se amaron mejor, sin prisa y sin excesos, y ambos fueron más conscientes y agradecidos de sus victorias inverosímiles contra la adversidad. La vida había de depararles todavía otras pruebas mortales, por supuesto, pero ya no importaba: estaban en la otra orilla.

Con ocasión de las festividades del nuevo siglo hubo un novedoso programa de actos públicos, el más memorable de los cuales fue el primer viaje en globo, fruto de la iniciativa inagotable del doctor Juvenal Urbino. Media ciudad se concentró en la Playa del Arsenal para admirar la elevación del enorme balón de tafetán con los colores de la bandera, que llevó el primer correo aéreo a San Juan de la Ciénaga, unas treinta leguas al nordeste en línea recta. El doctor Juvenal Urbino y su esposa, que habían conocido la emoción del vuelo en la Exposición Universal de París, fueron los primeros en subir a la barquilla de mimbre, con el ingeniero de vuelo y seis invitados notables. Llevaban una carta del gobernador provincial para las autoridades municipales de San Juan de la Ciénaga, en la cual se establecía para la historia que aquel era el primer correo transportado por los aires. Un cronista de El Diario del Comercio le preguntó al doctor Juvenal Urbino cuáles serían sus últimas palabras si pereciera en la aventura, y él no se demoró para pensar la respuesta que había de merecerle tantas injurias.

—En mi opinión —dijo— el siglo XIX cambia para todo el mundo, menos para nosotros.

Perdido entre la cándida muchedumbre que cantaba el Himno Nacional mientras el globo ganaba altura, Florentino Ariza se sintió de acuerdo con alguien a quien le oyó comentar en el tumulto que aquélla no era una aventura propia de una mujer, y menos a la edad de Fermina Daza. Pero no fue tan peligrosa, después de todo. O al menos no tan peligrosa como depresiva. El globo llegó sin contratiempos a su destino, después de un viaje apacible por un cielo de un azul inverosímil. Volaron bien, muy bajo, con viento plácido y favorable, primero por las estribaciones de las crestas nevadas, y luego sobre el vasto piélago de la Ciénaga Grande.

Desde el cielo, como las veía Dios, vieron las ruinas de la muy antigua y heroica ciudad de Cartagena de Indias, la más bella del mundo, abandonada de sus pobladores por el pánico del cólera, después de haber resistido a toda clase de asedios de ingleses y tropelías de bucaneros durante tres siglos. Vieron las murallas intactas, la maleza de las calles, las fortificaciones devoradas por las trinitarias, los palacios de mármoles y altares de oro con sus virreyes podridos de peste dentro de las armaduras.

Volaron sobre los palafitos de las Trojas de Cataca, pintados de colores de locos, con tambos para criar iguanas de comer, y colgajos de balsaminas y astromelias en los jardines lacustres. Cientos de niños desnudos se lanzaban al agua alborotados por la gritería de todos, se tiraban por las ventanas, se tiraban desde los techos de las casas y desde las canoas que conducían con una habilidad asombrosa, y se zambullían como sábalos para rescatar los bultos de ropa, los frascos de tabonucos para la tos, las comidas de beneficencia que la hermosa mujer del sombrero de plumas les arrojaba desde la barquilla del globo.

Volaron sobre el océano de sombras de los plantíos de banano, cuyo silencio se elevaba hasta ellos como un vapor letal, y Fermina Daza se acordó de ella misma a los tres años, a los cuatro quizás, paseando por la floresta sombría de la mano de su madre, que también era casi una niña en medio de otras mujeres vestidas de muselina, igual que ella, con sombrillas blancas y sombreros de gasa. El ingeniero del globo, que iba observando el mundo con un catalejo, dijo: «Parecen muertos». Le pasó el catalejo al doctor Juvenal Urbino, y éste vio las carretas de bueyes entre los sembrados, las guardarrayas de la línea del tren, las acequias heladas, y dondequiera que fijó sus ojos encontró cuerpos humanos esparcidos. Alguien dijo que el cólera estaba haciendo estragos en los pueblos de la Ciénaga Grande. El doctor Urbino, mientras hablaba, no dejó de mirar por el catalejo.

—Pues debe ser una modalidad muy especial del cólera —dijo—, porque cada muerto tiene su tiro de gracia en la nuca.

Poco después volaron sobre un mar de espumas, y descendieron sin novedad en un playón ardiente, cuyo suelo agrietado de salitre quemaba como fuego vivo. Allí estaban las autoridades sin más protección contra el sol que los paraguas de diario, estaban las escuelas primarias agitando banderitas al compás de los himnos, las reinas de la belleza con flores achicharradas y coronas de cartón de oro, y la papayera de la próspera población de Gayra, que era por aquellos tiempos la mejor de la costa caribe. Lo único que quería Fermina Daza era ver otra vez su pueblo natal, para confrontarlo con sus recuerdos más antiguos, pero no se lo permitieron a nadie por los riesgos de la peste. El doctor Juvenal Urbino entregó la carta histórica, que luego se traspapeló y nunca más se supo de ella, y la comitiva en pleno estuvo a punto de asfixiarse en el sopor de los discursos. Al final los llevaron en mulas hasta el embarcadero de Pueblo Viejo, donde la ciénaga se juntaba con el mar, porque el ingeniero no consiguió que el globo volviera a elevarse. Fermina Daza estaba segura de haber pasado por ahí con su madre, muy niña, en una carreta tirada por una yunta de bueyes. Ya siendo mayor se lo había contado varias veces a su padre, y él murió empecinado en que no era posible que ella lo recordara.

—Recuerdo muy bien ese viaje, y fue exacto —le dijo él—, pero sucedió por lo menos cinco años antes que tú nacieras.

Los miembros de la expedición en globo regresaron tres días después al puerto de origen, estragados por una mala noche de tormenta, y fueron recibidos como héroes. Perdido en la muchedumbre, desde luego, estaba Florentino Ariza, quien reconoció en el semblante de Fermina Daza las huellas del pavor. Sin embargo, esa misma tarde volvió a verla en una exhibición de ciclismo, también patrocinada por el esposo, y no le quedaba ningún vestigio de cansancio. Manejaba un velocípedo insólito que más bien parecía un aparato de circo, con una rueda delantera muy alta sobre la cual iba sentada, y una posterior muy pequeña que apenas le servía de apoyo. Iba vestida con unos calzones bombachos de cenefas coloradas que provocaron el escándalo de las señoras mayores y el desconcierto de los caballeros, pero nadie fue indiferente a su destreza.

Ésa, y tantas otras a lo largo de tantos años, eran imágenes efímeras que se le aparecían de pronto a Florentino Ariza, cuando le daba la gana al azar, y volvían a desaparecer del mismo modo dejando en su corazón una trilla de ansiedad. Pero marcaban la pauta de su vida, pues él había conocido la sevicia del tiempo no tanto en carne propia como en los cambios imperceptibles que notaba en Fermina Daza cada vez que la veía.

Cierta noche entró en el Mesón de don Sancho, un restaurante colonial de alto vuelo, y ocupó el rincón más apartado, como solía hacerlo cuando se sentaba solo a comer sus meriendas de pajarito. De pronto vio a Fermina Daza en el gran espejo del fondo, sentada a la mesa con el marido y dos parejas más, y en un ángulo en que él podía verla reflejada en todo su esplendor. Estaba indefensa, conduciendo la conversación con una gracia y una risa que estallaban como fuegos de artificio, y su belleza era más radiante bajo las enormes arañas de lágrimas: Alicia había vuelto a atravesar el espejo.

Florentino Ariza la observó a su gusto con el aliento en vilo, la vio comer, la vio probar apenas el vino, la vio bromear con el cuarto don Sancho de la estirpe, vivió con ella un instante de su vida desde su mesa solitaria, y durante más de una hora se paseó sin ser visto en el recinto vedado de su intimidad. Luego se tomó cuatro tazas más de café para hacer tiempo, hasta que la vio salir confundida con el grupo. Pasaron tan cerca, que él distinguió el olor de ella entre las ráfagas de otros perfumes de sus acompañantes.

Desde esa noche, y durante casi un año, mantuvo un asedio tenaz al propietario del mesón, ofreciéndole lo que quisiera, en dinero o en favores, en lo que más hubiera ansiado en la vida, para que le vendiera el espejo. No fue fácil, pues el viejo don Sancho creía en la leyenda de que aquel precioso marco tallado por ebanistas vieneses era gemelo de otro que perteneció a María Antonieta, y que había desaparecido sin dejar rastros: dos joyas únicas. Cuando por fin cedió, Florentino Ariza colgó el espejo en su casa, no por los primores del marco, sino por el espacio interior, que había sido ocupado durante dos horas por la imagen amada.

Casi siempre que vio a Fermina Daza, iba del brazo de su esposo, en un concierto perfecto, moviéndose ambos dentro de un ámbito propio, con una asombrosa fluidez de siameses que sólo discordaba cuando lo saludaban a él. En efecto, el doctor Juvenal Urbino le estrechaba la mano con un afecto cálido, y hasta se permitía en ocasiones una palmada en el hombro. Ella, en cambio, lo mantenía condenado al régimen impersonal de los formalismos, y nunca hizo un gesto mínimo que le permitiera sospechar que lo recordaba desde sus tiempos de soltera. Vivían en dos mundos divergentes, pero mientras él hacía toda clase de esfuerzos por reducir la distancia, ella no dio un solo paso que no fuera en sentido contrario. Pasó mucho tiempo antes de que él se atreviera a pensar que aquella indiferencia no era más que una coraza contra el miedo. Se le ocurrió de pronto, en el bautizo del primer buque de agua dulce construido en los astilleros locales, que fue también la primera ocasión oficial en que Florentino Ariza representó al tío León XII como primer vicepresidente de la C.F.C. Esta coincidencia revistió el acto de una solemnidad especial, y no faltó nadie que tuviera alguna significación en la vida de la ciudad.

Florentino Ariza estaba ocupándose de sus invitados en el salón principal del buque, todavía oloroso a pintura reciente y alquitrán derretido, cuando una salva de aplausos estalló en los muelles y la banda atacó una marcha triunfal. Tuvo que reprimir el estremecimiento ya casi tan antiguo como él mismo cuando vio a la hermosa mujer de sus sueños del brazo del esposo, espléndida en su madurez, desfilando como una reina de otro tiempo por entre la guardia de honor en uniforme de parada, bajo una tormenta de serpentinas y pétalos naturales que le arrojaban desde las ventanas. Ambos respondían con la mano a las ovaciones, pero ella era tan deslumbrante que parecía ser la única en medio de la muchedumbre, vestida toda de un dorado imperial, desde las zapatillas de tacones altos y las colas de zorros en el cuello, hasta el sombrero de campana.

Florentino Ariza los esperó en el puente, junto con las autoridades provinciales, en medio del estruendo de la música y los cohetes y los tres bramidos densos del buque que dejaron el muelle empapado de vapor. Juvenal Urbino saludó a la fila de recepción con aquella naturalidad tan suya que hacía pensar a cada uno que le tenía un afecto especial: primero el capitán del buque en uniforme de gala, después el arzobispo, después el gobernador con su esposa y el alcalde con la suya, y después el jefe militar de la plaza, que era un andino recién llegado. A continuación de las autoridades estaba Florentino Ariza, vestido de paño oscuro, casi invisible entre tantos notables. Luego de saludar al comandante de la plaza, Fermina pareció vacilar ante la mano tendida de Florentino Ariza. El militar, dispuesto a presentarlos, le preguntó a ella si no se conocían. Ella no dijo ni que sí ni que no, sino que le tendió la mano a Florentino Ariza con una sonrisa de salón. Aquello había ocurrido en dos ocasiones del pasado, y había de ocurrir otras veces, y Florentino Ariza lo asimiló siempre como un comportamiento propio del carácter de Fermina Daza. Pero aquella tarde se preguntó con su infinita capacidad de ilusión si una indiferencia tan encarnizada no sería un subterfugio para disimular un tormento de amor.

La sola idea le alborotó las querencias. Volvió a rondar la quinta de Fermina Daza con las mismas ansias con que lo hacía tantos años antes en el parquecito de Los Evangelios, pero no con la intención calculada de que ella lo viera, sino con la única de verla para saber que continuaba en el mundo. Sólo que entonces le era difícil pasar inadvertido. El barrio de La Manga estaba en una isla semidesértica, separada de la ciudad histórica por un canal de aguas verdes, y cubierta por matorrales de icaco que habían sido guaridas de enamorados dominicales durante la Colonia. En años recientes habían demolido el viejo puente de piedra de los españoles, y construyeron uno de material con globos de luces, para dar paso a los nuevos tranvías de mulas. Al principio, los habitantes de La Manga tenían que soportar un suplicio que no se tuvo en cuenta en el proyecto, y era dormir tan cerca de la primera planta eléctrica que tuvo la ciudad, cuya trepidación era un temblor de tierra continuo. Ni el doctor Juvenal Urbino con todo su poder había logrado que la mudaran para donde no estorbara, hasta que intercedió en favor suyo su comprobada complicidad con la Divina Providencia. Una noche estalló la caldera de la planta con una explosión pavorosa, voló por encima de las casas nuevas, atravesó media ciudad por los aires y desbarató la galería mayor del antiguo convento de San Julián el Hospitalario. El viejo edificio en ruinas había sido abandonado a principios de aquel año, pero la caldera les causó la muerte a cuatro presos que se habían fugado a prima noche de la cárcel local y estaban escondidos en la capilla.

Aquel suburbio apacible, con tan bellas tradiciones de amor, no fue en cambio muy propicio para los amores contrariados cuando se convirtió en barrio de lujo. Las calles eran polvorientas en verano, pantanosas en invierno y desoladas durante todo el año, y las casas escasas estaban escondidas entre jardines frondosos, con terrazas de mosaicos en vez de los balcones volados de antaño, como hechas a propósito para desalentar a los enamorados furtivos. Menos mal que en aquella época se impuso la moda de pasear por las tardes en las viejas victorias de alquiler arregladas para un solo caballo, y el recorrido terminaba en una eminencia desde donde se apreciaban los crepúsculos desgarrados de octubre mejor que desde la torre del faro, y se veían los tiburones sigilosos acechando la playa de los seminaristas, y el transatlántico de los jueves, inmenso y blanco, que casi podía tocarse con las manos cuando pasaba por el canal del puerto. Florentino Ariza solía alquilar una victoria después de una jornada dura en la oficina, pero no le plegaba la capota como era la costumbre en los meses de calor, sino que permanecía escondido en el fondo del asiento, invisible en la sombra, siempre solo, y ordenando rumbos imprevistos para no alborotar los malos pensamientos del cochero. Lo único que en realidad le interesaba del paseo era el partenón de mármol rosado medio oculto entre matas de plátano y mangos frondosos, réplica sin fortuna de las mansiones idílicas de los algodonales de Luisiana. Los hijos de Fermina Daza volvían a casa poco antes de las cinco. Florentino Ariza los veía llegar en el coche de la familia, y veía salir después al doctor Juvenal Urbino para sus visitas médicas de rutina, pero en casi un año de rondas no pudo ver ni siquiera el celaje que anhelaba.

Una tarde en que insistió en el paseo solitario a pesar de que estaba cayendo el primer aguacero devastador de junio, el caballo resbaló en el fango y se fue de bruces. Florentino Ariza se dio cuenta con horror de que estaban justo frente a la quinta de Fermina Daza, y le hizo una súplica al cochero, sin pensar que su consternación podía delatarlo.

—Aquí no, por favor —le gritó—. En cualquier parte menos aquí.

Ofuscado por el apremio, el cochero trató de levantar el caballo sin desengancharlo, y el eje del coche se rompió. Florentino Ariza salió como pudo, y soportó la vergüenza bajo el rigor de la lluvia hasta que otros paseantes se ofrecieron para llevarlo a su casa. Mientras esperaba, una criada de la familia Urbino lo había visto con la ropa ensopada y chapaleando en el fango hasta las rodillas, y le llevó un paraguas para que se guareciera en la terraza. Florentino Ariza no había soñado con tanta fortuna en el más desaforado de sus delirios, pero aquella tarde hubiera preferido morir a dejarse ver por Fermina Daza en semejante estado.

Cuando vivían en la ciudad vieja, Juvenal Urbino y su familia iban los domingos a pie desde su casa hasta la catedral, a la misa de ocho, que era más un acto mundano que religioso. Más tarde, cuando cambiaron de casa, siguieron yendo en el coche durante varios años, y a veces se demoraban en tertulias de amigos bajo las palmeras del parque. Pero cuando construyeron el templo del seminario conciliar en La Manga, con playa privada y cementerio propio, ya no volvieron a la catedral sino en ocasiones muy solemnes. Ignorante de estos cambios, Florentino Ariza esperó varios domingos en la terraza del Café de la Parroquia, vigilando la salida de las tres misas. Luego cayó en la cuenta de su error y fue a la iglesia nueva, que estuvo de moda hasta hace pocos años, y allí encontró al doctor Juvenal Urbino con sus hijos, puntuales a las ocho en los cuatro domingos de agosto, pero Fermina Daza no estuvo con ellos. Uno de esos domingos visitó el nuevo cementerio contiguo, donde los residentes del barrio de La Manga estaban construyendo sus panteones suntuosos, y el corazón le dio un salto cuando encontró a la sombra de las grandes ceibas el más suntuoso de todos, ya terminado, con vitrales góticos y ángeles de mármol, y con las lápidas para toda la familia en letras doradas. Entre ellas, desde luego, la de doña Fermina Daza de Urbino de la Calle, y a continuación la del esposo, con un epitafio común:*Juntos también en la paz del Señor*.

En el resto del año, Fermina Daza no asistió a ninguno de los actos cívicos ni sociales, ni siquiera los de Navidad, en los cuales ella y su marido solían ser protagonistas de lujo. Pero donde más se notó su ausencia fue en la sesión inaugural de la temporada de ópera. En el intermedio, Florentino Ariza sorprendió un grupo en el que sin duda hablaban de ella sin mencionarla. Decían que alguien la vio subir una medianoche del junio anterior en el transatlántico de la Cunard, rumbo a Panamá, y que llevaba un velo oscuro para que no se le notaran los estragos de la enfermedad vergonzosa que la iba consumiendo. Alguien preguntó qué mal tan terrible podía ser para atreverse con una mujer de tantos poderes, y la respuesta que recibió estaba saturada de una bilis negra:

—Una dama tan distinguida no puede tener sino la tisis.

Florentino Ariza sabía que los ricos de su tierra no tenían enfermedades cortas. O se morían de repente, casi siempre en vísperas de una fiesta mayor que se echaba a perder por el duelo, o se iban apagando en enfermedades lentas y abominables, cuyas intimidades acababan por ser de dominio público. La reclusión en Panamá era casi una penitencia obligada en la vida de los ricos. Se sometían a lo que Dios quisiera en el Hospital de los Adventistas, un inmenso galpón blanco extraviado en los aguaceros prehistóricos del Darién, donde los enfermos perdían la cuenta de la poca vida que les quedaba, y en cuyos cuartos solitarios con ventanas de anjeo nadie podía saber con certeza si el olor del ácido fénico era de la salud o de la muerte. Los que se restablecían regresaban cargados de regalos espléndidos que repartían a manos llenas con una cierta angustia por hacerse perdonar la indiscreción de seguir vivos. Algunos volvían con el abdomen atravesado de costuras bárbaras que parecían hechas con cáñamo de zapatero, se alzaban la camisa para mostrarlas en las visitas, las comparaban con las de otros que habían muerto sofocados por los excesos de la felicidad, y por el resto de sus días seguían contando y volviendo a contar las apariciones angélicas que habían visto bajo los efectos del cloroformo. En cambio, nadie conoció nunca la visión de los que no regresaron, y entre éstos los más tristes: los que murieron desterrados en el pabellón de los tísicos, más por la tristeza de la lluvia que por las molestias de la enfermedad.

Puesto a escoger, Florentino Ariza no sabía qué hubiera preferido para Fermina Daza. Pero antes que nada prefería la verdad, así fuera insoportable, y por mucho que la buscó no dio con ella. Le resultaba inconcebible que nadie pudiera darle al menos un indicio para confirmar la versión. En el mundo de los buques fluviales, que era el suyo, no había misterio que pudiera conservarse ni confidencia que se pudiera guardar. Sin embargo, nadie había oído hablar de la mujer del velo negro. Nadie sabía nada, en una ciudad donde todo se sabía, y donde muchas cosas se sabían inclusive antes de que ocurrieran. Sobre todo las cosas de los ricos. Pero tampoco nadie tenía explicación alguna para la desaparición de Fermina Daza. Florentino Ariza seguía rondando La Manga, oyendo misas sin devoción en la basílica del seminario, asistiendo a actos cívicos que nunca le hubieran interesado en otro estado de ánimo, pero el paso del tiempo no hacía sino aumentar el crédito de la versión. Todo parecía normal en la casa de los Urbino, salvo la falta de la madre.

En medio de tantas averiguaciones encontró otras noticias que no conocía, o que no andaba buscando, y entre ellas la de la muerte de Lorenzo Daza en la aldea cantábrica donde había nacido. Recordaba haberlo visto durante muchos años en las bulliciosas guerras de ajedrez del Café de la Parroquia, con la voz estragada de tanto hablar, y más gordo y áspero a medida que sucumbía en las arenas movedizas de una mala vejez. No habían vuelto a dirigirse la palabra desde el ingrato desayuno de anisado del siglo anterior, y Florentino Ariza estaba seguro de que Lorenzo Daza seguía recordándolo con tanto rencor como él, aun después de conseguir para la hija el matrimonio de fortuna que se le había convertido en la única razón de estar vivo. Pero seguía tan decidido a encontrar una información inequívoca sobre la salud de Fermina Daza, que había vuelto al Café de la Parroquia para obtenerla de su padre, por la época en que se celebró allí el torneo histórico en que Jeremiah de Saint-Amour se enfrentó solo a cuarenta y dos adversarios. Fue así como se enteró de que Lorenzo Daza había muerto, y se alegró de todo corazón, aun a sabiendas de que el precio de aquella alegría podía ser el seguir viviendo sin la verdad. Al final admitió como cierta la versión del hospital de desahuciados, sin más consuelo que un refrán conocido: *Mujer enferma, mujer eterna*. En sus días de desaliento, se conformaba con la idea de que la noticia de la muerte de Fermina Daza, en caso de que ocurriera, le llegaría de todos modos sin buscarla.

No iba a llegarle nunca. Pues Fermina Daza estaba viva y saludable en la hacienda donde su prima Hildebranda Sánchez vivía olvidada del mundo, a media legua del pueblo de Flores de María. Se había ido sin escándalo, de común acuerdo con el esposo, embrollados ambos como adolescentes con la única crisis seria que habían sufrido en tantos años de un matrimonio estable. Los había sorprendido en el reposo de la madurez, cuando ya se sentían a salvo de cualquier emboscada de la adversidad, con los hijos grandes y bien criados, y con el porvenir abierto para aprender a ser viejos sin amarguras. Había sido algo tan imprevisto para ambos, que no quisieron resolverlo a gritos, con lágrimas y mediadores, como era de uso natural en el Caribe, sino con la sabiduría de las naciones de Europa, y de tanto no ser ni de aquí ni de allá terminaron chapaleando en una situación pueril que no era de ninguna parte. Por último, ella había decidido irse, sin saber siquiera por qué, ni para qué, por pura rabia, y él no había sido capaz de persuadirla, impedido por su conciencia de culpa.

Fermina Daza, en efecto, se había embarcado a media noche dentro del mayor sigilo y con la cara cubierta con una mantilla de luto, pero no en un transatlántico de la Cunard con destino a Panamá, sino en el buquecito regular de San Juan de la Ciénaga, la ciudad donde nació y vivió hasta la pubertad, y cuya nostalgia se iba haciendo insoportable con los años. Contra la voluntad del marido y las costumbres de la época, no llevó más acompañante que una ahijada de quince años que se había criado con la servidumbre de su casa, pero habían dado aviso de su viaje a los capitanes de los barcos y a las autoridades de cada puerto. Cuando tomó la determinación irreflexiva, les anunció a los hijos que se iba a temperar por tres meses donde la tía Hildebranda, pero estaba decida a quedarse. El doctor Juvenal Urbino conocía muy bien la entereza de su carácter, y estaba tan atribulado que lo aceptó con humildad como un castigo de Dios por la gravedad de sus culpas. Pero no se habían perdido de vista las luces del barco cuando ya ambos estaban arrepentidos de sus flaquezas.

A pesar de que mantuvieron una correspondencia formal sobre el estado de los hijos y otros asuntos de la casa, transcurrieron casi dos años sin que ni el uno ni el otro encontrara un camino de regreso que no estuviera minado por el orgullo. Los hijos fueron a pasar en Flores de María las vacaciones escolares del segundo año, y Fermina Daza hizo lo imposible por parecer conforme con su nueva vida. Esa fue al menos la conclusión que sacó Juvenal Urbino de las cartas del hijo. Además, en esos días estuvo por allí en gira pastoral el obispo de Riohacha, montado bajo palio en su célebre mula blanca con gualdrapas bordadas de oro. Detrás vinieron peregrinos de comarcas remotas, músicos de acordeones, vendedores ambulantes de comidas y amuletos, y la hacienda estuvo tres días desbordada de inválidos y desahuciados, que en realidad no venían por los sermones doctos y las indulgencias plenarias, sino por los favores de la mula, de la cual se decía que hacía milagros a escondidas del dueño. El obispo había sido muy de la casa de los Urbino de la Calle desde sus años de cura raso, y un mediodía se escapó de su feria para almorzar en la hacienda de Hildebranda. Después del almuerzo, en el cual sólo se habló de asuntos terrenales, llevó aparte a Fermina Daza y quiso oírla en confesión. Ella se negó, de un modo amable pero firme, con el argumento explícito de que no tenía nada de que arrepentirse. Aunque no fue ese su propósito, al menos consciente, se quedó con la idea de que su respuesta iba a llegar adonde debía.

El doctor Juvenal Urbino solía decir, no sin cierto cinismo, que aquellos dos años amargos de su vida no fueron culpa suya, sino de la mala costumbre que tenía su esposa de oler la ropa que se quitaba la familia, y la que se quitaba ella misma, para saber por el olor si había que mandarla a lavar, aunque pareciera limpia a primera vista. Lo hacía desde niña, y nunca creyó que se notara tanto, hasta que su marido se dio cuenta la misma noche de bodas. Se dio cuenta también de que fumaba por lo menos tres veces al día encerrada en el baño, pero esto no le llamó la atención, pues las mujeres de su clase solían encerrarse en grupos a hablar de hombres y a fumar, y aun a beber aguardiente de a dos cuartillos hasta quedar tiradas por los suelos con una marimonda de albañil. Pero la costumbre de husmear cuanta ropa encontraba a su paso, no sólo le pareció improcedente, sino peligrosa para la salud. Ella lo tomaba a broma, como tomaba todo lo que no quería discutir, y decía que no era por simple adorno por lo que Dios le había puesto en la cara aquella acuciosa nariz de oropéndola. Una mañana, mientras ella andaba de compras, la servidumbre alborotó el vecindario buscando al hijo de tres años que no habían podido encontrar en ningún escondite de la casa. Ella llegó en medio del pánico, dio dos o tres vueltas de mastín rastreador, y encontró al hijo dormido dentro de un ropero, donde nadie pensó que pudiera esconderse. Cuando el marido atónito le preguntó cómo lo había encontrado, ella le contestó:

—Por el olor a caca.

La verdad es que el olfato no le servía sólo para lavar la ropa o para encontrar niños perdidos: era su sentido de orientación en todos los órdenes de la vida, y sobre todo de la vida social. Juvenal Urbino lo había observado a lo largo de su matrimonio, sobre todo al principio, cuando ella era la advenediza en un ambiente predispuesto en contra suya desde hacía trescientos años, y sin embargo braceaba por entre frondas de corales acuchillados sin tropezar con nadie, con un dominio del mundo que no podía ser sino un instinto sobrenatural. Esa facultad temible, que lo mismo podía tener origen en una sabiduría milenaria que en un corazón de pedernal, tuvo su hora de desgracia un mal domingo antes de la misa, cuando Fermina Daza olfateó por pura rutina la ropa que había usado su marido la tarde anterior, y padeció la sensación perturbadora de haber tenido a un hombre distinto en la cama.

Olfateó primero el saco y el chaleco mientras quitaba del ojal el reloj de leontina y sacaba el lapicero y la billetera y las pocas monedas sueltas de los bolsillos y lo iba poniendo todo sobre el tocador, y después olfateó la camisa abastillada mientras quitaba el pisacorbatas y las mancornas de topacio de los puños y el botón de oro del cuello postizo, y después olfateó los pantalones mientras sacaba el llavero con once llaves y el cortaplumas con cachas de nácar, y olfateó por último los calzoncillos y las medias y el pañuelo de hilo con su monograma bordado. No había la menor sombra de duda: en cada una de las prendas había un olor que no había estado en ellas en tantos años de vida en común, un olor imposible de definir, porque no era de flores ni de esencias artificiales, sino de algo propio de la naturaleza humana. No dijo nada, ni volvió a encontrar el olor todos los días, pero ya no husmeaba la ropa del marido con la curiosidad de saber si estaba de lavar, sino con una ansiedad insoportable que le iba carcomiendo las entrañas.

Fermina Daza no supo dónde situar el olor de la ropa dentro de la rutina del esposo. No podía ser entre la clase matinal y el almuerzo, pues suponía que ninguna mujer en su sano juicio iba a hacer un amor apurado a semejantes horas, y menos con una visita, mientras estaba pendiente de barrer la casa, arreglar las camas, hacer el mercado, preparar el almuerzo, y tal vez con la angustia de que a uno de los niños lo mandaran de la escuela antes de tiempo descalabrado de una pedrada, y la encontrara desnuda a las once de la mañana en el cuarto sin hacer, y para colmo de vainas con un médico encima. Sabía, por otra parte, que el doctor Juvenal Urbino sólo hacía el amor de noche, y mejor aún en la oscuridad absoluta, y en último caso antes del desayuno al arrullo de los primeros pájaros. Después de esa hora, según él decía, era más el trabajo de quitarse la ropa y volver a ponérsela, que el placer de un amor de gallo. De modo que la contaminación de la ropa sólo podía ocurrir en alguna de las visitas médicas, o en cualquier momento escamoteado a sus noches de ajedrez y de cine. Esto último era difícil de esclarecer, porque al contrario de tantas amigas suyas, Fermina Daza era demasiado orgullosa para espiar al marido, o para pedirle a alguien que lo hiciera por ella. El horario de las visitas, que parecía el más apropiado para la infidelidad, era además el más fácil de vigilar, porque el doctor Juvenal Urbino llevaba una relación minuciosa de cada uno de sus clientes, inclusive con el estado de cuentas de los honorarios, desde que los visitaba por primera vez hasta que los despedía de este mundo con una cruz final y una frase por el bienestar de su alma.

Al cabo de tres semanas, Fermina Daza no había encontrado el olor en la ropa durante varios días, había vuelto a encontrarlo de pronto cuando menos lo esperaba, y lo había encontrado luego más descarnado que nunca por varios días consecutivos, aunque uno de ellos había sido un domingo de fiesta familiar en que ella y él no se separaron ni un instante. Una tarde se encontró en la oficina del esposo, contra su costumbre y aun contra sus deseos, como si no fuera ella sino otra a que estuviera haciendo algo que ella no haría jamás, descifrando con una primorosa lupa de Bengala las intrincadas notas de visitas de los últimos meses. Era la primera vez que entraba sola en esa oficina saturada de relentes de creosota, atiborrada de libros empastados en pieles de animales ignotos, de grabados turbios de grupos escolares, de pergaminos de honor, de astrolabios y puñales de fantasía coleccionados durante años. Un santuario secreto que tuvo siempre como la única parte de la vida privada de su marido a la que ella no tenía acceso porque no estaba incluida en el amor, así que las pocas veces en que estuvo allí había sido con él, siempre para asuntos fugaces. No se sentía con derecho a entrar sola, y menos para hacer escrutinios que no le parecían decentes. Pero allí estaba. Quería encontrar la verdad, y la buscaba con unas ansias apenas comparables al terrible temor de encontrarla, impulsada por un ventarrón incontrolable más imperioso que su altivez congénita, más imperioso aún que su dignidad: un suplicio fascinante.

No pudo sacar nada en claro, porque los pacientes de su marido, salvo los amigos comunes, eran también parte de su dominio estanco, gentes sin identidad que no se conocían por su cara sino por sus dolores, no por el color de sus ojos o las evasiones de su corazón, sino por el tamaño de su hígado, el sarro de su lengua, los grumos de su orina, las alucinaciones de sus noches de fiebre. Gentes que creían en su esposo, que creían vivir por él cuando en realidad vivían para él, y terminaban reducidas a una frase escrita por él de su puño y letra al calce del expediente médico: *Tranquilo, Dios te está esperando en la puerta*. Fermina Daza abandonó el estudio al cabo de dos horas inútiles con la sensación de haberse dejado tentar por la indecencia.

Azuzada por su fantasía, empezó a descubrir los cambios del marido. Lo encontraba evasivo, inapetente en la mesa y en la cama, propenso a la exasperación y a las réplicas irónicas, y cuando estaba en la casa ya no era el hombre tranquilo de antes, sino un león enjaulado. Por primera vez desde que se casaron vigiló sus tardanzas, las controló al minuto, y le decía mentiras para sacarle verdades, pero luego se sentía herida de muerte por sus contradicciones. Una noche despertó sobresaltada por un estado fantasmal, y era que su marido la estaba mirando en la oscuridad con unos ojos que le parecieron cargados de odio. Había sufrido un estremecimiento semejante en la flor de la juventud, cuando veía a Florentino Ariza a los pies de la cama, sólo que su aparición no era de odio sino de amor. Además, esta vez no era una fantasía: su marido estaba despierto a las dos de la madrugada, y se había incorporado en la cama para mirarla dormida, pero cuando ella le preguntó por qué lo hacía, él lo negó. Volvió a poner la cabeza en la almohada, y dijo:

—Debió ser que lo soñaste.

Después de esa noche, y por otros episodios similares de esa época en que Fermina Daza no sabía a ciencia cierta dónde terminaba la realidad y dónde empezaba el ensueño, tuvo la revelación deslumbrante de que se estaba volviendo loca. Por último cayó en la cuenta de que el esposo no comulgó el jueves de Corpus Christi, ni tampoco en ningún domingo de las últimas semanas, y no encontró tiempo para los retiros espirituales de aquel año. Cuando ella le preguntó a qué se debían esos cambios insólitos en su salud espiritual, recibió una respuesta ofuscada. Ésta fue la clave decisiva, porque él no había dejado de comulgar en una fecha tan importante desde que hizo la primera comunión a los ocho años. De este modo se dio cuenta no sólo de que su marido estaba en pecado mortal, sino que había resuelto persistir en él, puesto que no acudía a los auxilios de su confesor. Nunca había imaginado que pudiera sufrirse tanto por algo que parecía ser todo lo contrario del amor, pero en esas estaba, y resolvió que el único recurso para no morirse era meterle fuego al cubil de víboras que le emponzoñaba las entrañas. Así fue. Una tarde se puso a zurcir talones de medias en la terraza, mientras su esposo terminaba su lectura diaria después de la siesta. De pronto, interrumpió la labor, se levantó las gafas hasta la frente, y lo interpeló sin un mínimo signo de dureza:

—Doctor.

Él estaba sumergido en la lectura de *L'Île des pingouins*, la novela que todo el mundo estaba leyendo por aquellos días, y le contestó sin salir a flote: *Oui*. Ella insistió:

—Mírame a la cara.

Él lo hizo, mirándola sin verla en la bruma de los lentes de leer, pero no tuvo que quitárselos para quemarse en la brasa de su mirada.

—¿Qué es lo que pasa? —preguntó.

—Tú lo sabes mejor que yo —dijo ella.

No dijo nada más. Volvió a bajarse los lentes y siguió zurciendo las medias. El doctor Juvenal Urbino supo entonces que las largas horas de ansiedad habían terminado. Al contrario de la forma en que él prefiguraba aquel instante, no fue un sacudimiento sísmico del corazón, sino un golpe de paz. Era el grande alivio de que hubiera sucedido más temprano que tarde lo que tarde o temprano tenía que suceder: el fantasma de la señorita Bárbara Lynch había entrado por fin en la casa.

El doctor Juvenal Urbino la había conocido cuatro meses antes, esperando el turno en la consulta externa del Hospital de la Misericordia, y se dio cuenta al instante de que algo irreparable acababa de ocurrir en su destino. Era una mulata alta, elegante, de huesos grandes, con la piel del mismo color y la misma naturaleza tierna de la melaza, vestida aquella mañana con un traje rojo de lunares blancos y un sombrero del mismo género con unas alas muy amplias que le daban sombra hasta los párpados. Parecía de un sexo más definido que el del resto de los humanos. El doctor Juvenal Urbino no atendía en el servicio externo, pero siempre que pasaba por allí con tiempo de sobra entraba a recordarles a sus alumnos mayores que no hay mejor medicina que un buen diagnóstico. De modo que se las arregló para estar presente en el examen de la mulata imprevista, cuidándose de que sus discípulos no le notaran un gesto que no pareciera casual, y apenas sin fijarse en ella, pero anotó muy bien en la memoria los datos de su identidad. Esa tarde, después de la última visita, hizo pasar el coche por la dirección que ella había dado en la consulta, y allí estaba, en efecto, tomando el fresco en la terraza.

Era una típica casa antillana pintada toda de amarillo hasta el techo de cinc, con ventanas de anjeo y tiestos de claveles y helechos colgados en el portal, y asentada sobre pilotes de madera en la marisma de la Mala Crianza. Un turpial cantaba en la jaula colgada en el alero. En la acera de enfrente había una escuela primaria, y los niños que salían en tropel obligaron al cochero a mantener las riendas firmes para impedir que se espantara el caballo. Fue una suerte, pues la señorita Bárbara Lynch tuvo tiempo de reconocer al doctor. Lo saludó con un ademán de viejos conocidos, lo invitó a tomarse un café mientras pasaba el desorden, y él se lo tomó encantado, en contra de su costumbre, oyéndola hablar de ella misma, que era lo único que le interesaba desde aquella mañana y lo único que iba a interesarle, sin un minuto de paz, en los próximos meses. En alguna ocasión, recién casado, un amigo le había dicho delante de su esposa, que tarde o temprano tendría que enfrentarse a una pasión enloquecedora, capaz de poner en riesgo la estabilidad de su matrimonio. Él, que creía conocerse a sí mismo, que conocía la fortaleza de sus raíces morales, se había reído del pronóstico. Pues bien: ahí estaba.

La señorita Bárbara Lynch, doctora en teología, era la hija única del reverendo Jonathan B. Lynch, un pastor protestante, negro y enjuto, que andaba en una mula por los caseríos indigentes de la marisma, predicando la palabra de uno de los tantos dioses que el doctor Juvenal Urbino escribía con minúscula para distinguirlos del suyo. Hablaba un buen castellano, con una piedrecita en la sintaxis cuyos tropiezos frecuentes aumentaban su gracia. Iba a cumplir veintiocho años en diciembre, se había divorciado poco antes de otro pastor, discípulo de su padre, con el que estuvo mal casada dos años, y no le habían quedado deseos de reincidir. Dijo: «No tengo más amor que mi turpial». Pero el doctor Urbino era demasiado serio para pensar que lo dijera con intención. Al contrario: se preguntó confundido si tantas facilidades juntas no serían una trampa de Dios para después cobrarlas con creces, pero en seguida lo apartó de su mente como un disparate teológico debido a su estado de confusión.

Ya para despedirse, hizo un comentario casual sobre la consulta médica de la mañana, sabiendo que nada le gusta más a un enfermo que hablar de sus dolencias y ella fue tan espléndida hablando de las suyas, que él le prometió volver al día siguiente, a las cuatro en punto, para hacerle un examen más detenido. Ella se asustó: sabía que un médico de esa clase estaba muy por encima de sus posibilidades, pero él la tranquilizó: «En esta profesión tratamos de que los ricos paguen por los pobres». Luego hizo la nota en su cuaderno de bolsillo: *señorita Bárbara Lynch, marisma de la Mala Crianza, sábado, 4 p.m.* Meses después, Fermina Daza había de leer aquella ficha aumentada con los pormenores del diagnóstico y del tratamiento, y con la evolución de la enfermedad. El nombre le llamó la atención, y de pronto se le ocurrió que era una de esas artistas descarriadas de los barcos fruteros de Nueva Orleans, pero la dirección le hizo pensar que más bien debía ser de Jamaica, y negra, por supuesto, y la descartó sin dolor de los gustos de su marido.

El doctor Juvenal Urbino llegó a la cita del sábado con diez minutos de adelanto, cuando la señorita Lynch no había acabado de vestirse para recibirlo. Desde sus tiempos de París, cuando tenía que presentarse a un examen oral, no había sentido una tensión semejante. Tendida en la cama de lienzo, con una tenue combinación de seda, la señorita Lynch era de una belleza interminable. Todo en ella era grande e intenso: sus muslos de sirena, su piel a fuego lento, sus senos atónitos, sus encías diáfanas de dientes perfectos, y todo su cuerpo irradiaba un vapor de buena salud que era el olor humano que Fermina Daza encontraba en la ropa del esposo. Había ido a la consulta externa porque sufría de algo que ella llamaba con mucha gracia *cólicos torcidos*, y el doctor Urbino pensaba que era un síntoma de no tomar a la ligera. De modo que palpó sus órganos internos con más intención que atención, y mientras tanto iba olvidándose de su propia sabiduría y descubriendo asombrado que aquella criatura de maravilla era tan bella por dentro como por fuera, y entonces se abandonó a las delicias del tacto, no ya como el médico mejor calificado del litoral caribe, sino como un pobre hombre de Dios atormentado por el desorden de los instintos. Sólo una vez le había ocurrido algo así en su severa vida profesional, y había sido su día de mayor vergüenza, porque la paciente, indignada, le apartó la mano, se sentó en la cama, y le dijo: «Lo que usted quiere puede suceder, pero así no será». La señorita Lynch, en cambio, se abandonó en sus manos, y cuando no tuvo ninguna duda de que el médico ya no estaba pensando en su ciencia, dijo:

—Yo creía que esto era no permitido por la ética.

Él estaba tan ensopado de sudor como si saliera vestido de un estanque, y se secó las manos y la cara con una toalla.

—La ética —dijo— se imagina que los médicos somos de palo.

Ella le tendió una mano agradecida.

—El hecho de que yo lo creía no quiere decir que no se pueda hacer —dijo—. Imagínate lo que será para una pobre negra como yo que se fije en mí un hombre con tanto ruido.

—No he dejado de pensar en usted un solo instante —dijo él.

Fue una confesión tan trémula que hubiera sido digna de lástima. Pero ella lo puso a salvo de todo mal con una carcajada que iluminó el dormitorio.

—Lo sé desde que te vi en la hospital, doctor —dijo—. Negra soy, pero no bruta.

No fue nada fácil. La señorita Lynch quería su honra limpia, quería seguridad y amor, en ese orden, y creía merecerlos. Le dio al doctor Urbino la oportunidad de seducirla, pero sin entrar en el cuarto aun estando ella sola en la casa. Lo más lejos que llegó fue a permitir que él repitiera la ceremonia de palpación y auscultación con todas las violaciones éticas que quisiera, pero sin quitarle la ropa. Él, por su parte, no pudo soltar la carnada una vez mordida, y perseveró en sus asedios casi diarios. Por razones de orden práctico la relación continuada con la señorita Lynch le era casi imposible, pero él era demasiado débil para detenerse a tiempo, como luego había de serlo también para seguir adelante. Fue su límite.

El reverendo Lynch no tenía una vida regular, se iba en cualquier momento en su mula cargada por un lado de biblias y folletos de propaganda evangélica, y cargada de provisiones por el otro lado, y volvía cuando menos se pensaba. Otro inconveniente era la escuela de enfrente, pues los niños cantaban sus lecciones mirando hacia la calle por las ventanas, y lo que veían mejor era la casa de la acera opuesta, con las puertas y las ventanas de par en par desde las seis de la mañana, y veían a la señorita Lynch colgando la jaula en el alero para que el turpial aprendiera las lecciones cantadas, la veían con un turbante de colores cantándolas ella también con su brillante voz caribe mientras hacía los oficios de la casa, y la veían después sentada en el porche cantando sola en inglés los salmos de la tarde.

Tenían que escoger una hora en que no estuvieran los niños, y sólo había dos posibilidades: en la pausa del almuerzo, entre las doce y las dos, que era cuando también el doctor almorzaba, o al final de la tarde, cuando los niños se iban a sus casas. Esta última fue siempre la mejor hora, pero ya para entonces el doctor había terminado sus visitas y disponía de pocos minutos para llegar a comer en familia. El tercer problema, y el más grave para él, era su propia condición. No le era posible ir sin el coche, que era muy conocido y debía estar siempre en la puerta. Hubiera podido hacer cómplice al cochero, como casi todos sus amigos del Club Social, pero eso estaba fuera del alcance de sus costumbres. Tanto, que cuando las visitas a la señorita Lynch se hicieron demasiado evidentes, el propio cochero familiar de librea se atrevió a preguntarle si no sería mejor que volviera a buscarlo más tarde para que el coche no estuviera tanto tiempo estacionado en la puerta. El doctor Urbino, en una reacción extraña a su modo de ser, lo cortó de un tajo.

—Desde que te conozco es la primera vez que te oigo decir algo que no debías —le dijo—. Pues bien: lo doy por no dicho.

No había solución. En una ciudad como ésta era imposible ocultar una enfermedad mientras el coche del médico estuviera en la puerta. A veces el propio médico tomaba la iniciativa de ir a pie, si la distancia lo permitía, o iba en un coche de alquiler, para evitar suposiciones malignas o prematuras. Sin embargo, semejantes engaños no servían de mucho, pues las recetas que se ordenaban en las farmacias permitían descifrar la verdad, a tal punto que el doctor Urbino prescribía medicinas falsas junto con las correctas, para preservar el derecho sagrado de los enfermos a morirse en paz con el secreto de sus enfermedades. También podía justificar de diversos modos honestos la presencia de su coche frente a la casa de la señorita Lynch, pero no habría podido ser por mucho tiempo, y menos por tanto como él hubiera deseado: toda la vida.

El mundo se le volvió un infierno. Pues una vez saciada la locura inicial, ambos tomaron conciencia de los riesgos, y el doctor Juvenal Urbino no tuvo nunca la decisión de afrontar el escándalo. En los delirios de la fiebre lo prometía todo, pero después que todo pasaba todo volvía a quedar para después. En cambio, a medida que aumentaban las ansias de estar con ella aumentaba también el temor de perderla, de modo que los encuentros fueron siendo cada vez más apresurados y difíciles. No pensaba en otra cosa. Esperaba las tardes con una ansiedad insoportable, se le olvidaban los otros compromisos, se le olvidaba todo menos ella, pero a medida que el coche se acercaba a la marisma de la Mala Crianza iba rogando a Dios que un inconveniente de última hora lo obligara a pasar de largo. Iba en tal estado de angustia, que a veces se alegraba de ver desde la esquina la cabeza algodonada del reverendo Lynch leyendo en la terraza, y a la hija en la sala, catequizando a los niños del barrio con los Evangelios cantados. Entonces se iba feliz a su casa para no seguir desafiando al azar, pero después se sentía enloquecer de ansiedad porque volvieran a ser todo el día las cinco de la tarde de todos los días.

De modo que los amores se volvieron imposibles cuando el coche se hizo demasiado notorio en la puerta, y al cabo de tres meses ya no fueron nada más que ridículos. Sin tiempo para decirse nada, la señorita Lynch se metía en el dormitorio tan pronto como veía entrar al amante aturdido. Había adoptado la precaución de ponerse una falda ancha los días en que lo esperaba, una preciosa pollera de Jamaica con volantes de flores coloradas, pero sin ropa interior, sin nada, creyendo que la facilidad iba a ayudarlo contra el miedo. Pero él malgastaba todo cuanto ella hacía por hacerlo feliz. La seguía jadeando hasta el dormitorio, empapado de sudor, y entraba en estampida tirándolo todo por el suelo, el bastón, el maletín de médico, el sombrero panamá, y hacía un amor de pánico con los pantalones enrollados en las corvas, con el saco abotonado para que le estorbara menos, con la leontina de oro en el chaleco, con los zapatos puestos, con todo, y más pendiente de irse cuanto antes que de cumplir con su placer. Ella se quedaba en ayunas, entrando apenas en su túnel de soledad, cuando ya él estaba abotonándose de nuevo, exhausto, como si hubiera hecho el amor absoluto en la línea divisoria de la vida y la muerte, cuando en realidad no había hecho sino lo mucho que el acto de amor tiene de hazaña física. Pero estaba en su ley: el tiempo justo para aplicar una inyección intravenosa en un tratamiento de rutina. Entonces regresaba a la casa avergonzado de su debilidad, con ganas de morirse, maldiciéndose por su falta de valor para pedirle a Fermina Daza que le bajara los pantalones y lo sentara de culo en un brasero. No cenaba, rezaba sin convicción, fingía continuar en la cama la lectura de la siesta mientras su esposa daba vueltas y vueltas por la casa poniendo el mundo en orden antes de acostarse. A medida que cabeceaba sobre el libro iba hundiéndose poco a poco en el manglar inevitable de la señorita Lynch, en su vaho de floresta yacente, su cama de morir, y entonces no lograba pensar en nada más que en las cinco menos cinco de la tarde de mañana, y ella esperándolo en la cama sin nada más que su monte de estropajo oscuro bajo la falda de loca de Jamaica: el círculo infernal.

Hacía ya unos años que había empezado a tener conciencia del peso de su propio cuerpo. Reconocía los síntomas. Los había leído en los textos, los había visto confirmados en la vida real, en pacientes mayores sin antecedentes graves que de pronto empezaban a describir síndromes perfectos que parecían sacados de los libros de medicina, y que sin embargo resultaban ser imaginarios. Su maestro de clínica infantil de La Salpêtrière le había aconsejado la pediatría como la especialidad más honesta, porque los niños sólo se enferman cuando en realidad están enfermos, y no pueden comunicarse con el médico con palabras convencionales sino con síntomas concretos de enfermedades reales. Los adultos, en cambio, a partir de cierta edad, o bien tenían los síntomas sin las enfermedades, o algo peor: enfermedades graves con síntomas de otras inofensivas. Él los entretenía con paliativos, dándole tiempo al tiempo, hasta que aprendían a no sentir sus achaques a fuerza de convivir con ellos en el basurero de la vejez. Lo que nunca pensó el doctor Juvenal Urbino era que un médico de su edad, que creía haberlo visto todo, no pudiera superar la inquietud de sentirse enfermo cuando no lo estaba. O peor: no creer que lo estaba, por puro prejuicio científico, cuando tal vez lo estaba en realidad. Ya a los cuarenta años, medio en serio y medio en broma, había dicho en la cátedra: «Lo único que necesito en la vida es alguien que me entienda». Pero cuando se encontró perdido en el laberinto de la señorita Lynch ya no lo pensó en broma.

Todos los síntomas reales o imaginarios de sus pacientes mayores se acumularon en su cuerpo. Sentía la forma del hígado con tal nitidez, que podía decir su tamaño sin tocárselo. Sentía el gruñido de gato dormido de sus riñones, sentía el brillo tornasolado de su vesícula, sentía el zumbido de la sangre en sus arterias. A veces amanecía como un pez sin aire para respirar. Tenía agua en el corazón. Lo sentía perder el paso un instante, lo sentía retrasarse un latido como en las marchas militares del colegio, una vez y otra vez, y al fin lo sentía recuperarse porque Dios es grande. Pero en vez de apelar a los mismos remedios de distracción que les daba a sus enfermos, estaba ofuscado de terror. Era cierto: lo único que necesitaba en la vida, también a los cincuenta y ocho años, era alguien que lo entendiera. De modo que acudió a Fermina Daza, el ser que más lo amaba y al que más amaba en este mundo, y con la que acababa de poner en paz su conciencia.

Pues esto ocurrió después de que ella lo interrumpió en su lectura de la tarde para pedirle que la mirara a la cara, y él tuvo el primer indicio de que su círculo infernal había sido descubierto. No entendía cómo, sin embargo, porque le habría sido imposible imaginar que Fermina Daza hubiera encontrado la verdad por puro olfato. De todos modos, y desde mucho antes, ésta no era una ciudad buena para tener secretos. Al poco tiempo de instalados los primeros teléfonos domésticos, varios matrimonios que parecían estables se acabaron por chismes de llamadas anónimas, y muchas familias atemorizadas suspendieron el servicio o se negaron a tenerlo durante años. El doctor Urbino sabía que su esposa se respetaba tanto a sí misma como para no permitir siquiera un intento de infidencia anónima por teléfono, y no podía imaginarse a nadie tan atrevido como para hacérsela en nombre propio. En cambio, le temía al método antiguo: un papel deslizado por debajo de la puerta por una mano desconocida podía ser eficaz, no sólo porque garantizaba el doble anónimo del remitente y el destinatario, sino porque su estirpe legendaria permitía atribuirle alguna relación metafísica con los designios de la Divina Providencia.

Los celos no conocían su casa: durante más de treinta años de paz conyugal, el doctor Urbino se había preciado en público muchas veces, y hasta entonces había sido cierto, de ser como los fósforos suecos, que sólo encienden en su propia caja. Pero ignoraba cuál podía ser la reacción de una mujer con tanto orgullo como la suya, con tanta dignidad y con un carácter tan fuerte, frente a una infidelidad comprobada. De modo que después de mirarla a la cara como ella se lo había pedido, no se le ocurrió nada más que bajar otra vez la mirada para disimular la turbación, y siguió fingiéndose extraviado en los dulces meandros de la isla de Alca, mientras se le ocurría qué hacer. Fermina Daza, por su parte, tampoco dijo nada más. Cuando terminó de zurcir las medias echó las cosas sin ningún orden dentro del costurero, dio en la cocina instrucciones para la cena, y se fue al dormitorio.

Entonces él tenía su determinación tan bien tomada que a las cinco de la tarde no pasó por la casa de la señorita Lynch. Las promesas de amor eterno, la ilusión de una casa discreta para ella sola donde él pudiera visitarla sin sobresaltos, la felicidad sin prisa hasta la muerte, todo cuanto él había prometido en las llamaradas del amor quedó cancelado por siempre jamás. Lo último que la señorita Lynch tuvo de él fue una diadema de esmeraldas que el cochero le entregó sin comentarios, sin un recado, sin una nota escrita, y dentro de una cajita envuelta con papel de farmacia para que el mismo cochero la creyera una medicina de urgencia. No volvió a verla ni por casualidad en el resto de su vida, y sólo Dios supo cuánto dolor le costó esta resolución heroica, y cuántas lágrimas de hiel tuvo que derramar encerrado en el retrete para sobrevivir a su desastre íntimo. A las cinco, en vez de ir con ella, hizo ante su confesor un acto de contrición profunda, y el domingo siguiente comulgó con el corazón hecho pedazos, pero con el alma tranquila.

La misma noche de la renuncia, mientras se desvestía para dormir, le repitió a Fermina Daza la amarga letanía de sus insomnios matinales, las punzadas súbitas, las ganas de llorar al atardecer, los síntomas cifrados del amor escondido que él le contaba entonces como si fueran las miserias de la vejez. Tenía que hacerlo con alguien para no morirse, para no tener que contar la verdad, y al fin y al cabo aquellos desahogos estaban consagrados en los ritos domésticos del amor. Ella lo oyó con atención, pero sin mirarlo, sin decir nada, mientras iba recibiendo la ropa que él se quitaba. Olía cada pieza sin ningún gesto que delatara su rabia, la enrollaba de cualquier modo, y la tiraba en el canasto de mimbre de la ropa sucia. No encontró el olor, pero daba lo mismo: mañana será otro día. Antes de arrodillarse a rezar frente al altarcito del dormitorio, él concluyó el recuento de sus penurias con un suspiro triste, y sincero, además: «Creo que me voy a morir». Ella no parpadeó siquiera para replicarle.

—Sería lo mejor —dijo—. Así estaremos los dos más tranquilos.

Años antes, en la crisis de una enfermedad peligrosa, él había hablado de la posibilidad de morir, y ella le había dado la misma réplica brutal. El doctor Urbino la atribuyó a la inclemencia propia de las mujeres, gracias a la cual es posible que la tierra siga girando alrededor del sol, porque entonces ignoraba que ella interponía siempre una barrera de rabia para que no se le notara el miedo. Y en ese caso, el más terrible de todos, que era el miedo de quedarse sin él.

Aquella noche, en cambio, le había deseado la muerte con todo el ímpetu de su corazón, y esa certidumbre lo alarmó. Después la sintió sollozar en la oscuridad, muy despacio, mordiendo la almohada para que él no la sintiera. Esto acabó de ofuscarlo, porque sabía que ella no lloraba con facilidad por ningún dolor del cuerpo o del alma. Sólo lloraba por una rabia grande, más aún si ésta tenía origen de algún modo en su terror de la culpa, y entonces le daba más rabia cuanto más lloraba, porque no lograba perdonarse la debilidad de llorar. Él no se atrevió a consolarla, sabiendo que habría sido como consolar una tigra atravesada por una lanza, ni tuvo valor para decirle que los motivos de su llanto habían desaparecido esa tarde, y habían sido arrancados de raíz y para siempre hasta de su memoria.

El cansancio lo venció unos minutos. Cuando despertó, ella había encendido su veladora tenue y seguía con los ojos abiertos pero sin llorar. Algo definitivo le ocurrió mientras él dormía: los sedimentos acumulados en el fondo de su edad a través de tantos años habían sido rebullidos por el suplicio de los celos, y habían salido a flote, y la habían envejecido en un instante. Impresionado por sus arrugas instantáneas, sus labios mustios, las cenizas de su cabello, él se arriesgó a decirle que tratara de dormir: eran más de las dos. Ella le habló sin mirarlo, pero ya sin un rastro de rabia en la voz, casi con mansedumbre.

—Tengo derecho a saber quién es —dijo.

Y entonces él se lo contó todo, sintiendo que se quitaba de encima el peso del mundo, porque estaba convencido de que ella lo sabía y sólo le faltaba confirmar los pormenores. Pero no era así, por supuesto, de modo que mientras él hablaba ella volvió a llorar, y no con sollozos tímidos como al principio, sino con unas lágrimas sueltas y salobres que se le escurrían por la cara, y le ardían en el camisón de dormir y le inflamaban la vida, porque él no había hecho lo que ella esperaba con el alma en un hilo, y era que lo negara todo hasta la muerte, que se indignara por la calumnia, que se cagara a gritos en esta sociedad de mala madre que no tenía el menor reparo en pisotear la honra ajena, y que se hubiera mantenido imperturbable aun frente a las pruebas demoledoras de su deslealtad: como un hombre. Luego, cuando él le contó que había estado esa tarde con su confesor, temió quedarse ciega de rabia. Desde el colegio tenía la convicción de que la gente de iglesia carecía de cualquier virtud inspirada por Dios. Ésta era una discrepancia esencial en la armonía de la casa, que habían logrado sortear sin tropiezos. Pero que su esposo le hubiera permitido al confesor inmiscuirse hasta ese punto en una intimidad que no era sólo la suya, sino también la de ella, era algo que iba más allá de todo.

—Es como contárselo a un culebrero de los portales —dijo.

Para ella era el final. Estaba segura de que su honra andaba de boca en boca desde antes de que el marido terminara de cumplir la penitencia, y el sentimiento de humillación que eso le causaba era mucho menos soportable que la vergüenza y la rabia y la injusticia de la infidelidad. Y lo peor de todo, carajo: con una negra. Él corrigió: «Mulata». Pero entonces toda precisión salía sobrando: ella había terminado.

—Es la misma vaina —dijo—, y sólo ahora lo entiendo: era un olor de negra.

Esto sucedió un lunes. El viernes a las siete de la noche, Fermina Daza se embarcó en el buquecito regular de San Juan de la Ciénaga, sólo con un baúl, en compañía de la ahijada y con la cara cubierta con una mantilla para evitar preguntas y para evitárselas al marido. El doctor Juvenal Urbino no estuvo en el puerto, por acuerdo de ambos, después de una conversación agotadora de tres días, en la que decidieron que ella se fuera a la hacienda de la prima Hildebranda Sánchez, en la población de Flores de María, con tiempo bastante para reflexionar antes de tomar una determinación final. Los hijos lo entendieron, sin conocer los motivos, como un viaje muchas veces aplazado que ellos mismos deseaban desde hacía tiempo. El doctor Urbino se las arregló para que nadie en su mundillo pérfido pudiera hacer especulaciones maliciosas, y lo hizo tan bien que si Florentino Ariza no encontró ninguna pista de la desaparición de Fermina Daza fue porque en realidad no las había, y no porque le faltaran medios de averiguación. El marido no tenía dudas de que ella volvería a casa tan pronto como se le pasara la rabia. Pero ella se fue segura de que la rabia no se le pasaría jamás.

Sin embargo, muy pronto iba a aprender que esa determinación excesiva no era tanto el fruto del resentimiento como de la nostalgia. Después del viaje de luna de miel había vuelto varias veces a Europa, a pesar de los diez días de mar, y siempre lo había hecho con tiempo de sobra para ser feliz. Conocía el mundo, había aprendido a vivir y a pensar de otro modo, pero nunca había vuelto a San Juan de la Ciénaga después del frustrado vuelo en globo. El regreso a la provincia de la prima Hildebranda tenía para ella algo de redención, así fuera tardía. No lo pensó a propósito de su desastre matrimonial: venía de mucho antes. Así que la sola idea de rescatar sus querencias de adolescente la consolaba de su desdicha.

Cuando desembarcó con la ahijada en San Juan de la Ciénaga, apeló a las grandes reservas de su carácter y reconoció la ciudad contra todas las advertencias. El jefe civil y militar de la plaza, al cual iba recomendada, la invitó en la victoria oficial mientras salía el tren para San Pedro Alejandrino, adonde quiso ir para comprobar lo que le habían dicho, que la cama en que murió El Libertador era tan pequeña como la de un niño. Entonces Fermina Daza volvió a ver su pueblo grande en el marasmo de las dos de la tarde. Volvió a ver las calles que más bien parecían playones con charcos cubiertos de verdín, y volvió a ver las mansiones de los portugueses con sus escudos heráldicos tallados en el pórtico y celosías de bronce en las ventanas, en cuyos salones umbríos se repetían sin compasión los mismos ejercicios de piano, titubeantes y tristes, que su madre recién casada les había enseñado a las niñas de las casas ricas. Vio la plaza desierta sin un árbol en las brasas de caliche, la hilera de coches de capotas fúnebres con los caballos dormidos de pie, el tren amarillo de San Pedro Alejandrino, y en la esquina de la iglesia mayor vio la casa más grande, la más bella, con un corredor de arcadas de piedra verdecida y un portón de monasterio, y la ventana del dormitorio donde iba a nacer Álvaro muchos años después, cuando ya ella no tuviera memoria para recordarlo. Pensó en la tía Escolástica, a quien seguía buscando sin esperanzas por cielo y tierra, y pensando en ella se encontró pensando en Florentino Ariza, en su vestido de literato y su libro de versos bajo los almendros del parquecito, como muy pocas veces le ocurría cuando evocaba sus años ingratos del colegio. Después de muchas vueltas no pudo reconocer la antigua casa familiar, pues donde suponía que estaba no había sino un criadero de cerdos, y a la vuelta de la esquina la calle de los burdeles, con putas del mundo entero haciendo la siesta en los portales, por si acaso pasaba el correo con algo para ellas. No era su pueblo.

Desde el principio del paseo, Fermina Daza se había tapado media cara con la mantilla, no por miedo de ser reconocida donde nadie podía conocerla, sino por la visión de los muertos que se hinchaban al sol por todas partes, desde la estación del tren hasta el cementerio. El jefe civil y militar de la plaza le dijo: «Es el cólera». Ella lo sabía, porque había visto los grumos blancos en la boca de los cadáveres achicharrados, pero notó que ninguno tenía el tiro de gracia en la nuca, como en la época del globo.

—Así es —le dijo el oficial—. También Dios mejora sus métodos.

La distancia de San Juan de la Ciénaga al antiguo ingenio de San Pedro Alejandrino era de sólo nueve leguas, pero el tren amarillo tardaba el día completo, porque el maquinista era amigo de los pasajeros habituales y éstos le pedían el favor de parar a cada rato para estirar las piernas caminando por los prados de golf de la compañía bananera, y los hombres se bañaban desnudos en los ríos diáfanos y helados que se precipitaban desde la sierra, y cuando sentían hambre se bajaban a ordeñar las vacas sueltas en los potreros. Fermina Daza llegó aterrorizada, y apenas se dio tiempo para admirar los tamarindos homéricos donde El Libertador colgaba su hamaca de moribundo, y para comprobar que la cama donde murió, tal como se lo habían dicho, no sólo era pequeña para un hombre de tanta gloria, sino inclusive para un sietemesino. Sin embargo, otro visitante que parecía saberlo todo dijo que la cama era una reliquia falsa, pues la verdad era que al Padre de la Patria lo habían dejado morir tirado por los suelos. Fermina Daza estaba tan deprimida con lo que vio y oyó desde que salió de su casa, que en el resto del viaje no se complació en el recuerdo del viaje anterior, como tanto lo había añorado, sino que evitaba el paso por los pueblos de sus nostalgias. Así los preservó y se preservó ella misma de la desilusión. Oía los acordeones desde los atajos por donde se escapaba del desencanto, oía los gritos de la gallera, las salvas de plomo que lo mismo podían ser de guerra que de parranda, y cuando no había más recurso que atravesar el pueblo, se tapaba la cara con la mantilla para seguir evocándolo como era antes.

Una noche, después de mucho eludir el pasado, llegó a la hacienda de la prima Hildebranda, y cuando la vio esperando en la puerta estuvo a punto de desfallecer: era como verse a sí misma en el espejo de la verdad. Estaba gorda y decrépita, y cargada de hijos indómitos que no eran del hombre que seguía amando sin esperanzas, sino de un militar en uso de buen retiro con el que se casó por despecho y que la amó con locura. Pero por dentro del cuerpo devastado seguía siendo la misma. Fermina Daza se recuperó de la impresión con pocos días de campo y buenos recuerdos, pero no salió de la hacienda sino para ir a misa los domingos con los nietos de sus cómplices díscolas de antaño, chalanes en caballos magníficos, y muchachas bellas y bien vestidas, como sus madres a la misma edad, que iban de pie en las carretas de bueyes, cantando a coro, hasta la iglesia de la misión en el fondo del valle. Sólo pasó por el pueblo de Flores de María, donde no había estado en el viaje anterior porque no pensaba que pudiera gustarle, pero cuando lo conoció se quedó fascinada. Su desgracia, o la del pueblo, fue que después no logró recordarlo jamás como era en realidad, sino como se lo imaginaba antes de conocerlo.

El doctor Juvenal Urbino tomó la decisión de ir por ella después de recibir el informe del obispo de Riohacha. Su conclusión fue que la demora de la esposa no se debía a que no quisiera volver sino a que no encontraba cómo sortear el orgullo. Así que se fue sin avisarle, después de un intercambio de cartas con Hildebranda, de las cuales sacó en claro que a la esposa se le habían invertido las nostalgias: ahora sólo pensaba en su casa. Fermina Daza estaba en la cocina a las once de la mañana, preparando berenjenas rellenas, cuando oyó los gritos de los peones, los relinchos, los disparos al aire, y después los pasos resueltos en el zaguán, y la voz del hombre:

—Más vale llegar a tiempo que ser invitado.

Creyó morir de alegría. Sin tiempo para pensarlo, se lavó las manos de cualquier modo, murmurando: «Gracias, Dios mío, gracias, qué bueno eres», pensando que todavía no se había bañado por las malditas berenjenas que le había pedido Hildebranda sin decirle quién era el que venía a almorzar, pensando que estaba tan vieja y fea, y con la cara tan despellejada por el sol, que él iba a arrepentirse de haber venido cuando la viera en este estado, maldita sea. Pero se secó las manos como pudo con el delantal, se arregló la apariencia como pudo, apeló a toda la altivez con que su madre la echó al mundo para ponerle orden al corazón enloquecido, y fue al encuentro del hombre con su dulce andar de venada, la cabeza erguida, la mirada lúcida, la nariz de guerra, y agradecida con su destino por el alivio inmenso de volver a casa, aunque no tan fácil como él creía, desde luego, porque se iba feliz con él, desde luego, pero también resuelta a cobrarle en silencio los sufrimientos amargos que le habían acabado la vida.

Casi dos años después de la desaparición de Fermina Daza, ocurrió una de esas casualidades imposibles que Tránsito Ariza habría calificado como una burla de Dios. Florentino Ariza no se había dejado impresionar de un modo especial por el invento del cine, pero Leona Cassiani lo llevó sin resistencia al estreno espectacular de *Cabiria*, cuya publicidad se fundaba en los diálogos escritos por el poeta Gabriele D'Annunzio. El gran patio a cielo abierto de don Galileo Daconte, donde algunas noches se disfrutaba más del esplendor de las estrellas que de los amores mudos de la pantalla, había sido desbordado por una clientela selecta. Leona Cassiani seguía las peripecias de la historia con el alma en un hilo. Florentino Ariza, en cambio, cabeceaba de sueño por el peso abrumador del drama. A sus espaldas, una voz de mujer pareció adivinarle el pensamiento:

—¡Dios mío, esto es más largo que un dolor!

Fue lo único que dijo, cohibida tal vez por la resonancia de su voz en la penumbra, pues aún no se había impuesto aquí la costumbre de adornar las películas mudas con acompañamiento de piano, y en la platea en penumbra sólo se escuchaba el susurro de lluvia del proyector. Florentino Ariza no se acordaba de Dios sino en las situaciones más difíciles, pero esa vez le dio gracias con toda su alma. Pues aun a veinte brazas debajo de la tierra habría reconocido de inmediato aquella voz de metales sordos que llevaba en el alma desde la tarde en que le oyó decir en el reguero de hojas amarillas de un parque solitario: «Ahora váyase, y no vuelva hasta que yo le avise». Sabía que estaba sentada en el asiento detrás del suyo, junto al esposo inevitable, y percibía su respiración cálida y bien medida, y aspiraba con amor el aire purificado por la buena salud de su aliento. No la sintió socavada por la polilla de la muerte, como solía imaginársela en el abatimiento de los últimos meses, sino que la evocó otra vez en su edad radiante y feliz, con el vientre curvado por la semilla del primer hijo bajo la túnica de Minerva. La imaginaba como si la estuviera viendo sin mirar hacia atrás, ajeno por completo a los desastres históricos que desbordaban la pantalla. Se deleitaba con los hálitos del perfume de almendras que le llegaba de regreso de su intimidad, ansioso de saber cómo pensaba ella que debían enamorarse las mujeres del cine para que sus amores dolieran menos que los de la vida. Poco antes del final, con un destello de júbilo, se dio cuenta de pronto de que nunca había estado tanto tiempo tan cerca de alguien a quien amaba tanto.

Esperó a que los otros se levantaran cuando se encendieron las luces. Luego se levantó sin prisa, se volvió distraído abotonándose el chaleco que siempre se soltaba durante la función, y los cuatro se encontraron tan cerca que habrían tenido que saludarse de todos modos, aunque alguno de ellos no lo hubiera querido. Juvenal Urbino saludó primero a Leona Cassiani, a quien conocía bien, y luego le estrechó la mano a Florentino Ariza con la gentileza habitual. Fermina Daza les dirigió a ambos una sonrisa cortés, nada más que cortés, pero de todos modos una sonrisa de alguien que los había visto muchas veces, que sabía quiénes eran, y que por tanto no tenían que serle presentados. Leona Cassiani le correspondió con su gracia mulata. En cambio, Florentino Ariza no supo qué hacer, porque se quedó atónito de verla.

Era otra. No había en su rostro ningún indicio de la terrible enfermedad de moda, ni de otra ninguna, y su cuerpo conservaba todavía el peso y la esbeltez de sus tiempos mejores, pero era evidente que los dos últimos años habían pasado por ella con el rigor de diez mal vividos. El cabello corto le sentaba bien, con una curva de ala en las mejillas, pero ya no era de color de miel sino de aluminio, y los hermosos ojos lanceolados habían perdido media vida de luz detrás de las antiparras de abuela. Florentino Ariza la vio alejarse del brazo del esposo entre la muchedumbre que abandonaba el cine, y se sorprendió de que estuviera en un sitio público con una mantilla de pobre y unas chinelas de andar por casa. Pero lo que más lo conmovió fue que el esposo tuvo que agarrarla por el brazo para indicarle el buen camino de la salida, y aun así calculó mal la altura y estuvo a punto de caerse en el escalón de la puerta.

Florentino Ariza era muy sensible a esos tropiezos de la edad. Siendo todavía joven, interrumpía la lectura de versos en los parques para observar a las parejas de ancianos que se ayudaban a atravesar la calle, y eran lecciones de vida que le habían servido para vislumbrar las leyes de su propia vejez. A la edad del doctor Juvenal Urbino aquella noche en el cine, los hombres florecían en una especie de juventud otoñal, parecían más dignos con las primeras canas, se volvían ingeniosos y seductores, sobre todo a los ojos de las mujeres jóvenes, mientras que sus esposas marchitas tenían que aferrarse de su brazo para no tropezar hasta con la propia sombra. Pocos años después, sin embargo, los maridos se desbarrancaban de pronto en el precipicio de una vejez infame del cuerpo y del alma, y entonces eran sus esposas restablecidas las que tenían que llevarlos del brazo como ciegos de caridad, susurrándoles al oído, para no herir su orgullo de hombres, que se fijaran bien que eran tres y no dos escalones, que había un charco en mitad de la calle, que ese bulto tirado de través en la acera era un mendigo muerto, y ayudándolos a duras penas a atravesar la calle como si fuera el único vado en el último río de la vida. Florentino Ariza se había visto tantas veces en ese espejo, que no le tuvo nunca tanto miedo a la muerte como a la edad infame en que tuviera que ser llevado del brazo por una mujer. Sabía que ese día, y sólo ese, tendría que renunciar a la esperanza de Fermina Daza.

El encuentro le espantó el sueño. En vez de llevar a Leona Cassiani en el coche, la acompañó a pie a través de la ciudad vieja, donde sus pasos resonaban como herraduras de caballería sobre los adoquines. A veces se escapaban retazos de voces fugitivas por los balcones abiertos, confidencias de alcobas, sollozos de amor magnificados por la acústica fantasmal y la fragancia caliente de los jazmines en las callejuelas dormidas. Una vez más, Florentino Ariza tuvo que apelar a todas sus fuerzas para no revelarle a Leona Cassiani su amor reprimido por Fermina Daza. Caminaban juntos, con sus pasos contados, amándose sin prisa como novios viejos, ella pensando en las gracias de Cabiria, y él pensando en su propia desgracia. Un hombre estaba cantando en un balcón de la Plaza de la Aduana, y su canto fue repitiéndose por todo el recinto en ecos encadenados: *Cuando yo cruzaba por las olas inmensas del mar*. En la calle de los Santos de Piedra, justo cuando debía despedirla frente a su casa, Florentino Ariza le pidió a Leona Cassiani que lo invitara a un brandy. Era la segunda vez que lo solicitaba en circunstancias similares. La primera, diez años antes, ella le había dicho: «Si subes a esta hora tendrás que quedarte para siempre». Él no subió. Pero ahora habría subido de todos modos, aunque después tuviera que violar su palabra. No obstante, Leona Cassiani lo invitó a subir sin compromisos.

Fue así como se encontró cuando menos lo pensaba en el santuario de un amor extinguido antes de nacer. Los padres de ella habían muerto, su único hermano había hecho fortuna en Curazao, y ella vivía sola en la antigua casa familiar. Años antes, cuando aún no había renunciado a la esperanza de hacerla su amante, Florentino Ariza solía visitarla los domingos con el consentimiento de sus padres, y a veces por las noches hasta muy tarde, y había hecho tantos aportes a los arreglos de la casa que terminó por reconocerla como suya. Sin embargo, aquella noche después del cine tuvo la sensación de que la sala de visitas había sido purificada de sus recuerdos. Los muebles estaban en lugares distintos, había otros cromos colgados en las paredes y él pensó que tantos cambios encarnizados habían sido hechos a propósito para perpetuar la certidumbre de que él no había existido jamás. El gato no lo reconoció. Asustado por la saña del olvido, dijo: «Ya no se acuerda de mí». Pero ella le replicó de espaldas, mientras servía los brandis, que si eso le preocupaba podía dormir tranquilo, porque los gatos no se acuerdan de nadie.

Recostados en el sofá, muy juntos, hablaron de ellos, de lo que fueron antes de conocerse una tarde de quién sabe cuándo en el tranvía de mulas. Sus vidas transcurrían en oficinas contiguas, y nunca hasta entonces habían hablado de nada distinto del trabajo diario. Mientras conversaban, Florentino Ariza le puso la mano en el muslo, empezó a acariciarlo con su suave tacto de seductor curtido, y ella lo dejó hacer, pero no le devolvió ni un estremecimiento de cortesía. Sólo cuando él trató de ir más lejos le cogió la mano exploradora y le dio un beso en la palma.

—Pórtate bien —le dijo—. Hace mucho tiempo me di cuenta que no eres el hombre que busco.

Siendo muy joven, un hombre fuerte y diestro, al que nunca le vio la cara, la había tumbado por sorpresa en las escolleras, la había desnudado a zarpazos, y le había hecho un amor instantáneo y frenético. Tirada sobre las piedras, llena de cortaduras por todo el cuerpo, ella hubiera querido que ese hombre se quedara allí para siempre, para morirse de amor en sus brazos. No le había visto la cara, no le había oído la voz, pero estaba segura de reconocerlo entre miles por su forma y su medida y su modo de hacer el amor. Desde entonces, a todo el que quiso oírla le decía: «Si alguna vez sabes de un tipo grande y fuerte que violó a una pobre negra de la calle en la Escollera de los Ahogados, un quince de octubre como a las once y media de la noche, dile dónde puede encontrarme». Lo decía por puro hábito, y se lo había dicho a tantos que ya no le quedaban esperanzas. Florentino Ariza le había escuchado muchas veces ese relato como hubiera oído los adioses de un barco en la noche. Cuando dieron las dos de la madrugada se habían tomado tres brandis cada uno, y él sabía, en efecto, que no era el hombre que ella esperaba, y se alegró de saberlo.

—Bravo, leona —le dijo al marcharse—, hemos matado el tigre.

No fue lo único que terminó aquella noche. El infundio maligno del pabellón de tísicos le había estropeado el ensueño, porque le infundió la sospecha inconcebible de que Fermina Daza era mortal, y por tanto podía morir antes que el esposo. Pero cuando la vio tropezar a la salida del cine, dio por su propia cuenta un paso más hacia el abismo, con la revelación súbita de que era él y no ella el que podía morir primero. Fue un presagio, y de los más temibles, porque estaba sustentado en la realidad. Detrás habían quedado los años de la espera inmóvil, de las esperanzas venturosas, pero en el horizonte no se vislumbraba nada más que el piélago insondable de las enfermedades imaginarias, las micciones gota a gota en las madrugadas de insomnio, la muerte diaria al atardecer. Pensó que cada uno de los instantes del día, que antes habían sido más que sus aliados, sus cómplices juramentados, empezaban a conspirar en contra suya. Pocos años antes había acudido a una cita aventurada con el corazón oprimido por el terror del azar, había encontrado la puerta sin cerrojo y los goznes acabados de aceitar para que él entrara sin ruido, pero se arrepintió en el último instante, por temor de causarle a una mujer ajena y servicial el perjuicio irreparable de morirse en su cama. De modo que era razonable pensar que la mujer más amada sobre la tierra, a la que había esperado desde un siglo hasta el otro sin un suspiro de desencanto, apenas tendría tiempo de tomarlo del brazo a través de una calle de túmulos lunares y canteros de amapolas desordenadas por el viento, para ayudarlo a llegar sano y salvo a la otra acera de la muerte.

La verdad es que para los criterios de su época, Florentino Ariza había pasado de largo por los linderos de la vejez. Tenía cincuenta y seis años, muy bien cumplidos, y pensaba que eran también los mejor vividos, porque fueron años de amor. Pero ningún hombre de la época hubiera afrontado el ridículo de parecer joven a su edad, así lo fuera o lo creyera, ni todos se hubieran atrevido a confesar sin vergüenza que aún lloraban a escondidas por un desaire del siglo anterior. Era una mala época para ser joven: había un modo de vestirse para cada edad, pero el modo de la vejez empezaba poco después de la adolescencia, y duraba hasta la tumba. Era, más que una edad, una dignidad social. Los jóvenes se vestían como sus abuelos, se hacían más respetables con los lentes prematuros, y el bastón era muy bien visto desde los treinta años. Para las mujeres sólo había dos edades: la edad de casarse, que no iba más allá de los veintidós años, y la edad de ser solteras eternas: las quedadas. Las otras, las casadas, las madres, las viudas, las abuelas, eran una especie distinta que no llevaba la cuenta de su edad en relación con los años vividos, sino en relación con el tiempo que les faltaba para morir.

Florentino Ariza, en cambio, se enfrentó a las insidias de la vejez con una temeridad encarnizada, aun a sabiendas de que tenía la extraña suerte de parecer viejo desde muy niño. Al principio fue una necesidad. Tránsito Ariza desbarataba y volvía a coser para él las ropas que su padre decidía botar en la basura, así que iba a la escuela primaria con unas levitas que le arrastraban cuando se sentaba, y unos sombreros ministeriales que se le hundían hasta las orejas, a pesar de que tenían el cerco disminuido con relleno de algodón. Como además usaba lentes de miope desde los cinco años, y tenía el mismo cabello indio de su madre, que era erizado y grueso como cerdas de caballo, su aspecto no dejaba nada en claro. Por fortuna, después de tantos desórdenes de gobierno por tantas guerras civiles superpuestas, los criterios escolares eran menos selectivos que antes, y había un revoltijo de orígenes y condiciones sociales en las escuelas públicas. Niños todavía no acabados de criar llegaban a las clases apestando a pólvora de barricada, con insignias y uniformes de oficiales rebeldes ganados a plomo en combates inciertos, y con sus armas de reglamento bien visibles en el cinto. Se enfrentaban a tiros por cualquier pleito de recreo, amenazaban a los maestros si los calificaban mal en los exámenes, y uno de ellos, estudiante de tercer grado en el colegio La Salle y coronel de milicias en retiro, mató de un balazo al hermano Juan Eremita, prefecto de la comunidad, porque dijo en la clase de catecismo que Dios era miembro de número del partido conservador.

Por otra parte, los niños de las grandes familias en desgracia andaban vestidos de príncipes antiguos, y algunos muy pobres andaban descalzos. Entre tantas rarezas venidas de todas partes, Florentino Ariza estaba de todos modos entre los más raros, pero no tanto como para llamar demasiado la atención. Lo más duro que oyó fue que alguien le gritara en la calle: «Al pobre y al feo, todo se les va en deseo». De cualquier modo, aquel atuendo impuesto por la necesidad, era ya desde entonces, y lo fue por el resto de su vida, el más adecuado a su índole enigmática y su carácter sombrío. Cuando le dieron su primer cargo importante en la C.F.C., mandó hacer ropas sobre medida con el mismo estilo que tenían las de su padre, a quien él evocaba como un anciano que había muerto a la venerable edad de Cristo: treinta y tres años. Así que Florentino Ariza pareció siempre mucho mayor de lo que era. Tanto, que la deslenguada Brígida Zuleta, una amante fugaz que le servía las verdades sin pasarlas por agua, le dijo desde el primer día que le gustaba más cuando se quitaba la ropa, porque desnudo tenía veinte años menos. Sin embargo, nunca supo cómo remediarlo, primero porque su gusto personal no le daba para vestirse de otro modo, y segundo porque nadie sabía cómo vestirse de más joven a los veinte años, a menos que sacara otra vez del ropero sus pantalones cortos y la gorra de grumete. Por otra parte, a él mismo no le era posible escapar a la noción de vejez de su tiempo, así que era apenas natural que cuando vio tropezar a Fermina Daza a la salida del cine, lo hubiera estremecido el relámpago pánico de que la puta muerte iba a ganarle sin remedio su encarnizada guerra de amor.

Hasta entonces, su gran batalla librada a brazo partido y perdida sin gloria, había sido la de la calvicie. Desde que vio los primeros cabellos que se quedaban enredados en la peinilla, se dio cuenta de que estaba condenado a un infierno cuyo suplicio es inimaginable para quienes no lo padecen. Resistió durante años. No hubo glostoras ni tricóferos que no probara, ni creencia que no creyera, ni sacrificio que no soportara para defender de la devastación voraz cada pulgada de su cabeza. Se aprendió de memoria las instrucciones del Almanaque Bristol para la agricultura, porque le oyó decir a alguien que el crecimiento del cabello tenía una relación directa con los ciclos de las cosechas. Abandonó a su peluquero de toda la vida, que era calvo de solemnidad, y lo cambió por un foráneo recién llegado que sólo cortaba el cabello cuando la luna entraba en cuarto creciente. El nuevo peluquero había empezado a demostrar que en realidad tenía la mano fértil, cuando se descubrió que era un violador de novicias buscado por varias policías de las Antillas, y se lo llevaron arrastrando cadenas.

Florentino Ariza había recortado para entonces cuanto anuncio para calvos encontró en los periódicos de la cuenca del Caribe, en los cuales publicaban los dos retratos juntos del mismo hombre, primero pelado como un melón y luego más peludo que un león: antes y después de usar la medicina infalible. Al cabo de seis años había ensayado ciento setenta y dos, además de otros métodos complementarios que aparecían en la etiqueta de los frascos, y lo único que consiguió con uno de ellos fue una eccema del cráneo, urticante y fétida, llamada tiña boreal por los santones de la Martinica, porque irradiaba un resplandor fosforescente en la oscuridad. Recurrió por último a cuantas yerbas de indios pregonaban en el mercado público, y a cuantos específicos mágicos y pócimas orientales se vendían en el Portal de los Escribanos, pero cuando vino a darse cuenta de la estafa ya tenía una tonsura de santo. En el año cero, mientras la guerra civil de los Mil Días desangraba el país, pasó por la ciudad un italiano que fabricaba pelucas de cabello natural sobre medida. Costaban una fortuna, y el fabricante no se hacía responsable de nada al cabo de tres meses de uso, pero fueron pocos los calvos solventes que no cedieron a la tentación. Florentino Ariza fue uno de los primeros. Se probó una peluca tan parecida a su cabello original, que él mismo temía que se le erizara con los cambios de humor, pero no pudo asimilar la idea de llevar en la cabeza los cabellos de un muerto. Su único consuelo fue que la avidez de la calvicie no le dio tiempo de conocer el color de sus canas. Un día, uno de los borrachitos felices del muelle fluvial lo abrazó con más efusión que de costumbre cuando lo vio salir de la oficina, le quitó el sombrero ante las burlas de los estibadores, y le dio un beso sonoro en la crisma.

—¡Pelón divino! —gritó.

Esa noche, a los cuarenta y ocho años, se hizo cortar las escasas pelusas que le quedaban en los aladares y en la nuca, y asumió a fondo su destino de calvo absoluto. A tal punto, que todas las mañanas antes del baño se cubría de espuma no sólo el mentón, sino también las partes del cráneo donde empezaran a retoñar los cañones, y se dejaba todo como nalgas de niño con una navaja barbera. Hasta entonces no se quitaba el sombrero ni siquiera dentro de la oficina, pues la calvicie le causaba una sensación de desnudez que le parecía indecente. Pero cuando la asimiló a fondo le atribuyó virtudes varoniles de las cuales había oído hablar, y que él menospreciaba como puras fantasías de calvos. Más tarde se acogió a la nueva costumbre de cruzarse el cráneo con los cabellos largos de la crencha derecha, y nunca más la abandonó. Pero aun así siguió usando el sombrero, siempre del mismo estilo fúnebre, aun después de que se impuso la moda del sombrero de tartarita, que era el nombre local del *canotier*.

La pérdida de los dientes, en cambio, no había sido por una calamidad natural, sino por la chapucería de un dentista errante que decidió cortar por lo sano una infección ordinaria. El terror a las fresas de pedal le había impedido a Florentino Ariza visitar al dentista a pesar de sus continuos dolores de muelas, hasta que fue incapaz de soportarlos. Su madre se asustó al oír toda la noche los quejidos inconsolables en el cuarto contiguo, porque le pareció que eran los mismos de otros tiempos ya casi esfumados en las nieblas de su memoria, pero cuando le hizo abrir la boca para ver dónde era que le dolía el amor, descubrió que estaba postrado de postemillas.

El tío León XII le mandó al doctor Francis Adonay, un gigante negro de polainas y pantalones de montar que andaba en los buques fluviales con un gabinete dental completo dentro de unas alforjas de capataz, y parecía más bien un agente viajero del terror en los pueblos del río. Con una sola mirada dentro de la boca, determinó que a Florentino Ariza había que sacarle hasta los dientes y muelas que le quedaban sanos, para ponerlo de una vez a salvo de nuevos percances. Al contrario de la calvicie, aquella cura de burro no le causó ninguna preocupación, salvo el temor natural de la masacre sin anestesia. Tampoco le disgustó la idea de la dentadura postiza, primero porque una de las nostalgias de su infancia era el recuerdo de un mago de feria que se sacaba las dos mandíbulas y las dejaba hablando solas en una mesa, y segundo porque le ponía término a los dolores de muelas que lo habían atormentado desde niño, casi tanto y con tanta crueldad como los dolores de amor. No le pareció un zarpazo artero de la vejez, como había de parecerle la calvicie, porque estaba convencido de que a pesar del aliento acre del caucho vulcanizado, su apariencia sería más limpia con una sonrisa ortopédica. De modo que se sometió sin resistencia a las tenazas al rojo vivo del doctor Adonay, y sobrellevó la convalecencia con un estoicismo de un burro de carga.

El tío León XII se ocupó de los detalles de la operación como si hubiera sido en carne propia. Tenía un interés singular en las dentaduras postizas, contraído en una de sus primeras navegaciones por el río de la Magdalena, y por culpa de su afición maniática por el *bel canto*. Una noche de luna llena, a la altura del puerto de Gamarra, apostó con un agrimensor alemán que era capaz de despertar a las criaturas de la selva cantando una romanza napolitana desde la baranda del capitán. Por poco no ganó. En las tinieblas del río se sentían los aleteos de las garzas en los pantanos, el coletazo de los caimanes, el pavor de los sábalos tratando de saltar a tierra firme, pero en la nota culminante, cuando se temió que al cantor se le rompieran las arterias por la potencia del canto, la dentadura postiza se le salió de la boca con el aliento final, y se hundió en el agua.

El buque tuvo que demorarse tres días en el puerto de Tenerife, mientras le hacían otra dentadura de emergencia. Quedó perfecta. Pero en la navegación de regreso, tratando de explicarle al capitán cómo había perdido la dentadura anterior, el tío León XII aspiró a pleno pulmón el aire ardiente de la selva, dio la nota más alta de que fue capaz, la sostuvo hasta el último aliento tratando de espantar a los caimanes asoleados que contemplaban sin parpadear el paso del buque, y también la dentadura nueva se hundió en la corriente. Desde entonces tuvo copias de dientes en todas partes, en distintos lugares de la casa, en la gaveta del escritorio, y una en cada uno de los tres buques de la empresa. Además, cuando comía fuera de casa solía llevar otra de repuesto en el bolsillo dentro de una cajita de pastillas para la tos, porque una se le había quebrado tratando de comerse un chicharrón en un almuerzo campestre. Temiendo que el sobrino fuera víctima de sobresaltos similares, el tío León XII le ordenó al doctor Adonay que le hiciera de una vez dos dentaduras: una de materiales baratos, para uso diario en la oficina, y otra para los domingos y días feriados, con una chispa de oro en la muela de la sonrisa, que le imprimiera un toque adicional de verdad. Por fin, un domingo de ramos alborotado por campanas de fiesta, Florentino Ariza volvió a la calle con una identidad nueva, cuya sonrisa sin errores le dejó la impresión de que alguien distinto de él había ocupado su lugar en el mundo.

Esto fue por la época en que murió su madre y Florentino Ariza quedó solo en la casa. Era un rincón adecuado para su modo de amar, porque la calle era discreta a pesar de que las tantas ventanas de su nombre hicieran pensar en demasiados ojos detrás de los visillos. Pero todo eso había sido hecho para que Fermina Daza fuera feliz, y sólo ella lo sería, de modo que Florentino Ariza prefirió perder muchas oportunidades durante sus años más fructíferos, antes que mancillar su casa con otros amores. Por fortuna, cada peldaño que escalaba en la C.F.C. implicaba nuevos privilegios, sobre todo privilegios secretos, y uno de los más útiles para él fue la posibilidad de usar las oficinas durante la noche, o en domingos y días feriados, con la complacencia de los celadores. Una vez, siendo primer vicepresidente, estaba haciendo un amor de emergencia con una de las muchachas del servicio dominical, él sentado en una silla de escritorio y ella acaballada sobre él, cuando de pronto se abrió la puerta. El tío León XII asomó la cabeza, como si se hubiera equivocado de oficina, y se quedó mirando por encima de los lentes al sobrino aterrorizado. «¡Carajo! —dijo el tío sin el menor asombro—. ¡La misma vaina que tu papá!» Y antes de cerrar otra vez la puerta, con la vista perdida en el vacío, dijo:

—Y usted, señorita, siga sin pena. Le juro por mi honor que no le he visto la cara.

No se volvió a hablar de eso, pero en la oficina de Florentino Ariza fue imposible trabajar la semana siguiente. Los electricistas entraron el lunes en tropel a instalar un ventilador de aspas en el cielo raso. Los cerrajeros llegaron sin anunciarse, y armaron un escándalo de guerra poniendo un cerrojo en la puerta para que pudiera cerrarse por dentro. Los carpinteros tomaron medidas sin decir para qué, los tapiceros llevaron muestras de cretonas para ver si concordaban con el color de las paredes, y la semana siguiente tuvieron que meter por la ventana, pues no cabía por las puertas, un enorme sofá matrimonial con estampados de flores dionisíacas. Trabajaban en las horas menos pensadas, con una impertinencia que no parecía casual, y para todo el que protestaba tenían la misma respuesta: «Orden de la dirección general». Florentino Ariza no supo nunca si semejante intromisión fue una amabilidad del tío, velando por sus amores descarriados, o si era una manera muy suya de hacerle ver su conducta abusiva. No se le ocurrió la verdad, y era que el tío León XII lo estimulaba, porque también a él le había llegado la voz de que el sobrino tenía costumbres distintas a las de la mayoría de los hombres, y esto lo había atormentado como un obstáculo para hacerlo su sucesor.

Al contrario de su hermano, León XII Loayza había tenido un matrimonio estable que duró sesenta años, y siempre se preció de no haber trabajado en domingo. Había tenido cuatro hijos y una hija, y a todos los quiso preparar para herederos de su imperio, pero la vida le deparó una de esas casualidades que eran de uso corriente en las novelas de su tiempo, pero que nadie creía en la vida real: los cuatro hijos habían muerto, uno detrás del otro, a medida que escalaban posiciones de mando, y la hija carecía por completo de vocación fluvial, y prefirió morir contemplando los barcos del Hudson desde una ventana a cincuenta metros de altura. Tanto fue así, que no faltó quien diera por cierta la conseja de que Florentino Ariza, con su aspecto siniestro y su paraguas de vampiro, había hecho algo para que sucedieran tantas casualidades juntas.

Cuando el tío se retiró contra su voluntad, por prescripción médica, Florentino Ariza empezó a sacrificar de buen grado algunos amores dominicales. Se iba a acompañarlo en su refugio campestre, a bordo de uno de los primeros automóviles que se vieron en la ciudad, cuya manivela de arranque tenía tal fuerza de retroceso que le había descuajado el brazo al primer conductor. Hablaban muchas horas, el viejo en la hamaca con su nombre bordado en hilos de seda, lejos de todo y de espaldas al mar, en una antigua hacienda de esclavos desde cuyas terrazas de astromelias se veían por la tarde las crestas nevadas de la sierra. Siempre había sido difícil que Florentino Ariza y su tío pudieran hablar de algo distinto de la navegación fluvial, y siguió siéndolo en aquellas tardes demoradas, en las cuales la muerte fue siempre un invitado invisible. Una de las preocupaciones recurrentes del tío León XII era que la navegación fluvial no pasara a manos de los empresarios de interior vinculados a los consorcios europeos. «Éste ha sido siempre un negocio de matacongos —decía—. Si lo cogen los cachacos se lo vuelven a regalar a los alemanes.» Su preocupación era consecuente con una convicción política que le gustaba repetir aun cuando no viniera al caso.

—Voy a cumplir cien años, y he visto cambiar todo, hasta la posición de los astros en el universo, pero todavía no he visto cambiar nada en este país —decía—. Aquí se hacen nuevas constituciones, nuevas leyes, nuevas guerras cada tres meses, pero seguimos en la Colonia.

A sus hermanos masones que atribuían todos los males al fracaso del federalismo, les replicaba siempre:«La guerra de los Mil Días se perdió veintitrés años antes, en la guerra del 76». Florentino Ariza, cuya indiferencia política rayaba los límites de lo absoluto, oía estas peroratas cada vez más frecuentes como quien oía el rumor del mar. En cambio, era un contradictor severo en cuanto a la política de la empresa. Contra el criterio del tío, pensaba que el retraso de la navegación fluvial, que siempre parecía al borde del desastre, sólo podía remediarse con la renuncia espontánea al monopolio de los buques de vapor, concedido por el Congreso Nacional a la Compañía Fluvial del Caribe por noventa y nueve años y un día. El tío protestaba: «Estas ideas te las mete en la cabeza mi tocaya Leona con sus novelerías de anarquista». Pero era cierto sólo a medias. Florentino Ariza fundaba sus razones en la experiencia del comodoro alemán Juan B. Elbers, que había estropeado su noble ingenio con la desmesura de su ambición personal. El tío pensaba, en cambio, que el fracaso de Elbers no se debió a sus privilegios, sino a los compromisos irreales que contrajo al mismo tiempo, y que habían sido casi como echarse encima la responsabilidad de la geografía nacional: se hizo cargo de mantener la navegabilidad del río, las instalaciones portuarias, las vías terrestres de acceso, los medios de transporte. Además, decía, la oposición virulenta del presidente Simón Bolívar no fue un obstáculo para echarse a reír.

La mayoría de los socios tomaban aquellas disputas como los pleitos matrimoniales, en los que ambas partes tienen la razón. La tozudez del viejo les parecía natural, no porque la vejez lo hubiera vuelto menos visionario de lo que fue siempre, como solía decirse con demasiada facilidad, sino porque la renuncia al monopolio debía parecerle como botar en la basura los trofeos de una batalla histórica que él y sus hermanos habían librado solos en los tiempos heroicos, contra adversarios poderosos del mundo entero. Así que nadie lo contrarió cuando amarró sus derechos de tal modo, que nadie podría tocarlos antes de su extinción legal. Pero de pronto, cuando ya Florentino Ariza había rendido sus armas en las tardes de meditación de la hacienda, el tío León XII dio su consentimiento para la renuncia del privilegio centenario, con la única condición honorable de que no se hiciera antes de su muerte.

Fue su acto final. No volvió a hablar de negocios, ni permitió siquiera que se le hicieran consultas, ni perdió un solo rizo de su espléndida cabeza imperial, ni un átimo de su lucidez, pero hizo lo posible porque no lo viera nadie que pudiera compadecerlo. Los días se le iban contemplando las nieves perpetuas desde la terraza, meciéndose muy despacio en un mecedor vienés, junto a una mesita donde las criadas le mantenían siempre caliente una olla de café negro y un vaso de agua de bicarbonato con dos dentaduras postizas, que ya no se ponía sino para recibir visitas. Veía a muy pocos amigos, y sólo hablaba de un pasado tan remoto que era muy anterior a la navegación fluvial. Sin embargo, le quedó un tema nuevo: el deseo de que Florentino Ariza se casara. Se lo expresó varias veces, y siempre en la misma forma.

—Si yo tuviera cincuenta años menos —le decía— me casaría con mi tocaya Leona. No puedo imaginarme una esposa mejor.

Florentino Ariza temblaba con la idea de que su labor de tantos años se frustrara a última hora por esta condición imprevista. Hubiera preferido renunciar, echarlo todo por la borda, morirse, antes que fallarle a Fermina Daza. Por fortuna, el tío León XII no insistió. Cuando cumplió los noventa y dos años reconoció al sobrino como heredero único, y se retiró de la empresa.

Seis meses después, por acuerdo unánime de los socios, Florentino Ariza fue nombrado Presidente de la Junta Directiva y Director General. El día en que tomó posesión del cargo, después de la copa de champaña, el viejo león en retiro pidió excusas por hablar sin levantarse del mecedor, e improvisó un breve discurso que más bien pareció una elegía. Dijo que su vida había empezado y terminaba con dos acontecimientos providenciales. El primero fue que El Libertador lo había cargado en sus brazos, en la población de Turbaco, cuando iba en su viaje desdichado hacia la muerte. La otra había sido encontrar, contra todos los obstáculos que le había interpuesto el destino, un sucesor digno de su empresa. Al final, tratando de desdramatizar el drama, concluyó:

—La única frustración que me llevo de esta vida es la de haber cantado en tantos entierros, menos en el mío.

Para cerrar el acto, cómo no, cantó el aria del *Adiós a la Vida*, de Tosca. La cantó *a capella*, como más le gustaba, y todavía con voz firme. Florentino Ariza se conmovió, pero apenas si lo dejó notar en el temblor de la voz con que dio las gracias. Tal como había hecho y pensado todo lo que había hecho y pensado en la vida, llegaba a la cumbre sin ninguna otra causa que la determinación encarnizada de estar vivo y en buen estado de salud en el momento de asumir su destino a la sombra de Fermina Daza.

Sin embargo, no sólo fue el recuerdo de ella el que lo acompañó aquella noche en la fiesta que le ofreció Leona Cassiani. Lo acompañó el recuerdo de todas: tanto las que dormían en los cementerios, pensando en él a través de las rosas que les sembraba encima, como las que todavía apoyaban la cabeza sobre la misma almohada en que dormía el marido con los cuernos dorados bajo la luna. A falta de una deseó estar con todas al mismo tiempo, como siempre que estaba asustado. Pues aun en sus épocas más difíciles y en sus momentos peores, había mantenido algún vínculo, por débil que fuera, con las incontables amantes de tantos años: siempre siguió el hilo de sus vidas.

Así que aquella noche se acordó de Rosalba, la más antigua de todas, la que se llevó el trofeo de su virginidad, cuyo recuerdo seguía doliéndole como el primer día. Le bastaba con cerrar los ojos para verla con el traje de muselina y el sombrero de largas cintas de seda, meciendo la jaula del niño en la borda del buque. Varias veces en los años numerosos de su edad lo tuvo todo listo para ir a buscarla sin saber ni siquiera dónde, sin conocer su apellido, sin saber si era ella la que buscaba, pero seguro de encontrarla en cualquier parte entre florestas de orquídeas. Cada vez, por un inconveniente real de última hora, o por una falla intempestiva de su voluntad, el viaje se aplazaba cuando ya estaban a punto de levar la tabla del buque: siempre por un motivo que tenía algo que ver con Fermina Daza.

Se acordó de la viuda de Nazaret, la única con la que profanó la casa materna de la Calle de las Ventanas, aunque no hubiera sido él sino Tránsito Ariza quien la hizo entrar. A ella le consagró más comprensión que a otra ninguna, por ser la única que irradiaba ternura de sobra como para sustituir a Fermina Daza, aun siendo tan lerda en la cama. Pero su vocación de gata errante, más indómita que la misma fuerza de su ternura, los mantuvo a ambos condenados a la infidelidad. Sin embargo, lograron ser amantes intermitentes durante casi treinta años gracias a su divisa de mosqueteros: *Infieles, pero no desleales*. Fue además la única por la que Florentino Ariza dio la cara: cuando le avisaron que había muerto y que iba a ser enterrada de caridad, la enterró a sus expensas y asistió solo al entierro.

Se acordó de otras viudas amadas. De Prudencia Pitre, la más antigua de las sobrevivientes, conocida de todos como la Viuda de Dos, porque lo era dos veces. Y de la otra Prudencia, la viuda de Arellano, la amorosa, que le arrancaba los botones de la ropa para que él tuviera que demorarse en su casa mientras se los volvía a coser. Y de Josefa, la viuda de Zúñiga, loca de amor por él, que estuvo a punto de cortarle la perinola durante el sueño con las tijeras de podar, para que no fuera de nadie aunque no fuera de ella.

Se acordó de Ángeles Alfaro, la efímera y la más amada de todas, que vino por seis meses a enseñar instrumentos de arco en la Escuela de Música y pasaba con él las noches de luna en la azotea de su casa, como su madre la echó al mundo, tocando las suites más bellas de toda la música en el violonchelo, cuya voz se volvía de hombre entre sus muslos dorados. Desde la primera noche de luna, ambos se hicieron trizas los corazones con un amor de principiantes feroces. Pero Ángeles Alfaro se fue como vino, con su sexo tierno y su violonchelo de pecadora, en un transatlántico abanderado por el olvido, y lo único que quedó de ella en las azoteas de luna fueron sus señas de adiós con un pañuelo blanco que parecía una paloma en el horizonte, solitaria y triste, como en los versos de los Juegos Florales. Con ella aprendió Florentino Ariza lo que ya había padecido muchas veces sin saberlo: que se puede estar enamorado de varias personas a la vez, y de todas con el mismo dolor, sin traicionar a ninguna. Solitario entre la muchedumbre del muelle, se había dicho con un golpe de rabia: «El corazón tiene más cuartos que un hotel de putas». Estaba bañado en lágrimas por el dolor de los adioses. Sin embargo, no bien había desaparecido el barco en la línea del horizonte, cuando ya el recuerdo de Fermina Daza había vuelto a ocupar su espacio total.

Se acordó de Andrea Varón, frente a cuya casa había pasado la semana anterior, pero la luz anaranjada en la ventana del baño le advirtió que no podía entrar: alguien se le había adelantado. Alguien: hombre o mujer, porque Andrea Varón no se detenía en minucias de esa índole en los desórdenes del amor. De todas las de la lista era la única que vivía de su cuerpo, pero lo administraba a su antojo, sin gerente de planta. En sus buenos años había hecho una carrera legendaria de cortesana clandestina, que le valió el nombre de guerra de Nuestra Señora la de Todos. Enloqueció a gobernadores y almirantes, vio llorar en su hombro a algunos próceres de las armas y las letras que no eran tan ilustres como se creían, y aun a algunos que lo eran. Fue verdad, en cambio, que el presidente Rafael Reyes, por sólo media hora apresurada entre dos visitas casuales a la ciudad, le asignó una pensión vitalicia por servicios distinguidos en el Ministerio del Tesoro, donde no había sido empleada ni un día. Repartió sus dádivas de placer hasta donde le alcanzó el cuerpo, y aunque su conducta impropia era de dominio público, nadie hubiera podido exhibir contra ella una prueba terminante, porque sus cómplices insignes la protegieron tanto como a sus propias vidas, conscientes de que no era ella sino ellos los que tenían más que perder con el escándalo. Florentino Ariza había violado por ella su principio sagrado de no pagar, y ella había violado el suyo de no hacerlo gratis ni con el esposo. Se habían puesto de acuerdo en el precio simbólico de un peso por cada vez, pero ella no lo recibía ni él se lo daba en la mano, sino que lo metían en el cochinito de alcancía hasta que fueran suficientes para comprar cualquier ingenio ultramarino en el Portal de los Escribanos. Fue ella la que atribuyó una sensualidad distinta a las lavativas que él usaba para las crisis de estreñimiento, y lo convenció de compartirlas, de aplicárselas juntos en el transcurso de sus tardes locas, tratando de inventar todavía más amor dentro del amor.

Consideraba una fortuna que en medio de tantos encuentros aventurados, la única que le hizo probar una gota de amargura fue la tortuosa Sara Noriega, que terminó sus días en el manicomio de la Divina Pastora, recitando versos seniles de tan desaforada obscenidad, que debieron aislarla para que no acabara de enloquecer a las otras locas. Sin embargo, cuando recibió entera la responsabilidad de la C.F.C. ya no tenía mucho tiempo ni demasiados ánimos para tratar de sustituir con nadie a Fermina Daza: la sabía insustituible. Poco a poco había ido cayendo en la rutina de visitar a las ya establecidas, acostándose con ellas hasta donde le sirvieran, hasta donde le fuera posible, hasta cuando tuvieran vida. El domingo de Pentecostés, cuando murió Juvenal Urbino, ya sólo le quedaba una, una sola, con catorce años apenas cumplidos, y con todo lo que ninguna otra había tenido hasta entonces para volverlo loco de amor.

Se llamaba América Vicuña. Había venido dos años antes de la localidad marítima de Puerto Padre encomendada por su familia a Florentino Ariza, su acudiente, con quien tenía un parentesco sanguíneo reconocido. La mandaban con una beca del gobierno para hacer los estudios de maestra superior, con su petate y su baulito de hojalata que parecía de una muñeca, y desde que bajó del barco con los botines blancos y la trenza dorada, él tuvo el presentimiento atroz de que iban a hacer juntos la siesta de muchos domingos. Todavía era una niña en todo sentido, con sierras en los dientes y peladuras de la escuela primaria en las rodillas, pero él vislumbró de inmediato la clase de mujer que iba a ser muy pronto, y la cultivó para él en un lento año de sábados de circo, de domingos de parques con helados, de atardeceres infantiles con los que se ganó su confianza, se ganó su cariño, se la fue llevando de la mano con una suave astucia de abuelo bondadoso hacia su matadero clandestino. Para ella fue inmediato: se le abrieron las puertas del cielo. Estalló en una eclosión floral que la dejó flotando en un limbo de dicha, y fue un estímulo eficaz en sus estudios, pues se mantuvo siempre en el primer lugar de la clase para no perder la salida del fin de semana. Para él fue el rincón más abrigado en la ensenada de la vejez. Después de tantos años de amores calculados, el gusto desabrido de la inocencia tenía el encanto de una perversión renovadora.

Coincidieron. Ella se comportaba como lo que era, una niña dispuesta a descubrir la vida bajo la guía de un hombre venerable que no se sorprendía de nada, y él se comportó a conciencia como lo que más había temido ser en la vida: un novio senil. Nunca la identificó con Fermina Daza, a pesar de que el parecido era más que fácil, no sólo por la edad, por el uniforme escolar, por la trenza, por su andar montuno, y hasta por su carácter altivo e imprevisible. Más aún: la idea de la sustitución, que tan buen aliciente había sido para su mendicidad de amor, se borró por completo. Le gustaba por lo que ella era, y terminó amándola por lo que ella era con una fiebre de delicias crepusculares. Fue la única con que tomó precauciones drásticas contra un embarazo accidental. Después de una media docena de encuentros, no había para ambos otro sueño que las tardes de los domingos.

Puesto que él era la única persona autorizada para sacarla del internado, iba a buscarla en el Hudson de seis cilindros de la C.F.C., y a veces le quitaban la capota en las tardes sin sol para pasear por la playa, él con el sombrero tétrico, y ella muerta de risa, sosteniéndose con las dos manos la gorra de marinero del uniforme escolar para que no se la llevara el viento. Alguien le había dicho que no anduviera con su acudiente más de lo indispensable, que no comiera nada que él hubiera probado ni se pusiera muy cerca de su aliento, porque la vejez era contagiosa. Pero a ella no le importaba. Ambos se mostraban indiferentes a lo que pudiera pensarse de ellos, porque el parentesco era bien conocido, y además sus edades extremas los ponían a salvo de toda suspicacia.

Acababan de hacer el amor el domingo de Pentecostés, a las cuatro de la tarde, cuando empezaron los dobles. Florentino Ariza tuvo que sobreponerse al sobresalto del corazón. En su juventud, el ritual de los dobles estaba incluido en el precio de los funerales, y sólo se negaba a los pobres de solemnidad. Pero después de nuestra última guerra, en el puente de los dos siglos, el régimen conservador consolidó sus costumbres coloniales, y las pompas fúnebres se hicieron tan costosas que sólo los más ricos podían pagarlos. Cuando murió el arzobispo Dante de Luna, las campanas de toda la provincia doblaron sin tregua durante nueve días con sus noches, y fue tal el tormento público que el sucesor eliminó de los funerales el requisito de los dobles, y los dejó reservados para los muertos más ilustres. Por eso cuando Florentino Ariza oyó doblar en la catedral a las cuatro de la tarde de un domingo de Pentecostés, se sintió visitado por un fantasma de sus mocedades perdidas. Nunca imaginó que fueran los dobles que tanto había anhelado durante tantos y tantos años, desde el domingo en que vio a Fermina Daza encinta de seis meses, a la salida de la misa mayor.

—Carajo —dijo en la penumbra—. Tiene que ser un tiburón muy grande para que lo doblen en la catedral.

América Vicuña, desnuda por completo, acabó de despertar.

—Debe ser por el Pentecostés —dijo.

Florentino Ariza no era experto ni mucho menos en los negocios de la iglesia, ni había vuelto a misa desde que tocaba el violín en el coro con un alemán que le enseñó además la ciencia del telégrafo, y de cuyo destino no se tuvo nunca una noticia cierta. Pero sabía sin duda que las campanas no doblaban por el Pentecostés. Había un duelo en la ciudad, por cierto, y él lo sabía. Una comisión de refugiados del

Caribe había estado en su casa aquella mañana para informarle que Jeremiah de Saint-Amour había amanecido muerto en su taller de fotógrafo. Aunque Florentino Ariza no era su amigo cercano, lo era de otros muchos refugiados que siempre lo invitaban a sus actos públicos, y sobre todo a sus entierros. Pero estaba seguro de que las campanas no doblaban por Jeremiah de Saint-Amour, que era un incrédulo militante y un anarquista empedernido, y que además había muerto por su propia mano.

—No —dijo—, unos dobles así sólo pueden ser de gobernador para arriba.

América Vicuña, con el pálido cuerpo atigrado por las rayas de luz de las persianas mal cerradas, no tenía edad para pensar en la muerte. Habían hecho el amor después del almuerzo y estaban acostados en la resaca de la siesta, ambos desnudos bajo el ventilador de aspas, cuyo zumbido no alcanzaba a ocultar la crepitación de granizo de los gallinazos caminando sobre el techo de cinc recalentado. Florentino Ariza la amaba como había amado a tantas otras mujeres casuales en su larga vida, pero a ésta la amaba con más angustia que a ninguna porque tenía la certidumbre de estar muerto de viejo cuando ella terminara la escuela superior.

El cuarto parecía más bien un camarote de barco, con paredes de listones de madera muchas veces pintados encima de la pintura anterior, como los barcos, pero el calor era más intenso que el de los camarotes de los buques del río a las cuatro de la tarde, aun con el ventilador eléctrico colgado sobre la cama, por la reverberación del techo metálico. No era un dormitorio formal sino un camarote de tierra firme mandado construir por Florentino Ariza detrás de sus oficinas de la C.F.C., sin más propósitos ni pretextos que los de tener una buena guarida para sus amores de viejo. En los días ordinarios era difícil dormir allí con los gritos de los estibadores y el estruendo de las grúas del puerto fluvial, y los bramidos enormes de los buques en el muelle. Sin embargo, para la niña era un paraíso dominical.

El día de Pentecostés pensaban estar juntos hasta que ella tuviera que volver al internado, cinco minutos antes del Ángelus, pero los dobles le hicieron recordar a Florentino Ariza su promesa de asistir al entierro de Jeremiah de Saint-Amour, y se vistió más de prisa que de costumbre. Antes, como siempre, le tejió a la niña la trenza solitaria que él mismo le soltaba antes de hacer el amor, y la subió en la mesa para hacerle el lazo de los zapatos del uniforme, que ella siempre hacía mal. La ayudaba sin malicia, y ella lo ayudaba a ayudarla como si fuera un deber: ambos habían perdido la conciencia de sus edades desde los primeros encuentros, y se trataban con la confianza de dos esposos que se habían ocultado tantas cosas en esta vida que ya no les quedaba casi nada para decirse.

Las oficinas estaban cerradas y a oscuras por el día feriado, y en el muelle desierto había sólo un buque con las calderas apagadas. El bochorno anunciaba lluvias, las primeras del año, pero la transparencia del aire y el silencio dominical del puerto parecían de un mes benigno. Desde allí era más crudo el mundo que en la penumbra del camarote, y dolían más los dobles aun sin saber por quién eran. Florentino Ariza y la niña bajaron al patio de salitre que había servido de puerto negrero a los españoles y donde todavía quedaban restos de la pesa y otros fierros carcomidos del comercio de esclavos. El automóvil los esperaba a la sombra de las bodegas, y no despertaron al chófer dormido sobre el volante mientras no estuvieron instalados en los asientos. El automóvil dio la vuelta por detrás de las bodegas cercadas con alambre de gallinero, atravesó el espacio del antiguo mercado de la bahía de las Ánimas, donde había adultos casi desnudos jugando a la pelota, y salió del puerto fluvial entre una polvareda ardiente. Florentino Ariza estaba seguro de que las honras fúnebres no podían ser por Jeremiah de Saint-Amour, pero la insistencia de los dobles lo hizo dudar. Le puso al chófer la mano en el hombro y le preguntó gritándole al oído por quién estaban doblando las campanas.

—Es por el médico ese de la chivera —dijo el chófer—. ¿Cómo se llama?

Florentino Ariza no tuvo que pensarlo para saber de quién hablaba. Sin embargo, cuando el chófer le contó cómo había muerto, la ilusión instantánea se desvaneció, porque no le pareció verosímil. Nada se parece tanto a una persona como la forma de su muerte, y ninguna podía parecerse menos que ésta al hombre que él imaginaba. Pero era el mismo, aunque pareciera absurdo: el médico más viejo y mejor calificado de la ciudad, y uno de sus hombres insignes por otros muchos méritos, había muerto con la espina dorsal despedazada, a los ochenta y un años de edad, al caerse de un palo de mango cuando trataba de coger un loro.

Todo lo que Florentino Ariza había hecho desde que Fermina Daza se casó, estaba fundado en la esperanza de esta noticia. Sin embargo, llegada la hora, no se sintió sacudido por la conmoción de triunfo que tantas veces había previsto en sus insomnios, sino por un zarpazo de terror: la lucidez fantástica de que lo mismo habría podido ser por él por quien tocaran a muerto. Sentada a su lado en el automóvil que rodaba a saltos por las calles de piedras, América Vicuña se asustó de su palidez y le preguntó qué le pasaba. Florentino Ariza le cogió la mano con su mano helada.

—Ay, mi niña —suspiró—, me harían falta otros cincuenta años para contarte.

Se olvidó del entierro de Jeremiah de Saint-Amour. Dejó a la niña en la puerta del internado con la promesa apresurada de que volvería por ella el sábado siguiente, y ordenó al chofer que lo llevara a la casa del doctor Juvenal Urbino. Encontró un tumulto de automóviles y coches de alquiler en las calles contiguas, y una multitud de curiosos frente a la casa. Los invitados del doctor Lácides Olivella, que habían recibido la mala noticia en el apogeo de la fiesta, llegaban en tropel. No era fácil moverse dentro de la casa a causa de la muchedumbre, pero Florentino Ariza logró abrirse paso hasta el dormitorio principal, se empinó por encima de los grupos que bloqueaban la puerta, y vio a Juvenal Urbino en la cama matrimonial como había querido verlo desde que oyó hablar de él por primera vez, chapaleando en la indignidad de la muerte. El carpintero acababa de tomarle las medidas para el ataúd. A su lado, todavía con el mismo vestido de abuela recién casada que se había puesto para la fiesta, Fermina Daza estaba absorta y mustia.

Florentino Ariza había prefigurado aquel momento hasta en sus detalles ínfimos desde los días de su juventud en que se consagró por completo a la causa de ese amor temerario. Por ella había ganado nombre y fortuna sin reparar demasiado en los métodos, por ella había cuidado de su salud y su apariencia personal con un rigor que no les parecía muy varonil a otros hombres de su tiempo, y había esperado aquel día como nadie hubiera podido esperar nada ni a nadie en este mundo: sin un instante de desaliento. La comprobación de que la muerte había intercedido por fin en favor suyo, le infundió el coraje que necesitaba para reiterarle a Fermina Daza, en su primera noche de viuda, el juramento de su fidelidad eterna y su amor para siempre.

No le negaba a su conciencia que había sido un acto irreflexivo, sin el menor sentido del cómo ni del cuándo, y apresurado por el miedo de que la ocasión no se repitiera jamás. Él lo hubiera querido e incluso se lo había figurado muchas veces de un modo menos brutal, pero la suerte no le había dado para más. Había salido de la casa del duelo con el dolor de dejarla a ella en el mismo estado de conmoción en que él estaba, pero nada habría podido hacer por impedirlo, porque sentía que aquella noche bárbara estaba escrita desde siempre en el destino de ambos.

No volvió a dormir una noche completa en las dos semanas siguientes. Se preguntaba desesperado dónde estaría Fermina Daza sin él, qué estaría pensando, qué iba a hacer en los años que le quedaban por vivir con la carga de espanto que le había dejado en las manos. Sufrió una crisis de estreñimiento que le aventó el vientre como un tambor, y tuvo que recurrir a paliativos menos complacientes que las lavativas. Sus dolencias de viejo, que él soportaba mejor que sus contemporáneos porque las conocía desde joven, lo acometieron todas al mismo tiempo. El miércoles apareció por la oficina después de una semana de faltas, y Leona Cassiani se asustó de verlo en semejante estado de palidez y desidia. Pero él la tranquilizó: era otra vez el insomnio, como siempre, y se volvió a morder la lengua para que no se le saliera la verdad por las tantas goteras que tenía en el corazón. La lluvia no le dio una tregua de sol para pensar. Pasó otra semana irreal, sin poder concentrarse en nada, comiendo mal y durmiendo peor, tratando de percibir señales cifradas que le indicaran el camino de la salvación. Pero desde el viernes lo invadió una placidez sin motivos que interpretó como un anuncio de que nada nuevo iba a suceder, que todo cuanto había hecho en la vida había sido inútil y no tenía cómo seguir: era el final. El lunes, sin embargo, al llegar a su casa de la Calle de las Ventanas, tropezó con una carta que flotaba en el agua empozada dentro del zaguán, y reconoció de inmediato en el sobre mojado la caligrafía imperiosa que tantos cambios de la vida no habían logrado cambiar, y hasta creyó percibir el perfume nocturno de las gardenias marchitas, porque ya el corazón se lo había dicho todo desde el primer espanto: era la carta que había esperado, sin un instante de sosiego, durante más de medio siglo.

Fermina Daza no podía imaginarse que aquella carta suya, instigada por una rabia ciega, pudiera ser interpretada por Florentino Ariza como una carta de amor. Había puesto en ella toda la furia de que era capaz, sus palabras más crueles, los oprobios más hirientes, e injustos además, que sin embargo le parecían ínfimos frente al tamaño de la ofensa. Fue el último acto de un amargo exorcismo con el cual trataba de lograr un pacto de conciliación con su nuevo estado. Quería ser otra vez ella misma, recuperar todo cuanto había tenido que ceder en medio siglo de una servidumbre que la había hecho feliz, sin duda, pero que una vez muerto el esposo no le dejaba a ella ni los vestigios de su identidad. Era un fantasma en una casa ajena que de un día para otro se había vuelto inmensa y solitaria, y en la cual vagaba a la deriva, preguntándose angustiada quién estaba más muerto: el que había muerto o la que se había quedado.

No podía sortear un recóndito sentimiento de rencor contra el marido por haberla dejado sola en medio del océano. Todo lo suyo le provocaba el llanto: la piyama debajo de la almohada, las pantuflas que siempre le parecieron de enfermo, el recuerdo de su imagen desvistiéndose en el fondo del espejo mientras ella se peinaba para dormir, el olor de su piel que había de persistir en la de ella mucho tiempo después de la muerte. Se detenía a mitad de cualquier cosa que estuviera haciendo y se daba una palmadita en la frente, porque de pronto se acordaba de algo que olvidó decirle. A cada instante le venían a la mente las tantas preguntas cotidianas que sólo él le podía contestar. Alguna vez él le había dicho algo que ella no podía concebir: los amputados sienten dolores, calambres, cosquillas, en la pierna que ya no tienen. Así se sentía ella sin él, sintiéndolo estar donde ya no estaba.

Al despertar en su primera mañana de viuda, se había dado vuelta en la cama, todavía sin abrir los ojos, en busca de una posición más cómoda para seguir durmiendo, y fue en ese momento cuando él murió para ella. Pues sólo entonces tomó conciencia de que él había pasado la noche por primera vez fuera de casa. La otra impresión fue en la mesa, no porque se sintiera sola, como en efecto lo estaba, sino por la certidumbre rara de estar comiendo con alguien que ya no existía. Esperó a que su hija Ofelia viniera de Nueva Orleans, con el esposo y las tres niñas, para sentarse otra vez a comer en la mesa, pero no en la de siempre, sino en una mesa improvisada, más pequeña, que hizo poner en el corredor. Hasta entonces no había hecho ninguna comida regular. Pasaba por la cocina a cualquier hora, cuando tenía hambre, y metía el tenedor en las ollas y comía un poco de todo sin ponerlo en un plato, de pie frente a la hornilla, hablando con las mujeres del servicio que eran las únicas con las que se sentía bien, y con las que mejor se entendía. Sin embargo, por mucho que lo intentara, no lograba eludir la presencia del marido muerto: por donde quiera que iba, por donde quiera que pasaba, en cualquier cosa que hacía tropezaba con algo suyo que se lo recordaba. Pues si bien le parecía honesto y justo que le doliera, también quería hacer todo lo posible por no regodearse en el dolor. Así que se impuso la determinación drástica de desterrar de la casa todo cuanto le recordara al marido muerto, como lo único que se le ocurría para seguir viviendo sin él.

Fue una ceremonia de exterminio. El hijo aceptó llevarse la biblioteca para que ella pusiera en la oficina el costurero que nunca tuvo de casada. Por su parte, la hija se llevaría algunos muebles y numerosos objetos que le parecían muy apropiados para las subastas de antigüedades de Nueva Orleans. Todo esto fue un alivio para Fermina Daza, aunque no le hizo ninguna gracia comprobar que las cosas compradas por ella en su viaje de bodas eran ya reliquias de anticuarios. Contra el estupor callado de las sirvientas, de los vecinos, de las amigas cercanas que venían a acompañarla en aquellos días, hizo prender una hoguera en un solar vacío detrás de la casa, y allí quemó todo lo que le recordaba al esposo: las ropas más costosas y elegantes que se vieron en la ciudad desde el siglo anterior, los zapatos más finos, los sombreros que se parecían a él más que sus retratos, el mecedor de siesta del que se había levantado por última vez para morir, innumerables objetos tan ligados a su vida que ya formaban parte de su identidad. Lo hizo sin una sombra de duda, por la certidumbre plena de que su esposo lo habría aprobado, y no sólo por higiene. Pues él le había expresado muchas veces su deseo de ser incinerado, y no recluido en la oscuridad sin resquicios de una caja de cedro. Su religión se lo impedía, desde luego: se había atrevido a sondear el criterio del arzobispo, por si acaso, y éste le había dado una negativa terminante. Era una pura ilusión, porque la Iglesia no permitía la existencia de hornos crematorios en nuestros cementerios, ni para uso de religiones distintas de la católica, y a nadie más que al mismo Juvenal Urbino se le hubiera ocurrido la conveniencia de construirlos. Fermina Daza no olvidó este terror del esposo, y aun en la confusión de las primeras horas se acordó de ordenar al carpintero que le dejara el consuelo de una brecha de luz en el ataúd.

De todos modos fue un holocausto inútil. Fermina Daza se dio cuenta muy pronto de que el recuerdo del esposo muerto era tan refractario al fuego como parecía serlo al paso de los días. Peor aún: después de la incineración de las ropas no sólo seguía añorando lo mucho que había amado de él, sino también lo que más le molestaba: los ruidos que hacía al levantarse. Esos recuerdos la ayudaron a salir de los manglares del duelo. Por encima de todo, tomó la determinación firme de continuar la vida recordando al esposo como si no hubiera muerto. Sabía que el despertar de cada mañana seguiría siendo difícil, pero lo sería cada vez menos.

Al término de la tercera semana, en efecto, empezó a vislumbrar las primeras luces. Pero a medida que aumentaban y se hacían más claras, iba tomando conciencia de que había en su vida un fantasma atravesado que no le dejaba un instante de paz. No era el fantasma de lástima que la acechaba en el parquecito de Los Evangelios, y que ella solía evocar desde la vejez con una cierta ternura, sino el fantasma abominable de la levita de verdugo y el sombrero apoyado en el pecho, cuya impertinencia estúpida la había perturbado de tal modo que ya le era imposible no pensar en él. Siempre desde que ella lo rechazó a los dieciocho años, le quedó la convicción de haber dejado en él una semilla de odio que el tiempo no haría sino aumentar. Había contado con ese odio en todo momento, lo sentía en el aire cuando el fantasma estaba cerca, su sola visión la perturbaba, la asustaba de tal modo que nunca encontró una manera natural de comportarse con él. La noche en que él le reiteró su amor, todavía con las flores del esposo muerto perfumando la casa, ella no pudo entender que aquel desplante no fuera el primer paso de quién sabe qué siniestro propósito de venganza.

La persistencia de su recuerdo le aumentaba la rabia. Cuando despertó pensando en él, al día siguiente del entierro, logró quitárselo de la memoria con un simple gesto de la voluntad. Pero la rabia volvía siempre, y muy pronto se dio cuenta de que el deseo de olvidarlo era el más fuerte estímulo para recordarlo. Entonces se atrevió a evocar por primera vez, vencida por la nostalgia, los tiempos ilusorios de aquel amor irreal. Trataba de precisar cómo era el parquecito de entonces, los almendros rotos, el escaño donde él la amaba, porque nada de eso existía ya como entonces. Habían cambiado todo, se habían llevado los árboles con su alfombra de hojas amarillas, y en lugar de la estatua del héroe decapitado habían puesto la de otro en uniforme de gala, sin nombre, sin fechas, sin motivos que lo justificaran, sobre un pedestal aparatoso dentro del cual habían instalado los controles eléctricos del sector. Su casa, vendida por fin hacía muchos años, se desbarataba a pedazos entre las manos del gobierno provincial. No le resultaba fácil imaginarse a Florentino Ariza como era entonces, y mucho menos concebir que aquel muchacho taciturno, tan desvalido bajo la lluvia, fuera el mismo carcamal apolillado que se le había plantado enfrente sin ninguna consideración por su estado, sin el menor respeto por su dolor, y le había abrasado el alma con una injuria a fuego vivo que seguía estorbándole para respirar.

La prima Hildebranda Sánchez había venido a visitarla poco después de que ella estuviera en su hacienda de Flores de María reponiéndose de la mala hora de la señorita Lynch. Había llegado vieja, gorda, feliz, acompañada por el hijo mayor, que había sido coronel del ejército, como el padre, pero que fue repudiado por él a raíz de su actuación indigna en la matanza de los obreros del banano en San Juan de la Ciénaga. Las dos primas se habían visto muchas veces, y siempre se les iban las horas añorando la época en que se conocieron. En su última visita, Hildebranda estaba más nostálgica que nunca, y muy afectada por la carga de la vejez. Para mayor regodeo de la añoranza, trajo su copia del retrato de dama antigua que les había tomado el fotógrafo belga la tarde en que el joven Juvenal Urbino le dio la estocada de gracia a la voluntariosa Fermina Daza. La copia de ésta se había perdido, y la de Hildebranda era casi invisible, pero ambas se reconocieron a través de las brumas del desencanto: jóvenes y bellas como no volverían a serlo jamás.

Para Hildebranda era imposible no hablar de Florentino Ariza, porque siempre identificó su suerte con la suya. Lo evocaba como el día en que puso su primer telegrama, y nunca consiguió quitarse del corazón su recuerdo de pajarito triste condenado al olvido. Por su parte, Fermina lo había visto muchas veces, sin conversar con él, desde luego, y no podía concebir que fuera el mismo de su primer amor. Siempre le habían llegado noticias de él, como tarde o temprano le llegaban las de todo el que significara algo en la ciudad. Se decía que no se había casado porque era de costumbres distintas, pero tampoco a esto le puso atención, en parte porque nunca hizo caso de rumores, y en parte porque de todos modos se decían cosas semejantes de muchos hombres insospechables. En cambio, le parecía extraño que Florentino Ariza persistiera en sus atuendos místicos, en sus lociones raras, y que siguiera siendo tan enigmático después de abrirse paso en la vida de un modo tan espectacular, y además tan honrado. No le era posible creer que fuera el mismo, y siempre se sorprendía cuando Hildebranda suspiraba: «¡Pobre hombre, cómo debe haber sufrido!». Pues ella lo veía sin dolor desde hacía mucho tiempo: era una sombra borrada.

Sin embargo, la noche en que lo encontró en el cine, por los tiempos en que ella regresó de Flores de María, algo raro ocurrió en su corazón. No le sorprendió que estuviera con una mujer, y negra, además. Le sorprendió que estuviera tan bien conservado, que se comportara con mayor soltura, y no se le ocurrió pensar que tal vez fuera ella y no él quien había cambiado después de la irrupción perturbadora de la señorita Lynch en su vida privada. A partir de entonces, y durante más de veinte años, siguió viéndolo con ojos más compasivos. La noche de la velación del esposo no sólo le pareció comprensible que estuviera allí, sino que inclusive lo entendió como el término natural del rencor: un acto de perdón y olvido. Por eso fue tan imprevista la reiteración dramática de un amor que para ella no había existido nunca, y a una edad en que a Florentino Ariza y a ella no les quedaba nada más que esperar de la vida.

La rabia mortal del primer impacto seguía intacta después de la cremación simbólica del marido, y más crecía y se ramificaba cuanto menos capaz se sentía de dominarla. Peor aún: los espacios de la memoria donde lograba apaciguar los recuerdos del muerto iban siendo ocupados poco a poco pero de un modo inexorable por la pradera de amapolas donde estaban enterrados los recuerdos de Florentino Ariza. Así, pensaba en él sin quererlo, y cuanto más pensaba en él más rabia le daba, y cuanto más rabia le daba más pensaba en él, hasta que fue algo tan insoportable que le desbordó la razón. Entonces se sentó en el escritorio del marido muerto, y le escribió a Florentino Ariza una carta de tres pliegos irracionales, tan cargados de injurias y de provocaciones infames, que le dejaron el alivio de haber cometido a conciencia el acto más indigno de su larga vida.

También para Florentino Ariza aquellas semanas habían sido de agonía. La noche en que le reiteró su amor a Fermina Daza había vagado sin rumbo por calles desbaratadas por el diluvio de la tarde, preguntándose aterrado qué iba a hacer con la piel del tigre que acababa de matar después de haber resistido a su asedio durante más de medio siglo. La ciudad estaba en estado de emergencia por la violencia de las aguas. En algunas casas había hombres y mujeres medio desnudos tratando de salvar del diluvio lo que Dios quisiera, y Florentino Ariza tuvo la impresión de que aquel desastre de todos tenía algo que ver con el suyo. Pero el aire era manso y las estrellas del Caribe estaban quietas en su lugar. De pronto, en un silencio de las otras voces, Florentino Ariza reconoció la del hombre que Leona Cassiani y él habían oído cantar muchos años antes, a la misma hora y en la misma esquina: *Del puente me devolví bañado en lágrimas*. Una canción que de algún modo, aquella noche y sólo para él, tenía algo que ver con la muerte.

Nunca como entonces le hizo tanta falta Tránsito Ariza, su palabra sabia, su cabeza de reina de burlas adornada con flores de papel. No podía evitarlo: siempre que se encontraba al borde del cataclismo, le hacía falta el amparo de una mujer. De modo que pasó por la Escuela Normal buscando el rumbo de las alcanzables, y vio que había una luz en la larga fila de ventanas del dormitorio de América Vicuña. Tuvo que hacer un grande esfuerzo para no incurrir en la locura de abuelo de llevársela a las dos de la madrugada, tibia de sueño entre sus pañales, y todavía olorosa a berrenchín de cuna.

En el otro extremo de la ciudad estaba Leona Cassiani, sola y libre, y dispuesta sin duda a depararle a las dos de la madrugada, a las tres, a cualquier hora y en cualquier circunstancia la compasión que le hacía falta. No hubiera sido la primera vez que él llamara a su puerta en el yermo de sus insomnios, pero comprendió que ella era demasiado inteligente, y se amaban demasiado, para que él fuera a llorar en su regazo sin revelarle el motivo. Al cabo de mucho pensar, sonámbulo por la ciudad desierta, se le ocurrió que con ninguna podía estar mejor que con Prudencia Pitre: la Viuda de Dos. Era menor que él. Se habían conocido en el siglo anterior, y si dejaron de encontrarse fue porque ella se había empeñado en no dejarse ver como estaba, medio ciega, y de veras al borde de la decrepitud. Tan pronto como se acordó de ella, Florentino Ariza volvió a la Calle de las Ventanas, metió en una bolsa de mercado dos botellas de oporto y un frasco de encurtidos, y se fue a verla sin saber siquiera si estaba en su casa de siempre, si estaba sola, o si estaba viva.

Prudencia Pitre no había olvidado la clave de los rasguños en la puerta, con la que él se identificaba cuando todavía se creían jóvenes aunque ya no lo fueran, y le abrió sin preguntas. La calle estaba a oscuras y él era apenas visible con el vestido de paño negro, el sombrero duro y el paraguas de murciélago colgado del brazo, y ella no tenía ojos para verlo como no fuera a plena luz, pero lo reconoció por el destello del farol en la montura metálica de los espejuelos. Parecía un asesino con las manos todavía ensangrentadas.

—Asilo para un pobre huérfano —dijo.

Fue lo único que acertó a decir, sólo por decir algo. Se sorprendió de cuánto había envejecido desde que la vio la última vez, y fue consciente de que ella lo veía de igual modo. Pero se consoló pensando que un momento después, cuando ambos se repusieran del golpe inicial, irían notándose menos el uno al otro las mataduras de la vida, y volverían a verse tan jóvenes como lo fueron el uno para el otro cuando se conocieron.

—Estás como para un entierro —le dijo ella.

Así era. También ella había estado en la ventana desde las once, como casi toda la ciudad, contemplando el paso del cortejo más concurrido y suntuoso que se había visto desde la muerte del arzobispo De Luna. La habían despertado de la siesta los truenos de artillería que hacían temblar la tierra, la discordia de las bandas de guerra, el desorden de los cánticos fúnebres por encima del clamor de las campanas de todas las iglesias, que doblaban sin pausas desde el día anterior. Había visto desde el balcón los militares de a caballo en uniforme de parada, las comunidades religiosas, los colegios, las largas limusinas negras de la autoridad invisible, la carroza de caballos con morriones de plumas y gualdrapas de oro, el ataúd amarillo cubierto con la bandera en la cureña de un cañón histórico, y por último la fila de las viejas victorias descubiertas que seguían manteniéndose vivas para llevar las coronas. No bien acababan de pasar frente al balcón de Prudencia Pitre, poco después del medio día, cuando se desplomó el diluvio, y el cortejo se dispersó en estampida.

—Qué manera más absurda de morirse —dijo ella.

—La muerte no tiene sentido del ridículo —dijo él, y agregó con pena—: sobre todo a nuestra edad.

Estaban sentados en la terraza, frente al mar abierto, viendo la luna con un halo que ocupaba la mitad del cielo, viendo las luces de colores de los barcos en el horizonte, gozando de la brisa tibia y perfumada después de la tormenta. Bebían oporto y comían encurtidos sobre rebanadas de pan de monte que Prudencia Pitre cortaba de una hogaza en la cocina. Habían vivido muchas noches como esa, después que ella se quedó viuda y sin hijos. Florentino Ariza la encontró en una época en que habría recibido a cualquier hombre que quisiera acompañarla, aunque fuera alquilado por horas, y lograron establecer una relación más seria y prolongada de lo que parecía posible.

Aunque nunca lo insinuó siquiera, ella le habría vendido el alma al diablo por casarse con él en segundas nupcias. Sabía que no era fácil someterse a su mezquindad, a sus necedades de viejo prematuro, a su orden maniático, a su ansiedad de pedirlo todo sin dar nada de nada, pero a cambio de eso no había un hombre que se dejara acompañar mejor que él, porque no podía haber otro en el mundo tan necesitado de amor. Pero tampoco había otro tan resbaladizo, de modo que el amor no pasó de donde siempre llegaba con él: hasta donde no interfiriera su determinación de conservarse libre para Fermina Daza. Sin embargo, se prolongó por muchos años, aun después que él arregló las cosas para que Prudencia Pitre volviera a casarse con un agente de comercio que venía por tres meses y andaba de viaje otros tres, y con el que tuvo una hija y cuatro hijos, uno de los cuales, según ella juraba, era de Florentino Ariza.

Conversaron sin preocuparse de la hora, porque ambos estaban acostumbrados a compartir sus insomnios de jóvenes, y tenían mucho menos que perder en sus insomnios de viejos. Aunque casi nunca pasaba de la segunda copa, Florentino Ariza no había recobrado el aliento después de la tercera. Sudaba a chorros, y la Viuda de Dos le dijo que se quitara el saco, el chaleco, los pantalones, que se quitara todo si quería, qué carajo, si al fin y al cabo ellos se conocían mejor desnudos que vestidos. Él dijo que lo haría si ella lo hacía, pero ella no quiso: hacía tiempo se había visto en la luna del ropero, y había comprendido de pronto que ya no tendría valor para dejarse ver desnuda ni de él ni de nadie.

Florentino Ariza, en un estado de exaltación que no había logrado apaciguar con cuatro copas de oporto, siguió hablando del pasado, de los buenos recuerdos del pasado que eran su tema único desde hacía tiempo, pero ansioso de encontrar en el pasado un camino secreto para desahogarse. Pues era eso lo que le hacía falta: echar el alma por la boca. Cuando percibió los primeros fulgores en el horizonte intentó una aproximación sesgada. Preguntó, de un modo que parecía casual: «¿Qué harías si alguien te propusiera matrimonio, así como estás, viuda y a tus años?». Ella se rió, con una arrugada risa de vieja, y preguntó a su vez:

—¿Lo dices por la viuda de Urbino?

Florentino Ariza olvidaba siempre cuando menos debía que las mujeres piensan más en el sentido oculto de las preguntas que en las preguntas mismas, y Prudencia Pitre más que cualquier otra. Presa de un pavor súbito por su puntería escalofriante, se escabulló por la puerta falsa: «Lo digo por ti». Ella volvió a reír: «Anda a burlarte de tu puta madre, que en paz descanse». Luego lo instó a que dijera lo que quería decir, porque sabía que ni él ni ningún otro hombre la hubiera despertado a las tres de la madrugada, y después de tantos años de no verla, sólo para beber oporto y comer pan de monte con encurtidos. Dijo: «Eso sólo se hace cuando uno anda buscando alguien con quien llorar». Florentino Ariza se batió en retirada.

—Por una vez te equivocas —le dijo—. Mis motivos de esta noche son más bien para cantar.

—Entonces cantemos —dijo ella.

Empezó a entonar con muy buena voz la canción de moda: *Ramona, sin ti no puedo ya vivir*. Fue el final de la noche, pues él no se atrevió a jugar juegos prohibidos con una mujer que le había dado demasiadas pruebas de conocer el otro lado de la luna. Salió a una ciudad distinta, enrarecida por las últimas dalias de junio, y a una calle de su juventud por donde desfilaban las viudas de tinieblas de la misa de cinco. Pero entonces fue él y no ellas quien cambió de acera para que no le vieran las lágrimas que ya le era imposible soportar, no desde la media noche, como él creía, porque estas eran otras: las que llevaba atragantadas desde hacía cincuenta y un años, nueve meses y cuatro días.

Había perdido la cuenta de su tiempo, cuando despertó sin saber dónde frente a un ventanal deslumbrante. La voz de América Vicuña jugando a la pelota en el jardín con las muchachas del servicio, lo puso en la realidad: estaba en la cama de su madre, cuya alcoba conservaba intacta, y donde solía dormir para sentirse menos solo en las pocas ocasiones en que lo inquietaba la soledad. Frente a la cama estaba el gran espejo del Mesón de don Sancho, y a él le bastaba con verlo al despertar para ver a Fermina Daza reflejada en el fondo. Supo que era sábado, porque era el día en que el chófer recogía en el internado a América Vicuña, y la llevaba a su casa. Se dio cuenta de que había dormido sin saberlo, soñando que no podía dormir, con un sueño perturbado por la cara de rabia de Fermina Daza. Se bañó pensando cuál debía ser el paso siguiente, se vistió muy despacio con sus ropas mejores, se perfumó y se engomó el bigote blanco de puntas afiladas, y al salir del dormitorio vio desde el corredor del segundo piso a la bella criatura de uniforme, que atrapaba la pelota en el aire con la gracia que tantos sábados lo había hecho estremecer, pero que esa mañana no le causó la menor turbación. Le indicó que fuera con él, y antes de subir en el automóvil le dijo sin necesidad: «Hoy no vamos a hacer cositas». La llevó a la Heladería Americana, desbordada a esa hora por los padres que comían helados con sus niños bajo los ventiladores de grandes aspas colgados del cielo raso. América Vicuña pidió un helado de varios pisos, cada uno de un color distinto en una copa gigantesca, que era su favorito y el más vendido porque exhalaba una humareda mágica. Florentino Ariza tomó un café negro, mirando a la niña sin hablar, mientras ella se comía el helado con una cuchara de mango muy largo para alcanzar el fondo de la copa. Sin dejar de mirarla, él le dijo de pronto:

—Me voy a casar.

Ella lo miró a los ojos con un destello de incertidumbre, sosteniendo la cuchara en el aire, pero enseguida se repuso y sonrió.

—Es embuste —dijo—. Los viejitos no se casan.

Esa tarde la dejó en el internado al punto del Ángelus, bajo un aguacero obstinado, después de haber visto juntos los títeres del parque, de haber almorzado en los puestos de pescado frito de las escolleras, de haber visto las fieras enjauladas de un circo que acababa de llegar, de comprar en los portales toda clase de dulces para llevar al internado, y de haber repasado la ciudad varias veces en el automóvil descubierto para que ella se fuera acostumbrando a la idea de que él era su tutor, y ya no su amante. El domingo le mandó el automóvil por si quería pasear con sus amigas, pero no la quiso ver, porque desde la semana anterior había tomado conciencia plena de la edad de ambos. Esa noche tomó la determinación de escribirle a Fermina Daza una carta de disculpas, aunque sólo fuera para no capitular, pero la dejó para el día siguiente. El lunes, al cabo de tres semanas exactas de pasión, entró en su casa ensopado de lluvia, y encontró la carta de ella.

Eran las ocho de la noche. Las dos muchachas del servicio estaban acostadas, y habían dejado en el pasillo la única luz permanente que le permitía a Florentino Ariza llegar hasta el dormitorio. Sabía que su cena desmirriada e insípida estaba en la mesa del comedor, pero el poco de hambre que llevaba después de tantos días comiendo de cualquier modo se le esfumó con la conmoción de la carta. Le costó trabajo encender la luz general del dormitorio por el temblor de las manos. Puso la carta mojada sobre la cama, encendió la veladora en la mesa de noche, y con una calma fingida que era un recurso muy suyo para serenarse, se quitó la chaqueta empapada y la colgó en el espaldar de la silla, se quitó el chaleco y lo puso muy bien doblado sobre la chaqueta, se quitó la cinta de seda negra y el cuello de celuloide que ya había pasado de moda en el mundo, se desabotonó la camisa hasta la cintura y se soltó la correa para respirar mejor, y por último se quitó el sombrero y lo puso a secar junto a la ventana. De pronto se estremeció porque no supo dónde estaba la carta, y era tal su nerviosismo que se sorprendió al encontrarla, pues no recordaba haberla puesto sobre la cama. Antes de abrirla secó el sobre con el pañuelo, cuidando de no correr la tinta con que estaba escrito su nombre, y mientras lo hacía cayó en la cuenta de que aquel secreto no estaba ya compartido entre dos, sino entre tres, por lo menos, pues a quienquiera que la hubiera llevado debió llamarle la atención que la viuda de Urbino le escribiera a alguien de fuera de su mundo apenas tres semanas después de muerto el esposo, con tanta premura que no mandó la carta por correo, y con tanto sigilo que ordenó no entregarla en mano sino deslizarla por debajo de la puerta como un billete anónimo. No tuvo que romper el sobre, pues la goma se había disuelto con el agua, pero la carta estaba seca: tres folios densos, sin encabezado, y firmados con las iniciales del nombre de casada.

La leyó una vez a toda prisa sentado en la cama, más intrigado por el tono que por el contenido, y antes de pasar al segundo folio ya sabía que era justo la carta de improperios que esperaba recibir. La puso abierta bajo el resplandor de la veladora, se quitó los zapatos y las medias mojadas, apagó junto a la puerta la luz general, y al final se puso la bigotera de gamuza y se acostó sin quitarse el pantalón y la camisa, con la cabeza en dos almohadones grandes que le servían de espaldar para leer. Así repasó la carta, esta vez letra por letra, escudriñando cada letra para que ninguna de sus intenciones ocultas se le quedara sin desentrañar, y la leyó después cuatro veces más, hasta que estuvo tan saturado que las palabras escritas empezaron a perder su sentido. Por último la guardó sin el sobre en la gaveta de la mesa de noche, se acostó bocarriba con las manos entrelazadas en la nuca, y permaneció durante cuatro horas con la vista inmóvil en el espacio del espejo donde había estado ella, sin parpadear, respirando apenas, más muerto que un muerto. A la medianoche en punto fue a la cocina, preparó y llevó al cuarto un termo de café espeso como el petróleo crudo, echó la dentadura postiza en el vaso de agua boricada que siempre encontraba listo para eso en la mesa de noche, volvió a acostarse en la misma posición de mármol yacente con variaciones instantáneas cada cierto tiempo para tomar un sorbo de café, hasta que la camarera entró a las seis con otro termo lleno.

A esa hora, Florentino Ariza sabía cuál iba a ser cada uno de sus pasos siguientes. En realidad no le dolieron los insultos ni se preocupó por aclarar las imputaciones injustas, que podían haber sido peores conociendo el carácter de Fermina Daza y la gravedad del motivo. Lo único que le interesó fue que la carta por sí misma le daba la oportunidad y le reconocía el derecho de contestarla. Más aún: se lo exigía. Así que la vida estaba ahora en el límite adonde él quiso llevarla. Todo lo demás dependía de él, y tenía la convicción cierta de que su infierno privado de más de medio siglo le deparaba todavía muchas pruebas mortales que él estaba dispuesto a afrontar con más ardor y más dolor y más amor que todas las anteriores, porque serían las últimas.

Cinco días después de recibir la carta de Fermina Daza, cuando llegó a sus oficinas, se sintió flotando en el vacío abrupto e inusual de las máquinas de escribir, cuyo ruido de lluvia había terminado por notarse menos que su silencio. Era una pausa. Cuando el ruido empezó de nuevo, Florentino Ariza se asomó en el despacho de Leona Cassiani y la contempló sentada frente a su máquina personal, que obedecía a la yema de sus dedos como un instrumento humano. Ella se supo observada, y miró hacia la puerta con su terrible sonrisa solar, pero no dejó de escribir hasta el final del párrafo.

—Dime una cosa, leona de mi alma —le preguntó Florentino Ariza—: ¿Cómo te sentirías si recibieras una carta de amor escrita en ese trasto?

El gesto de ella, que ya no se sorprendía de nada, fue de sorpresa legítima.

—¡Hombre! —exclamó—. Fíjate que nunca se me había ocurrido.

Por lo mismo no tenía otra respuesta. Tampoco Florentino Ariza lo había pensado hasta entonces, y decidió correr el riesgo a fondo. Se llevó a su casa una de las máquinas de la oficina en medio de las burlas cordiales de los subalternos: «Loro viejo no aprende a hablar». Leona Cassiani, entusiasta de cualquier novedad, se ofreció para darle lecciones de mecanografía a domicilio. Pero él estaba contra los aprendizajes metódicos desde que Lotario Thugut quiso enseñarlo a tocar el violín por notas, con la amenaza de que iba a necesitar por o menos un año para empezar, cinco para ser aceptable en una orquesta profesional, y toda la vida de seis horas diarias para tocarlo bien. Sin embargo, él consiguió que su madre le comprara un violín de ciego, y con las cinco reglas básicas que le dio Lotario Thugut se atrevió a tocarlo antes de un año en el coro de la catedral, y a mandarle serenatas a Fermina Daza desde el cementerio de los pobres según la dirección de los vientos. Si esto había sido a los veinte años con algo tan difícil como el violín, no veía por qué no podía serlo también a los setenta y seis con un instrumento de un solo dedo como la máquina de escribir.

Así fue. Necesitó tres días para aprender la posición de las letras en el teclado, otros seis para aprender a pensar al mismo tiempo que escribía, y otros tres para terminar la primera carta sin errores, después de romper media resma de papel. Le puso un encabezado solemne: *Señora*, y la firmó con la inicial de su nombre, como solía hacerlo en las esquelas perfumadas de su juventud. La mandó por correo, en un sobre con viñetas de luto como era de rigor en una carta para una viuda reciente, y sin el nombre del remitente al dorso.

Era una carta de seis pliegos que no tenía nada que ver con ninguna otra que hubiera escrito alguna vez. No tenía ni el tono, ni el estilo, ni el soplo retórico de los primeros años del amor, y su argumento era tan racional y bien medido, que el perfume de una gardenia hubiera sido un exabrupto. En cierto modo, fue la aproximación más acertada de las cartas mercantiles que nunca pudo hacer. Años después, una carta personal escrita con medios mecánicos iba a considerarse casi ofensiva, pero todavía entonces la máquina de escribir era un animal de oficina, sin una ética propia, cuya domesticación para usos privados no estaba prevista en los manuales de urbanidad. Parecía más bien de un modernismo audaz, y así debió entenderlo Fermina Daza, pues en la segunda carta que escribió a Florentino Ariza, empezaba excusándose de los escollos de su letra, por no disponer de medios de escritura más avanzados que la pluma de acero.

Florentino Ariza no se refirió siquiera a la carta tremenda que ella le había mandado, sino que intentó desde el principio un método distinto de seducción, sin ninguna referencia a los amores del pasado, ni al pasado simple: borrón y cuenta nueva. Era más bien una extensa meditación sobre la vida, con base en sus ideas y experiencias de las relaciones entre hombre y mujer, que alguna vez había pensado escribir como complemento del *Secretario de los Enamorados*. Sólo que entonces la envolvió en un estilo patriarcal, de memorias de viejo, para que no se le notara demasiado que en realidad era un documento de amor. Antes escribió muchos borradores al modo antiguo, que más tardaban en ser leídos con cabeza fría que arrojados en la candela. Sabía que cualquier descuido convencional, la menor ligereza nostálgica podía remover en su corazón los resabios del pasado, y aunque tenía previsto que ella le devolviera cien cartas antes de atreverse a abrir la primera, prefería que no ocurriera ni una vez. Así que planeó hasta el último detalle como una guerra final: todo tenía que ser diferente para suscitar nuevas curiosidades, nuevas intrigas, nuevas esperanzas, en una mujer que ya había vivido a plenitud una vida completa. Tenía que ser una ilusión desatinada, capaz de darle el coraje que haría falta para tirar a la basura los prejuicios de una clase que no había sido la suya original, pero que había terminado por serlo más que de otra cualquiera. Tenía que enseñarle a pensar en el amor como un estado de gracia que no era un medio para nada, sino un origen y un fin en sí mismo.

Tuvo el buen sentido de no esperar una contestación inmediata, pues le bastaba con que la carta no le fuera devuelta. No lo fue, como no lo fue ninguna de las siguientes, y a medida que pasaban los días se aceleraba su ansiedad, pues cuantos más días pasaran sin devoluciones más aumentaba la esperanza de una respuesta. La frecuencia de sus cartas empezó condicionada por la habilidad de sus dedos: primero una por semana, después dos, y por fin una diaria. Se alegró del progreso del correo desde sus tiempos de abanderado, pues no hubiera corrido el riesgo de dejarse ver a diario en la Agencia Postal poniendo una carta para una misma persona, ni de enviarla con alguien que pudiera contarlo. En cambio, era muy fácil mandar un empleado a comprar las estampillas para todo un mes, y después deslizar la carta en uno de los tres buzones repartidos en la ciudad vieja. Muy pronto incorporó aquel rito a su rutina: aprovechaba los insomnios para escribir, y al día siguiente, de paso para la oficina, le pedía al chófer que parara un minuto frente a un buzón de esquina y él mismo se bajaba a echar la carta. Nunca permitió que el chófer lo hiciera por él, como lo pretendió una mañana de lluvia, y a veces tomaba la precaución de no llevar una sino varias cartas al mismo tiempo para que pareciera más natural. El chófer no sabía, desde luego, que las cartas suplementarias eran hojas en blanco que Florentino Ariza se dirigía a sí mismo, pues nunca había mantenido correspondencia privada con nadie, salvo el informe de tutor que mandaba a fines de cada mes a los padres de América Vicuña con sus impresiones personales sobre la conducta, el ánimo y la salud de la niña, y la buena marcha de sus estudios.

Empezó a numerar las cartas a partir del primer mes, y a encabezarlas con un resumen de las anteriores como los folletines en serie de los periódicos, por temor de que Fermina Daza no cayera en la cuenta de que tenían una cierta continuidad. Cuando se hicieron diarias, además, cambió los sobres con viñetas de luto por sobres blancos y alargados, y esto acabó de darles la impersonalidad cómplice de las cartas comerciales. Cuando empezó estaba dispuesto a someter su paciencia a una prueba mayor, al menos hasta no tener una evidencia de que estaba perdiendo su tiempo con el único método distinto que pudo concebir. Esperó, en efecto, sin los quebrantos de toda índole que le causaban las esperas de la juventud, sino con la tozudez de un anciano de cemento sin nada más en que pensar, sin nada más que hacer en una compañía fluvial que para entonces navegaba sola con vientos propicios, y además convencido de que estaría vivo y en perfecto dominio de sus facultades de hombre el día de mañana, de más tarde o de siempre en que Fermina Daza se convenciera al fin de que sus ansias de viuda solitaria no tenían más remedio que bajar para él sus puentes levadizos.

Mientras tanto, continuó con su vida regular. Previendo una respuesta favorable, inició una segunda renovación de la casa para que fuera digna de quien habría podido considerarse su dueña y señora desde que fue comprada. Volvió a visitar varias veces a Prudencia Pitre, como se lo había prometido, para demostrarle que la amaba a pesar de los estragos de la edad, a pleno sol y con las puertas abiertas, y no sólo en sus noches de desamparo. Siguió pasando por la casa de Andrea Varón hasta que encontró apagada la luz del baño, y trató de embrutecerse con las locuras de su cama aunque fuera para no perder la regularidad del amor, de acuerdo con otra superstición suya, nunca desmentida hasta entonces, de que el cuerpo sigue mientras uno siga.

El único tropiezo fue el estado de su relación con América Vicuña. Le había reiterado al chófer la orden de recogerla los sábados a las diez de la mañana en el internado, pero no sabía qué hacer con ella durante el fin de semana. Por primera vez no se ocupó de ella, y ella resentía el cambio. Se la encomendaba a las muchachas del servicio para que la llevaran al cine de la tarde, a las retretas del parque infantil, a las tómbolas de beneficencia, o le inventaba programas dominicales con otras compañeras del colegio para no tener que llevarla al paraíso escondido detrás de sus oficinas, donde ella quería volver siempre desde que la llevó por primera vez. No se daba cuenta, en las nebulosas de su nueva ilusión, de que las mujeres pueden volverse adultos en tres días, y eran tres años los que habían pasado desde que él la recibió en el motovelero de Puerto Padre. Por mucho que él quiso dulcificarlo, el cambio para ella fue brutal, pero no pudo concebir el motivo. El día que él le dijo en la heladería que se iba a casar, revelándole una verdad, ella sufrió un impacto de pánico, pero luego le pareció una posibilidad tan absurda que lo olvidó por completo. Muy pronto comprendió, sin embargo, que él se comportaba como si fuera cierto, con evasivas inexplicadas, como si no tuviera sesenta años más que ella, sino sesenta años menos.

Una tarde de sábado, Florentino Ariza la encontró tratando de escribir a máquina en su dormitorio, y lo hacía bastante bien, pues estudiaba mecanografía en el colegio. Había hecho más de media página de escritura automática, pero en ciertos trechos era fácil separar una frase reveladora de su estado de ánimo. Florentino Ariza se inclinó sobre su hombro para leer lo que escribía. Ella se turbó con su calor de hombre, su aliento entrecortado, el perfume de su ropa, que era el mismo de su almohada. Ya no era la niña recién llegada que él desnudaba pieza por pieza con engañifas de bebé: primero estos zapatitos para el osito, después esta camisita para el perrito, después estos calzoncitos de flores para el conejito, y ahora un besito en la cuquita rica de su papá. No: ahora era una mujer hecha y derecha a la que le gustaba llevar la iniciativa. Siguió escribiendo con un solo dedo de la mano derecha, y con la izquierda buscó a tientas la pierna de él, lo exploró, lo encontró, lo sintió revivir, crecer, suspirar de ansiedad, y su respiración de viejo se volvió pedregosa y difícil. Ella lo conocía: a partir de ese punto él iba a perder el dominio, se le desarticulaba la razón, quedaba a merced de ella, y no había de encontrar los caminos de regreso hasta no llegar al final. Lo fue llevando de la mano hasta la cama, como a un pobre ciego de la calle, y lo descuartizó presa por presa con una ternura maligna, le echó sal a su gusto, pimienta de olor, un diente de ajo, cebolla picada, el jugo de un limón, una hoja de laurel, hasta que lo tuvo sazonado en la fuente y el horno listo a la temperatura justa. No había nadie en la casa. Las sirvientas habían salido, y los albañiles y los carpinteros de la reconstrucción no trabajaban los sábados: tenían el mundo entero para ellos dos. Pero él salió del éxtasis al borde del abismo, le apartó la mano, se incorporó, dijo con voz trémula:

—Cuidado, no tenemos cauchitos.

Ella permaneció bocarriba en la cama un largo rato, pensando, y cuando volvió al internado, con una hora de anticipación, estaba más allá de las ganas de llorar, y había afinado el olfato y se había afilado las uñas para encontrar las trazas de la liebre agazapada que le había trastornado la vida. Florentino Ariza, en cambio, incurrió una vez más en un error de hombre: pensó que ella se había convencido de la inutilidad de sus propósitos y había resuelto olvidarlo.

Estaba en lo suyo. Al cabo de seis meses, sin una mínima señal, se encontró dando vueltas en la cama hasta el amanecer, perdido en el desierto de un insomnio distinto. Pensaba que Fermina Daza había abierto la primera carta por su apariencia ingenua, había alcanzado a ver la inicial conocida de otras cartas de antaño, y la había echado en la hoguera de la basura sin tomarse siquiera el trabajo de romperla.

Le habría bastado con ver el sobre de las siguientes para hacer lo mismo sin abrirlas, y así hasta el fin de los tiempos, mientras él llegaba al término de sus meditaciones escritas. No creía que existiera una mujer capaz de resistir la curiosidad de medio año de cartas cotidianas sin saber ni siquiera de qué color era la tinta con que estaban escritas. Pero si una existía, sólo podía ser ella.

Florentino Ariza sentía que el tiempo de la vejez no era un torrente horizontal, sino una cisterna desfondada por donde se desaguaba la memoria. Su ingenio se agotaba. Después de rondar la quinta de La Manga durante varios días, comprendió que aquel método juvenil no lograría romper las puertas condenadas por el luto. Una mañana, buscando un número en el directorio de teléfonos, se encontró por casualidad con el de ella. Llamó. El timbre sonó muchas veces, y por fin reconoció la voz, seria y afónica: «¿A ver?». Colgó sin hablar, pero la distancia infinita de aquella voz inasible le resintió la moral.

Por esos días, Leona Cassiani celebró su cumpleaños, e invitó un reducido grupo de amigos a su casa. Él estuvo distraído y se echó encima la salsa del pollo. Ella le limpió la solapa mojando la punta de la servilleta en el vaso de agua, y después se la puso de babero para impedir un accidente mayor: quedó como un bebé viejo. Notó que varias veces durante la comida se quitó los lentes para secarlos con el pañuelo, porque los ojos le lloraban. A la hora del café se durmió con la taza en la mano, y ella trató de quitársela sin despertarlo, pero él reaccionó avergonzado: «Sólo estaba reposando la vista». Leona Cassiani se acostó sorprendida de cuánto había empezado a notársele la vejez.

En el primer aniversario de la muerte de Juvenal Urbino, la familia envió esquelas de invitación a una misa conmemorativa en la catedral. Para entonces, Florentino Ariza no había recibido de vuelta ninguna señal, y esto lo impulsó a la decisión audaz de asistir a la misa aunque no estuviera invitado. Fue un acontecimiento social más fastuoso que conmovedor. Los escaños de las primeras filas, reservados con carácter vitalicio y hereditario, tenían en el espaldar una placa de cobre con el nombre del dueño. Florentino Ariza llegó entre los primeros invitados para sentarse en un sitio por donde Fermina Daza no pudiera pasar sin verlo. Pensó que los mejores serían los de la nave central, a continuación de los escaños reservados, pero era tanta la concurrencia que tampoco allí encontró un lugar libre, y tuvo que sentarse en la nave de los parientes pobres. Desde allí vio entrar a Fermina Daza del brazo de su hijo, vestida de terciopelo negro hasta los puños, sin ningún aderezo, con una botonadura continua desde el cuello hasta la punta de los pies, como una sotana de obispo, y una chalina de encaje castellano en vez del sombrero con velillo de las otras viudas, y aun de muchas señoras ansiosas de serlo. El rostro descubierto tenía un resplandor de alabastro, los ojos lanceolados vivían con vida propia bajo las enormes arañas de la nave central, y caminaba tan derecha, tan altiva, tan dueña de sí, que no parecía mayor que el hijo. Florentino Ariza, de pie, apoyó la punta de los dedos en el respaldo del escaño hasta que pasó de largo el vahído, porque sintió que él y ella no estaban a siete pasos de distancia sino en dos días diferentes.

Fermina Daza soportó la ceremonia en el escaño familiar frente al altar mayor, de pie casi todo el tiempo, con la misma prestancia con que asistía a la ópera. Pero al final rompió las normas de la liturgia, y no permaneció en su lugar para recibir la renovación de las condolencias, de acuerdo con los usos vigentes, sino que se abrió paso para darle las gracias a cada uno de los invitados: un gesto renovador que iba muy de acuerdo con su modo de ser. Saludando a unos y a otros llegó hasta los escaños de los parientes pobres, y por último miró en torno suyo para asegurarse de que no le faltaba saludar a nadie conocido. Florentino Ariza sintió entonces que un viento sobrenatural lo sacó de su centro: ella lo había visto. Fermina Daza, en efecto, se apartó de sus acompañantes con la soltura con que hacía todo en sociedad, le tendió la mano, y le dijo con una sonrisa muy dulce:

—Gracias por haber venido.

Pues no sólo había recibido las cartas, sino que las había leído con un grande interés, y había encontrado en ellas serios motivos de reflexión para seguir viviendo. Estaba en la mesa, desayunando con su hija, cuando recibió la primera. La abrió por la curiosidad de que estuviera escrita a máquina, y un rubor súbito le abrasó el rostro al reconocer la inicial de la firma. Pero lo asimiló al instante y se guardó la carta en el bolsillo del delantal. Dijo: «Es un pésame del gobierno». La hija se sorprendió: «Ya han llegado todos». Ella no se inmutó: «Éste es otro». Su propósito era quemar la carta más tarde, lejos de las preguntas de la hija, pero no pudo resistir la tentación de echarle antes una ojeada. Esperaba una réplica merecida a su carta de injurias, que había empezado a pesarle en el momento mismo en que la mandó, pero desde el encabezado señorial y los propósitos del primer párrafo comprendió que algo había cambiado en el mundo. Quedó tan intrigada, que se encerró en el dormitorio para leerla con tranquilidad antes de quemarla, y la leyó tres veces sin tomar aliento.

Eran meditaciones sobre la vida, el amor, la vejez, la muerte: ideas que habían pasado muchas veces aleteando como pájaros nocturnos sobre su cabeza, pero que se le desbarataban en un reguero de plumas cuando trataba de atraparlas. Allí estaban, nítidas, simples, tal como a ella le hubiera gustado decirlas, y una vez más se dolió de que su esposo no estuviera vivo para comentarlas con él, como solían comentar antes de dormir ciertos hechos de la jornada. De ese modo se le revelaba un Florentino Ariza desconocido, con una clarividencia que no correspondía a las esquelas febriles de su juventud ni a su conducta sombría de toda la vida. Eran más bien las palabras del hombre que a la tía Escolástica le pareció inspirado por el Espíritu Santo, y este pensamiento volvió a asustarla como la primera vez. En todo caso, lo que más contribuyó a calmar su ánimo fue la certidumbre de que aquella carta de viejo sabio no era una tentativa de reiterar la impertinencia de la noche del duelo, sino una manera muy noble de borrar el pasado.

Las cartas siguientes acabaron de apaciguarla. Las quemó de todos modos, después de leerlas con un interés creciente, aunque a medida que las quemaba iba quedándole un sedimento de culpa que no conseguía disipar. Así que cuando empezó a recibirlas numeradas encontró una justificación moral que estaba deseando para no destruirlas. Su intención inicial, en todo caso, no era conservarlas para ella, sino esperar una ocasión de devolvérselas a Florentino Ariza para que no fuera a perderse algo que a ella le parecía de tanta utilidad humana. Lo malo fue que el tiempo pasó y las cartas siguieron llegando, una cada tres o cuatro días de todo el año, y ella no supo cómo devolverlas sin que pareciera un desaire que ya no quería hacer, y sin tener que explicarlo en una carta que su orgullo se negaba a escribir.

Le había bastado aquel primer año para asumir la viudez. El recuerdo purificado del marido dejó de ser un tropiezo en sus actos cotidianos, en sus pensamientos íntimos, en sus intenciones más simples, y se convirtió en una presencia vigilante que la guiaba sin estorbarla. A veces lo encontraba, no como una aparición, sino en carne y hueso, donde en verdad le hacía falta. La alentaba la certidumbre de que él estaba allí, todavía vivo pero sin sus caprichos de hombre, sin sus exigencias patriarcales, sin la necesidad agotadora de que ella lo amara con el mismo ritual de besos inoportunos y palabras tiernas con que él la amaba. Pues entonces lo entendía mejor que cuando estaba vivo, entendió la ansiedad de su amor, la urgencia de encontrar en ella la seguridad que parecía ser el soporte de su vida pública, y que en realidad no tuvo nunca. Un día, en el colmo de la desesperación, ella le había gritado: «No te das cuenta de lo infeliz que soy». Él se quitó los lentes con un gesto muy suyo, sin alterarse, la inundó con las aguas diáfanas de sus ojos pueriles, y en una sola frase le echó encima todo el peso de su sapiencia insoportable: «Recuerda siempre que lo más importante de un buen matrimonio no es la felicidad sino la estabilidad». Desde sus primeras soledades de viuda ella entendió que aquella frase no escondía la amenaza mezquina que le había atribuido en su tiempo, sino la piedra lunar que les había proporcionado a ambos tantas horas felices.

En los tantos viajes por el mundo, Fermina Daza compraba todo lo que le llamaba la atención por su novedad. Las deseaba por un impulso primario que su esposo se complacía en racionalizar, y eran cosas bellas y útiles mientras estaban en su medio de origen, en las vitrinas de Roma, de París, de Londres, o en las de aquel Nueva York trepidante del charleston donde empezaban a crecer los rascacielos, pero no soportaban la prueba de los valses de Strauss con chicharrones y las batallas de flores a cuarenta grados a la sombra. Así que regresaba con media docena de baúles verticales, enormes, de metal charolado con cerraduras y esquinas de cobre como ferétros de fantasía, dueña y señora de las últimas maravillas del mundo, que sin embargo no valían su precio en oro sino en el instante fugaz en que alguien de su mundo local las veía por una vez. Pues para eso habían sido compradas: para que los otros las vieran una vez. Ella había tomado conciencia de la vanidad de su imagen pública desde mucho antes de que empezara a envejecer, y a menudo se le oía decir en la casa: «Hay que salir de tantos chécheres que ya no dejan dónde vivir». El doctor Urbino se burlaba de sus propósitos estériles, pues sabía que los espacios liberados sólo iban a servir para llenarlos de nuevo. Pero ella insistía, porque en verdad no había sitio para una cosa mas, ni había en ningún sitio una cosa que en realidad sirviera para algo, como camisas colgadas en las manijas de las puertas o abrigos de inviernos europeos apretujados en los armarios de la cocina. Así que una mañana en que se levantaba con el espíritu alzado echaba abajo los roperos, vaciaba los baúles, desmantelaba los desvanes, y armaba un desmadre de guerra con los montones de ropa demasiado vista, los sombreros que nunca se puso porque no hubo ocasión mientras estuvieron de moda, los zapatos copiados por los artistas de Europa de los que usaban las emperatrices para ser coronadas, y que aquí eran despreciados por las señoritas de alcurnia por ser idénticos a los que compraban las negras en el mercado para andar por casa. Durante toda la mañana la terraza interior permanecía en estado de emergencia, y costaba trabajo respirar en la casa por las ráfagas acres de las bolas de naftalina. Pero la calma se restablecía en pocas horas, pues al final ella se compadecía de tanta seda tirada por los suelos, tantos brocados sobrantes y desperdicios de pasamanería, tantas colas de zorros azules condenados a la hoguera.

—Esto es pecado quemarlo —decía—, con tanta gente que no tiene ni que comer.

Así que la quemazón se aplazaba, se aplazó siempre, y las cosas no hacían sino cambiar de lugar, de sus sitios de privilegio a las antiguas caballerizas transformadas en depósito de saldos, mientras los espacios liberados, tal como él lo decía, empezaban a llenarse de nuevo, a desbordarse de cosas que vivían un instante y se iban a morir en los roperos: hasta la siguiente quemazón. Ella decía: «Habría que inventar qué se hace con las cosas que no sirven para nada pero que tampoco se pueden botar». Así era: la aterrorizaba la voracidad con que los objetos iban invadiendo los espacios de vivir, desplazando a los humanos, arrinconándolos, hasta que Fermina Daza los ponía donde no se vieran. Pues no era tan ordenada como se creía, sino que tenía un método propio y desesperado para parecerlo: escondía el desorden.

El día en que murió Juvenal Urbino tuvieron que desocupar la mitad del estudio y amontonar las cosas en los dormitorios para tener un espacio donde velarlo.

El paso de la muerte por la casa dejó la solución. Una vez que quemó la ropa del marido, Fermina Daza se dio cuenta de que el pulso no le había temblado, y con el mismo impulso siguió prendiendo la hoguera cada cierto tiempo, echándolo todo, lo viejo y lo nuevo, sin pensar en la envidia de los ricos ni en la retaliación de los pobres que se morían de hambre. Por último, hizo cortar de raíz el palo de mango hasta que no quedó ningún vestigio de la desgracia, y regaló el loro vivo al nuevo Museo de la Ciudad. Sólo entonces respiró a su gusto en una casa como siempre la había soñado: amplia, fácil y suya.

Ofelia, la hija, la acompañó tres meses y volvió a Nueva Orleans. El hijo traía a los suyos a almorzar en familia los domingos, y cada vez que podía durante la semana. Las amigas más cercanas de Fermina Daza empezaron a visitarla una vez superada la crisis del duelo, jugaban a las barajas frente al patio pelado, ensayaban nuevas recetas de cocina, la ponían al día sobre la vida secreta del mundo insaciable que seguía existiendo sin ella. Una de las más asiduas fue Lucrecia del Real del Obispo, una aristócrata a la antigua con quien siempre mantuvo una buena amistad, y que se acercó más a ella desde la muerte de Juvenal Urbino. Envarada por la artritis y arrepentida de su mal vivir, Lucrecia del Real le llevaba entonces no sólo la mejor compañía, sino que le consultaba los proyectos cívicos y mundanos que se preparaban en la ciudad, y esto la hacía sentirse útil por ella misma y no por la sombra protectora del marido. Sin embargo, nunca como entonces se le identificó tanto con él, pues le quitaron el nombre de soltera con el que siempre la habían llamado, y empezó a ser la viuda de Urbino.

Le parecía inconcebible, pero a medida que se aproximaba el primer aniversario de la muerte del esposo, Fermina Daza se sentía entrando en un ámbito sombreado, fresco, silencioso: la floresta de lo irremediable. No era muy consciente todavía, ni lo fue en varios meses, de cuánto la ayudaron a recobrar la paz del espíritu las meditaciones escritas de Florentino Ariza. Fueron ellas, aplicadas a sus experiencias, lo que le permitió entender su propia vida, y a esperar con serenidad los designios de la vejez. El encuentro en la misa de conmemoración fue una ocasión providencial de darle a entender a Florentino Ariza que también ella, gracias a sus cartas de aliento, estaba dispuesta a borrar el pasado.

Dos días después recibió de él una carta distinta: escrita a mano, en papel de hilo, y con su nombre completo de remitente muy claro en el dorso del sobre. Era la misma letra florida de las primeras cartas, la misma voluntad lírica, pero aplicadas a un párrafo sencillo de gratitud por la deferencia del saludo en la catedral. Fermina Daza siguió pensando en ella con las nostalgias alborotadas varios días después de leerla, y con la conciencia tan limpia que el jueves siguiente le preguntó a Lucrecia del Real del Obispo, sin que viniera a cuento, si por casualidad conocía a Florentino Ariza, el dueño de los buques del río. Lucrecia contestó que sí: «Parece que es un súcubo perdido». Repitió la versión corriente de que nunca se le había conocido mujer, habiendo sido tan buen partido, y que tenía una oficina secreta para llevar a los niños que perseguía de noche por los muelles. Fermina Daza había oído esa leyenda desde que tenía memoria, y nunca la creyó ni le dio importancia. Pero cuando la oyó repetida con tanta convicción por Lucrecia del Real del Obispo, de quien también se había dicho en un tiempo que era de gustos raros, no pudo resistir el apremio de poner las cosas en su puesto. Le contó que conocía a Florentino Ariza desde niño. Le recordó que su madre tenía una mercería en la Calle de las Ventanas, y que además compraba camisas y sábanas viejas para deshilacharlas y venderlas como algodón de emergencia durante las guerras civiles. Y concluyó con certeza: «Es gente honrada, hecha a puro pulso». Fue tan vehemente, que Lucrecia retiró lo dicho: «Al fin y al cabo, también de mí dicen lo mismo». Fermina Daza no tuvo la curiosidad de preguntarse por qué hacía una defensa tan apasionada de un hombre que sólo había sido una sombra en su vida. Siguió pensando en él, sobre todo cuando llegaba el correo sin una nueva carta suya. Habían transcurrido dos semanas de silencio, cuando una de las muchachas del servicio la despertó de la siesta con un susurro de alarma.

—Señora —le dijo—, ahí está don Florentino.

Ahí estaba. La primera reacción de Fermina Daza fue de pánico. Alcanzó a pensar que no, que volviera otro día a una hora más apropiada, que no estaba en condiciones de recibir visitas, que no había nada de que hablar. Pero se repuso enseguida, y ordenó que lo hicieran pasar a la sala y le llevaran un café mientras ella se arreglaba para atenderlo. Florentino Ariza había esperado en la puerta de la calle, ardiendo bajo el sol infernal de las tres, pero con las riendas en el puño. Estaba preparado para no ser recibido, así fuera con una excusa amable, y esa certidumbre lo mantenía tranquilo. Pero la decisión del recado lo estremeció hasta el tuétano, y al entrar en la sombra fresca de la sala no tuvo tiempo de pensar en el milagro que estaba viviendo, porque las entrañas se le llenaron de pronto con una explosión de espuma dolorosa. Se sentó sin respirar, asediado por el recuerdo maldito de la cagada de pájaro en su primera carta de amor, y permaneció inmóvil en la penumbra mientras pasaba la primera racha de escalofrío, resuelto a aceptar cualquier desgracia en ese momento, menos aquel percance injusto.

Se conocía bien: a pesar de su estreñimiento congénito, el vientre lo había traicionado en público tres o cuatro veces en sus muchos años, y las tres o cuatro veces había tenido que rendirse. Sólo en esas ocasiones, y en otras de tanta urgencia, se daba cuenta de la verdad de una frase que le gustaba repetir en broma: «No creo en Dios, pero le tengo miedo». No tuvo tiempo de ponerlo en duda: trató de rezar cualquier oración que recordara, pero no la encontró. Siendo niño, otro niño le había enseñado unas palabras mágicas para acertarle a un pájaro con una piedra: «Tino tino si no te pego te escarabino». La probó cuando fue al monte por primera vez, con una honda nueva, y el pájaro cayó fulminado. De un modo confuso, pensó que una cosa tenía algo que ver con la otra, y repitió la fórmula con fervor de oración, pero no surtió el mismo efecto. Una torcedura de las tripas como un eje de espiral lo levantó en el asiento, la espuma de su vientre cada vez más espesa y dolorosa emitió un quejido, y lo dejó cubierto de un sudor helado. La criada que le llevaba el café se asustó de su semblante de muerto. Él suspiró: «Es el calor». Ella abrió la ventana, creyendo complacerlo pero el sol de la tarde le dio de lleno en la cara, y tuvieron que cerrarla de nuevo. Él había comprendido que no soportaría un minuto más, cuando apareció Fermina Daza casi invisible en la penumbra, y se asustó de verlo en semejante estado.

—Puede quitarse el saco —le dijo.

Más que la torcedura mortal, a él le hubiera dolido que ella alcanzara a oír el borboriteo de sus tripas. Pero logró sobrevivir un instante apenas para decir que no, que sólo había pasado a preguntarle cuándo podía recibirle una visita. Ella, de pie, desconcertada, le dijo: «Pues ya está aquí». Y lo invitó a seguir hasta la terraza del patio donde habría menos calor. Él se negó con una voz que a ella le pareció más bien un suspiro de lástima.

—Le ruego que sea mañana —dijo.

Ella recordó que mañana era jueves, día de la visita puntual de Lucrecia del Real del Obispo, pero le dio una solución inapelable: «Pasado mañana a las cinco». Florentino Ariza se lo agradeció, le hizo una despedida de emergencia con el sombrero, y se fue sin probar el café. Ella permaneció perpleja en el centro de la sala, sin entender qué era lo que acababa de ocurrir, hasta que se extinguió en el fondo de la calle el petardeo del automóvil. Florentino Ariza buscó entonces la posición menos dolorida en el asiento posterior, cerró los ojos, aflojó los músculos, y se entregó a la voluntad del cuerpo. Fue como volver a nacer. El chófer, que después de tantos años a su servicio ya no se sorprendía de nada, se mantuvo impasible. Pero al abrirle la portezuela frente al portal de la casa, le dijo:

—Tenga cuidado, don Floro, eso parece el cólera.

Pero era lo de siempre. Florentino Ariza se lo agradeció a Dios el viernes a las cinco en punto, cuando la criada lo condujo a través de la penumbra de la sala hasta la terraza del patio, y allí encontró a Fermina Daza junto a una mesita puesta para dos personas. Le ofreció té, chocolate o café. Florentino Ariza pidió café, muy caliente y muy fuerte, y ella ordenó a la criada: «Para mí lo de siempre». Lo de siempre era una infusión bien cargada de diversas clases de tés orientales, que le alzaban el ánimo después de la siesta. Cuando ella terminó con la marmita, y él con la jarra de café, ya ambos habían intentado e interrumpido varios temas, no tanto porque de veras les interesaran, como por eludir los otros que ni él ni ella se atrevían a tocar. Ambos estaban intimidados, sin entender qué hacían tan lejos de su juventud en la terraza ajedrezada de una casa de nadie todavía olorosa a flores de cementerio. Por primera vez estaban el uno frente al otro a tan corta distancia y con bastante tiempo para verse con serenidad después de medio siglo, y ambos se habían visto como eran: dos ancianos acechados por la muerte, sin nada en común, aparte del recuerdo de un pasado efímero que ya no era de ellos sino de dos jóvenes desaparecidos que habrían podido ser sus nietos. Ella pensó que él iba a convencerse por fin de la irrealidad de su sueño, y eso iba a redimirlo de su impertinencia.

Para evitar silencios incómodos o temas indeseables, ella hizo preguntas obvias sobre los buques fluviales. Parecía mentira que él, siendo el dueño, sólo hubiera viajado una vez, hacía muchos años, cuando no tenía nada que ver con la empresa. Ella no sabía el motivo, y él hubiera dado el alma por decírselo. Tampoco ella conocía el río. Su marido compartía la aversión a los aires andinos, y la disimulaba con argumentos variados: los peligros de la altura para el corazón, el riesgo de una pulmonía, la doblez de la gente, las injusticias del centralismo. Así que conocían medio mundo pero no conocían su país. En la actualidad había un hidroavión Junkers que iba de pueblo en pueblo por la cuenca de la Magdalena, como un saltamontes de aluminio, con dos tripulantes, seis pasajeros y las sacas del correo. Florentino Ariza comentó: «Es como un cajón de muerto por el aire». Ella había estado en el primer viaje en globo, y no había sufrido ningún sobresalto, pero apenas si podía creer que fuera la misma que se atrevió a semejante aventura. Dijo: «Es distinto». Queriendo decir que era ella la que había cambiado, no los modos de viajar.

A veces la sorprendía el ruido de los aviones. Los había visto pasar muy bajos, haciendo maniobras acrobáticas, en el centenario de la muerte de El Libertador. Uno de ellos, negro como un gallinazo enorme, pasó rozando los techos de las casas de La Manga, dejó un pedazo de ala en un árbol vecino, y quedó colgado de los cables eléctricos. Pero ni aun así había asimilado Fermina Daza la existencia de los aviones. Ni siquiera había tenido la curiosidad de ir en los últimos años hasta la ensenada de Manzanillo, donde acuatizaban los hidroaviones después de que las lanchas del resguardo espantaban las canoas de pescadores y los botes de recreo, cada vez más numerosos. Así de vieja como estaba la habían escogido para recibir con un ramo de rosas a Charles Lindbergh cuando vino en su vuelo de buena voluntad, y no entendió cómo podía elevarse un hombre tan grande, tan rubio, tan guapo, dentro de un aparato que parecía de hojalata arrugada, y que dos mecánicos empujaron por la cola para ayudarlo a subir. La idea de que unos aviones que no eran mucho más grandes pudieran llevar ocho personas no le cabía en la cabeza. En cambio, había oído decir que los buques fluviales eran una delicia porque no se balanceaban como los de mar, pero tenían otros peligros más graves, como los bancos de arena y los asaltos de bandoleros.

Florentino Ariza le explicó que todo eso eran leyendas de otros tiempos: los buques actuales tenían un salón de baile, camarotes tan amplios y lujosos como cuartos de hotel, con baño privado y ventiladores eléctricos, y desde la última guerra civil no había más asaltos armados. Le explicó además, con la satisfacción de un triunfo personal, que estos progresos se debían más que nada a la libertad de navegación propugnada por él, que había estimulado la competencia: en vez de una empresa única, como antes, había tres muy activas y prósperas. Sin embargo, el rápido progreso de la aviación era un peligro real para todos. Ella trató de consolarlo: los buques existirían siempre, porque no eran muchos los locos dispuestos a meterse en un aparato que parecía ser contra natura. Por último, Florentino Ariza habló de los avances del correo, tanto en el transporte como en el reparto, tratando de que ella le hablara de sus cartas. Pero no lo consiguió.

Poco después, sin embargo, la ocasión llegó sola. Se habían alejado mucho del tema, cuando una criada los interrumpió para entregarle a Fermina Daza una carta recibida en ese instante por el correo urbano especial, de creación reciente, que utilizaba el mismo sistema de reparto de los telegramas. Ella no pudo encontrar las gafas de leer, como le ocurría siempre. Florentino Ariza se mantuvo sereno.

—No será necesario —dijo—: esa carta es mía.

Así era. La había escrito el día anterior, en un terrible estado de depresión por no haber podido superar la vergüenza de su primera visita frustrada. En ella se excusaba por la impertinencia de querer visitarla sin permiso previo, y desistía del propósito de volver. La había echado en el buzón sin pensarlo dos veces, y cuando reflexionó ya era demasiado tarde para recuperarla. Sin embargo, no le parecieron necesarias tantas explicaciones, sino que le pidió a Fermina Daza el favor de no leer la carta.

—Claro —dijo ella—. Al fin y al cabo, las cartas son del que las escribe. ¿No es cierto?

Él dio un paso firme.

—Así es —dijo—. Por eso es lo primero que se devuelve cuando hay una ruptura.

Ella pasó por alto la intención y le devolvió la carta, diciendo: «Es una lástima que no pueda leerla, porque las otras me han servido mucho». Él respiró a fondo, sorprendido de que ella hubiera dicho de un modo tan espontáneo mucho más de lo que él esperaba, y le dijo: «No se imagina qué feliz me hace saberlo». Pero ella cambió el tema, y él no consiguió que lo reanudara en el resto de la tarde.

Se despidió pasadas las seis, cuando empezaron a encender las luces de la casa. Se sentía más seguro, pero sin demasiadas ilusiones, porque no olvidaba el carácter voluble y las reacciones imprevistas de Fermina Daza a los veinte años, y no tenía razones para pensar que hubiera cambiado. Por eso se atrevió a preguntarle con una humildad sincera si podía volver otro día, y la respuesta volvió a sorprenderlo.

—Vuelva cuando quiera —dijo ella—. Casi siempre estoy sola.

Cuatro días después, el martes, volvió sin anunciarse, y ella no esperó a que sirvieran el té para hablarle de cuánto le habían servido sus cartas. Él dijo que no eran cartas en un sentido estricto, sino hojas sueltas de un libro que le hubiera gustado escribir. También ella lo había entendido así. Tanto, que pensaba devolvérselas, si él no lo tomaba como un desaire, para que les diera un mejor destino. Siguió hablando del bien que le habían hecho en el duro trance que estaba viviendo, y lo hacía con tanto entusiasmo, con tanta gratitud, tal vez con tanto afecto, que Florentino Ariza se atrevió a dar algo más que un paso en firme: un salto mortal.

—Antes nos tuteábamos —dijo.

Era una palabra prohibida: *antes*. Ella sintió pasar el ángel quimérico del pasado, y trató de eludirlo. Pero él fue más a fondo: «Quiero decir, en nuestras cartas de antes». Ella se disgustó, y tuvo que hacer un esfuerzo serio para que no se le notara. Pero él se dio cuenta, y comprendió que debía avanzar con más tacto, aunque el tropiezo le enseñó que ella seguía siendo tan arisca como cuando era joven, pero había aprendido a serlo con dulzura.

—Quiero decir —dijo él— que estas cartas son otra cosa muy distinta.

—Todo ha cambiado en el mundo —dijo ella.

—Yo no —dijo él—. ¿Y usted?

Ella se quedó con la segunda taza de té a mitad de camino y lo increpó con unos ojos que habían sobrevivido a la inclemencia.

—Ya da lo mismo —dijo—. Acabo de cumplir setenta y dos años.

Florentino Ariza recibió el golpe en el centro del corazón. Hubiera querido encontrar una réplica con la rapidez y el instinto de una saeta, pero lo venció el peso de la edad: nunca se había sentido tan agotado con una conversación tan breve, le dolía el corazón, y cada golpe repercutía con una resonancia metálica en sus arterias. Se sintió viejo, triste, inútil, y con unos deseos de llorar tan urgentes que no pudo hablar más. Terminaron la segunda taza en un silencio surcado de presagios, y cuando ella volvió a hablar fue para pedirle a una criada que le llevara la carpeta de las cartas. Él estuvo a punto de pedirle que las guardara para ella, pues había dejado copias de papel carbón, pero pensó que esta precaución iba a parecer innoble. No había nada más que hablar. Antes de despedirse, él sugirió volver el otro martes a la misma hora. Ella se preguntó si debía ser tan condescendiente.

—No veo qué sentido tendrían tantas visitas —dijo.

—Yo no había pensado que tuvieran ninguno —dijo él.

De modo que volvió el martes a las cinco, y luego todos los martes siguientes, sin la convención del anuncio, porque las visitas semanales se habían incorporado a la rutina de ambos al final del segundo mes. Florentino Ariza llevaba galletitas inglesas para el té, castañas confitadas, aceitunas griegas, pequeñas delicias de salón que encontraba en los transatlánticos. Un martes le llevó la copia del retrato de ella e Hildebranda, tomado por el fotógrafo belga hacía más de medio siglo, que él había comprado por quince céntimos en un remate de tarjetas postales del Portal de los Escribanos. Fermina Daza no pudo entender cómo había llegado hasta allí ni él pudo entenderlo sino como un milagro del amor. Una mañana, mientras cortaba rosas de su jardín, Florentino Ariza no pudo resistir la tentación de llevarle una en la próxima visita. Fue un problema difícil en el lenguaje de las flores por tratarse de una viuda reciente. Una rosa roja, símbolo de una pasión en llamas, podía ser ofensiva para su luto. Las rosas amarillas, que en otro lenguaje eran las flores de la buena suerte, eran una expresión de celos en el vocabulario común. Alguna vez le habían hablado de las rosas negras de Turquía, que tal vez fueran las más indicadas, pero no había podido conseguirlas para aclimatarlas en su patio. Después de mucho pensarlo se arriesgó con una rosa blanca, que le gustaban menos que las otras, por insípidas y mudas: no decían nada. A última hora, por si Fermina Daza tenía la malicia de darles algún sentido, le quitó las espinas.

Fue bien recibida, como un regalo sin intenciones ocultas, y así se enriqueció el ritual de los martes. Tanto, que cuando él llegaba con la rosa blanca ya estaba preparado el florero con agua en el centro de la mesita del té. Un martes cualquiera, al poner la rosa, él dijo de un modo que pareciera casual:

—En nuestros tiempos no se llevaban rosas sino camelias.

—Es cierto —dijo ella—, pero la intención era otra, y usted lo sabe.

Así fue siempre: él intentaba avanzar y ella le cerraba el paso. Pero en esta ocasión, a pesar de la respuesta puntual, Florentino Ariza se dio cuenta de que había dado en el blanco, porque ella tuvo que volver la cara para que no se le notara el rubor. Un rubor ardiente, juvenil, con vida propia, cuya impertinencia le revolvió el disgusto contra sí misma. Florentino Ariza tuvo buen cuidado de derivar hacia otros temas menos ásperos, pero su gentileza fue tan evidente que ella se supo descubierta, y eso aumentó su rabia. Fue un mal martes. Ella estuvo a punto de pedirle que no volviera más, pero la idea de una pelea de novios le pareció tan ridícula a la edad y en la situación de ambos, que le causó una crisis de risa. El martes siguiente, cuando Florentino Ariza ponía la rosa en el florero, ella se escudriñó la conciencia y comprobó con alegría que no le quedaba de la semana anterior ni el menor vestigio de resentimiento.

Las visitas empezaron a adquirir muy pronto una incómoda amplitud familiar, pues el doctor Urbino Daza y su esposa aparecían a veces como por casualidad, y se quedaban jugando barajas. Florentino Ariza no sabía jugar, pero Fermina le enseñó en una sola visita, y ambos les mandaron a los esposos Urbino Daza un desafío escrito para el martes siguiente. Eran encuentros tan agradables para todos, que se oficializaron con tanta rapidez como las visitas, y se establecieron normas para los aportes de cada uno. El doctor Urbino Daza y su esposa, que era una repostera excelente, contribuían con tartas originales, cada vez distintas. Florentino Ariza siguió llevando las curiosidades que encontraba en los barcos de Europa, y Fermina Daza se las ingeniaba para procurarse cada semana una sorpresa nueva. Los torneos se jugaban el tercer martes de cada mes, y no se hacían apuestas en dinero, pero al perdedor se le imponía una contribución especial para la partida siguiente.

El doctor Urbino Daza correspondía a su imagen pública: era de recursos escasos, de maneras torpes, y sufría de unos sobresaltos súbitos, ya fueran de alegría o de disgusto, y de unos rubores inoportunos que hacían temer por su fortaleza mental. Pero era sin lugar a dudas, y se le notaba demasiado a primera vista, lo que Florentino Ariza temía más que se dijera de él: un hombre bueno. Su mujer, en cambio, era vivaz y con una chispa plebeya, oportuna y certera, que le daba un toque más humano a su elegancia. No podía desearse una pareja mejor para jugar a las cartas, y la insaciable necesidad de amor de Florentino Ariza quedó colmada con la ilusión de sentirse en familia.

Una noche, cuando salían juntos de la casa, el doctor Urbino Daza le pidió que almorzara con él: «Mañana, a las doce y media en punto, en el Club Social». Era un manjar exquisito con un vino envenenado: el Club Social se reservaba el derecho de admisión por motivos diversos, y uno de los más importantes era la condición de hijo natural. El tío León XII había tenido experiencias irritantes en ese sentido, y el mismo Florentino Ariza había sufrido la vergüenza de que lo hicieran salir cuando ya estaba sentado a la mesa, por invitación de un socio fundador. Éste, a quien Florentino Ariza le hacía favores difíciles en el comercio fluvial, no tuvo más recurso que llevarlo a comer a otra parte.

—Los que hacemos los reglamentos somos los más obligados a cumplirlos —le dijo.

No obstante, Florentino Ariza corrió el riesgo con el doctor Urbino Daza, y fue recibido con un tratamiento especial, aunque no le pidieron firmar el libro de oro de los invitados notables. El almuerzo fue breve, de los dos solos, y transcurrió en tono menor. Los temores que inquietaban a Florentino Ariza desde la tarde anterior en relación con aquel encuentro, se disiparon con la copa de oporto del aperitivo. El doctor Urbino Daza quería hablarle de su madre. Por lo mucho que le dijo, Florentino Ariza se dio cuenta de que ella le había hablado de él. Y algo todavía más sorprendente: le había mentido en favor suyo. Le contó que eran amigos desde niños, que jugaban juntos desde que ella llegó de San Juan de la Ciénaga, que era él quien le había iniciado en sus primeras lecturas, por lo cual le guardaba una vieja gratitud. Le había dicho además que a menudo, cuando ella salía de la escuela, pasaba muchas horas con Tránsito Ariza haciendo prodigios de bordado en la mercería, pues era una maestra notable, y que si no había seguido viendo a Florentino Ariza con la misma frecuencia no había sido por su gusto sino por la divergencia de sus vidas.

Antes de llegar al fondo de sus propósitos, el doctor Urbino Daza hizo algunas divagaciones sobre la vejez. Pensaba que el mundo iría más rápido sin el estorbo de los ancianos. Dijo: «La humanidad, como los ejércitos en campaña, avanza a la velocidad del más lento». Preveía un futuro más humanitario, y por lo mismo más civilizado, en que los seres humanos fueran aislados en ciudades marginales desde las que no pudieran valerse de sí mismos, para evitarles la vergüenza, los sufrimientos, la soledad espantosa de la vejez. Desde el punto de vista médico, según él, el límite podían ser los sesenta años. Pero mientras se llegaba a ese grado de caridad, la única solución eran los asilos, donde los ancianos se consolaban los unos a los otros, se identificaban en sus gustos y sus aversiones, en sus resabios y sus tristezas, a salvo de las discordias naturales con las generaciones siguientes. Dijo: «Los viejos, entre viejos, son menos viejos». Pues bien: el doctor Urbino Daza quería agradecerle a Florentino Ariza la buena compañía que le daba a su madre en la soledad de la viudez, le suplicaba que siguiera haciéndolo para bien de ambos y comodidad de todos, y que tuviera paciencia con sus humores seniles. Florentino Ariza se sintió aliviado con la solución de la entrevista. «Esté tranquilo —le dijo—. Soy cuatro años mayor que ella, y no sólo ahora, sino desde antes, mucho antes que usted naciera.» Luego cedió a la tentación de desahogarse con una puntada de ironía.

—En la sociedad del futuro —concluyó—, usted tendría que ir ahora al camposanto, a llevarnos a ella y a mí un ramo de anturios para el almuerzo.

El doctor Urbino Daza no había reparado hasta entonces en la inconveniencia de su profecía, y se metió por un desfiladero de explicaciones que acabaron de enredarlo. Pero Florentino Ariza lo ayudó a salir. Estaba radiante, pues sabía que tarde o temprano iba a tener un encuentro como aquel con el doctor Urbino Daza, para cumplir con un requisito social ineludible: la petición formal de la mano de su madre. El almuerzo fue muy alentador, no sólo por el motivo mismo, sino porque le demostró qué fácil y bien recibida iba a ser aquella petición inexorable. Si hubiera contado con el consentimiento de Fermina Daza, ninguna ocasión hubiera sido más propicia. Más aún: después de lo que habían hablado en aquel almuerzo histórico, el formalismo de la solicitud salía sobrando.

Florentino Ariza subía y bajaba las escaleras con un cuidado especial, aun siendo joven, porque siempre había pensado que la vejez empezaba con una primera caída sin importancia, y la muerte seguía con la segunda. Más peligrosa que todas las escaleras le parecía la de sus oficinas, por empinada y de espacios estrechos, y desde mucho antes que tuviera que forzarse para no arrastrar los pies la subía mirando bien los peldaños y agarrado del barandal con ambas manos. Muchas veces le sugirieron cambiarla por otra escalera menos arriesgada, pero la decisión quedaba siempre para el mes entrante, porque a él le parecía una concesión a la vejez. A medida que pasaban los años demoraba más para subir, no porque le costara más trabajo, como él se apresuraba a explicar, sino porque cada vez subía con más cuidado. Sin embargo, la tarde en que regresó del almuerzo con el doctor Urbino Daza, después de la copa de oporto del aperitivo y medio vaso de vino tinto con la comida, y sobre todo después de la conversación triunfal, trató de alcanzar el tercer peldaño con un paso de baile tan juvenil que se dobló el tobillo izquierdo, cayó de espaldas, y no se mató de milagro. En el momento en que caía tuvo bastante lucidez para pensar que no iba a morir de aquel tropiezo, porque no era posible en la lógica de la vida que dos hombres que habían amado tanto durante tantos años a la misma mujer, pudieran morir del mismo modo con sólo un año de diferencia. Tuvo razón. Le pusieron una coraza de yeso desde el pie hasta la pantorrilla, y lo obligaron a permanecer inmóvil en la cama, pero siguió más vivo que antes de la caída. Cuando el médico le ordenó los sesenta días de invalidez, no pudo creer en tanta desdicha.

—No me haga esto, doctor —le imploró—. Dos meses de los míos son como diez años de los suyos.

Varias veces trató de levantarse cargando la pierna de estatua con las dos manos, y siempre lo venció la realidad. Pero cuando por fin volvió a caminar con el tobillo todavía dolorido y la espalda en carne viva, tuvo motivos de sobra para creer que el destino había premiado su perseverancia con una caída providencial.

Su día peor fue el primer lunes. El dolor había cedido, y el pronóstico médico era muy alentador, pero él se negaba a aceptar el fatalismo de no ver a Fermina Daza la tarde siguiente, por primera vez en cuatro meses. No obstante, después de una siesta de resignación se sometió a la realidad y le escribió una esquela de excusa. La escribió a mano, en papel perfumado y con tinta luminosa para leer en la oscuridad, y dramatizó sin pudores la gravedad del percance tratando de suscitar su compasión. Ella le contestó dos días más tarde, muy conmovida, muy amable, pero sin una palabra de más ni de menos, como en los grandes días del amor. Él atrapó al vuelo la ocasión y le volvió a escribir. Cuando ella le contestó por segunda vez, él decidió ir mucho más lejos que en las conversaciones cifradas de los martes, y se hizo instalar un teléfono junto a la cama con el pretexto de vigilar el curso diario de la empresa. Pidió a la operadora central que lo comunicara con el número de tres cifras que sabía de memoria desde que llamó por primera vez. La voz de timbres apagados, tensa por el misterio de la distancia, la voz amada contestó, reconoció la otra voz, y se despidió después de tres frases convencionales de saludo. Florentino Ariza quedó desconsolado por su indiferencia: estaban otra vez en el principio.

Dos días después, sin embargo, recibió una carta de Fermina Daza en la cual le suplicaba no llamarla más. Sus razones eran válidas. Había tan pocos teléfonos en la ciudad, que la comunicación se hacía a través de una operadora que conocía a todos los abonados, su vida y sus milagros, y no importaba si no estaban en casa: los encontraba donde estuvieran. A cambio de tanta eficacia, se mantenía enterada de las conversaciones, descubría los secretos de la vida privada, los dramas mejor guardados, y no era raro que intercediera en un diálogo para introducir su punto de vista o apaciguar los ánimos. Por otra parte, en el curso de aquel año se había fundado *La Justicia*, un diario vespertino cuya finalidad única era fustigar a las familias de apellidos largos, con nombres propios y sin consideraciones de ninguna índole, como represalia del propietario porque sus hijos no habían sido admitidos en el Club Social. A pesar de la limpieza de su vida, Fermina Daza se cuidaba entonces más que nunca de cuanto hablaba o hacía, aun con sus amistades íntimas. De modo que siguió ligada a Florentino Ariza por el hilo anacrónico de las cartas. La correspondencia de ida y vuelta llegó a ser tan frecuente e intensa, que él se olvidó de su pierna, del castigo de la cama, se olvidó de todo, y se consagró por completo a escribir en una mesita portátil de las que usaban en los hospitales para la comida de los enfermos.

Volvieron a tutearse, volvieron a intercambiar comentarios sobre sus vidas como en las cartas de antes, pero Florentino Ariza trató de ir otra vez con demasiada prisa: escribió el nombre de ella con puntadas de alfiler en los pétalos de una camelia, y se la mandó en una carta. Dos días después la recibió de vuelta sin ningún comentario. Fermina Daza no podía evitarlo: todo aquello le parecían cosas de niños.

Más aún cuando Florentino Ariza insistió en evocar sus tardes de versos melancólicos en el parquecito de Los Evangelios, los escondites de las cartas en el camino de la escuela, las clases de bordado bajo los almendros. Con el dolor de su alma, ella lo puso en su puesto con una pregunta que parecía casual en medio de otros comentarios triviales: «¿Por qué te empeñas en hablar de lo que no existe?». Más tarde le reprochó la terquedad estéril de no dejarse envejecer con naturalidad. Esa era, según ella, la causa de su precipitación y sus descalabros constantes en la evocación del pasado. No entendía cómo un hombre capaz de hacer las reflexiones que tanto apoyo le habían dado para sobrellevar la viudez, se enredaba de aquel modo infantil cuando trataba de aplicarlas a su propia vida. Los papeles se invirtieron. Entonces fue ella la que trató de darle ánimos nuevos para ver el futuro, con una frase que él, en su prisa atolondrada, no supo descifrar: *Deja que el tiempo pase y ya veremos lo que trae*. Pues nunca fue tan buen alumno como ella. La inmovilidad forzosa, la certidumbre cada día más lúcida de la fugacidad del tiempo, los deseos locos de verla, todo le demostraba que sus temores de la caída habían sido más certeros y trágicos de lo que había previsto. Por primera vez empezó a pensar de un modo racional en la realidad de la muerte.

Leona Cassiani lo ayudaba a bañarse y a cambiarse de piyama cada dos días, le aplicaba las lavativas, le ponía el orinal portátil, le aplicaba compresas de árnica en las úlceras de la espalda, le daba masajes por consejo médico para evitar que la inmovilidad le causara otros males peores. Los sábados y domingos la relevaba América Vicuña, que en diciembre de aquel año debía recibir su grado de maestra. Él le había prometido mandarla a un curso superior en Alabama por cuenta de la compañía fluvial, en parte para amordazar la conciencia, y sobre todo para no enfrentarse a los reproches que ella no encontraba cómo hacer, ni a las explicaciones que él estaba debiéndole. Nunca se imaginó cuánto sufría ella en sus insomnios del internado, en sus fines de semana sin él, en su vida sin él, porque nunca se imaginó cuánto lo amaba. Sabía por una carta oficial del colegio que del primer lugar que ella ocupaba siempre había pasado al último, y estaba a punto de ser reprobada en los exámenes finales. Pero eludió su deber de acudiente: no les informó nada a los padres de América Vicuña, impedido por un sentimiento de culpa que trataba de escamotear, ni lo comentó tampoco con ella, por un temor bien fundado de que pretendiera implicarlo en su fracaso. Así que dejó las cosas como estaban. Sin darse cuenta, empezaba a diferir sus problemas con la esperanza de que los resolviera la muerte.

No sólo las dos mujeres que se ocupaban de él, sino el mismo Florentino Ariza, se sorprendían de cuánto había cambiado. Apenas diez años antes había asaltado a una de sus criadas detrás de la escalera principal de la casa, vestida y de pie, y en menos tiempo que un gallo filipino la dejó en estado de gracia. Tuvo que regalarle una casa amueblada para que jurara que el autor de su deshonra fue un medio novio dominical que ni siquiera la había besado, y el padre y los tíos de ella, que eran buenos macheteros de zafra, los obligaron a casarse. No parecía posible que fuera el mismo hombre, aquel que manoseaban al derecho y al revés dos mujeres que hacía apenas unos meses lo hacían temblar de amor, que lo jabonaban por arriba y por debajo, lo secaban con toallas de algodón egipcio y le daban masajes de cuerpo entero, sin que soltara un suspiro de turbación. Cada quien tenía una explicación distinta para su inapetencia. Leona Cassiani pensaba que eran los preludios de la muerte. América Vicuña le atribuía un origen oculto cuya traza no acertaba a desentrañar. Sólo él sabía la verdad, y tenía nombre propio. De todos modos era injusto: más padecían ellas sirviéndole que él siendo tan bien servido.

Sólo tres martes le bastaron a Fermina Daza para darse cuenta de la falta que le hacían las visitas de Florentino Ariza. Lo pasaba muy bien con las amigas asiduas, mejor aún a medida que el tiempo la alejaba de las costumbres del esposo. Lucrecia del Real del Obispo había ido a Panamá a hacerse ver un dolor de oído que no cedía con nada, y regresó muy aliviada al cabo de un mes, pero oyendo menos que antes con una trompetita que se ponía en la oreja. Fermina Daza era la amiga que toleraba mejor sus confusiones de preguntas y respuestas, y esto estimulaba tanto a Lucrecia que casi no había día en que no apareciera por allí a cualquier hora. Pero Fermina Daza no pudo sustituir con nadie la tardes sedantes de Florentino Ariza.

La memoria del pasado no redimía el futuro, como él se empeñaba en creer. Al contrario: fortalecía la convicción que Fermina Daza tuvo siempre de que aquel alboroto febril de los veinte años había sido cualquier cosa muy noble y muy bella, pero no fue amor. A pesar de su franqueza cruda no tenía intención de revelárselo a él ni por correo ni en persona, ni le alcanzaba el corazón para decirle qué falsos le sonaban los sentimentalismos de sus cartas después de haber conocido el prodigio de consolación de sus meditaciones escritas, cómo lo devaluaban sus mentiras líricas y cuánto perjudicaba a su causa la insistencia maniática de rescatar el pasado. No: ninguna línea de sus cartas de antaño ni ningún momento de su propia juventud aborrecida le habían hecho sentir que las tardes de un martes pudieran ser tan dilatadas como en realidad lo eran sin él, tan solitarias e irrepetibles sin él.

En uno de sus arranques de simplificación, ella había mandado para las caballerizas la radiola que su esposo le regaló en alguno de sus aniversarios, y que ambos habían pensado regalar al museo por haber sido la primera que llegó a la ciudad. En las sombras de su duelo había resuelto no volver a usarla, pues una viuda de sus apellidos no podía escuchar música de ninguna clase sin ofender la memoria del muerto, así fuera en la intimidad. Pero después del tercer martes de abandono la hizo llevar de nuevo a la sala, no para disfrutar de las canciones sentimentales de la emisora de Riobamba, como antes, sino para llenar sus horas muertas con las novelas de lágrimas de Santiago de Cuba. Fue un acierto, pues cuando nació la hija había empezado a perder el hábito de la lectura que su esposo le había inculcado con tanta aplicación desde el viaje de bodas, y con el cansancio progresivo de la vista lo perdió por completo, hasta el extremo de que pasaba meses sin saber dónde estaban los lentes.

Se aficionó de tal modo a las novelas radiales de Santiago de Cuba, que esperaba con ansiedad los capítulos continuados de todos los días. De vez en cuando oía las noticias para saber lo que pasaba en el mundo, y en las pocas ocasiones en que se quedaba sola en la casa escuchaba con el volumen muy bajo, remotos y nítidos, los merengues de Santo Domingo y las plenas de Puerto Rico. Una noche, en una estación desconocida que irrumpió de pronto con tanta fuerza y tanta claridad como si estuviera en la casa vecina, oyó una noticia desgarradora: una pareja de ancianos que repetía su luna de miel en el mismo lugar desde hacía cuarenta años, había sido asesinada a golpes de remo por el botero que los llevaba de paseo, para robarles el dinero que llevaban: catorce dólares. Su impresión fue mucho mayor cuando Lucrecia del Real le contó el relato completo publicado en un periódico local. La policía había descubierto que los ancianos muertos a garrotazos, ella de setenta y ocho años y él de ochenta y cuatro, eran dos amantes clandestinos que pasaban las vacaciones juntos desde hacía cuarenta años, pero ambos tenían sus matrimonios respectivos, estables y felices, y con familias numerosas. Fermina Daza, que nunca había llorado con los novelones radiales, tuvo que reprimir el nudo de lágrimas que se le atravesó en la garganta. En su carta siguiente, Florentino Ariza le mandó sin ningún comentario el recorte de periódico con la noticia.

No eran las últimas lágrimas que Fermina Daza iba a reprimir. Florentino Ariza no había cumplido los sesenta días de reclusión, cuando *La Justicia* reveló a todo lo ancho de la primera plana y con fotos de los protagonistas, los supuestos amores ocultos del doctor Juvenal Urbino y Lucrecia del Real del Obispo. Se especulaba sobre los pormenores de la relación, su frecuencia y su modo, y sobre la complacencia del esposo, entregado a desafueros de sodomía con los negros de su ingenio azucarero. El relato publicado con enormes letras de madera en tinta de sangre retumbó como el trueno de un cataclismo en la desvencijada aristocracia local. Sin embargo, no había ni una línea cierta: Juvenal Urbino y Lucrecia del Real eran amigos íntimos desde sus años de solteros y siguieron siéndolo después de casados, pero nunca fueron amantes. En todo caso, no parecía que la publicación estuviera dirigida a mancillar el nombre del doctor Juvenal Urbino, cuya memoria gozaba del respeto unánime, sino a perjudicar al marido de Lucrecia del Real, elegido presidente del Club Social la semana anterior. El escándalo fue sofocado en pocas horas. Pero Lucrecia del Real no volvió a visitar a Fermina Daza, y ésta lo interpretó como un reconocimiento de la culpa.

Muy pronto quedó claro, sin embargo, que tampoco Fermina Daza estaba a salvo de los riesgos de su clase. *La Justicia* se ensañó contra ella por su único flanco débil: los negocios del padre. Cuando éste tuvo que desterrarse a la fuerza, ella conoció un solo episodio de sus comercios turbios, tal como se lo contó Gala Placidia. Más tarde, cuando el doctor Urbino se lo confirmó después de la entrevista con el gobernador, quedó convencida de que su padre había sido víctima de una infamia. El hecho fue que dos agentes del gobierno se habían presentado con una orden de requisa en la casa del parque de Los Evangelios, la registraron de arriba abajo sin encontrar lo que buscaban, y al final ordenaron abrir el ropero con puertas de espejo de la antigua alcoba de Fermina Daza. Gala Placidia, sola en la casa y sin modos de prevenir a nadie, se negó a abrirlo con la excusa de que no tenía las llaves. Entonces uno de los agentes rompió el espejo de las puertas con la culata del revólver, y descubrió que entre el cristal y la madera había un espacio atiborrado de billetes falsos de cien dólares. Esta fue la culminación de una cadena de pistas que conducían hasta Lorenzo Daza como el eslabón último de una vasta operación internacional. Era un fraude maestro, pues los billetes tenían las marcas de agua del papel original: habían borrado billetes de un dólar por un procedimiento químico que parecía cosa de magia, y habían impreso en su lugar billetes de a cien. Lorenzo Daza alegó que el ropero había sido comprado mucho después del matrimonio de la hija, y que debió llegar a la casa con los billetes escondidos, pero la policía comprobó que estaba allí desde que Fermina Daza iba al colegio. Nadie sino él mismo hubiera podido esconder la falsa fortuna detrás de los espejos. Eso fue lo único que el doctor Urbino le contó a su esposa cuando se comprometió con el gobernador a mandar al suegro de regreso a su tierra para tapar el escándalo. Pero el diario contaba mucho más.

Contaba que durante una de las tantas guerras civiles del siglo anterior, Lorenzo Daza había sido intermediario entre el gobierno del presidente liberal Aquileo Parra y un tal Joseph K. Korzeniowski, polaco de origen, que estuvo demorado aquí varios meses en la tripulación del mercante *Saint Antoine*, de bandera francesa, tratando de definir un confuso negocio de armas. Korzeniowski, que más tarde se haría célebre en el mundo con el nombre de Joseph Conrad, hizo contacto no se sabía cómo con Lorenzo Daza, quien le compro el cargamento de armas por cuenta del gobierno, con sus credenciales y sus recibos en regla, y pagado en oro de ley. Según la versión del periódico, Lorenzo Daza dio por desaparecidas las armas en un asalto improbable, y las volvió a vender por el doble de su precio real a los conservadores en guerra contra el gobierno.

También contaba *La Justicia* que Lorenzo Daza compró a muy bajo precio un cargamento de botas sobrantes del ejército inglés, por los tiempos en que el general Rafael Reyes fundó la Marina de Guerra, y con esa sola operación dobló su fortuna en seis meses. Según el diario, cuando el cargamento llegó a este puerto, Lorenzo Daza se negó a recibirlo porque sólo venían las botas del pie derecho, pero fue el único concurrente cuando la aduana lo sacó a remate de acuerdo con las leyes vigentes, y lo compró por una suma simbólica de cien pesos. Por esos mismos días, un cómplice suyo compró en iguales condiciones el cargamento de botas izquierdas, que había llegado por la aduana de Riohacha. Una vez puestas en orden, Lorenzo Daza se valió de su parentesco político con los Urbino de la Calle, y le vendió las botas a la nueva Marina de Guerra con una ganancia del dos mil por ciento.

La información de *La Justicia* terminaba diciendo que Lorenzo Daza no abandonó a San Juan de la Ciénaga a fines del siglo anterior en busca de mejores aires para el porvenir de su hija, como a él le gustaba decir, sino por haber sido sorprendido en la próspera industria de mezclar tabaco de importación con papel picado, y de un modo tan hábil, que ni los fumadores refinados notaban el engaño. También se revelaban sus vínculos con una empresa clandestina internacional, cuya actividad más fructífera a fines del siglo anterior había sido la introducción ilegal de chinos desde Panamá. En cambio, el sospechoso negocio de mulas, que tanto había dañado su reputación, parecía ser el único honesto que había tenido jamás.

Cuando Florentino Ariza abandonó la cama, con la espalda en ascuas y por primera vez con un bastón de carreto en lugar del paraguas, su primera salida fue a la casa de Fermina Daza. La encontró desconocida, con los estragos de la edad a flor de piel, y con un resentimiento que le había quitado los deseos de vivir. El doctor Urbino Daza, en dos visitas que le hizo a Florentino Ariza durante su exilio, le había hablado de la consternación que le causaron a su madre las dos publicaciones de *La Justicia*. La primera le provocó una rabia tan insensata por la infidelidad del marido y la traición de la amiga, que renunció a la costumbre de visitar el mausoleo familiar un domingo de cada mes, porque la sacaba de quicio que él no pudiera oír dentro del cajón los improperios que quería gritarle: se peleó con el muerto. A Lucrecia del Real le mandó a decir con quien quisiera decírselo, que se conformara con el consuelo de haber tenido al menos un hombre entre la tanta gente que pasó por su cama. De la publicación sobre Lorenzo Daza no era posible saber qué la afectaba más, si la publicación misma, o el descubrimiento tardío de la verdadera identidad de su padre. Pero una de las dos, o ambas, la habían aniquilado. El cabello color de acero limpio, que tanto ennoblecía su rostro parecía entonces de hilachas amarillas de maíz, y los hermosos ojos de pantera no recobraban el brillo de antaño ni con el esplendor de la rabia. La decisión de no seguir viviendo se le notaba en cada gesto. Hacía mucho tiempo que había renunciado al hábito de fumar, encerrada en el baño o en cualquier otra forma, pero reincidió por primera vez en público y con una voracidad desenfrenada, al principio con cigarrillos que ella misma liaba, como le había gustado siempre, y luego con los más ordinarios que se encontraban en el comercio, porque ya no tuvo tiempo ni paciencia para enrollarlos. Un hombre que no fuera Florentino Ariza se hubiera preguntado qué podía depararles el porvenir a un anciano como él, cojo y con la espalda abrasada de peladuras de burro, y a una mujer que ya no ansiaba otra felicidad que la de la muerte. Pero él no. Él rescató una lucecita de esperanza entre los escombros del desastre, pues le pareció que la desgracia de Fermina Daza la magnificaba, la rabia la embellecía, el rencor contra el mundo le había devuelto el carácter cerril de los veinte años.

Ella tenía un nuevo motivo de gratitud con Florentino Ariza, porque a raíz de las publicaciones infames él había mandado a *La Justicia* una carta ejemplar sobre la responsabilidad ética de la prensa y el respeto de la honra ajena. No fue publicada, pero el autor mandó una copia al Diario del Comercio, el más antiguo y serio del litoral caribe, y éste la destacó en la página primera. Estaba firmada con el seudónimo de Júpiter, y era tan razonada, incisiva y bien escrita, que fue atribuida a algunos de los escritores más notables de la provincia. Fue una voz solitaria en medio del océano, pero se oyó muy hondo y muy lejos. Fermina Daza supo quién era el autor sin que nadie se lo dijera, porque reconoció algunas ideas y hasta una frase literal de las reflexiones morales de Florentino Ariza. De modo que lo recibió con un afecto reverdecido en el desorden de su abandono. Fue por esa época cuando América Vicuña se encontró sola una tarde de sábado en el dormitorio de la Calle de las Ventanas, y sin haberlas buscado, por pura casualidad, descubrió dentro de un armario sin llave las copias mecanográficas de las meditaciones de Florentino Ariza, y las cartas manuscritas de Fermina Daza.

El doctor Urbino Daza se alegró de la reanudación de las visitas que tanto alentaban a su madre. Al contrario de Ofelia, su hermana, que volvió en el primer frutero de Nueva Orleans tan pronto como supo que Fermina Daza mantenía una amistad extraña con un hombre cuya calificación moral no era de las mejores. Su alarma hizo crisis desde la primera semana, cuando se dio cuenta del grado de familiaridad y dominio con que Florentino Ariza entraba en la casa, y de los cuchicheos y fugaces pleitos de novios con que transcurrían las visitas hasta muy entrada la noche. Lo que para el doctor Urbino Daza era una saludable afinidad de dos ancianos solitarios, para ella era una forma viciosa de concubinato secreto. Así fue siempre Ofelia Urbino, más parecida a doña Blanca, su abuela paterna, que si hubiera sido su hija. Era distinguida como ella, altanera como ella, y vivía como ella a merced de los prejuicios. No era capaz de concebir la inocencia de una amistad entre un hombre y una mujer ni a los cinco años de edad, y mucho menos a los ochenta. En una disputa aguerrida que tuvo con su hermano, dijo que lo único que faltaba para que Florentino Ariza acabara de consolar a su madre era que se metiera con ella en su cama de viuda. El doctor Urbino Daza no tenía agallas para enfrentársele, no las había tenido nunca frente a ella, pero su esposa intercedió con una justificación serena del amor a cualquier edad. Ofelia perdió los estribos.

—El amor es ridículo a nuestra edad —le gritó—, pero a la edad de ellos es una cochinada.

Se empeñó con tales ímpetus en la determinación de ahuyentar de la casa a Florentino Ariza, que llegó a oídos de Fermina Daza. Ella la llamó al dormitorio, como siempre que quería hablar sin ser oída por las criadas, y le pidió repetir sus recriminaciones. Ofelia no se las endulzó: estaba segura de que Florentino Ariza, cuya fama de pervertido no la ignoraba nadie, perseguía una relación equívoca, más perjudicial para el buen nombre de la familia que las fechorías de Lorenzo Daza y las aventuras ingenuas de Juvenal Urbino. Fermina Daza la escuchó sin decir palabra, sin parpadear siquiera, pero cuando terminó de escuchar era otra: había vuelto a la vida.

—Lo único que me duele es no tener fuerzas para darte la cueriza que te mereces, por atrevida y mal pensada —le dijo—. Pero ahora mismo te vas de esta casa, y te juro por los restos de mi madre que no la volverás a pisar mientras yo esté viva.

No hubo poder capaz de disuadirla. Mientras tanto, Ofelia se fue a vivir a la casa del hermano, y desde allá mandó toda clase de súplicas con emisarios de altura. Pero fue inútil. Ni la mediación del hijo ni la intervención de sus amigas consiguieron quebrantarla. A la nuera, con quien mantuvo siempre una cierta complicidad populachera, le soltó por fin una confidencia con la verba florida de sus mejores años: «Hace un siglo me cagaron la vida con ese pobre hombre porque éramos demasiado jóvenes, y ahora nos lo quieren repetir porque somos demasiado viejos». Encendió un cigarrillo con la colilla del otro, y acabó de sacarse el veneno que le carcomía las entrañas.

—Que se vayan a la mierda —dijo—. Si alguna ventaja tenemos las viudas, es que ya no nos queda nadie que nos mande.

No hubo nada que hacer. Cuando por fin se convenció de que estaban agotadas todas las instancias, Ofelia volvió a Nueva Orleans. Lo único que logró de su madre fue que se despidiera de ella, y Fermina Daza aceptó después de muchas súplicas, pero sin permitirle que entrara en la casa: lo había jurado por los huesos de su madre, que para ella, por aquellos días de tinieblas, eran los únicos que quedaban limpios.

En alguna de las primeras visitas, hablando de sus buques, Florentino Ariza le había hecho a Fermina Daza una invitación formal para que fuera en viaje de descanso por el río. Con un día más de tren podía ir hasta la capital de la república, que ellos, como la mayoría de los caribes de su generación, seguían llamando con el nombre que tuvo hasta el siglo anterior: Santa Fe. Pero ella conservaba los resabios del esposo y no quería conocer una ciudad helada y sombría donde las mujeres no salían de sus casas sino para la misa de cinco, y no podían entrar en las heladerías ni en las oficinas públicas, según le habían dicho, y donde había a toda hora embotellamientos de entierros en las calles y una llovizna menuda desde los años de la mula herrada: peor que en París. En cambio, sentía una atracción muy fuerte por el río, quería ver los caimanes asoleándose en los playones, quería ser despertada en medio de la noche por el llanto de mujer de los manatíes, pero la idea de un viaje tan difícil, a su edad, y además viuda y sola, le parecía irreal.

Florentino Ariza volvió a reiterarle la invitación más adelante, cuando se decidió a seguir viva sin el esposo, y entonces le pareció más probable. Pero después del pleito con la hija, amargada por las injurias a su padre, por el rencor contra el esposo muerto, por la rabia de las zalamerías hipócritas de Lucrecia del Real, a quien tuvo por tantos años como su mejor amiga, ella misma se sentía de sobra en su propia casa. Una tarde, mientras tomaba su infusión de hojas universales, miró hacia el pantano del patio donde no volvería a retoñar el árbol de su desventura.

—Lo que quisiera es largarme de esta casa, caminando derecho, derecho, derecho, y no volver más nunca —dijo.

—Vete en un buque —dijo Florentino Ariza.

Fermina Daza lo miró pensativa.

—Pues fíjate que podría ser —dijo.

No se le había ocurrido un momento antes de decirlo, pero le bastó con admitir la posibilidad para darlo por hecho. El hijo y la nuera entendieron encantados. Florentino Ariza se apresuró a precisar que Fermina Daza sería un huésped de honor en sus buques, se tendría para ella un camarote dispuesto como su propia casa, un servicio perfecto, y el capitán en persona estaría consagrado a su seguridad y su bienestar. Llevó mapas de la ruta para estusiasmarla, tarjetas postales de atardeceres furibundos, poemas al paraíso primitivo de la Magdalena escritos por viajeros ilustres, o que habían llegado a serlo por la excelencia del poema. Ella les daba una ojeada cuando estaba de humor.

—No tienes que engañarme como a una criatura —le decía—. Si me voy es porque lo he decidido, no por el interés del paisaje.

Cuando el hijo sugirió que la acompañara su esposa, lo cortó por lo sano: «Ya estoy muy grande para que me cuide nadie». Ella misma arregló los pormenores del viaje. Sintió un inmenso descanso con la idea de vivir ocho días de subida y cinco de bajada sin nada más que lo indispensable: media docena de vestidos de algodón, sus cosas de tocador y aseo, un par de zapatos para embarcar y desembarcar y las babuchas caseras para el viaje, y nada más: el sueño de su vida.

En enero de 1824, el comodoro Juan Bernardo Elbers, fundador de la navegación fluvial, había abanderado el primer buque de vapor que surcó el río de la Magdalena, un trasto primitivo de cuarenta caballos de fuerza que se llamaba *Fidelidad*. Más de un siglo después, un 7 de julio a las seis de la tarde, el doctor Urbino Daza y su esposa acompañaron a Fermina Daza a tomar el buque que había de llevarla en su primer viaje por el río. Era el primero construido en los astilleros locales, que Florentino Ariza había bautizado en memoria de su antecesor glorioso: *Nueva Fidelidad*. Fermina Daza no pudo creer nunca que aquel nombre tan significativo para ellos fuera de veras una casualidad histórica, y no una gracia más del romanticismo crónico de Florentino Ariza.

En todo caso, a diferencia de los otros buques fluviales, antiguos y modernos, el *Nueva Fidelidad* tenía junto al camarote del capitán un camarote suplementario, amplio y confortable: una sala de visitas con muebles de bambú de colores festivos, un dormitorio matrimonial decorado por completo con motivos chinos, un baño con bañera y ducha, un mirador cubierto, muy amplio, con helechos colgados y una visión completa hacia el frente y los dos lados del buque, y un sistema de refrigeración silencioso que mantenía todo el ámbito a salvo del estruendo exterior y en un clima de primavera perpetua. Esta habitación de lujo, conocida como el Camarote Presidencial porque allí habían viajado hasta entonces tres presidentes de la república, no tenía un propósito comercial, sino que se reservaba para autoridades de categoría y para invitados muy especiales. Florentino Ariza la había hecho construir con esa finalidad de imagen pública tan pronto como fue nombrado presidente de la C.F.C., pero con la seguridad íntima de que tarde o temprano iba a ser el refugio feliz de su viaje de bodas con Fermina Daza.

Llegado el día, en efecto, ella tomó posesión del Camarote Presidencial en su condición de dueña y señora. El capitán del buque hizo los honores de a bordo al doctor Urbino Daza y su esposa, y a Florentino Ariza, con champaña y salmón ahumado. Se llamaba Diego Samaritano, tenía un uniforme de lino blanco, de una corrección absoluta, desde la punta de los botines hasta la gorra con el escudo de la C.F.C. bordado en hilos dorados, y tenía en común con los otros capitanes del río una corpulencia de ceiba, una voz perentoria y unas maneras de cardenal florentino.

A las siete de la noche dieron la primera señal de partida, y Fermina Daza la sintió resonar con un dolor agudo dentro del oído izquierdo. La noche anterior había tenido sueños surcados de malos presagios que no se atrevió a descifrar. Muy temprano en la mañana se hizo llevar al cercano panteón del seminario, que entonces se llamaba el Cementerio de La Manga, y se reconcilió con el marido muerto, de pie frente a su cripta, en un monólogo en el que soltó los justos reproches que tenía atragantados. Luego le contó los pormenores del viaje, y se despidió hasta muy pronto. No quiso decirle a nadie más que se iba, como había hecho casi siempre que viajaba a Europa, para evitar las despedidas agotadoras. A pesar de sus tantos viajes se sentía como si éste fuera el primero, y a medida que rodaba el día le aumentaba la zozobra. Una vez a bordo, se sintió abandonada y triste, y quería quedarse sola para llorar.

Cuando sonó la advertencia final, el doctor Urbino Daza y su esposa se despidieron de ella sin dramatismos, y Florentino Ariza los acompañó a la pasarela de desembarco. El doctor Urbino Daza trató de cederle el paso a continuación de su esposa, y sólo entonces cayó en la cuenta de que también Florentino Ariza se iba de viaje. El doctor Urbino Daza no pudo disimular el desconcierto.

—Pero de esto no habíamos hablado —dijo.

Florentino Ariza le mostró la llave de su camarote con una intención demasiado evidente: un camarote ordinario en la cubierta común. Pero al doctor Urbino Daza no le pareció una prueba bastante de inocencia. Dirigió a la esposa una mirada de náufrago, en busca de un punto de apoyo para su desconcierto, pero se encontró con unos ojos helados. Ella le dijo muy bajo, con voz severa: «¿Tú también?». Sí: él también, como su hermana Ofelia, pensaba que el amor tenía una edad en que empezaba a ser indecente. Pero supo reaccionar a tiempo, y se despidió de Florentino Ariza con un apretón de mano más resignado que agradecido.

Florentino Ariza los vio desembarcar desde la baranda del salón. Tal como lo esperaba y deseaba, el doctor Urbino Daza y su esposa se volvieron a mirarlo antes de entrar en el automóvil, y él los despidió con la mano. Ambos le correspondieron. Siguió en la baranda hasta que el automóvil desapareció en la polvareda del patio de carga, y luego fue a su camarote, a ponerse una ropa más adecuada para la primera cena a bordo, en el comedor privado del capitán.

Fue una noche espléndida, que el capitán Diego Samaritano condimentó con relatos suculentos de sus cuarenta años en el río, pero Fermina Daza tuvo que hacer un grande esfuerzo para parecer divertida. A pesar de que la última advertencia la dieron a las ocho y de que a esa hora hicieron bajar a los visitantes y levantaron la pasarela, el buque no zarpó mientras el capitán no terminó de comer y subió al puesto de mando a dirigir la maniobra. Fermina Daza y Florentino Ariza permanecieron asomados en el barandal de la sala común, confundidos con los pasajeros bulliciosos que jugaban a identificar las luces de la ciudad, hasta que el buque salió de la bahía, se metió por caños invisibles y ciénagas salpicadas por las luces ondulantes de los pescadores, y resolló por fin a pleno pulmón en el aire libre del río Grande de la Magdalena. Entonces la banda irrumpió con una pieza popular de moda, hubo una estampida de gozo de los pasajeros, y el baile se abrió en tropel.

Fermina Daza prefirió refugiarse en el camarote. No había dicho una palabra en toda la noche, y Florentino Ariza la había dejado perderse en sus cavilaciones. Sólo la interrumpió para despedirse frente al camarote, pero ella no tenía sueño, sólo un poco de frío, y sugirió que se sentaran un rato a ver el río desde el mirador privado. Florentino Ariza rodó dos poltronas de mimbre hasta la baranda, apagó las luces, le puso a ella sobre los hombros una manta de lana, y se sentó a su lado. Ella enrolló un cigarrillo de la cajita que él le llevaba de regalo, lo enrolló con una habilidad sorprendente, lo fumó despacio con el fuego dentro de la boca, sin hablar, y luego enrolló otros dos sucesivos y los fumó sin pausas. Florentino Ariza se tomó sorbo a sorbo dos termos de café cerrero.

El resplandor de la ciudad había desaparecido en el horizonte. Vistos desde el mirador oscuro, el río liso y callado, y los pastizales de ambas orillas bajo la luna llena, se convirtieron en una llanura fosforescente. De vez en cuando se veía una choza de paja junto a las grandes hogueras con que anunciaban que allí se vendía leña para las calderas de los buques. Florentino Ariza conservaba recuerdos borrosos de su viaje de juventud, y la visión del río los hacía revivir por ráfagas deslumbrantes como si fueran de ayer. Le contó algunos a Fermina Daza, creyendo que podía animarla, pero ella fumaba en otro mundo. Florentino Ariza renunció a sus recuerdos y la dejó a ella sola con los suyos, y mientras tanto enrollaba cigarrillos y se los iba dando encendidos, hasta que se acabó la caja. La música cesó después de la media noche, el bullicio de los pasajeros se dispersó y se deshizo en susurros dormidos, y los dos corazones se quedaron solos en el mirador en sombras, viviendo al compás de los resuellos del buque.

Al cabo de un largo rato, Florentino Ariza miró a Fermina Daza con el fulgor del río, la vio espectral, con el perfil de estatua dulcificado por un tenue resplandor azul, y se dio cuenta de que estaba llorando en silencio. Pero en vez de consolarla, o esperar que agotara sus lágrimas, como ella quería, se dejó invadir por el pánico.

—¿Quieres quedarte sola? —preguntó.

—Si lo quisiera no te hubiera dicho que entraras —dijo ella.

Entonces él extendió los dedos helados en la oscuridad, buscó a tientas la otra mano en la oscuridad, y la encontró esperándolo. Ambos fueron bastante lúcidos para darse cuenta, en un mismo instante fugaz, de que ninguna de las dos era la mano que habían imaginado antes de tocarse, sino dos manos de huesos viejos. Pero en el instante siguiente ya lo eran. Ella empezó a hablar del esposo muerto, en tiempo presente, como si estuviera vivo, y Florentino Ariza supo en ese momento que también a ella le había llegado la hora de preguntarse con dignidad, con grandeza, con unos deseos incontenibles de vivir, qué hacer con el amor que se le había quedado sin dueño.

Fermina Daza dejó de fumar por no soltar la mano que él mantenía en la suya. Estaba perdida en la ansiedad de entender. No podía concebir un marido mejor que el que había sido suyo, y sin embargo encontraba más tropiezos que complacencias en la evocación de su vida, demasiadas incomprensiones recíprocas, pleitos inútiles, rencores mal resueltos. Suspiró de pronto: «Es increíble cómo se puede ser tan feliz durante tantos años, en medio de tantas peloteras, de tantas vainas, carajo, sin saber en realidad si eso es amor o no». Cuando terminó de desahogarse, alguien había apagado la luna. El buque avanzaba con sus pasos contados, poniendo un pie antes de poner el otro: un inmenso animal en acecho. Fermina Daza había regresado de la ansiedad.

—Vete ahora —dijo.

Florentino Ariza le apretó la mano, se inclinó hacia ella, y trató de besarla en la mejilla. Pero ella lo esquivó con su voz ronca y suave.

—Ya no —le dijo—: huelo a vieja.

Lo oyó salir en la oscuridad, oyó sus pasos en las

escaleras, lo oyó dejar de ser hasta el día siguiente. Fermina Daza encendió otro cigarrillo, y mientras lo fumaba vio al doctor Juvenal Urbino con su atuendo de lino intachable, su rigor profesional, su simpatía deslumbrante, su amor oficial, que le hizo una seña de adiós con su sombrero blanco desde otro buque del pasado. «Los hombres somos unos pobres siervos de los prejuicios —le había dicho él alguna vez—. En cambio, cuando una mujer decide acostarse con un hombre, no hay talanquera que no salte, ni fortaleza que no derribe, ni consideración moral alguna que no esté dispuesta a pasarse por el fundamento: no hay Dios que valga.» Fermina Daza siguió inmóvil hasta la madrugada, pensando en Florentino Ariza, no como el centinela desolado del parquecito de Los Evangelios cuyo recuerdo no le suscitaba ya ni una lucecita de nostalgia, sino como era entonces, decrépito y rengo, pero real: el hombre que estuvo siempre al alcance de su mano, y no supo reconocerlo. Mientras el buque la arrastraba resollando hacia el fulgor de las primeras rosas, lo único que ella le rogaba a Dios era que Florentino Ariza supiera por dónde empezar otra vez al día siguiente.

Lo supo. Fermina Daza dio instrucciones al camarero de que la dejara dormir a su gusto, y cuando despertó había en la mesa de noche un florero con una rosa blanca, fresca, todavía sudada de rocío, y con ella una carta de Florentino Ariza con tantos pliegos como alcanzó a escribir desde que se despidió de ella. Era una carta tranquila, que no trataba más que expresar el estado de ánimo que lo embargaba desde la noche anterior: tan lírica como las otras, tan retórica como todas, pero estaba sustentada por la realidad. Fermina Daza la leyó con una cierta vergüenza consigo misma por los galopes descarados de su corazón. Terminaba con el pedido de que avisara al camarero cuando estuviera lista, pues el capitán los esperaba en el puesto de mando para mostrarles el funcionamiento del buque.

Estuvo lista a las once, bañada y olorosa a jabón de flores, con un traje de viuda muy sencillo de etamina gris, y recuperada por completo de la tormenta de la noche. Ordenó un desayuno sobrio al camarero de blanco impecable, que estaba al servicio personal del capitán, pero no mandó el recado de que vinieran a buscarla. Subió sola, deslumbrada por el cielo sin nubes, y encontró a Florentino Ariza conversando con el capitán en el puesto de mando. Le pareció distinto, no sólo porque ella lo veía entonces con otros ojos, sino porque en realidad había cambiado. En lugar de los atuendos fúnebres de toda la vida llevaba unos zapatos blancos muy cómodos, pantalón y camisa de hilo con cuello abierto y manga corta y su monograma bordado en el bolsillo del pecho. Llevaba además una gorra escocesa, también blanca, y un dispositivo de lentes oscuros superpuesto a sus eternos espejuelos de miope. Era evidente que todo era de primer uso y acabado de comprar a propósito para el viaje, salvo el cinturón de cuero marrón, muy usado, que Fermina Daza notó al primer golpe de vista como una mosca en la sopa. Al verlo así, vestido para ella de un modo tan ostensible, no pudo impedir el rubor de fuego que le subió a la cara. Se ofuscó al saludarlo, y él se ofuscó más con la ofuscación de ella. La conciencia de que se comportaban como novios los ofuscó más aún, y la conciencia de que ambos estaban ofuscados acabó de ofuscarlos hasta el punto de que el capitán Samaritano lo advirtió con un trémolo de compasión. Los sacó del apuro explicándoles el manejo de los mandos y el mecanismo general del buque durante dos horas. Navegaban muy despacio por un río sin orillas que se dispersaba entre playones áridos hasta el horizonte. Pero al contrario de las aguas turbias de la desembocadura, aquellas eran lentas y diáfanas, y tenían un resplandor de metal bajo el sol despiadado. Fermina Daza tuvo la impresión de que era un delta poblado de islas de arena.

—Es lo poco que nos va quedando del río —le dijo el capitán.

Florentino Ariza, en efecto, estaba sorprendido de los cambios, y lo estaría más al día siguiente, cuando la navegación se hizo más difícil, y se dio cuenta de que el río padre de la Magdalena, uno de los grandes del mundo, era sólo una ilusión de la memoria. El capitán Samaritano les explicó cómo la desforestación irracional había acabado con el río en cincuenta años: las calderas de los buques habían devorado la selva enmarañada de árboles colosales que Florentino Ariza sintió como una opresión en su primer viaje. Fermina Daza no vería los animales de sus sueños: los cazadores de pieles de las tenerías de Nueva Orleans habían exterminado los caimanes que se hacían los muertos con las fauces abiertas durante horas y horas en los barrancos de la orilla para sorprender a las mariposas, los loros con sus algarabías y los micos con sus gritos de locos se habían ido muriendo a medida que se les acababan las frondas, los manatíes de grandes tetas de madres que amamantaban a sus crías y lloraban con voces de mujer desolada en los playones eran una especie extinguida por las balas blindadas de los cazadores de placer.

El capitán Samaritano les tenía un afecto casi maternal a los manatíes, porque le parecían señoras condenadas por algún extravío de amor, y tenía por cierta la leyenda de que eran las únicas hembras sin machos en el reino animal. Siempre se opuso a que les dispararan desde la borda, como era la costumbre, a pesar de que había leyes que lo prohibían. Un cazador de Carolina del Norte, con su documentación en regla había desobedecido sus órdenes y le había destrozado la cabeza a una madre de manatí con un disparo certero de su Springfield, y la cría había quedado enloquecida de dolor llorando a gritos sobre el cuerpo tendido. El capitán había hecho subir al huérfano para hacerse cargo de él, y dejó al cazador abandonado en el playón desierto junto al cadáver de la madre asesinada. Estuvo seis meses en la cárcel, por protestas diplomáticas, y a punto de perder su licencia de navegante, pero salió dispuesto a repetir lo hecho cuantas veces hubiera ocasión. Sin embargo, aquel había sido un episodio histórico: el manatí huérfano, que creció y vivió muchos años en el parque de animales raros de San Nicolás de las Barrancas, fue el último que se vio en el río.

—Cada vez que paso por ese playón —dijo— le ruego a Dios que aquel gringo se vuelva a embarcar en mi buque, para volver a dejarlo.

Fermina Daza, que no le tenía simpatía, se conmovió de tal modo con aquel gigante tierno, que desde esa mañana lo puso en un lugar privilegiado de su corazón. Hizo bien: el viaje apenas comenzaba, y ya tendría ocasiones de sobra para darse cuenta de que no se había equivocado.

Fermina Daza y Florentino Ariza permanecieron en los puestos de mando hasta la hora del almuerzo, poco después de que pasaron frente a la población de Calamar, que apenas unos años antes tenía una fiesta perpetua, y ahora era un puerto en ruinas de calles desoladas. El único ser que se vio desde el buque, fue una mujer vestida de blanco que hacía señas con un pañuelo. Fermina Daza no entendió por qué no la recogían, si parecía tan afligida, pero el capitán le explicó que era la aparición de una ahogada que hacía señas de engaño para desviar los buques hacia los peligrosos remolinos de la otra orilla. Pasaron tan cerca de ella que Fermina Daza la vio con todos sus detalles, nítida bajo el sol, y no dudó de que en realidad no existiera, pero su cara le pareció conocida.

Fue un día largo y caluroso. Fermina Daza volvió al camarote después del almuerzo, para su siesta inevitable, pero no durmió bien por el dolor del oído, que se le hizo más intenso cuando el buque intercambió los saludos de rigor con otro de la C.F.C. con el que se cruzó unas leguas arriba de Barranca Vieja. Florentino Ariza descabezó un sueño instantáneo sentado en el salón principal, donde la mayoría de los pasajeros sin camarote dormían como a media noche, y soñó con Rosalba, muy cerca del lugar en que la había visto embarcarse. Viajaba sola, con su atuendo de momposina del siglo anterior, y era ella y no el niño la que dormía la siesta dentro de la jaula de mimbre colgada en el alero. Fue un sueño a la vez tan enigmático y divertido, que siguió con su regusto toda la tarde, mientras jugaba dominó con el capitán y dos pasajeros amigos.

El calor cesaba a la caída del sol, y el buque revivía. Los pasajeros emergían como de un letargo, recién bañados y con ropas limpias, y ocupaban las poltronas de mimbre del salón a la espera de la cena, que era anunciada a las cinco en punto por un mesero que recorría la cubierta de un extremo al otro haciendo sonar entre aplausos de burlas una campana de sacristán. Mientras comían, empezaba la banda con música de fandango, y el baile seguía de largo hasta la media noche.

Fermina Daza no quiso cenar por la molestia del oído, y presenció el primer embarque de leña para las calderas, en una barranca pelada donde no había nada más que los troncos amontonados, y un hombre muy viejo que atendía el negocio. No parecía haber nadie más a muchas leguas. Para Fermina Daza fue una escala lenta y aburrida, impensable en los transatlánticos de Europa, y había tanto calor que se hacía sentir aun dentro del mirador refrigerado. Pero cuando el buque zarpó de nuevo soplaba un viento fresco oloroso a entrañas de la selva, y la música se hizo más alegre. En la población de Sitio Nuevo había una sola luz en una sola ventana de una sola casa, y en la oficina del puerto no hicieron la señal convenida de que había carga o pasajeros para el buque, de modo que éste pasó sin saludar.

Fermina Daza había estado toda la tarde preguntándose de qué recursos iba a valerse Florentino Ariza para verla sin tocar en el camarote, y hacia las ocho no pudo soportar más las ansias de estar con él. Salió al corredor con la esperanza de encontrarlo de un modo que pareciera casual, y no tuvo que andar mucho: Florentino Ariza estaba sentado en un escaño del corredor, callado y triste como en el parquecito de Los Evangelios, y preguntándose desde hacía más de dos horas cómo iba a hacer para verla. Ambos hicieron el mismo gesto de sorpresa que ambos sabían fingido, y recorrieron juntos la cubierta de primera clase atiborrada de gente joven, la mayoría estudiantes bulliciosos que se agotaban con una cierta ansiedad en la última parranda de las vacaciones. En la cantina, Florentino Ariza y Fermina Daza se tomaron un refresco de botella sentados como estudiantes frente al mostrador, y ella se vio de pronto en una situación temida. Dijo: «¡Qué horror!». Florentino Ariza le preguntó en qué estaba pensando que le causaba semejante impresión.

—En los pobres viejitos —dijo ella—. Los que mataron a remazos en el bote.

Ambos se fueron a dormir cuando se acabó la música, después de una larga conversación sin tropiezos en el mirador oscuro. No hubo luna, el cielo estaba encapotado, y en el horizonte estallaban relámpagos sin truenos que los iluminaban por un instante. Florentino Ariza enrolló los cigarrillos para ella, pero no se fumó más de cuatro, atormentada por el dolor que se aliviaba por momentos y se recrudecía cuando el barco bramaba al cruzarse con otro, o al pasar frente a un pueblo dormido, o cuando navegaba despacio para sondear el fondo del río. Él le contó con cuánta ansiedad la había visto siempre en los Juegos Florales, en el vuelo en globo, en el velocípedo de acróbata, y con cuánta ansiedad esperaba las fiestas públicas durante todo el año, sólo para verla. También ella lo había visto muchas veces, y nunca se hubiera imaginado que estuviera allí sólo para verla. Sin embargo, hacía apenas un año, cuando leyó sus cartas, se preguntó de pronto cómo era posible que él no hubiera competido nunca en los Juegos Florales: sin duda habría ganado. Florentino Ariza le mintió: sólo escribía para ella, versos para ella, y sólo él los leía. Entonces fue ella la que buscó su mano en la oscuridad, y no la encontró esperándola como ella había esperado la suya la noche anterior, sino que lo tomó de sorpresa. A Florentino Ariza se le heló el corazón.

—Qué raras son las mujeres —dijo.

Ella soltó una risa profunda, de paloma joven, y volvió a pensar en los ancianos del bote. Estaba escrito: aquella imagen había de perseguirla siempre. Pero esa noche podía soportarla, porque se sentía tranquila y bien, como pocas veces en la vida: limpia de toda culpa. Se hubiera quedado así hasta el amanecer, callada, con la mano de él sudando hielo en su mano, pero no pudo soportar el tormento del oído. De modo que cuando se apagó la música, y luego cesó el trajín de los pasajeros del común colgando las hamacas en el salón, ella comprendió que su dolor era más fuerte que su deseo de estar con él. Sabía que el solo decírselo a él iba a aliviarla, pero no lo hizo para no preocuparlo. Pues entonces tenía la impresión de conocerlo como si hubiera vivido con él toda la vida, y lo creía capaz de dar la orden de que el buque regresara al puerto si eso pudiera quitarle el dolor.

Florentino Ariza había previsto que esa noche ocurrirían las cosas así, y se retiró. Ya en la puerta del camarote trató de despedirse con un beso, pero ella le puso la mejilla izquierda. Él insistió, ya con la respiración entrecortada, y ella le ofreció la otra mejilla con una coquetería que él no le había conocido de colegiala. Entonces insistió por segunda vez, y ella lo recibió en los labios, lo recibió con un temblor profundo que trató de sofocar con una risa olvidada desde su noche de bodas.

—¡Dios mío —dijo—, qué loca soy en los buques!

Florentino Ariza se estremeció: en efecto, como ella misma lo había dicho, tenía el olor agrio de la edad. Sin embargo, mientras caminaba hacia su camarote, abriéndose paso por entre el laberinto de hamacas dormidas se consolaba con la idea de que él debía tener el mismo olor, sólo que cuatro años más viejo, y que ella debió haberlo sentido con la misma emoción. Era el olor de los fermentos humanos, que él había percibido en sus amantes más antiguas, y que ellas habían sentido en él. La viuda de Nazaret, que no se guardaba nada, se lo dijo de un modo más crudo: «Ya olemos a gallinazo». Ambos se lo soportaban el uno al otro, porque estaban a mano: mi olor contra el tuyo. En cambio, muchas veces se había cuidado de América Vicuña, cuyo olor de pañales le despertaba a él los instintos maternos, y sin embargo lo inquietaba la idea de que ella no pudiera soportar el suyo: su olor de viejo verde. Pero todo eso pertenecía al pasado. Lo importante era que por primera vez desde aquella tarde en que la tía Escolástica dejó el misal en el mostrador de la telegrafía, Florentino Ariza no había vuelto a sentir una felicidad como la de esa noche: tan intensa que le causaba miedo.

Empezaba a dormirse, cuando el contador del buque lo despertó a las cinco en el puerto de Zambrano para entregarle un telegrama urgente. Estaba firmado por Leona Cassiani, con fecha del día anterior, y todo su horror cabía en una línea: *América Vicuña muerta ayer motivos inexplicables.* A las once de la mañana conoció los pormenores a través de una conferencia telegráfica con Leona Cassiani, en la que él mismo operó el equipo transmisor como no había vuelto a hacerlo desde sus años de telegrafista. América Vicuña, presa de una depresión mortal por haber sido reprobada en los exámenes finales, se había bebido un frasco de láudano que se robó en la enfermería del colegio. Florentino Ariza sabía en el fondo de su alma que aquella noticia estaba incompleta. Pero no: América Vicuña no había dejado ninguna nota explicativa que permitiera culpar a nadie de su determinación. La familia estaba llegando en ese momento desde Puerto Padre, avisada por Leona Cassiani, y el entierro sería esa tarde a las cinco. Florentino Ariza respiró. Lo único que podía hacer para seguir vivo era no permitirse el suplicio de aquel recuerdo. Lo borró de la memoria, aunque de vez en cuando en el resto de sus años iba a sentirlo revivir de pronto, sin que viniera a cuento, como la punzada instantánea de una cicatriz antigua.

Los días siguientes fueron calurosos e interminables. El río se volvió turbio y se fue haciendo cada vez más estrecho, y en vez de la maraña de árboles colosales que había asombrado a Florentino Ariza en su primer viaje, había llanuras calcinadas, desechos de selvas enteras devoradas por las calderas de los buques, escombros de pueblos abandonados de Dios, cuyas calles continuaban inundadas aun en las épocas más crueles de la sequía. Por la noche no los despertaban los cantos de sirenas de los manatíes en los playones, sino la tufarada nauseabunda de los muertos que pasaban flotando hacia el mar. Pues ya no había guerras ni pestes pero los cuerpos hinchados seguían pasando. El capitán fue sobrio por una vez: «Tenemos órdenes de decir a los pasajeros que son ahogados accidentales». En lugar de la algarabía de los loros y el escándalo de los micos invisibles que en otro tiempo aumentaban el bochorno del medio día, sólo quedaba el vasto silencio de la tierra arrasada.

Había tan pocos lugares donde leñatear, y estaban tan separados entre sí, que el *Nueva Fidelidad* se quedó sin combustible al cuarto día de viaje. Permaneció amarrado casi una semana, mientras sus cuadrillas se internaban por pantanos de cenizas en busca de los últimos árboles desperdigados. No había otros: los leñadores habían abandonado sus veredas huyendo de la ferocidad de los señores de la tierra, huyendo del cólera invisible, huyendo de las guerras larvadas que los gobiernos se empeñaban en ocultar con decretos de distracción. Mientras tanto, los pasajeros, aburridos, hacían torneos de natación, organizaban expediciones de caza, regresaban con iguanas vivas que abrían en canal y volvían a coser con agujas de enfardelar después de sacarles los racimos de huevos, traslúcidos y blandos, que ponían a secar en sartales en las barandas del buque. Las prostitutas pobres de los pueblos vecinos siguieron la traza de las expediciones, improvisaron tiendas de campaña en la barranca de la orilla, llevaron música y cantina, y plantaron la parranda frente al buque varado.

Desde mucho antes de ser presidente de C.F.C., Florentino Ariza recibía informes alarmantes del estado del río, pero apenas si los leía. Tranquilizaba a sus socios: «No se preocupen, cuando la leña se acabe ya habrá buques de petróleo». Nunca se tomó el trabajo de pensarlo, obnubilado por la pasión de Fermina Daza, y cuando se dio cuenta de la verdad ya no había nada que hacer, como no fuera llevar otro río nuevo. Por la noche, aun en las épocas de mejores aguas, había que amarrar para dormir, y entonces se volvía insoportable hasta el hecho simple de estar vivo. La mayoría de los pasajeros, sobre todo los europeos, abandonaban el pudridero de los camarotes y se pasaban la noche caminando por las cubiertas, espantando toda clase de alimañas con la misma toalla con que se secaban el sudor incesante, y amanecían exhaustos e hinchados por las picaduras. Un viajero inglés de principios del siglo XIX, refiriéndose al viaje combinado en canoa y en mula, que podía durar hasta cincuenta jornadas, había escrito: «Este es uno de los peregrinajes más malos e incómodos que un ser humano pueda realizar». Esto había dejado de ser cierto los primeros ochenta años de la navegación a vapor, y luego había vuelto a serlo para siempre, cuando los caimanes se comieron la última mariposa, y se acabaron los manatíes maternales, se acabaron los loros, los micos, los pueblos: se acabó todo.

—No hay problema —reía el capitán—, dentro de unos años vendremos por el cauce seco en automóviles de lujo.

Fermina Daza y Florentino Ariza estuvieron protegidos los tres primeros días por la suave primavera del mirador cerrado, pero cuando racionaron la leña y empezó a fallar el sistema de refrigeración, el Camarote Presidencial se convirtió en una cafetera de vapor. Ella sobrevivía a las noches con el viento fluvial que entraba por las ventanas abiertas, y espantaba los mosquitos con una toalla, pues la bomba de insecticida era inútil estando el buque varado. El dolor del oído se había vuelto insoportable, y una mañana al despertar cesó de pronto y por completo, como el canto de una chicharra reventada. Pero hasta la noche no cayó en la cuenta de que había perdido la audición del oído izquierdo, cuando Florentino Ariza le habló de ese lado, y ella tuvo que volver la cabeza para oír lo que decía. No se lo contó a nadie, resignada de que fuera uno más de los tantos defectos irremediables de la edad.

Con todo, la demora del buque había sido para ellos un percance providencial. Florentino Ariza lo había leído alguna vez: «El amor se hace más grande y noble en la calamidad». La humedad del Camarote Presidencial los sumergió en un letargo irreal en el cual era más fácil amarse sin preguntas. Vivían horas inimaginables cogidos de la mano en las poltronas de la baranda, se besaban despacio, gozaban la embriaguez de las caricias sin el estorbo de la exasperación. La tercera noche de sopor ella lo esperó con una botella de anisado, del que bebía a escondidas con la pandilla de la prima Hildebranda, y más tarde, ya casada y con hijos, encerrada con las amigas de su mundo prestado. Necesitaba un poco de aturdimiento para no pensar en su suerte con demasiada lucidez, pero Florentino Ariza creyó que era para darse valor en el paso final. Animado por esa ilusión se atrevió a explorar con la yema de los dedos su cuello marchito, el pecho acorazado de varillas metálicas, las caderas de huesos carcomidos, los muslos de venada vieja. Ella lo aceptó complacida con los ojos cerrados, pero sin estremecimientos, fumando y bebiendo a sorbos espaciados. Al final, cuando las caricias se deslizaron por su vientre, tenía ya bastante anís en el corazón.

—Si hemos de hacer pendejadas, hagámoslas —dijo—, pero que sea como la gente grande.

Lo llevó al dormitorio y empezó a desvestirse sin falsos pudores con las luces encendidas. Florentino Ariza se tendió bocarriba en la cama, tratando de recobrar el dominio, otra vez sin saber qué hacer con la piel del tigre que había matado. Ella le dijo: «No mires». Él preguntó por qué sin apartar la vista del cielo raso.

—Porque no te va a gustar —dijo ella.

Entonces él la miró, y la vio desnuda hasta la cintura, tal como la había imaginado. Tenía los hombros arrugados, los senos caídos y el costillar forrado de un pellejo pálido y frío como el de una rana. Ella se tapó el pecho con la blusa que acababa de quitarse, y apagó la luz. Entonces él se incorporó y empezó a desvestirse en la oscuridad, tirando sobre ella cada pieza que se quitaba, y ella se las devolvía muerta de risa.

Permanecieron acostados bocarriba un largo rato, él más y más aturdido a medida que lo abandonaba la embriaguez, y ella tranquila, casi abúlica, pero rogando a Dios que no le diera por reír sin sentido, como siempre que se le iba la mano con el anís. Conversaron para entretener el tiempo. Hablaron de ellos, de sus vidas distintas, de la casualidad inverosímil de estar desnudos en el camarote oscuro de un buque varado, cuando lo justo era pensar que ya no les quedaba tiempo sino para esperar a la muerte. Ella no había oído nunca decir que él tuviera una mujer, ni una siquiera, en una ciudad donde todo se sabía inclusive antes de que fuera cierto. Se lo dijo de un modo casual, y él le replicó de inmediato sin un temblor en la voz:

—Es que me he conservado virgen para ti.

Ella no lo hubiera creído de todos modos, aunque fuera cierto, porque sus cartas de amor estaban hechas de frases como esa que no valían por su sentido sino por su poder de deslumbramiento. Pero le gustó el coraje con que lo dijo. Florentino Ariza, por su parte, se preguntó de pronto lo que nunca se hubiera atrevido a preguntarse: qué clase de vida oculta había hecho ella al margen del matrimonio. Nada le habría sorprendido, porque él sabía que las mujeres son iguales a los hombres en sus aventuras secretas: las mismas estratagemas, las mismas inspiraciones súbitas, las mismas traiciones sin remordimientos. Pero hizo bien en no preguntarlo. En una época en que sus relaciones con la Iglesia estaban ya bastante lastimadas, el confesor le preguntó sin que viniera a cuento si alguna vez le había sido infiel al esposo, y ella se levantó sin responder, sin terminar, sin despedirse, y nunca más volvió a confesarse con ese confesor ni con ningún otro. En cambio, la prudencia de Florentino Ariza tuvo una recompensa inesperada: ella extendió la mano en la oscuridad, le acarició el vientre, los flancos, el pubis casi lampiño. Dijo: «Tienes una piel de nene». Luego dio el paso final: lo buscó donde no estaba, lo volvió a buscar sin ilusiones, y lo encontró inerme.

—Está muerto —dijo él.

Le ocurría a menudo, de modo que había aprendido a convivir con aquel fantasma: cada vez había tenido que aprender otra vez, como si fuera la primera. Tomó la mano de ella y se la puso en el pecho: Fermina Daza sintió casi a flor de piel el viejo corazón incansable latiendo con la fuerza, la prisa y el desorden de un adolescente. Él dijo: «Demasiado amor es tan malo para esto como la falta de amor». Pero lo dijo sin convicción: estaba avergonzado, furioso consigo mismo, ansiando un motivo para culparla a ella de su fracaso. Ella lo sabía, y empezó a provocar el cuerpo indefenso con caricias de burla, como una gata tierna regodeándose en la crueldad, hasta que él no pudo resistir más el martirio y se fue a su camarote. Ella siguió pensando en él hasta el amanecer, convencida por fin de su amor, y a medida que el anís la abandonaba en oleadas lentas la iba invadiendo la zozobra de que él se hubiera disgustado y no volviera nunca.

Pero volvió el mismo día, a la hora insólita de las once de la mañana, fresco y restaurado, y se desnudó frente a ella con una cierta ostentación. Ella se complació en verlo a plena luz tal como lo había imaginado en la oscuridad: un hombre sin edad, de piel oscura, lúcida y tensa como un paraguas abierto, sin más vellos que los muy escasos y lacios de las axilas y el pubis. Estaba con la guardia en alto, y ella se dio cuenta de que no se dejaba ver el arma por casualidad, sino que la exhibía como un trofeo de guerra para darse valor. Ni siquiera le dio tiempo de quitarse la camisa de dormir que se había puesto cuando empezó la brisa del amanecer, y su prisa de principiante le causó a ella un estremecimiento de compasión. Pero no le molestó, porque en casos como aquel no le era fácil distinguir entre la compasión y el amor. Al final, sin embargo, se sintió vacía.

Era la primera vez que hacía el amor en más de veinte años, y lo había hecho embargada por la curiosidad de sentir cómo podía ser a su edad después de un receso tan prolongado. Pero él no le había dado tiempo de saber si también su cuerpo lo quería. Había sido rápido y triste, y ella pensó: «Ahora hemos jodido todo». Pero se equivocó: a pesar del desencanto de ambos, a pesar del arrepentimiento de él por su torpeza y del remordimiento de ella por la locura del anís, no se separaron un instante en los días siguientes. Apenas si salían del camarote para comer. El capitán Samaritano, que descubría por instinto cualquier misterio que quisiera guardarse en su buque, les mandaba la rosa blanca todas las mañanas, les puso una serenata de valses de su tiempo, les hacía preparar comidas de broma con ingredientes alentadores. No volvieron a intentar el amor hasta mucho después, cuando la inspiración les llegó sin que la buscaran. Les bastaba con la dicha simple de estar juntos.

No hubieran pensado en salir del camarote de no haber sido porque el capitán les anunció en una nota que después del almuerzo llegarían a La Dorada, el puerto final, al cabo de once días de viaje. Fermina Daza y Florentino Ariza vieron desde el camarote el promontorio de casas iluminadas por un sol pálido, y creyeron entender la razón de su nombre, pero les pareció menos evidente cuando sintieron el calor que resollaba como las calderas, y vieron hervir el alquitrán de las calles. Además, el buque no atracó allí sino en la orilla opuesta, donde estaba la estación terminal del ferrocarril de Santa Fe.

Abandonaron el refugio tan pronto como los pasajeros desembarcaron. Fermina Daza respiró el buen aire de la impunidad en el salón vacío, y ambos contemplaron desde la borda la muchedumbre alborotada que identificaba sus equipajes en los vagones de un tren que parecía de juguete. Podía pensarse que venían de Europa, sobre todo las mujeres, cuyos abrigos nórdicos y sombreros del siglo anterior eran un contrasentido en la canícula polvorienta. Algunas llevaban los cabellos adornados con hermosas flores de papa que empezaban a desfallecer con el calor. Acababan de llegar de la planicie andina después de una jornada de tren a través de una sabana de ensueño, y aún no habían tenido tiempo de cambiarse de ropa para el Caribe.

En medio del bullicio de mercado, un hombre

muy viejo de aspecto inconsolable se sacaba pollitos de los bolsillos de su abrigo de pordiosero. Había aparecido de repente, abriéndose paso por entre la muchedumbre con un sobretodo en piltrafas que había sido de alguien mucho más alto y corpulento. Se quitó el sombrero, lo puso bocarriba en el muelle por si quisieran echarle una moneda, y empezó a sacarse de los bolsillos puñados de pollitos tiernos y descoloridos que parecían proliferar entre sus dedos. En un momento el muelle parecía tapizado de pollitos inquietos piando por todas partes, entre los viajeros apresurados que los pisoteaban sin sentirlos. Fascinada por el espectáculo de maravilla que parecía ejecutado en su honor, pues sólo ella lo contemplaba, Fermina Daza no se dio cuenta en qué momento empezaron a subir en el buque los pasajeros del viaje de regreso. Se le acabó la fiesta: entre los que llegaban alcanzó a ver muchas caras conocidas, algunas de amigos que hasta hacía poco la habían acompañado en su duelo, y se apresuró a refugiarse otra vez en el camarote. Florentino Ariza la encontró consternada: prefería morir antes que ser descubierta por los suyos en un viaje de placer, transcurrido tan poco tiempo desde la muerte del esposo. A Florentino Ariza lo afectó tanto su abatimiento, que le prometió pensar en algún modo de protegerla, distinto de la cárcel del camarote.

La idea se le ocurrió de pronto cuando cenaban en el comedor privado. El capitán estaba inquieto con un problema que hacía tiempo quería discutir con Florentino Ariza, pero que él esquivaba siempre con su argumento usual: «Esas vainas las arregla Leona Cassiani mejor que yo». Sin embargo, esta vez lo escuchó. El caso era que los buques llevaban carga de subida, pero bajaban vacíos, mientras que ocurría lo contrario con los pasajeros. «Con la ventaja para la carga, de que paga más y además no come», dijo. Fermina Daza cenaba de mala gana, aburrida con la enervada discusión de los dos hombres sobre la conveniencia de establecer tarifas diferenciales. Pero Florentino Ariza llegó hasta el final, y sólo entonces soltó una pregunta que al capitán le pareció el anuncio de una idea salvadora:

—Y hablando en hipótesis —dijo—, ¿sería posible hacer un viaje directo sin carga ni pasajeros, sin tocar en ningún puerto, sin nada?

El capitán dijo que sólo era posible en hipótesis. La C.F.C. tenía compromisos laborales que Florentino Ariza conocía mejor que nadie, tenía contratos de carga, de pasajeros, de correo, y muchos más, ineludibles en su mayoría. Lo único que permitía saltar por encima de todo era un caso de peste a bordo. El buque se declaraba en cuarentena, se izaba la bandera amarilla y se navegaba en emergencia. El capitán Samaritano había tenido que hacerlo varias veces por los muchos casos de cólera que se presentaban en el río, aunque luego las autoridades sanitarias obligaban a los médicos a expedir certificados de disentería común. Además, muchas veces en la historia del río se izaba la bandera amarilla de la peste para burlar impuestos, para no recoger un pasajero indeseable, para impedir requisas inoportunas. Florentino Ariza encontró la mano de Fermina Daza por debajo de la mesa.

—Pues bien —dijo—: hagamos eso.

El capitán se sorprendió, pero en seguida, con su instinto de zorro viejo, lo vio todo claro.

—Yo mando en este buque, pero usted manda en

nosotros —dijo—. De modo que si está hablando en serio, deme la orden por escrito, y nos vamos ahora mismo.

Era en serio, por supuesto, y Florentino Ariza firmó la orden. Al fin y al cabo cualquiera sabía que los tiempos del cólera no habían terminado, a pesar de las cuentas alegres de las autoridades sanitarias. En cuanto al buque, no había problema. Se transfirió la poca carga embarcada, a los pasajeros se les dijo que había un percance de máquinas, y los mandaron esa madrugada en un buque de otra empresa. Si estas cosas se hacían por tantas razones inmorales, y hasta indignas, Florentino Ariza no veía por qué no sería lícito hacerlas por amor. Lo único que el capitán suplicaba era una escala en Puerto Nare, para recoger a alguien que lo acompañara en el viaje: también él tenía su corazón escondido.

Así que el *Nueva Fidelidad* zarpó al amanecer del día siguiente, sin carga ni pasajeros, y con la bandera amarilla del cólera flotando de júbilo en el asta mayor. Al atardecer recogieron en Puerto Nare una mujer más alta y robusta que el capitán, de una belleza descomunal, a la cual sólo le faltaba la barba para ser contratada en un circo. Se llamaba Zenaida Neves, pero el capitán la llamaba *Mi Energúmena*: una antigua amiga suya, a la que solía recoger en un puerto para dejarla en otro, y que subió a bordo perseguida por el ventarrón de la dicha. En aquel moridero triste, donde Florentino Ariza revivió las nostalgias de Rosalba cuando vio el tren de Envigado subiendo a duras penas por la antigua cornisa de mulas, se desplomó un aguacero amazónico que había de seguir con muy pocas pausas por el resto del viaje. Pero a nadie le importó: la fiesta navegante tenía su techo propio. Aquella noche, como una contribución personal a la parranda, Fermina Daza bajó a las cocinas, entre las ovaciones de la tripulación, y preparó para todos un plato inventado que Florentino Ariza bautizó para él: berenjenas al amor.

Durante el día jugaban a las cartas, comían a reventar, hacían unas siestas de granito que los dejaban exhaustos, y apenas bajaba el sol soltaban la orquesta, y bebían anisado con salmón hasta más allá de la saciedad. Fue un viaje rápido, con el buque liviano y buenas aguas, mejoradas por las crecientes que se precipitaban desde las cabeceras, donde llovió tanto aquella semana como en todo el trayecto. Desde algunos pueblos les tiraban cañonazos de caridad para espantar el cólera, y ellos se lo agradecían con un bramido triste. Los buques de cualquier compañía que cruzaban en el camino les mandaban señales de condolencia. En la población de Magangué, donde nació Mercedes, cargaron leña para el resto del viaje.

Fermina Daza se asustó cuando empezó a sentir la sirena del buque dentro del oído sano, pero al segundo día de anís oía mejor con ambos. Descubrió que las rosas olían más que antes, que los pájaros cantaban al amanecer mucho mejor que antes, y que Dios había hecho un manatí y lo había puesto en el playón de Tamalameque sólo para que la despertara. El capitán lo oyó, hizo derivar el buque, y vieron por fin a la matrona enorme amamantando a su criatura en los brazos. Ni Florentino ni Fermina se dieron cuenta de cómo se compenetraron tanto: ella lo ayudaba a ponerse las lavativas, se levantaba antes que él para cepillarle la dentadura postiza que él dejaba en el vaso mientras dormía, y resolvió el problema de los lentes perdidos, pues los de él le servían para leer y zurcir. Una mañana, al despertar, lo vio en la penumbra pegando un botón de la camisa, y se apresuró a hacerlo ella, antes de que él repitiera la frase ritual de que necesitaba dos esposas. En cambio, lo único que ella necesitó de él fue que le pusiera una ventosa para un dolor en la espalda.

Florentino Ariza, por su parte, se puso a rebullir nostalgias con el violín de la orquesta, y en medio día fue capaz de ejecutar para ella el valse de *La Diosa Coronada*, y lo tocó durante horas hasta que lo hicieron parar a la fuerza. Una noche, por primera vez en su vida, Fermina Daza despertó de pronto ahogada por un llanto que no era de rabia sino de pena, por el recuerdo de los ancianos del bote muertos a garrotazos por el remero. En cambio, la lluvia incesante no la conmovió, y pensó demasiado tarde que tal vez París no había sido tan lúgubre como ella lo sentía, ni Santa Fe hubiera tenido tantos entierros por la calle. El sueño de otros viajes futuros con Florentino Ariza se alzó en el horizonte: viajes locos, sin tantos baúles, sin compromisos sociales: viajes de amor.

La víspera de la llegada hicieron una fiesta grande, con guirnaldas de papel y focos de colores. Escampó al atardecer. El capitán y Zenaida bailaron muy juntos los primeros boleros que por esos años empezaban a astillar corazones. Florentino Ariza se atrevió a sugerirle a Fermina Daza que bailaran su valse confidencial, pero ella se negó. Sin embargo, toda la noche llevó el compás con la cabeza y los tacones, y hasta hubo un momento en que bailó sentada sin darse cuenta, mientras el capitán se confundía con su tierna energúmena en la penumbra del bolero. Tomó tanto anisado que tuvieron que ayudarla a subir las escaleras, y sufrió un ataque de risa con lágrimas que llegó a alarmarlos a todos. Sin embargo, cuando logró dominarlo en el remanso perfumado del camarote, hicieron un amor tranquilo y sano, de abuelos percudidos, que iba a fijarse en su memoria como el mejor recuerdo de aquel viaje lunático. No se sentían ya como novios recientes, al contrario de lo que el capitán y Zenaida suponían, y menos como amantes tardíos. Era como si se hubieran saltado el arduo calvario de la vida conyugal, y hubieran ido sin más vueltas al grano del amor. Transcurrían en silencio como dos viejos esposos escaldados por la vida, más allá de las trampas de la pasión, más allá de las burlas brutales de las ilusiones y los espejismos de los desengaños: más allá del amor. Pues habían vivido juntos lo bastante para darse cuenta de que el amor era el amor en cualquier tiempo y en cualquier parte, pero tanto más denso cuanto más cerca de la muerte.

Despertaron a las seis. Ella con el dolor de cabeza perfumado de anís, y con el corazón aturdido por la impresión de que el doctor Juvenal Urbino había vuelto, más gordo y más joven que cuando resbaló del árbol, y estaba sentado en el mecedor, esperándola en la puerta de la casa. Sin embargo, estaba bastante lúcida para darse cuenta de que no era efecto del anís, sino de la inminencia del regreso.

—Va a ser como morirse —dijo.

Florentino Ariza se sorprendió porque era la adivinación de un pensamiento que no lo dejaba vivir desde el inicio del regreso. Ni él ni ella podían concebirse en otra casa distinta del camarote, comiendo de otro modo que en el buque, incorporados a una vida que iba a serles ajena para siempre. Era, en efecto, como morirse. No pudo dormir más. Permaneció boca arriba en la cama, con las dos manos entrelazadas en la nuca. A un cierto momento, la punzada de América Vicuña lo hizo retorcerse de dolor, y no pudo aplazar más la verdad: se encerró en el baño y lloró a su gusto, sin prisa, hasta la última lágrima. Sólo entonces tuvo el valor de confesarse cuánto la había querido.

Cuando se levantaron ya vestidos para desembarcar, habían dejado atrás los caños y las ciénagas del antiguo paso español, y navegaban por entre los escombros de barcos y los estanques de aceites muertos de la bahía. Se alzaba un jueves radiante sobre las cúpulas doradas de la ciudad de los virreyes, pero Fermina Daza no pudo soportar desde la baranda la pestilencia de sus glorias, la arrogancia de sus baluartes profanados por las iguanas: el horror de la vida real. Ni él ni ella, sin decírselo, se sintieron capaces de rendirse de una manera tan fácil.

Encontraron al capitán en el comedor, en un estado de desorden que no estaba de acuerdo con la pulcritud de sus hábitos: sin afeitarse, los ojos inyectados por el insomnio, la ropa sudada de la noche anterior, el habla trastornada por los eructos de anís. Zenaida dormía. Empezaban a desayunar en silencio, cuando un bote de gasolina de la Sanidad del Puerto ordenó detener el barco.

El capitán, desde el puesto de mando, contestó a gritos a las preguntas de la patrulla armada. Querían saber qué clase de peste traían a bordo, cuántos pasajeros venían, cuántos estaban enfermos, qué posibilidades había de nuevos contagios. El capitán contestó que sólo traían tres pasajeros, y todos tenían el cólera, pero se mantenían en reclusión estricta. Ni los que debían subir en La Dorada, ni los veintisiete hombres de la tripulación, habían tenido ningún contacto con ellos. Pero el comandante de la patrulla no quedó satisfecho, y ordenó que salieran de la bahía y esperaran en la ciénaga de Las Mercedes hasta las dos de la tarde, mientras se preparaban los trámites para que el buque quedara en cuarentena. El capitán soltó un petardo de carretero, y con una señal de la mano le ordenó al práctico dar la vuelta en redondo y volver a las ciénagas.

Fermina Daza y Florentino Ariza lo habían oído todo desde la mesa, pero al capitán no parecía importarle. Siguió comiendo en silencio, y el mal humor se le veía hasta en la manera en que violó las leyes de urbanidad que sustentaban la reputación legendaria de los capitanes del río. Reventó con la punta del cuchillo los cuatro huevos fritos, y los rebañó en el plato con patacones de plátano verde que se metía enteros en la boca y masticaba con un deleite salvaje. Fermina Daza y Florentino Ariza lo miraban sin hablar, esperando la lectura de las calificaciones finales en un banco de la escuela. No se habían cruzado una palabra mientras duró el diálogo con la patrulla sanitaria, ni tenían la menor idea de qué iba a ser de sus vidas, pero ambos sabían que el capitán estaba pensando por ellos: se le veía en el latido de las sienes.

Mientras él despachaba la ración de huevos, la bandeja de patacones, la jarra de café con leche, el buque salió de la bahía con las calderas sosegadas, se abrió paso en los caños a través de las colchas de taruya, lotos fluviales de flores moradas y grandes hojas en forma de corazón, y volvió a las ciénagas. El agua era tornasolada por el mundo de peces que flotaban de costado, muertos por la dinamita de los pescadores furtivos, y los pájaros de la tierra y del agua volaban en círculos sobre ellos con chillidos metálicos. El viento del Caribe se metió por las ventanas con la bullaranga de los pájaros, y Fermina Daza sintió en la sangre los latidos desordenados de su libre albedrío. A la derecha, turbio y parsimonioso, el estuario del río Grande de la Magdalena se explayaba hasta el otro lado del mundo.

Cuando ya no quedó nada que comer en los platos, el capitán se limpió los labios con la esquina del mantel, y habló en una jerga procaz que acabó de una vez con el prestigio del buen decir de los capitanes del río. Pues no habló por ellos ni para nadie, sino tratando de ponerse de acuerdo con su propia rabia. Su conclusión, al cabo de una ristra de improperios bárbaros, fue que no encontraba cómo salir del embrollo en que se había metido con la bandera del cólera.

Florentino Ariza lo escuchó sin pestañear. Luego miró por las ventanas el círculo completo del cuadrante de la rosa náutica, el horizonte nítido, el cielo de diciembre sin una sola nube, las aguas navegables hasta siempre, y dijo:

—Sigamos derecho, derecho, derecho, otra vez hasta La Dorada.

Fermina Daza se estremeció, porque reconoció la antigua voz iluminada por la gracia del Espíritu Santo y miró al capitán: él era el destino. Pero el capitán no la vio porque estaba anonadado por el tremendo poder de inspiración de Florentino Ariza.

—¿Lo dice en serio? —le preguntó.

—Desde que nací —dijo Florentino Ariza—, no he dicho una sola cosa que no sea en serio.

El capitán miró a Fermina Daza y vio en sus pestañas los primeros destellos de una escarcha invernal. Luego miró a Florentino Ariza, su dominio invencible, su amor impávido, y lo asustó la sospecha tardía de que es la vida, más que la muerte, la que no tiene límites.

—¿Y hasta cuándo cree usted que podemos seguir en este ir y venir del carajo? —le preguntó.

Florentino Ariza tenía la respuesta preparada desde hacía cincuenta y tres años, siete meses y once días con sus noches.

—Toda la vida —dijo.